© 2025 *BEWITCHED* by Laura Thalassa
© 2025 by Book One
Todos os direitos de tradução reservados e protegidos pela Lei 9.610 de 19/02/1998. Nenhuma parte desta publicação, sem autorização prévia por escrito da editora, poderá ser reproduzida ou transmitida sejam quais forem os meios empregados: eletrônicos, mecânicos, fotográficos, gravação ou quaisquer outros.

Coordenadora editorial	*Francine C. Silva*
Tradução	*Leticia Zumaeta*
Preparação	*Daniela Toledo*
Revisão	*Talita Grass e Tássia Carvalho*
Adaptação de capa	*Francine C. Silva*
Capa original	*Sourcebooks e Story Wrappers, by K.D. Ritchie*
Projeto gráfico e diagramação	*Bárbara Rodrigues*
Impressão	*Corprint*

Dados Internacionais de Catalogação na Publicação (CIP)
Angélica Ilacqua CRB-8/7057

Thalassa, Laura

T342e   Encantada / Laura Thalassa ; tradução de Leticia Zumaeta. — São Paulo : Inside Books, 2025.

400 p. (Série *Bewitched*)

ISBN 978-65-85086-49-3

Título original: *Bewitched*

1. Ficção norte-americana 2. Literatura fantástica I. Título II. Zumaeta, Leticia III. Série

25-0134   CDD 813

LAURA THALASSA

ENCANTADA

SÉRIE BEWITCHED
VOLUME UM

São Paulo
2025

Para Astrid, que prepara poções, dança com esqueletos e uiva para a Lua. A magia está no seu sangue, amor.

A Lei Tríplice

Sê sábia e verdadeira
Com a magia que conjurar.
Faz o bem aos outros,
Pois em triplo a ti irá voltar.

Se má intenção te guiar
E infortúnio vieres a causar,
Em triplo ele retornará.
Em triplo a maldição vai se instaurar.

Prólogo

Memnon

Estou confinado.
    E estive assim por muito, muito tempo. Meu corpo e mente foram aprisionados por feitiços sufocantes e ao mesmo tempo reconfortantes. É impossível me libertar deles, não importa o quanto tente.
    E como tentei.
    Não era para ser assim. Sei que não. Eu me lembro.
    Alguém fez isso comigo.
    Alguém... mas quem?
    A resposta foge de mim.
    Meus pensamentos estão... fragmentados. Partidos e espalhados pelos próprios encantamentos que me servem de mortalha.
    Havia vida antes desta sombra de existência. Às vezes, tenho vislumbres dela. A lembrança do sol, do peso de uma espada na mão, o toque de uma mulher — *minha* mulher — por baixo.
    Mesmo quando não me recordo muito de minha própria aparência, posso ver o declive de seu ombro, a curva de seu sorriso, a malícia brilhando em seus olhos azuis penetrantes.
    A imagem dela... dói mais do que qualquer ferida.
    Preciso dela.
    Minha rainha. Minha esposa.
    Roxilana.
    Preciso sair deste lugar. Preciso encontrá-la.
    A não ser que...
    E se... e se ela se foi de verdade?
    Partido para sempre?

O horror encobre minha saudade e afasta parte da névoa em minha mente. Liberto toda a magia que consigo, concentrando-a através das falhas que encontrei nesses feitiços.

Roxilana não pode estar morta. Enquanto eu existir, ela também o deve. Eu... enfrentei duras penas para garantir isso.

Então, relaxo.
Ela vai me encontrar.
Um dia.
Um dia.
Então, chamo por ela, como sempre chamei.
E espero.

Capítulo 1
Selene

É hoje que o Coven Meimendro me aceita.

Solto o ar, encarando as construções em estilo gótico que se espalham pelo campus. A propriedade fica nas colinas ao norte de São Francisco, cercada de todos os lados pela Floresta Sempreviva, uma mata costeira densa de árvores perenes.

Não tem nenhuma placa que indique que estou em terras de bruxas, mas este lugar não precisa de uma. Se qualquer pessoa passar tempo suficiente por aqui, vai notar algo fora do comum — por exemplo, o círculo de bruxas sentadas na grama bem à frente.

Seus cabelos e roupas flutuam em todas as direções, como se não obedecessem mais à gravidade, e feixes de sua magia agitam o ar em volta delas. A cor da magia individual de cada uma varia — do verde brilhante, ao rosa-chiclete, ao turquesa, e por aí vai — mas, à medida que assisto, elas se misturam, criando no ar uma espécie de arco-íris ao redor do círculo.

O ímpeto da vontade cresce em mim, e eu preciso reprimir o sentimento desesperado e ansioso que segue seu despertar.

Olho para o caderno aberto em mãos.

Terça-feira, 29 de agosto

10h Reunião com o Departamento de Matrículas do Coven Meimendro no Salão Morgana.
 * Saia uns vinte minutos mais cedo. Você tem o péssimo hábito de se atrasar.

Franzo a testa para a anotação e então olho para meu celular: 9h57.
Ô, merda.
Volto a andar na direção das construções de pedra antigas, mesmo que meus olhos teimem em voltar para o caderno.

Logo abaixo das minhas anotações rabiscadas, tem um desenho de um brasão com flores saindo de um caldeirão em cima de duas vassouras cruzadas. Ao lado, colei uma foto Polaroid de uma das construções de pedra à minha frente e rabisquei as palavras "Salão Morgana" logo abaixo. Também escrevi em vermelho:

A reunião será na Sala de Recepção, segunda porta à direita.

Subo os degraus de pedra do Salão Morgana, ficando sem fôlego com as emoções borbulhantes. Qualquer bruxa que se preze participa ativamente de um coven respeitado, e tem sido assim pelo último século e meio.

E hoje, estou determinada a entrar para esse grupo.

Não rolou no ano passado, nem quando você se recandidatou no início deste ano. Pode ser que elas só não queiram você.

Respiro fundo e mando o pensamento intrusivo para longe. Desta vez, é diferente. Estou na lista de espera oficial, e elas só marcaram a entrevista semana passada. Devem estar levando minha candidatura a sério, e é tudo o que eu preciso: um pezinho na porta.

Abro uma das portas imensas do prédio e entro.

A primeira coisa que vejo no corredor principal é uma estátua imponente da deusa tríplice. Suas três formas estão de costas umas para as outras — a Donzela, com flores nos cabelos soltos; a Mãe, com as mãos abraçando a barriga gestante; e a Anciã, com uma coroa de ossos, repousando as mãos sobre uma bengala.

Nas paredes, retratos de antigas participantes do coven, muitas das quais com cabelos rebeldes e olhos mais rebeldes ainda. Entre os retratos, há varinhas e vassouras montadas na parede e exemplares emoldurados de grimórios famosos.

Absorvo tudo isso por um momento. Dá para sentir a vibração suave da magia no ar, e me sinto em casa.

Eu *vou* conseguir.

Caminho pelo corredor com passos confiantes, com a determinação renovada. Quando chego na segunda porta à direita, bato e espero.

Uma bruxa com feições suaves e um sorriso gentil abre a porta para mim.

— Selene Bowers? — pergunta ela.

Confirmo com a cabeça.

— Pode entrar.

Eu a sigo sala adentro. Uma mesa enorme no formato de lua crescente ocupa a maior parte do espaço, e do lado mais largo, meia dúzia de bruxas estão sentadas pacientemente. Do outro lado da mesa, há uma única cadeira.

A bruxa à minha frente gesticula para que eu me sente, e apesar de todos os pensamentos encorajadores, meu coração retumba dentro do peito.

Me sento na cadeira indicada, as mãos sobre o colo na tentativa de fazê-las pararem de tremer, enquanto a mulher que me recebeu se senta no próprio lugar do outro lado da mesa.

Bem à minha frente tem uma bruxa de cabelos escuros como a noite, lábios finos voltados para baixo e olhos astutos. Acho que já falei com ela antes, há algo vagamente familiar nela, mas não consigo identificar quem é...

Ela levanta o olhar de suas anotações e estreita os olhos para mim. Depois de um momento, sua expressão fica ainda mais séria.

— Você de novo?

Com essa pergunta, juro que o clima da sala muda de acolhedor para tenso.

Engulo em seco com delicadeza.

— Eu mesma. — Minha voz sai rouca, e eu pigarreio. Já estou com medo desta entrevista estar arruinada antes mesmo de começar.

A bruxa volta a atenção aos papéis diante dela. Então lambe o dedo e folheia as páginas.

— Achei que iríamos entrevistar uma candidata diferente — diz ela.

O que ela espera que eu diga em resposta? Me desculpe por não ser outra pessoa?

Muito longe de me transformar em outra pessoa, acho que não vou conseguir agradá-la.

Outra bruxa, de nariz em forma de gancho e cabelos crespos acinzentados, diz em um tom de voz gentil:

— Selene Bowers, é um prazer conhecê-la. Por que não nos conta um pouco sobre você e por que gostaria de se juntar ao Coven Meimendro?

É agora. Minha chance.

Respiro fundo e me jogo de cabeça.

Pelos próximos trinta minutos, respondo a várias perguntas sobre minhas habilidades, minha experiência e interesses mágicos. A maioria das bruxas assente, encorajadoras. A única exceção é aquela bruxa de olhos de água, que fica olhando para mim como se eu fosse um feitiço que saiu pela culatra. Tudo o que posso fazer é responder às perguntas sem deixar que ela me intimide.

— É meu sonho fazer parte do Coven Meimendro desde que consigo me lembrar.

— E desde *quando* consegue se lembrar? — pergunta a bruxa à minha frente.

Espremo as mãos, e um sopro de magia laranja pálida se esgueira entre elas. Acabei enrolando nas minhas respostas anteriores sempre que esse tópico surgia, sem saber como lidar com ele.

— Depende... — digo. — Mas minha memória não afeta de forma alguma minha determinação ou minhas habilidades.

— Mas pode afetar — ela rebate. — Pode afetar suas habilidades. Lançar feitiços custa suas lembranças, correto?

E aí está, em alto e bom tom.

Cerro a mandíbula.

— Sim, mas...

Ela folheia os papéis à frente e puxa um da pilha, colocando-o em cima dos outros.

— O histórico médico que você forneceu sugere que, abre aspas: "Acredita-se que a perda de memória da paciente é uma doença com base mágica, à qual não se conhece equivalente ou cura. Aparenta ser uma doença progressiva. Prognóstico: terminal".

O silêncio que segue suas palavras é, de alguma forma, ensurdecedor. Dá para ouvir minha própria respiração deixando os pulmões. Mais magia me escapole pelos dedos, subindo pelas mãos como uma névoa.

— Então — ela continua —, cada fagulha de poder que você usa vai erodindo sua mente, estou correta? — Depois de uma hesitação momentânea, faço um aceno vacilante com a cabeça. — E a cada uso de magia, seu cérebro se deteriora.

— Ele não está se *deteriorando* — protesto, incomodada com a palavra. Eu perco lembranças, não funcionalidade.

A expressão da bruxa suaviza, mas é pena que vejo em seu olhar. E odeio isso, mais do que qualquer coisa. Odeio tanto que mal consigo respirar.

— No Coven Meimendro — ela diz —, não só aceitamos qualquer forma de deficiência: tratamos essas bruxas com o mais profundo respeito.

Ela não está mentindo. Há um motivo por trás de as bruxas mais poderosas terem sido cegas, e a primeira a voar numa vassoura de que se tem registro — Hildegard Von Goethe — fez isso porque tinha mobilidade reduzida.

— Mas no Coven Meimendro — ela continua —, espera-se que você pratique magia com frequência e rigor. Se o seu uso de magia está diretamente ligado à sua perda de memória, estar aqui sem dúvida vai acelerar sua... condição. Como podemos, em sã consciência, exigir isso de você?

Engulo em seco. É uma pergunta justa. Faz com que eu me sinta desesperada e em pânico, mas é justa mesmo assim.

Abaixo o olhar para as mãos. Tantas vezes já tive que pensar muito bem sobre isso. Devo me afastar da magia só porque usá-la, algum dia, vai me matar?

Encaro a mulher à minha frente.

— Eu venho lidando com minha perda de memória pelos últimos três anos — admito —, desde que meus poderes despertaram. E, sim, lançar feitiços consome minhas lembranças, e isso pode complicar muito a minha vida. Mas eu não posso viver sem magia. Vocês devem entender isso — digo, passando os olhos pelas bruxas sentadas à frente.

— E há muito mais coisas sobre mim e minha magia do que a perda de memória. — Como o fato de eu ser organizada pra caramba. Sou tão organizada, puta merda, que deixaria todas elas doidas. — Gostaria de ter uma chance de mostrar ao Meimendro esse meu lado. Tenho muito a oferecer.

Quando termino de falar, minha magia me banha com seu brilho suave da cor do pôr do sol. Estou com todas as emoções à flor da pele, o que me faz sentir desconfortável e exposta.

A diretora me encara por vários segundos. Por fim, ela dá uma batidinha na mesa e se levanta.

— Obrigada por vir — ela diz. Tudo em sua expressão e postura indica solenidade e cautela.

Porra.

Hoje era para ser o meu dia. Levei tantos meses me preparando para isso. Não tenho um plano B, a não ser me candidatar de novo daqui a quatro meses.

Faço menção de me levantar, mas minha bunda está grudada na cadeira.

— Selene? — diz a diretora. — Obrigada por vir.

Só o jeito que ela fala já diz tudo. Ela quer que eu vá embora. A próxima entrevistada já deve estar esperando no corredor.

A emoção cria um nó na minha garganta, e minhas mãos estão entrelaçadas tão forte que chega a doer.

— Eu contesto a sua rejeição — digo, encarando a diretora.

Ela pausa por um momento, e então solta uma gargalhada incrédula.

— Agora você é vidente? Espiou o futuro e viu seus resultados?

Nem precisei, a resposta ácida só confirmou.

Antes que isso possa me abater, endireito a coluna.

— Eu contesto — repito.

Ela balança a cabeça.

— Não é assim que funciona.

Fico de pé, espalmando as mãos na mesa.

— Posso não ter a melhor memória do mundo, mas sou persistente, e posso te prometer uma coisa: eu *vou* continuar me candidatando e voltando aqui até você reconsiderar.

Não desistir é meu traço tóxico.

— Se me permite interromper — diz uma das outras mulheres. É a bruxa de cabelos crespos. — Talvez você não se lembre de mim, mas sou Constance Sternfallow. — Ela me dá um sorriso tenso. — Acho que você é uma candidata fantástica, mas sua candidatura tem falhas em alguns pontos críticos. Você precisa de uma missão mágica melhor do que esta que submeteu, e precisa de um familiar. Sei que diz que é opcional, mas de fato, acabamos interpretando como requisito na maioria dos casos.

Constance lança um olhar para as outras mulheres sentadas à mesa. Uma delas concorda de leve.

Voltando a atenção para mim, Constance diz:

— Se conseguir providenciar essas duas coisas...

— *Constance* — avisa a diretora.

— ...então, Selene Bowers — Constance continua —, você será formalmente aceita no Coven Meimendro.

Capítulo 2

Toda magia tem seu preço.
　Para feiticeiros, é a consciência. Para metamorfos, é a forma física. Para mim, é a memória.
　Eu meio que sou uma bizarrice dentre as bruxas. Para a maioria delas, os componentes do feitiço pagam pela magia. E, se não pagar, o resto vem da força vital que sempre se renova. E, embora meu poder siga as mesmas regras, também toma uma ou outra lembrança no processo.
　Nem sempre foi assim para mim. Eu tive uma infância normal — bom, normal na medida do possível, quando se tem uma mãe bruxa e um pai mago —, mas desde que atingi a puberdade e minha magia despertou, tem sido assim.
　Saio do Salão Morgana e encaro o céu nublado, a animação e a ansiedade retorcem e reviram minhas entranhas.
　Puxo meu caderno e abro na primeira página em branco. Rabisco as partes importantes o mais rápido que consigo:

29 de agosto

A entrevista rolou. Uma bruxa chamada Constance Sternfallow disse que você será aceita se cumprir os seguintes requisitos:
1. Ir numa missão mágica fodona
2. Arranjar um familiar

　Tento não vomitar, considerando o que parecem duas tarefas impossíveis. Missões mágicas são extremamente subjetivas; vai da cabeça da pessoa que ler o meu texto sobre a experiência. E arranjar um familiar, o companheiro animal mágico de uma bruxa, é muito mais difícil do que parece a princípio.

Respiro fundo.

Vai dar tudo certo. *Sempre* dá tudo certo. Eu sou inteligente, criativa e inventiva pra caramba. Vou manifestar até dar um jeito nessa joça.

Enfio o caderno de volta na bolsa, olhando para outro prédio gótico e escuro à esquerda. É o prédio residencial do coven para as bruxas que o frequentam, e onde minha melhor amiga mora atualmente.

Corto caminho pela grama.

À medida que me aproximo, passo por duas *lamassu* enormes — estátuas de pedra que se assemelham a esfinges, com cabeça de mulher e corpo de leoa —, uma de cada lado do pórtico, protegendo a entrada do prédio.

Adiante, a porta se abre, da qual sai um grupo de bruxas tagarelando entre si. Me apresso antes que a porta se feche e me esgueiro para dentro.

Hoje, a residência tem cheiro de hortelã e pão fresquinho, e posso ver sopros de magia vermelho-alaranjada flutuando, vindo da direção da cozinha de feitiçaria à minha esquerda, onde uma das irmãs do coven deve estar preparando algo literalmente mágico.

Todo ser supernatural tem alguma marca que identifica sua magia — uma cor, um cheiro, uma textura. Varia, a depender do tipo de ser. Bruxas e magos em especial são conhecidos por terem magia colorida — em teoria, nenhuma cor é exatamente igual à outra. E apenas bruxas e magos — e mais alguns supernaturais específicos — conseguem ver essas diferenças.

Quase saio fuçando pela casa, atraída pela visão da magia e sensação aconchegante do lugar. Faz muito tempo desde que morei com outras bruxas, e sinto falta do jeito que o poder delas chama o meu próprio.

Mas, em vez de explorar, atravesso a entrada e subo as escadas. Sybil mora em um dos muitos quartos do segundo andar. Quando chego, exclamo:

— Sybil, sou eu! — E já vou entrando no quarto. A primeira coisa que vejo é verde para todo lado. O quarto dela é uma bagunça cheia de plantas, várias prateleiras lotadas até não poder mais, florescendo com a espécie que é seu fascínio do momento. Trepadeiras pendem pelo quarto, enramando-se ao redor de porta-retratos e abajures. Deve ser um risco de incêndio, mas a julgar pelo brilho suave e roxo da magia acima, Sybil já deve ter protegido o quarto contra isso.

Ela está sentada à escrivaninha, com sua coruja, Merlin, encarapitada no ombro. Quando ela me ouve, gira na cadeira, fazendo o familiar bater as asas todo alvoroçado antes de procurar um novo lugar para se empoleirar.

— Selene! — ela diz. — Caramba, sua entrevista já acabou? Como foi?

Largo a bolsa e balanço a cabeça.

— Nem sei.

A expressão de Sybil murcha um pouco.

— É um "nem sei porque não lembro", ou um "nem sei porque não sei como me sinto a respeito"?

— O segundo — eu respondo.

Olho pela janela, de onde dá para ver com clareza parte do Salão Morgana.

Um coven é uma entidade estranha — é como uma universidade, mas também oferece empregos afiliados e aulas avançadas para bruxas que já se formaram. Também há moradia para aquelas que preferem morar sozinhas, e até um cemitério para as que querem ficar no coven mesmo após a morte.

A verdade é que entrar para um lugar como Meimendro quer dizer entrar para uma irmandade, que apoia e acompanha você ao longo da vida. Quem não ia querer uma coisa dessas? Amizade, pertencimento, educação e uma vida que gira em torno da magia. Desejo tanto isso... desde que consigo me lembrar.

— Você vai entrar — Sybil diz, atraindo minha atenção.

Dou um sorriso triste.

— Elas disseram que faltam dois requisitos na minha candidatura: uma missão mágica...

Ela franze a testa.

— Mas você já tem uma dessas — protesta.

— Acho que não gostaram muito da minha experiência de acampar em Yosemite. — Dou de ombros.

Sybil solta um som irritado.

— O que mais elas querem? A minha foi uma dessas missões coletivas que o Clube das Bruxas oferecia lá na Academia Peel — ela diz, me fazendo lembrar de nossos anos de ensino médio no internato sobrenatural. — Foi o arremedo de missão mágica mais patético de todos.

— Após um momento, Sybil continua: — Tá legal, então querem uma missão diferente. Que mais?

— Elas querem que eu encontre meu familiar.
— O quê? — Agora, ela parece indignada. — Mas isso nem é um pré-requisito. Conheço *cinco* bruxas, pessoalmente, que nem têm familiares. Essas coisas levam tempo.

O próprio familiar de Sybil inclina a cabeça, como se ele mesmo não entendesse.

Aperto os lábios, sem querer dizer o que, para mim, é óbvio.

O coven quer que eu faça das tripas coração, porque, no fim das contas, não bota fé em mim.

Sybil pega minha mão e a aperta.

— Elas que se fodam. Você *vai* conseguir, Selene, sei que vai. Você é uma bruxa. Pode, literalmente, fazer mágica. Então, vá para casa, curta a fossa, mas depois vai ser o momento de se planejar.

―――

Volto para minha casa em São Francisco, que na verdade não é nada mais, nada menos que um porão convertido em apartamento estúdio. Mas é meu pedacinho do céu.

Fecho a porta, me encosto nela e fico debatendo se vou ou não curtir a fossa, como Sybil sugeriu.

Sinto algo amassar nas costas. Me viro e vejo um pedacinho de papel colado na porta.

> Retorne a ligação da Kayla e peça mil desculpas. (Ela ainda está chateada por você ter esquecido o aniversário dela.) Ah, e vá ao mercado.

Merda. Tiro minha agenda gigantesca da bolsa, fazendo alguns frasquinhos se chocarem lá no fundo. A agenda é recheada com folhas de papel a mais, e uma profusão de marcadores e notas adesivas saindo pelos lados. Abro numa página em branco, tiro o bilhete da porta e o colo ali.

Lido com isso mais tarde.

Por enquanto, tenho que cumprir alguns pré-requisitos de candidatura.

Vou até a estante, repleta de mais cadernos e agendas improvisadas Encho essas páginas a uma velocidade impressionante. Os diários são meu acervo de memória, cada um meticulosamente etiquetado. Tem outra estante do outro lado do quarto, abarrotada de grimórios feitos à mão, organizados por assunto. Pilhas e mais pilhas de notas adesivas em branco sobre as mesas e bancadas. Na parede, um mapa enorme da área da Baía de São Francisco, com todos os lugares importantes marcados e com legenda — meu apartamento, o trabalho, o Coven Meimendro e assim por diante.

Não estava brincando quando disse que tinha muito a oferecer ao coven.

Bruxaria é meu propósito. Quero estudá-la. Quero ser excelente nela. Quero ganhar o mundo e realizar grandes feitos com ela. E irei, com ou sem a ajuda do coven, isso eu garanto. Mas isso não muda o fato de estar louca para entrar.

Passo em frente à mesa e largo a bolsa ao lado dela, indo na direção da cozinha.

Preciso de chá antes de começar o trabalho.

Para o meu azar, quando paro em frente ao armário, uma nota adesiva diz:

Comprar mais chá — você prefere daquele tipo herbal e chique.

Ô, merda.

Abro o armário mesmo assim, só para confirmar que não, não tem chá. Há, porém, uma garrafa de vinho.

Ela também está com uma nota adesiva colada, mas não é minha caligrafia.

A fada do álcool passou por aqui!

♥ *Sybil*

Puta merda, como eu amo essa minha amiga. Pego o vinho e agradeço à deusa tríplice por ser uma tampa de rosca, e não de rolha. Abro ali mesmo e vou buscar o computador, bebendo direto da garrafa.

Beber sozinha não deve ser o melhor hábito de todos, mas que seja, esse vai ser meu drinque de comemoração por ter me imposto e colocado um pé na porta.

Repouso a garrafa sobre a mesa e pego meu caderno antes de reler os dois pré-requisitos que rabisquei ainda em Meimendro.

É o segundo que vai me lascar.

Arranjar um familiar.

Bebo metade da garrafa de vinho, ponderando como caralhos vou conseguir fazer isso. Não é como se já não tivesse *tentado*. O negócio é que um familiar não é um animal qualquer. É uma criatura específica, cujo espírito ecoa com o seu próprio, e que literalmente se vincula a você. Em teoria, são os familiares que encontram suas bruxas, mas isso não aconteceu comigo ainda, e duvido muito que vai acontecer num futuro próximo.

É, que se dane o segundo requisito por enquanto. Tomo outro gole do vinho, começando a me sentir altinha. Vou focar no primeiro: a missão mágica.

Toda bruxa tem que participar de uma dessas missões. A ideia é desbravar a natureza, se conectar com sua magia num nível profundo e espiritual, e aí escrever sobre a experiência. Teoricamente, deveria ser algo que muda sua vida, mas agora que virou pré-requisito para adesão a um coven, acabou se objetificando e perdendo o valor.

Mas que seja. O coven quer que eu apresente uma missão empolgante?

Então tá.

Abro o site de uma companhia aérea, ponderando as possibilidades. Tenho certeza de que o conselho de adesão acredita que uma missão empolgante começa com um destino incomum.

Sibéria? Deserto Kalahari? Deserto? O deserto Gobi? Eu poderia ir ao Polo Norte, nadar com um narval e pronto.

Só que, quando rola a página e vejo as tarifas internacionais... tudo é *tão* caro. Minha deusa. Eu teria que vender um rim só para pagar a passagem.

Ah, peraí. Eles têm voos em promoção numa parte aqui.

Clico.

Cidade de Oklahoma — é... humm. Será que rola?

Provavelmente não.

Filtro o resultado para mostrar apenas voos internacionais e começo a procurar de novo.

Reykjavík — não tem umas fontes termais lá? Parece legal.

Veneza — não sei não. *Parece* mágico, mas não de um jeito selvagem e natural.

Londres. Paris. Atenas.

Coço a cabeça. Todos esses são destinos bem distantes, mas nenhum cumpre os critérios.

Tomo outro gole do vinho. Talvez hoje não seja minha noite.

Vou dormir, e com sorte terei pensado em algo amanhã.

―――

— Puta que pariu.

Encaro o recibo de compra das passagens não reembolsáveis *e* do cruzeiro não reembolsável que reservei para as Ilhas Galápagos.

Quer dizer. Parabéns, Selene bêbada, por achar um destino que eu genuinamente adoraria visitar.

Mas também, que porra é essa, Selene bêbada?

Um *cruzeiro*? Como foi que a gente conseguiu pagar por isso?

A notificação do cartão de crédito me diz que a gente ainda *não* conseguiu, de fato, pagar por isso. Selene bêbada só decidiu que Selene do futuro ia ter que se virar.

Passo uns bons dez minutos tentando não hiperventilar.

Quem sabe eu não possa fazer hora extra até o fim dos tempos para conseguir quitar tudo. Ou posso tentar achar mais trabalhos avulsos de magia. Eles ajudaram a pagar as contas no último ano, quando a grana do restaurante não cobriu tudo.

Reviso o itinerário mais uma vez.

É nisso que dá comprar uma missão mágica completamente alcoolizada.

Vai dar tudo certo. Vou viajar para o Equador, embarcar no navio, aproveitar pra caramba, tentar feito louca criar laços com alguma criatura — *qualquer* criatura — disposta a ser meu familiar, e aí voltar para os Estados Unidos e apresentar minha missão mágica e meu recém-adquirido familiar para o coven. Pá, pum, vapt, vupt.

Escrevo tudo isso no diário e solto o ar num suspiro.

América do Sul, lá vou eu.

Capítulo 3

Olho pela janela do avião, absorvendo a vista da grande massa de nuvens que se espalha a distância. Agora que estou de fato no ar e a caminho do meu destino, minha ficha está caindo e começo a sentir certa empolgação.

Estou indo para as *Ilhas Galápagos*. Que se danem as despesas de viagem ou missões mágicas. Esse arquipélago, majoritariamente inabitado, tem feito parte de minha lista de "lugares para conhecer antes de morrer" já faz um tempo.

Quando a visão das nuvens, ah, olha só, *mais nuvens*, começa a ficar entediante, deixo a mente divagar para quando me tornei uma bruxa.

Há mais de três anos, pouco depois de ter começado a frequentar a Academia Peel, eu e o restante dos novos estudantes passamos por uma cerimônia: o Despertar. Para nós, sobrenaturais, essa é uma tradição antiga que manifesta nossos poderes latentes.

Recebemos uma poção agridoce, e essa poção traz à tona nosso aspecto sobrenatural. Foi aí que senti a magia se agitar dentro de mim pela primeira vez, e foi aí que descobri o alto custo que ela exige.

Volto a atenção para o livro no meu colo — *Magia multifuncional: ingredientes e rimas para aplicar nos feitiços do dia a dia*. Já que minha mente nem sempre é confiável, uso o que gosto de chamar de *magia adaptativa*. Um nome bonito para "só vou deixando a magia me levar e improviso". Não quero contar vantagem, mas tenho uma taxa de sucesso de 62 por cento.

E, sinceramente, é melhor que nada.

Mas espero que, conforme eu for estudando e aprendendo, dependa menos de minhas habilidades inatas e confie mais em coisas como fases lunares, cristais, ingredientes de feitiços e encantamentos. Tenho que

acreditar que quanto mais conhecimento minha mente abarcar, mais difícil vai ser para o meu poder apagá-lo por completo.
Imperatriz...
Congelo, uma careta repuxa os lábios.
Será que ouvi alguma coisa?
Um sussurro de magia acaricia minha pele, provocando arrepios.
Venha... a... mim...
Largo a caneta.
Tá legal, que *porra* foi essa?
Olho em volta para ver se mais alguém percebeu. A maioria dos outros passageiros está dormindo ou assistindo a alguma coisa nas televisõezinhas individuais. No entanto, consigo perceber um vislumbre de magia azul-índigo serpenteando pelo corredor.
Tem alguém lançando feitiço...?
IMPERATRIZ!
O avião dá uma guinada, e a magia azul-escura avança até mim, seus fios nebulosos vão envolvendo minhas pernas e minha cintura. Reprimo um gritinho ao ver os fios escuros subindo cada vez mais, enevoando toda a parte inferior do meu corpo.
Dou uma espiada nas pessoas ao redor, mas embora alguns passageiros também estejam olhando, ninguém parece perceber que é a magia que está provocando a turbulência, ou o fato de só estar se agarrando a mim.
Faço um esforço enorme para tentar afastá-la, mas a magia é efêmera como fumaça, e minhas mãos a atravessam. O homem sentado ao meu lado olha para mim com as sobrancelhas arqueadas. Humanos não mágicos não conseguem ver o poder da mesma forma que as bruxas. Tenho certeza de que pareço ridícula, abanando o nada com as mãos.
Antes que consiga me explicar, a magia que me envolve aperta seu enlaço e me puxa para baixo, com *força*, e o avião chacoalha outra vez. Juro, parece que está tentando me arrancar do céu.
A aeronave dá um solavanco para a direita, e o livro cai do meu colo. Não consigo ver onde foi parar.
Acima, o sinal de afivelar os cintos de segurança se acende, e o alto-falante do comunicador faz um ruído de ativação.
— Senhores passageiros... — começa a falar o comissário de bordo.
Venha a mim!

Levo as mãos à cabeça conforme a voz masculina estrondosa abafa o anúncio do comissário. Não consigo identificar se ela vem de dentro de mim ou não, mas parece preencher por todo lugar, e tenho um impulso esquisitíssimo de ceder à sua ordem. Enquanto isso, a espiral distinta de tom azul sobe pelo meu tronco.

As luzes do avião piscam, e sinto um frio na barriga quando perdemos altitude. Algumas pessoas começam a gritar.

— É só um pouco de turbulência — o comissário continua num tom tranquilizador, traduzindo a fala para o espanhol e português, enquanto o céu lá fora começa a escurecer. — Por favor, permaneçam em seus assentos. Um de nossos tripulantes passará em breve oferecendo bebidas e refrescos.

Espio pela janela mais uma vez, mas já não consigo ver as nuvens. Em vez disso, uma fumaça densa de magia índigo envolve o exterior do avião.

Imperatriz, ouça o meu chamado!

Talvez seja o pânico ou talvez seja esse efeito estranho que a magia tem em mim, mas antes mesmo que me dê conta do que estou fazendo, já desafivelei o cinto de segurança e me levantei do assento. Murmurando desculpas distraídas, me espremo pelos passageiros e sigo para o corredor, e a névoa envolvente de poder acompanha meus movimentos.

Mais fumaça mágica azul-escura se dissipa pelas saídas de ar e escorre pelas paredes, enchendo a cabine rapidamente.

— Ei! — chama outra comissária de bordo, que acaba de me ver. — Retorne ao seu...

Minha rainha!

Arquejo, levando a mão à cabeça conforme o avião dá uma guinada para baixo. Acabo caindo num assento próximo, sentindo a magia crescente me envolvendo em seus tentáculos.

Então, congelo, com o coração a galope, e tenho um momento de clareza absoluta.

É um ataque mágico.

Meus olhos correm pelo avião e por todos os passageiros, mesmo quando a comissária começa a gritar para eu voltar a me sentar. Não dá para saber se o dono da magia está a bordo ou em algum lugar no solo, mas acho que não tenho tempo de encontrar o culpado nem de lidar com ele.

A aeronave não se endireitou; continua a despencar pelo céu, e meu estômago está com uma sensação terrível de enjoo.

A magia ofensiva está por toda parte, mais forte a cada segundo. Tem a forma de uma nuvem índigo, suas densas plumas vão escurecendo a cabine. Mais ninguém parece notar, o que quer dizer que provavelmente não há mais ninguém sobrenatural a bordo, e eu posso ser a única capaz de fazer qualquer para impedi-la.

Ignorando a comissária, que ainda está me chamando, me concentro em meus próprios poderes, deixando que venham à tona. Sinto a magia por baixo da pele e engulo em seco, com o coração palpitando de nervoso. Amo minha magia, desfruto da liberdade e força que ela me concede, mas sempre há uma pontada de terror, sabendo que, a cada vez que usá-la, lembranças vão desaparecer — e eu nem posso escolher quais serão.

Não tenho ingredientes para mitigar o custo desta magia — nada além do próprio encantamento. Qualquer que seja a razão, feitiços gostam da elegância de uma rima.

— Chamo meus poderes para livrar-me da agonia. Afaste o inimigo e combata a sua magia.

Abro os olhos e vejo minha magia se desprender do meu corpo. Sua coloração laranja pálida faz com que se pareça com nuvens ao pôr do sol, e quando ela se encontra com o profundo do azul, essa imagem se reforça, os dois poderes se opondo como o dia dando lugar à noite.

Minha magia arranca a outra do meu tronco e, devagar e sempre, a força para fora da cabine. Conforme assisto, os últimos feixes recuam pelas saídas de ar e molduras das janelas.

Quando ela vai toda embora, solto um suspiro trêmulo, cambaleando um pouquinho conforme o avião se endireita. À minha volta, os outros passageiros finalmente relaxam. Então, cerro a mandíbula ao sentir uma pontada fraca na cabeça. O único indicativo de que devo ter perdido uma lembrança.

— ...já disse, retorne ao seu assento! — A voz da comissária de bordo sai esganiçada, e ela aponta para mim, me olhando com uma expressão que deve ter sido para me assustar.

Tarde demais. Já estou apavorada.

Acima, os alto-falantes anunciam:

— Pedimos desculpas, pessoal. — O piloto dá uma risadinha. — Só um pouco de turbulência localizada. Parece que...

Minha rainha... eu senti você...

Minha magia permanece no ar, brilhando bem de leve. Mas vejo também aquela magia azul traiçoeira voltando a se esgueirar pela cabine.

— Não — eu sussurro.

Quando entra em contato com a minha, o toque é gentil.

Juro que ouço uma risada desencarnada.

Sim. Minha rainha, aí está você.

Em questão de segundos, ela se entrelaça com a minha magia, fazendo com que se misturem até ficar da cor de um hematoma.

Como tenho procurado por você.

Que porra de voz é essa?

Agora ouça ao meu chamado, imperatriz, e VENHA A MIM.

O avião dá um tranco e depois começa a despencar pra valer. Isso não tem cara de turbulência, tem cara de que os pilotos perderam o controle.

As pessoas estão gritando de novo, e a comissária de bordo enfim tira os olhos de mim para instruir os passageiros nos protocolos de segurança.

Aproveito que ela está distraída e avanço pelo corredor, me chocando contra os assentos conforme o avião chacoalha. Não sei exatamente o que estou fazendo, mas consigo chegar até a área da primeira classe.

Seja lá quem eu esteja combatendo, tem magia muito mais poderosa do que a minha. Não posso impedir o ataque, o melhor que consigo é mitigá-lo. Se alguém está mesmo tentando derrubar o avião, então tudo o que posso fazer é tentar ajudar na aterrissagem.

Renda-se... renda-se a nós...

A magia estranha se enrola toda ao meu redor, como se tentasse entrar em mim. Como se quisesse que eu a respirasse, para chegar o mais perto possível. É angustiante, e mesmo assim algum aspecto dela parece encantar meus sentidos.

Mais comissários de bordo gritam comigo, exigindo que eu me vire e volte ao meu lugar. Até agora, ninguém tentou me restringir fisicamente, já que suas atenções estão divididas entre mim, os outros passageiros e a dificuldade de andar pela cabine no momento. No entanto, quanto mais vou avançando, mais frenéticos eles vão ficando. Quando chego perto da cabine do capitão, um deles se movimenta para me impedir. Acho que vai tentar me derrubar.

— Faça este homem parar. — Levanto a mão na direção do comissário. — Seja meus braços e segure-o no lugar.

Lanço a magia nele. O comissário tropeça e cai no colo de um passageiro próximo. Consigo sentir os olhares assustados atrás de mim, e percebo que algumas pessoas começam a se levantar, na cara estão achando que eu tenho más intenções.

Mais sopros de magia se desprendem, empurrando os heróis equivocados de volta para os assentos.

Tem uma força muito maior e mais assustadora em jogo no momento do que uma jovem bruxa.

Vamos lá, bruxinha. Nunca foi para nós nos separarmos.

Sua voz é como veludo, me seduzindo. Chega a me arrancar o ar dos pulmões.

Me forço para frente, em direção à porta trancada da cabine.

Levanto a mão e nem me dou o trabalho de pensar num encantamento rápido.

— Abra. — Minha magia avança, fazendo a tranca e a porta se abrirem.

Venha a mim, imperatriz.

Quase caio em cima das muitas alavancas e botões no painel quando a magia de índigo dá um novo puxão na aeronave.

Uma dos pilotos dá uma olhada em mim. Então, ela dá outra olhada.

— Mas o quê...?

O outro piloto ordena:

— Retorne ao seu assento. *Agora.*

Atrás de mim, ainda dá para ouvir várias pessoas gritando para eu voltar e me sentar. Me afasto do painel e ergo a mão para a porta.

— Feche.

A porta se fecha, assim como a tranca, nos isolando do resto da cabine. O piloto olha de mim para a porta, vários metros adiante, que aparentemente se trancou sozinha. Seus olhos se arregalam de incredulidade e talvez um toque de medo.

— Alguém está tentando derrubar a gente — digo, como se isso explicasse minha magia. Para ilustrar minha fala, o avião chacoalha violentamente, me jogando para frente. Mal consigo me segurar no assento dos pilotos, tentando recuperar o equilíbrio. — Vim ajudar a pousar o avião.

A pilota solta uma gargalhada com todos os tons de ceticismo. E, para ser sincera, eu também riria se alguma babaca aleatória que caiu no meu painel simplesmente se disponibilizasse a ajudar.

Venha a mim... imperatriz...

A voz fantasmagórica sussurra em meu ouvido, na minha pele. Sinto os pelos dos braços se arrepiarem. Tem alguma coisa tão perversamente sedutora nessa voz.

— Olha, não estou nem aí para o quanto vocês são experientes, mas estão lidando com forças que vão além das suas capacidades, e não vão conseguir aterrissar este avião sem a minha ajuda.

Adoraria dizer que minhas palavras incitam alguma coisa, mas na verdade, os dois voltam a atenção para o controle da aeronave em si, e a pilota discute com o colega algum plano de ação que pode funcionar.

Tá legal.

Fecho os olhos e respiro fundo, focando minha energia.

— *Uso meus poderes mesmo na adversidade. Com este feitiço, pousarei a aeronave.* — Repito a rima várias vezes, e minha magia emana, espalhando-se a partir do meu corpo.

Quando abro os olhos, vejo que ela abriu caminho pela névoa azul-escura que encobria a visão da janela frontal. Agora, consigo ver os arredores, e tento não gritar. Estamos mergulhando na direção de montanhas gigantes e um mar de árvores cada vez mais próximas.

Ai, deusa, vamos todos morrer.

Respiro fundo e forço o pensamento intrusivo para longe.

Eu só preciso ajudar a pousar o avião. Não é impossível. Me concentro em meu poder de novo, deixando que emane do meu corpo, e continuo a repetir o encantamento.

Minha magia avança e flutua rápido até a parte de baixo do avião. Não consigo ver o que está acontecendo, mas posso sentir a magia pressionando a superfície de metal. E então, a sinto se agitar em ondas, como se estivesse formando sua própria corrente de ar. Caramba, talvez esteja mesmo.

Ela se esforça, tentando ajustar o ângulo da aeronave.

Não vai ser suficiente!

Cerro os dentes, minha cabeça latejando com o esforço.

— *Chamo pela magia da maior intensidade. Proteja estas pessoas. Pouse esta aeronave.* — Minha voz fica mais alta, mesmo com o rugir das turbinas e os gritos abafados dos passageiros.

A cada repetição, mais ondas de magia se desprendem de mim. A magia adversária ainda está presente, mas em vez de batalhar por dominância, ela parece se *mesclar* com a minha.

E quando faz isso, sinto a ponta do avião inclinar um pouquinho para cima. E então, um pouquinho mais.

Os pilotos dão comandos rápidos, talvez um para o outro, talvez para alguém do outro lado da linha em seus fones. Pode ser que fique tudo bem. Quem sabe...

— Mayday! Mayday! Mayday! Estamos em queda!

Porra.

As árvores lá fora se aproximam cada vez mais.

Continuo forçando a liberação de magia, dando tudo de mim para endireitar a aeronave. Agora, com a ajuda da outra magia, está funcionando. Só não sei se vai dar tempo.

Solto um gemido, e em seguida um grito com o esforço.

Imperatriz, sinto você se aproximar.

Bem devagar, a parte dianteira do avião sobe.

— Eita! — exclama o piloto, com as mãos escorregando do manche por um breve momento. Mesmo sem sua direção, a aeronave continua a subir. — Que porra é essa?

Ele me lança um olhar de esguelha, mas estou ocupada demais repetindo o encantamento e direcionando o poder para o encarar de volta.

— Matt, pega logo essa merda e me ajuda a pousar este avião! — exclama a outra pilota.

Ele volta a agarrar o manche assim que o avião vai de encontro com as árvores lá abaixo. Vejo folhas e galhos, e o brilho da chuva.

Tudo acontece rápido demais, e meu cinto não está afivelado — não estou nem sentada. Não há nada impedindo que eu seja jogada pela cabine e atravesse a janela.

Em resposta ao pensamento, minha magia me envolve e me ancora no lugar. Não sei nem se precisava, porque a magia estranha e traiçoeira também vem me cobrir no instante seguinte, fazendo uma espécie de casulo. Parece estranhamente protetora.

Sei que vamos cair. Dá para ver o impacto vindo, mas ainda assim, forço mais uma onda de magia numa última tentativa desesperada de nos salvar. Parece que minha cabeça vai se partir ao meio, e não vou nem pensar na quantidade de lembranças se dissolvendo.

Um bando de pássaros bate em revoada nas árvores abaixo, se espalhando conforme vamos de encontro à selva úmida.

— Segurem firme! — o piloto grita.

O avião bate no primeiro galho. Há um estalo horrível, e então...

Crec, crec, crec...
A madeira se parte e o metal arranha conforme a barriga do avião raspa contra a copa das árvores. Nós chacoalhamos, e só a minha magia e esse poder estranho mantêm meu corpo no lugar.

A ponta do avião mergulha, e então...

BAM!

Apesar de a magia me prender no lugar, ainda assim sou jogada para a frente contra a porcaria do painel, e então tudo escurece.

Capítulo 4

— ...*mas eu achei que ela havia invadido a cabine do piloto...*
— ...*juro por Deus, ela me ajudou a guiar o avião...*
— ...*não estava nem de cinto...*
— Ela não parece machucada...

Pisco e abro os olhos. Logo acima, vejo os rostos preocupados de várias pessoas, embora não reconheça nenhuma. Uma delas usa uniforme de piloto de avião. Os outros parecem ser comissários de bordo.

Pilotos? Comissários? O que está acontecendo?

Faço careta, olhando de um para outro. Ao longe, dá para ouvir um barulho suave de chuva e o murmúrio de muitas vozes.

Respiro fundo, e a ação faz minha cabeça latejar.

Conheço esta dor — e conheço a confusão que a acompanha.

Merda. Eu devo ter usado magia — muita magia, pelo visto, a julgar pela dor de cabeça.

Inspiro mais uma vez e reviso minha lista de informações básicas importantes.

Eu sou Selene Bowers.

Tenho vinte anos.

Sou de Santa Cruz, Califórnia.

Sou filha de Olivia e Benjamin Bowers.

Estou viva. Estou bem.

As pessoas amontoadas ao meu redor estão fazendo perguntas. Tento me concentrar em uma delas.

— O quê? — pergunto, atordoada.
— Está sentindo alguma dor?

Faço outra careta e levo a mão à têmpora.

— Minha cabeça — digo, vacilante. Meus músculos doem e minha roupa está ficando molhada, mas são só detalhes. Até a dor de cabeça vai passar em algum momento. — O que está acontecendo?

— Você se envolveu em um acidente de avião — diz um dos comissários de bordo.

— O quê? — Me sento rápido demais e tenho que levar a mão à cabeça quando uma onda de vertigem me atinge.

Houve um ataque mágico — tentaram derrubar nosso avião — eu tentei impedir.

Inspiro fundo pelo nariz conforme as coisas vêm voltando vagamente, mas a lembrança esfarrapada parece mais um sonho do que algo que eu de fato vivenciei, e quando tento extrair algum detalhe, eles parecem se desintegrar.

Pisco para a multidão aglomerada, e então foco a atenção mais adiante.

Solto um ruído baixo quando meus olhos caem sobre o avião enorme, caído sobre um monte de árvores achatadas. Parte da lataria foi arrancada, assim como a ponta da asa que partiu ao meio.

— Eu... sobrevivi a isso? — pergunto.

— *Todos* nós sobrevivemos — corrige o piloto. Ele me lança um olhar, como se quisesse dizer muito mais. — Cada um dos passageiros e tripulantes.

Continuo encarando o avião estraçalhado, com dificuldade de assimilar tudo aquilo.

Nosso avião caiu. *Literalmente,* caiu. E todos sobreviveram.

Eu devo ter ajudado. Minha confusão e a enxaqueca palpitante são provas disso.

Infelizmente, não me lembro de nada. A não ser... a não ser...

Imperatriz...

Paro de respirar.

Me lembro dessa voz masculina sedutora. Eu... a ouvi no avião. Acho que ouvi. Embora não saiba dizer o que ela teve a ver com a história. Tentar juntar as peças só faz minha cabeça latejar mais. Massageio as têmporas, tentando amenizar a dor.

— Tinha uma médica a bordo, ela está examinando todo mundo — diz o piloto, chamando minha atenção. — Pode ficar aqui e aguardar?

Engulo em seco, e então assinto.

Ele me dá uma batidinha na perna e fica de pé, se afastando para, sei lá, fazer o que pilotos fazem em caso de pouso acidental. Ele me lança um último olhar sobre o ombro, e há uma pergunta nesse olhar. Ele deve ter visto ou ouvido algo inexplicável, e agora está cheio de perguntas.

Fico grata por não me lembrar do que raios ele está se lembrando. Não faço ideia de como poderia esclarecer a coisa toda da magia.

Enquanto me situo, uma das comissárias de bordo arranja um analgésico e uma garrafinha d'água. Ela também lança um olhar ao me entregar os itens, só que o dela é menos curioso e mais... *azedo*. Tenho a forte impressão de que tivemos algum tipo de encontro desagradável, e isso me faz ponderar o que foi que rolou no avião antes de ele cair.

Depois de tomar o remédio e assegurá-la de que estou mesmo bem, ela e os outros comissários se afastam. Observo irem cuidar de outras pessoas, que estão sentadas ou deitadas. Há dezenas — se não centenas — de pessoas indo e vindo. Algumas estão chorando, outras se abraçando, ou encarando o horizonte com o olhar distante.

Deixo meu próprio olhar divagar pelos arredores. Árvores densas se agigantam, bloqueando boa parte da luz do sol. Arbustos tomam o chão da floresta, se espremendo em cada brecha. O chão é úmido, as plantas são úmidas, e a julgar pelo barulho constante de chuva, até o ar é úmido.

Um barulho estranho e intenso ecoa ao longe. Além dele, há cantos de pássaros e sons mais baixos que devem ser de sapos, insetos e o que mais habitar este lugar.

Então, caímos em algum lugar da floresta, o que é de alguma forma preocupante, visto que deve haver quilômetros e mais quilômetros de natureza selvagem ao redor.

Quanto tempo será que vai demorar para alguém encontrar a gente?

Ao meu redor, a selva parece escurecer junto dos meus pensamentos. Toco a cabeça, me perguntando se tive algum tipo de traumatismo cerebral além da perda de memória. Só quando vejo um vislumbre de magia azul-escura se retorcendo nas árvores é que percebo que não estou imaginando coisa nenhuma.

A visão de uma magia estranha no meio da selva deveria me assustar. Ela com certeza parece agourenta, serpenteando por entre as árvores. Mas mexe comigo, em algum ponto que está bem ali, bem no limite da minha consciência...

Imperatriz...

Eu me arrepio toda. Aquela voz de novo!

Venha a mim...

Sem pensar, fico de pé. Já ouvi falar de sereias que atraem pessoas para a morte; deve ser uma sensação parecida. O chamado dessa voz faz meu sangue se agitar. Não sei o que ela quer, ou se quer fazer algum mal aos outros passageiros, mas sinto uma necessidade urgente de me aproximar.

E assim eu faço. Antes que a médica ou qualquer outra pessoa venha me ver, vou escapulindo pela floresta, deixando as árvores e as sombras me engolirem.

———

Não sei por quanto tempo estou andando, ou que distância já percorri. Estou num torpor, impulsionada pelo chamado intermitente daquela voz e pelo serpentear da magia azul-índigo que parece guiar o meu caminho.

Um lado meu tem plena consciência de que seguir vozes estranhas e poderes desconhecidos é uma péssima ideia, mas também há outro lado que está completamente cativado por essa magia atraente.

Corro os dedos por uma folha reluzente e me encolho para passar por baixo de uma trepadeira que pende de um galho, abanando a mão para afastar um inseto zumbindo ao meu redor. Estou nesta selva há menos de um dia, e já dá para ter certeza de que os bichos mais bizarros do mundo vivem aqui. Vi pelo menos uma aranha do tamanho de um prato de comida, e nem cinco minutos atrás, passou um besouro que tinha a envergadura da minha mão aberta.

Limpo o suor da testa.

Deu tudo errado na viagem, mas pelo menos *estou* tendo toda a experiência de missão mágica.

Dou uma olhada sobre o ombro, me perguntando como é que vou achar o caminho de volta para o local da queda. Sem dúvida, terei que usar magia. Presumi que iria seguir a magia azul por alguns metros até achar o ser misterioso por trás disso tudo, mas até agora isso não aconteceu.

A caminhada longa me dá tempo para pensar, em especial sobre as lembranças recém-perdidas. Não tenho como saber quantas ou quais delas se dissolveram com o feitiço. Pensar nisso me assusta — porque eu posso ter perdido algo importante ou maravilhoso, sem nem perceber. Por outro lado, se eu não sei o que perdi, é difícil ficar de luto por isso.

Sinto um formigamento de poder pela pele, me distraindo dos pensamentos. A princípio, acho que é o mesmo tipo de magia que vem me chamando, só que mais *alta*.

Mas a sensação é diferente, de algum modo intrínseco. Congelo quando vejo a magia em si. Diferentemente do poder de índigo que venho seguindo — que, mesmo agora, permanece acima de mim —, essa magia lampeja como centelhas iridescentes no ar. Quanto mais a encaro, mais ela se aglutina, ficando mais densa.

Minha rainha...

A compulsão nessas palavras quase me faz andar de novo, mas não consigo desviar os olhos da magia. Algo se move na minha visão periférica, e levanto o olhar justo quando uma sombra enorme pula de uma árvore bem na minha frente, avançando direto para mim.

Não tenho tempo de me mexer nem de gritar. Ela se choca contra meu peito, me derruba e me prende no chão.

Não consigo respirar.

Um par de patas pretas e gigantescas descansa em meus ombros, me mantendo no lugar. Vou levantando o olhar, percebendo os pelos escuros e aveludados que cobrem as pernas dianteiras e o peito do animal. Minha atenção vai para seus dentes serrilhados e aterrorizantes, e deixo o olhar subir até o fim, encontrando por fim o olhar amarelo-esverdeado de uma pantera.

Capítulo 5

Ai, minha deusa de bicicletinha.
 A magia estranha me levou até uma *pantera*. Repito: uma *pantera*.
 Eu gritaria, só que minha garganta não funciona mais.
 Vou ser comida e então cagada por esse felino dos infernos, e ninguém vai saber o que aconteceu comigo.
 Controle-se, Selene. Você tem magia à sua disposição. Nenhum bichano superdesenvolvido vai ser o seu fim, não importa quão terrível ele seja.
 A pantera abre um pouco a boca, só o bastante para que eu sinta seu bafo felino, que é tão ruim quanto parece.
 Ela se inclina para frente, aproximando a cabeça do meu rosto. Me encarando o tempo todo.
 Então, sinto alguma coisa, alguma coisa que se condensa bem no centro do meu corpo. Levo um instante para me dar conta de que é a minha magia. Tem alguma coisa no ar — ou talvez em meus ossos — que chama por essa criatura. Tem a mesma sensação atemporal da minha magia.
 E quanto mais eu olho, mais consigo ver parte de mim mesma nesse olhar. Meu medo se esvai, substituído por uma familiaridade instintiva.
 Minha magia ressoa com esse pensamento, fluindo do centro do meu corpo e se espalhando pelos membros. O desejo de tocar esse grande felino, de fazer carinho nele, é quase avassalador.
 Hesitante, levanto a mão, sentindo meu poder se concentrar na palma. Minha cética interior tem certeza de que é agora que eu morro, mas minha intuição me diz algo diferente, e eu confio nela mais do que em qualquer coisa.

A magia enroscada na palma da minha mão cresce, impulsionada por algum instinto primordial de bruxa. Faz minha pele formigar e meus dedos se contorcerem de leve.

A pantera se aproxima, pressionando o rosto na minha mão estendida, como se desesperada pelo toque da minha magia.

E é exatamente o que ela recebe.

O poder irrompe da minha palma com o contato, colorindo o ar em volta com uma tonalidade pálida e cintilante de laranja. Envolve e preenche a pantera, com tanta naturalidade quanto uma respiração, e eu sinto se *conectar*. Algo profundo dentro de mim parece se encaixar no lugar, me vinculando magicamente à criatura.

Encaro o felino enorme, que me encara de volta, com o rosto ainda pressionando minha mão.

Após alguns instantes, ele se aproxima, como se quisesse me encarar mais de perto. Então, do nada, me dá uma lambida na bochecha que parece arrancar uma camada ou duas de pele.

Meio atordoada, faço um carinho no animal, com a mão um pouco trêmula, enquanto por dentro... por dentro, sinto nosso vínculo recém-forjado.

Caramba, acho que acabei de arranjar um familiar.

―――

Encaro o grande felino pela enésima vez, enquanto dou batidinhas nas roupas e vou me situando.

As bruxas do coven vão *surtar* quando virem meu familiar.

Sur-tar.

Até dou um sorrisinho com essa ideia. A frase "cuidado com o que deseja" veio de uma bruxa, afinal.

A pantera — *minha* pantera — é enorme. Eu nunca soube valorizar isso em felinos de grande porte até agora, até ficar ao lado de um.

De todos os animais com os quais eu poderia combinar, acabei arranjando este aqui. Ele — ah, sim, *com certeza* é macho — é muito mais orgulhoso e assustador do que o familiar que imaginei para mim. Para ser sincera, pensei que era uma garota mais do tipo chinchila.

Pelo visto, não.

Mesmo agora, dá para sentir o ressoar suave da minha conexão com o grande felino. É uma sensação estranha, essa de estar vinculada a outra essência — ainda mais a de um animal como esse. É que nem descobrir que você tem um apêndice a mais, só que esse é consciente.

Fecho os olhos e me concentro nessa consciência e no vínculo que formamos. Quanto mais me concentro em nossa conexão, mais me sinto atraída a explorá-la.

E assim o faço.

Num instante, estou sentindo o vínculo mágico; no outro, escorrego para dentro da mente da pantera.

Boa parte dos pensamentos da criatura está protegida, mas ainda consigo perceber sua leve fome. Fora isso, sinto que está em boa saúde. Sua força fervilha logo abaixo da superfície, e dentro de sua mente, me sinto mais forte, mais atlética.

Inspiro, e através de seu olfato, sinto dezenas de cheiros diferentes, cada um com suas nuances. O mais chocante é que, quando pisco e o mundo entra em foco, consigo me ver através de seus olhos.

Que viagem da porra.

Balanço a cabeça, dando uma olhada nos arredores. A visão dele é mais aguçada, mas não tão vibrante, e consigo ver todo tipo de coisa nas sombras da selva.

Volto para minha própria consciência, e é como ir de um cômodo a outro — sem precisar de magia, sem devorar memórias.

Preciso me apoiar numa árvore próxima para recuperar o fôlego.

— Você é... Isso é... — *Inacreditável. Extraordinário.*

E acima de tudo, *inesperado*.

Muito, muito inesperado.

Mesmo que estivesse desesperada para encontrar meu familiar, não acreditava de fato que iria acontecer nesta viagem.

Hesitante, me aproximo e aliso o pelo da pantera, em parte ainda esperando perder a mão. Mas ele me deixa fazer carinho e até fecha os olhos, cedendo ao meu toque.

— Qual vai ser seu nome? — pergunto.

O felino não responde, mas continua se encostando em mim.

— Sombra? — Testo o nome. Afinal, ele é assustador.

Sem reação. Acho que quer dizer "não".

Deusa dos céus, cá estou eu tentando ler a mente de um gato selvagem.

— Ônix? — Esse é bem literal.

Nada.

— Ebenezer? — sugiro.

Ele me lança um olhar não muito amigável.

— Estou *brincando* — digo. Volto a analisá-lo, absorvendo tudo de novo. — Hum... você é um carinha sério. — Tão sério que merece um nome forte, de um regente.

Das profundezas da névoa que é minha memória, pesco um nome para a superfície.

— Nero. — O animal vira a cabeça e lambe a palma da minha mão com sua língua áspera. — Gostou?

Ele me dá uma cabeçada leve na minha mão. Acho que é um "sim". Aliso o pelo dele.

— É, aposto que você gostou de ganhar o nome de um imperador romano cruel e brutal.

É quando ajeito a postura que meus olhos capturam uma movimentação acima. Levanto o olhar a tempo de ver aquele feixe de magia índigo serpenteando no ar, entre as árvores, na direção do que parece ser um corpo d'água.

Minha rainha... Me encontre... Me reivindique... Me salve...

A magia se estica na direção do meu braço, se enrolando no pulso como se estivesse me dando a mão e me puxando.

Eu a encaro, confusa por um momento. Acho que presumi que encontrar Nero fosse a força por trás da queda do avião e da missão mágica em que estou. Mas é claro que esse não é o caso. Familiares não têm magia própria, eles só a amplificam e conduzem. Então, essa voz e o poder insistente que vai me levando na direção da água são outra coisa bem diferente.

A magia puxa minha mão de novo, e mais uma vez, me sinto compelida a achar de onde ela vem.

Imperatriz...

— É melhor você não ser um monstro do pântano que quer me devorar — exclamo —, porque agora eu tenho um familiar fodão que vai ficar feliz e satisfeito em comer monstros do pântano de café da manhã.

Lanço um olhar de esguelha para Nero, que não parece concordar nem um pouco com comer monstros do pântano.

— Estou só blefando, óbvio — sussurro. — Só entra no jogo.

Lânguido, o felino se espreguiça, e então começa a espreitar adiante, sua cauda roça minha lateral quando ele começa a ir atrás da magia.

Vou atrás dele, me deleitando com o tamborilar suave de nossa conexão. Embora não consiga ver nenhum fio mágico nos unindo, posso sentir meu familiar na outra ponta.

É uma loucura.

Nero se esgueira pelas árvores com passos silenciosos, se movendo como uma sombra pelos arbustos da selva.

Não chegamos a ir muito longe quando as árvores dão lugar a um rio enorme e sinuoso.

Será que esse é *o* rio Amazonas? Porque isso seria incrível pra caralho. Aleatório, mas incrível.

Fico de pé na borda, com as mãos nos quadris, minhas botas enlameadas e minha pele suada, e saboreio a ironia ridícula da situação. Eu enfim ganhei a missão mágica louca e selvagem que não pude bancar. Quer dizer, tecnicamente, também não posso bancar a missão que comprei, mas isso é um mero detalhe.

A névoa de magia azul atravessa o rio, desaparecendo entre as árvores do outro lado.

Solto um suspiro, e então me viro para Nero.

— Por acaso você não sabe de nenhuma ponte aqui por perto, sabe?

Capítulo 6

Não encontro nenhuma ponte, mas Nero me guia até um barco. Tá, um bote. Um bote carcomido e parcialmente submerso nas águas barrentas do rio. Dentro, há arbustos em decomposição, uma poça d'água bem turva e, ao que parece, um ecossistema inteiro, autossustentável e próspero. O chão também está meio carcomido. E está sem os remos.

Mas quer saber? Já é *alguma coisa*.

Então, levo um tempão consertando o *Expresso Decadência* com magia e tentando arrastá-lo da margem. Ao final, minha cabeça — que tinha parado de doer graças ao analgésico — começa a latejar de novo.

Ignoro a dor e a ansiedade cada vez maiores, proporcionais ao tanto de poder que precisei usar hoje. Estou numa missão mágica; posso ser um pouco indulgente com meus feitiços.

Com esse pensamento em mente, liberto mais uma explosão de poder para limpar o interior do bote. O tempo todo, a magia azul-escura circula ao meu redor.

Imperatriz...

Ignoro a voz e a inquietação que ela me causa. Arrasto o barco até a água, fazendo careta quando minhas botas tocam o leito do rio, fazendo um barulho molhado de esguicho. Quase pulo de alegria quando vejo o bote flutuar, balançando suave na parte rasa do rio. Ainda é bem precário, e vale lembrar que não tem remos, mas pelo menos flutua.

Me viro para Nero, que assistiu a tudo da margem, e hesito. Passei tanto tempo pensando em como conseguir um familiar, mas agora que criamos um vínculo, não sei o que fazer.

— Você... quer vir comigo? — pergunto.

Nero me encara por um momento. Então, em resposta, ele pega impulso da margem, se prepara e salta para dentro do bote. O impacto de seu pulo quase o faz virar no processo.

— *Cara* — digo, agarrando a borda do bote e tentando deixá-lo o mais estável que consigo.

Se Nero teve qualquer preocupação sobre cair na água, não demonstrou. A pantera se deita no chão da embarcação e começa a se lamber, quase um ritual de limpeza.

Dou mais uma olhada para os reparos mágicos que fiz no bote, e então para a margem do outro lado.

Respirando fundo, reúno coragem e me ergo para subir no barco.

Antes que eu sequer possa pensar num feitiço para fazer esse troço se mover, a magia que estava me circulando começa a empurrar a embarcação, nos impulsionando através do rio.

Solto o ar, trêmula.

É, isso resolve.

Só quando chegamos no meio do rio é que começo a ter minhas dúvidas.

O que, em nome da Deusa, estou fazendo? Missão mágica ou não, eu não deveria estar vagando por aí nesta selva misteriosa, deixando um ser misterioso me atrair para mais perto. Nem trouxe meu caderno comigo, então se tiver esquecido as lembranças de hoje mais cedo, estou ferrada.

Olho para cima, para o céu da tarde.

E se eu não voltar até o pôr do sol...

Ferrada ao quadrado.

Mas minha intuição não está dizendo para eu me afastar, e ouvi-la mais cedo me levou a *encontrar* o meu familiar. Tecnicamente, essa é a definição de uma missão mágica — prestar atenção numa voz interior indomável que guia todas as bruxas.

Nero avança na direção da água, quase fazendo o bote virar. *De novo.* Agarro as laterais, tentando me equilibrar nas águas agitadas. Ouço um barulho de mordida e então a pantera está de volta, arrastando junto dela alguma coisa que se contorce.

Mas o quê...?

Nero se vira para mim, e presa em sua mandíbula, está a porra da maior cobra que já vi na vida, com a cabeça e pescoço pendurados sem vida, embora o resto do corpo continue a espasmar.

Pu-ta merda.

— Bom garoto — digo com a voz rouca.

Ele me lança um olhar, como se fosse me comer da próxima vez que o tratar como um animal de estimação. Vai até o meio do barco e se joga no chão, com a cobra retorcida na boca.

Faço careta.

Pigarreio e digo:

— Acho que a gente precisa estabelecer algumas regras do barco. Número um...

Nero afunda as presas na barriga da criatura.

Ai, vou vomitar.

— Proibido comer animais no barco.

A pantera me ignora e continua a mastigar a cobra morta.

O que devo fazer se meu familiar não me obedece? Ele não deveria ser totalmente fiel e leal à bruxa com a qual se vinculou?

Respiro fundo algumas vezes e decido que não vou comprar esta briga hoje.

— Tá, deixa as regras do barco pra lá, só não me suja de san...

Sinto algo quente e molhado respingar nas costas da mão.

Encaro meu familiar, *ainda* absorto em sua refeição.

— Não me faça te transformar num gatinho doméstico — aviso.

Ele para de comer para me mostrar as presas, chiando.

Acho que não gostou muito da ideia.

— Então se comporte.

Ele me encara por um longo momento e então volta a devorar seu lanchinho horrendo.

A magia azul continua nos impulsionando e, devagar e sempre, atravessamos o rio. Logo acima, um sopro da magia ainda permanece, como uma trilha de fumaça, desaparecendo entre as árvores que ocupam as margens. Agora, ela parece bem mais densa do que no local da queda do avião.

Ainda dá para sentir o poder me guiando pelas costas, mas agora começa a deslizar pelos meus ombros também, ao redor do tronco, e um suspiro acaricia meu rosto, parecendo, por tudo que é mais sagrado, o toque suave de dedos na minha pele.

Acho que seria melhor se eu achasse o toque repulsivo, mas... não acho, e isso me deixa confusa.

Por fim, chegamos à outra margem. Espero o bote se atracar sozinho antes de pular para fora com Nero e tirar a maior parte da embarcação da água.

Limpando as mãos, me viro para a selva escura adiante.

Venha a mim...

Eu paro. A voz fantasmagórica está muito mais forte agora.

O ar à minha volta parece vibrar. Dá para sentir a magia como se estivesse viva.

Chamando por mim. Chamando...

Vou abrindo caminho por entre a vegetação e as árvores frondosas, a atração vai ficando cada vez mais forte. Paro apenas quando chego a uma parte de folhagem densa e quase impossível de atravessar.

Estou prestes a me afastar quando sinto... mais magia. Só que esta não tem os mesmos elementos da magia azul logo acima.

O feitiço aqui — e o que estou sentindo é um feitiço, não só magia indefinida emanada por alguém — não é como o que me instigou até aqui. É um poder tão sutil que poderia ter passado despercebido, se eu não estivesse atenta para magia.

Mas agora que paro para *notar*, vejo os rastros brilhantes que o feitiço deixou para trás. Às vezes, eles podem ter o formato de texto escrito, mas outras vezes, como agora, não parecem nada além de fios cintilantes.

Este feitiço, entretanto, não é composto só por alguns fios mágicos; é uma tapeçaria inteira. Os encantamentos — tecnicamente *sentinelas* — pairam no ar como uma teia imensa, tão complexa e entrelaçada que deve ter levado semanas, senão meses, para ser tecida.

Estudo as camadas e mais camadas de feitiços de proteção, impressionada por alguém ter criado algo tão intrincado.

As sentinelas mais proeminentes são aquelas que levariam alguém a querer se afastar deste lugar. Outras formam uma espécie de barreira impenetrável por um humano não mágico. Por fim, sinto vários encantamentos sobrepostos que encobrem a visão adiante. É tudo tão terrivelmente complicado.

Infelizmente, a magia que venho seguindo passa direto pelas sentinelas, como se não estivessem ali.

Minha rainha...

A voz faz meu sangue se agitar e minhas costas se arquearem. Se estou com qualquer esperança de encontrar a origem da voz, vou ter que passar pelas sentinelas.

Dou mais uma examinada na teia. Depois de titubear um instante, estico a mão, sem ter certeza de como ela vai reagir. Pode haver pragas e maldições entrelaçadas nessas coisas, e eu não quero de jeito nenhum voltar para casa com alguma maldição me apodrecendo por dentro.
Me ajude...
Essa súplica me enche de coragem. Pode haver alguém do outro lado desses feitiços que está em perigo real. E, embora esteja longe de ser uma salvadora da pátria, sou a única por aqui, então posso pelo menos tentar ser valente.

Respiro fundo, e então pressiono a teia de feitiços com a mão.

Ao meu toque, ela se desfaz por completo, como se fosse uma teia de aranha. Mas mesmo quando minha mão atravessa, sinto o nível absurdo de poder que esses feitiços libertam, me acertando em cheio e me fazendo cambalear para trás. A onda se espalha pela selva, se dissipando no ar.

Franzo a testa. Feitiços poderosos assim deveriam apresentar *algum* tipo de resistência.

Mas a preocupação só dura um instante, porque agora que removi aquela camada de sentinelas, consigo ver a área à minha frente pelo que é de verdade.

Um monte de ruínas.

Encaro as colunas caídas e restos quebrados de arcos esculpidos, o mármore branco coberto de vinhas e plantas. A própria pedra parece ter padrões florais dourados incrustados, e o topo das colunas imita o que parecem ser copas de árvores.

Não sou perita no assunto, mas... juro que essa arquitetura tem um toque do Outro Mundo, o reino onde moram as fadas. Então, o que está fazendo escondida aqui na América do Sul?

Meu coração bate mais forte.

Pode ser que eu esteja errada. Pode ser só algum tipo de resort que deu errado e foi abandonado...

Faria um pouco de sentido, embora não explique os feitiços de proteção.

Hesitante, dou um passo para frente e adentro as ruínas.

Venha a mim, minha rainha...

A voz masculina ressoa cada vez mais perto, e tem alguma coisa nela que é visceralmente íntima. Faz até minha respiração sair estremecida.

Sigo em sua direção, o fio de magia azul vai guiando meu caminho. Ela serpenteia pelas construções caídas. Meus olhos recaem sobre um pedaço de pedra esmigalhado e o que parece ser parte de um banco de mármore, cuja ponta termina no formato de uma folha. Isso não pode estar certo.

Quanto mais detalhes observo, no entanto, mais certeza tenho de que não se trata de um resort que deu errado. Parece mais com um lugar sobrenatural que foi abandonado, a maior parte enterrada sob camadas e mais camadas de vegetação. Mas aqui e ali, vejo relances do que chegou a ser um dia.

Ando até uma das paredes mais intactas, afastando uma cortina de plantas. Abaixo delas, examino o mármore, pousando os olhos sobre o padrão intrincado de uma planta florida que enrama e decora o muro.

Com certeza foi feito por fadas. Talvez uma até tenha chegado a morar aqui.

Imperatriz...

Me afasto do muro, deixando a folhagem pender de volta ao lugar, a voz me assombra e me atrai uma vez mais.

Ao meu redor, sinto mais daquelas sentinelas. Elas estão por toda parte, cintilando pelo ar, se enrolando nas colunas caídas, cobrindo os poucos muros que ainda estão de pé. Alguém se esforçou muito para proteger toda e qualquer superfície desse lugar com feitiços. Eu levaria horas para descobrir o propósito de cada um, e mais ainda para removê-los.

Adiante, a magia azul-índigo desliza pelos céus, se curvando para baixo e enfim penetrando o solo. Vou seguindo até o ponto em que ela encontra o chão.

Estendo a mão, passando-a através da magia azul. Meus dedos formigam de um jeito agradável, mas além disso, nada mais acontece.

Cutuco o chão úmido com o pé, bem onde o poder se enterra. Só vejo lama, mas consigo sentir mais sentinelas lá embaixo — sentinelas e mais alguma coisa, alguma coisa que me deixa ansiosa para descobrir.

Viro a palma da mão para a terra e forço meu poder através dela.

— *Desenterre o segredo mais profundo. Revele para mim o que há sob o chão fecundo.*

Meu poder atinge o solo com tanta força que faz a lama espirrar por todo lado. Direcionada pelo feitiço, minha magia vai cavando e exibindo a terra, camada por camada. Leva alguns segundos, mas enfim descubro um pedaço de chão de pedra idêntico àqueles que vi em outros lugares nestas ruínas.

É idêntico, tirando os rolos de fumaça de magia que deslizam pelas arestas.

Me salve...

Engulo em seco. A voz está vindo de *baixo* do chão. Já tinha imaginado isso, mas agora... agora, estou tentando entender.

A magia azul-escura se acumula à minha volta, me persuadindo a desvendar o que há sob a pedra. Abro a boca, tentando pensar em outro feitiço, quando algo bem diferente escapa dos meus lábios.

— *Buvakata sutavuva izakasava xu ivakamit sanasava* — entoo, com a voz ficando mais grave com o poder. *Abra e revele o que foi ocultado.*

As palavras fazem meus braços arrepiarem, não só por serem estrangeiras e assustadoras, mas porque vieram a mim com tanta naturalidade quanto meu idioma natal.

Sob o toque do meu poder, a placa de pedra vibra e tenta se soltar. Vejo tentáculos da magia azul deslizarem por entre a minha, e em algum nível, sinto esse contato. Meu corpo inteiro estremece.

Com um ranger, a placa de mármore levanta do chão e desliza para o lado.

Solto o ar, com os nervos à flor da pele.

Agora que a pedra foi retirada, consigo perceber uma abertura com degraus. O fio escuro de magia serpenteia pela escuridão abaixo.

Será que me atrevo a descer?

Venha... a mim... amada...

A voz sussurra como um amante, acariciando minha pele e a fazendo arrepiar. Eu deveria sentir repulsa pelas palavras, mas estou encantada demais pela voz para desistir agora.

E mesmo que não estivesse, não teria importado, porque meu familiar passa por mim e começa a descer os degraus, como se câmaras subterrâneas secretas não fossem nem um pouco assustadoras ou preocupantes. À medida que ele desce, tochas montadas nas paredes se acendem sozinhas, revelando uma escadaria longa e um corredor lá embaixo.

— Nero! — chamo. Eu é que deveria estar me arriscando aqui por causa de alguma voz estranha, não meu familiar.

Se ele me ouve, não obedece. A pantera desaparece, e embora ainda consiga ouvir as tochas irrompendo em chamas em algum lugar além do meu campo de visão, o som vai ficando cada vez mais distante conforme ele adentra mais a câmara.

— Nero! — chamo de novo.

Nada.

Entro na consciência dele, só para me certificar de que está bem. Num segundo, estou olhando para a abertura escura, e no outro, já estou lá dentro, espreitando adiante, a pontinha das garras batem no chão de pedra. Pelos olhos de Nero, vejo paredes imensas e sombras bruxuleantes, e dá para sentir cheiro de... alguma coisa.

Alguma coisa *viva*.

Num instante, estou de volta em minha própria mente.

Pelo que entendi, algum ser desconhecido está por trás da magia e da voz que chama por mim. Só que é óbvio que este lugar foi abandonado e esquecido há muito tempo, protegido por sentinelas que sobreviveram muito mais do que quem as colocou ali.

Ainda assim, apesar do estado em ruínas do lugar, alguma coisa ainda permanece aqui com as sentinelas, alguma coisa consciente e mágica, e meu familiar novinho em folha está indo direto para lá.

Nada bom, nada bom, nada bom.

Antes que possa mudar de ideia, desço depressa os degraus atrás de Nero, seguindo a luz das tochas e a trilha de magia índigo.

Mais ou menos na metade do caminho, noto como tudo está seco. Até mesmo o ar, tão úmido acima da superfície, está seco aqui. Ao longo das paredes, as tochas resplandecem e sibilam, emanando um cheiro não só de fumaça, mas também de incenso e canela.

Vou traçando as paredes com os dedos, onde vejo o brilho iridescente dos feitiços. A mesma magia que encontrei antes também está aqui, se espalhando em peso pelo ar. Não acho que pertença à voz desencarnada, o que só aumenta o mistério. Esse poder preenche o espaço, cobrindo as paredes como se fosse mel, e a magia azul parece se contorcer só um pouquinho ao seu redor. Que estranho.

Mais estranho ainda é que eu sinto que essa magia deveria afastar as pessoas, mas parece me dar as boas-vindas, afagando minha pele como se fosse a mais macia das sedas.

Quando chego ao fim da escada, encaro o longo corredor à frente. Ele faz uma curva, assim como a magia azul, e desaparece do meu campo de visão.

— Nero? — chamo.

Nada.

Dou uma última olhada cheia de remorso para as escadas e para o céu, bem acima, antes de continuar.

Aqui, as paredes foram entalhadas com imagens de árvores, e bestas, e guerreiros a cavalo, dançando com a luz bruxuleante das tochas. Sobre elas, há mais teias cintilantes de feitiços, cobrindo-as como se fossem uma cortina.

Mais adiante, as imagens dão lugar a linhas de texto. As letras parecem tremeluzir um pouco num primeiro olhar; as próprias palavras são feitiços. A escrita aparenta ser em... latim. No entanto, quanto mais olho, mais me dou conta de que *não é latim*.

É o alfabeto latino, mas não a língua latina.

E eu só sei disso porque *consigo ler o texto*.

Leio uma linha em voz alta:

— *... azkagu wek div'nusava. Ipis ip'nasava udugab...*

... amarras firmes e profundas. Proteger por toda a eternidade...

Um dos feitiços próximos ganha vida, agitado pela minha invocação.

Meus olhos correm sobre o texto. Seja qual for essa língua, é diferente, vinda de muito longe e há muito tempo, que parece fazer meu sangue cantar e meu coração despertar.

Uma sensação de inquietude cresce por baixo da minha pele. É a mesma de quando percebo um buraco nas minhas lembranças. Me sinto virada do avesso.

Pode haver coisas das quais não me lembro mais, mas também há outras que eu inexplicavelmente só sei.

Latim é uma delas.

Latim e, pelo visto, seja lá qual for essa língua.

Quero ficar aqui e ler esses feitiços só para sentir o sabor desse idioma na boca de novo. Ele... evoca alguma emoção gostosa e inominável dentro de mim, algo que só senti em sonhos.

Mas quanto mais tempo passo parada, mais a magia azul se enrola no meu corpo. Agora, já consigo sentir a presença de onde ela vem, me atraindo para mais perto.

Tiro os olhos do mural e continuo.

O corredor estreito por fim se abre numa câmara do tamanho do meu apartamento, todo o espaço já está aceso pelas tochas.

A câmara é decorada da cabeça aos pés por escritos e imagens de bestas fantásticas. Vejo grifos e cervos, cujas galhadas se transformam nos galhos de árvores próximas. Só consigo dar uma olhadela rápida.

É o que está no centro do cômodo que chama minha atenção.

Nero está deitado em cima de um bloco enorme de mármore, cuja pedra foi entalhada para se assemelhar a um grande tronco de árvore.

O feérico que com certeza esculpiu isso se esforçou bastante para capturar a textura da madeira, e até os anéis da árvore na parte exposta.

A trilha de magia acaba ali, desaparecendo através de uma fresta dentro da pedra entalhada, que se estende por todo o seu comprimento.

Não é só um bloco de pedra esculpido para parecer uma árvore caída.

É um *sarcófago*, e esta câmera, uma *cripta*.

E ainda assim... tem alguma coisa *viva* neste lugar. Alguma coisa dentro do caixão de mármore abaixo de Nero.

O horror cresce em mim enquanto penso nisso. O que quer que esteja dentro do caixão, está vivo o bastante para me chamar.

Por quanto tempo isso esteve confinado aqui?

Minha rainha...

Arrepios correm pela minha pele. A voz é tão mais alta e mais íntima neste cômodo.

Enfim, você veio...

E só agora que percebo que a voz não estava falando comigo em meu idioma natal. Acabei de me dar conta disso. Aliás, entendi tão bem que nem *pensei* em questionar que idioma era. Mas acho que é o mesmo que está escrito nas paredes.

A magia azul-escura pressiona minhas costas, interrompendo meus pensamentos e me guiando com urgência na direção do sarcófago.

Um arrepio percorre meu corpo quando, relutante, volto a encarar o caixão. Como se não pudesse resistir, chego mais perto.

Nero se levanta e pula lá de cima, expondo uma placa retangular de mármore entalhada com mais texto, mas é difícil discernir o que está escrito daqui. Fios e mais fios de feitiços cobrem o sarcófago por completo, as chamas da tocha ficam tremeluzindo e fazendo-os cintilar.

Esse volume de feitiços parece um exagero, mas também, não sei que tipo de ser estão contendo, só que esse mesmo ser foi capaz de me atrair até aqui mesmo preso debaixo disso tudo.

Passo a língua nos lábios secos, mais receios começam a surgir, e me aproximo do caixão, encarando a tampa.

Corro os dedos pela inscrição ali, sentindo os sulcos entalhados meticulosamente na pedra. O simples toque da minha mão é suficiente para desfazer o nó de feitiços. Os fios se partem e desembaraçam, e a magia liberada passa como um vento pela câmara, fazendo meus cabelos voarem e as chamas dançarem nas tochas.

Meus dedos traçam as letras esculpidas, e formo as palavras nos lábios.

— *Zoginutasa vaksasava vexvava ozakosa pesaguva ekawabiw di'nasava.*
Pelo amor de todos os deuses, tema a mim.
Abaixo, há um nome.
NU'SUWNUSAVUVA MEMNON
MEMNON, O AMALDIÇOADO
Emoções conflitantes borbulham dentro de mim, como a areia que sobe na arrebentação de uma onda. Medo, expectativa, *desejo*.
Imperatriz...
Mais do que qualquer coisa, tenho o ímpeto absurdo de abrir o caixão. Vai contra todo o meu bom senso e a razão, mas pensando bem, todo o dia de hoje foi contra o bom senso e a razão. Por que quebrar o padrão agora?
Não vim até aqui para parar no último minuto.
Decisão tomada, espalmo a mão contra a superfície fria do mármore. Fecho os olhos, respiro fundo e me concentro em meu poder.
— *Feitiços se desfaçam. A tampa remova. Revele o que há dentro desta alcova.*
A magia emana de mim, partindo os últimos feitiços que cobrem o caixão. Os fios laranja pálidos se acumulam ao redor da tampa de pedra. Faz um estranho silêncio, enquanto meu poder ergue a tampa esculpida no ar e a desliza para o lado. Quando o sarcófago fica completamente aberto, ela cai.
BUM!
A tampa cai no chão, partindo ao meio. Torrões de areia caem do teto, e a terra treme, só um pouquinho. Disperso com a mão a nuvem de poeira que sobe pelo ar.
Quando a poeira e a magia assentam, espio o interior do sarcófago com o coração acelerado.
Deitado lá dentro, há um homem — um homem deslumbrante e simplesmente *perfeito*.
Não é uma múmia — não é nem mesmo um cadáver recente. Seu peito não sobe ou desce, mas sua pele de oliva tem um aspecto bronzeado e avermelhado. É como se ele tivesse passado o dia ao sol e só entrado aqui para descansar um pouco. Mas, se fosse simples assim, ele já teria acordado a esta altura.
Mesmo adormecido, esse estranho é a pessoa mais linda que já vi. Encaro as maçãs proeminentes do rosto, o nariz levemente aquilino, o cabelo escuro e ondulado, e os lábios... posso dizer com toda certeza

que os lábios cheios e curvados foram feitos para molhar calcinhas e arruinar corações.

Uma cicatriz medonha corta do canto do olho esquerdo até a orelha, e então faz uma curva e desce ao longo da mandíbula.

Memnon tem cara de fodão. Fodão, violento e gostoso.

Meu coração bate cada vez mais rápido e mais forte, conforme continuo a encará-lo. Tem alguma coisa acontecendo dentro de mim, alguma coisa que pouco tem a ver com a beleza perigosa desse homem.

Minha magia se concentra sobre o coração de uma forma tão visceral que tenho que colocar a mão trêmula sobre o peito só para me acalmar.

Desvio o olhar para o peito largo de Memnon, coberto por uma armadura. Diferente de seu corpo, a armadura parece frágil e desgastada. Sua calça de couro e botas estão ainda piores, toda carcomidas em alguns pontos. A túnica que ele usa por baixo da armadura está em farrapos. Apenas a adaga embainhada e presa ao quadril parece estar numa condição decente — a adaga e um anel de ouro que ele usa.

Meu amor...

Meus olhos voltam a cair sobre seu rosto e perco o fôlego com a ternura em sua voz. Não sei bem se isso foi direcionado a mim, mas mesmo assim, mexeu comigo.

Conforme olho para ele, sinto um tipo estranho de saudade e anseio, como se meu coração estivesse estilhaçando e se refazendo.

Levanto a mão, esticando-a para ele. Seja lá qual tenha sido a força que me trouxe até aqui, agora quer desesperadamente tocar esse homem — Memnon, o Amaldiçoado.

Liberte-o, sussurra minha mente. *Desperte-o de seu sono imortal.*

Com minha mão quase roçando seu rosto, eu hesito, caindo em mim por um momento. Mas então, sou rendida pelo encanto deste lugar e da magia que nos cerca. Vacilante, toco com a ponta dos dedos a cicatriz perto de seu olho.

Preciso engolir um gritinho quando a pele *cede* sob meus dedos. Ela tem uma certa frieza de morte agarrada ali, mas... também é elástica, do mesmo jeito que uma pele viva.

Devagar, traço sua cicatriz, seguindo a linha até a orelha, e então desço pelo contorno de sua mandíbula. Minha mão esbarra em seus cabelos, e sinto um anseio tão profundo. Tão, tão profundo.

Me liberte... bruxinha... por favor...

O som de sua voz só faz o desejo aumentar.

Quanto tempo esperei... por você... só você...

Coloco a mão no rosto do homem, ignorando o jeito que a magia azul-índigo preenche toda a câmara, assim como a forma que a vozinha sagaz da minha consciência grita para sair correndo deste lugar.

Em vez disso, inspiro com força, e então profiro um único comando naquela mesma língua que nos cerca:

— *Obat'iwavak.*

Desperte.

Capítulo 7

Ventos fortes tomam a câmara, quase apagando as tochas. Um grito ecoa, e outra voz preenche o ambiente.

O que você fez?, ela uiva.

Tiro a mão do rosto do homem, piscando e saindo do transe que me envolveu desde que o avião caiu.

O que estou fazendo?

Antes que consiga pensar numa resposta, os olhos do homem se abrem. Cambaleio para trás, levando a mão à boca para abafar um grito.

Seus olhos são de um lindo tom de castanho — mais escuro nas bordas, e claros como Bourbon no centro. Suas pupilas dilatam assim que recaem sobre mim.

Memnon inspira fundo, o peito sobe pela primeira vez. Quando faz isso, várias escamas de sua armadura se desprendem e escorregam de seu peito, caindo pelos lados e fazendo barulho.

— Roxilana — o homem sussurra, ainda me encarando.

Recupero o fôlego com o som de sua voz. Ela não mais ecoa, desencarnada e fantasmagórica, e seu aspecto rouco e humano faz com que soe muito mais íntima.

Se anseio fosse um som, seria este.

Seus olhos parecem me devorar.

— Você me encontrou. Me salvou. — Ele ainda fala no mesmo idioma dos escritos nas paredes. Não sei qual é, nem por que consigo compreendê-lo.

Memnon se senta, e mais dezenas de escamas de metal caem da armadura.

Dou um passo para trás, e então mais um.

Ele coloca as mãos na borda do caixão de pedra e se levanta.

Ai, minha deusa, *ele vai sair*.

Em um movimento fluido, ele sai de dentro do sarcófago. Suas roupas escorregam do corpo, e a armadura de metal cai como chuva, tilintando.

O homem morto-vivo não parece perceber nada disso; seus olhos continuam fixos em mim.

Eu, no entanto, percebo *muito bem* — tanto porque isso o deixa seminu, quanto porque sua pele exposta é coberta de tatuagens estranhas, cujas imagens refletem a arte dos murais entalhados na pedra. Animais e flores se enrolam em seus braços e se derramam pelo peito e pescoço. Mais tatuagens envolvem suas panturrilhas e escalam suas coxas. Algumas estão salpicadas pelo abdômen, e deve haver mais em suas costas que não consigo ver. A tatuagem parece estar tomando seu corpo, das extremidades para o centro.

Ele vem andando na minha direção, me encarando como se eu fosse seu oxigênio, ignorando por completo o fato de estar praticamente nu, com exceção do pouco de armadura remanescente e das roupas que grudaram no corpo como bandagens de linho.

— Eu sabia que viria, minha rainha. — O ar à sua volta se agita com sua magia, preenche o espaço e acaricia minha pele. — Sabia que não era verdade. Jamais seria. Um amor como o nosso desafia *qualquer coisa*.

Suas palavras evocam imagens que não consigo compreender. Vejo quilômetros e mais quilômetros de campos verdejantes, que se estendem por todas as direções. Ouço barracas se dobrando ao vento, o galope de cascos. Sinto um toque de pele sobre a minha, luzes bruxuleantes, e uma voz no ouvido. *Eu sou seu para sempre...*

As visões desaparecem tão logo vieram.

— *Vak zuwi sanburvak* — digo, sem precisar de magia para respondê-lo no mesmo idioma. Está simplesmente ali, enterrado em algum lugar, em meu âmago. *Você está enganado.*

— Enganado? — Ele ri, e puta merda, seja lá quem ou o quê esse homem é, que risada gostosa.

Ele se aproxima de mim e segura meu rosto com as mãos, e eu fico surpresa com a possessividade do seu toque. Sem falar no jeito com que ele me olha.

— Eu não... não conheço você. — As palavras não têm uma tradução muito equivalente. Seja lá qual for esse idioma antigo, seu léxico nem foca nas mesmas coisas. Me sinto uma pessoa diferente sempre que o falo.

— Não me conhece? — Seus lábios se curvam num sorriso divertido. — Ora, que joguinho é esse, Roxilana? — Seus olhos brilham, e ele não está mesmo dando a mínima por estar seminu.

Ponho as mãos ao redor de seus pulsos, pronta para afastá-lo. Mas, com o contato, ele solta um suspiro trêmulo, fechando os olhos brevemente.

— Seu toque, Roxi. Como o desejei. Estive preso num pesadelo do qual não conseguia acordar. — Ele abre os olhos, sua expressão tão visceral que chega a doer. — Por muito tempo fui definhando. A todo instante, me agarrei à esperança de que você viria me salvar, minha rainha.

Tá, tem algo muito, muito errado aqui. Não sou essa tal Roxilana, muito menos uma rainha ou imperatriz. E, com certeza, não sou *dele*.

Abro a boca para dizer justamente isso quando Memnon se inclina e me beija.

Inspiro o ar com força.

Mas que caralhos?

Um homem nu e recém-ressuscitado está me *beijando*.

Mal posso processar o pensamento, e seus lábios fazem os meus se abrirem, como se eu fosse um cadeado, e ele a chave. E então, sinto o gosto dele.

Ele *deveria* ter gosto de teias de aranha e corpos em putrefação, mas juro, sinto sabor forte de vinho decadente na língua dele.

Minhas mãos soltam seus pulsos e vão para o peitoral, derrubando mais algumas escamas da armadura no processo. Tenho toda a intenção de afastá-lo para longe, mas a língua dele percorre a minha de um jeito tão carnal que meus dedos acabam afundando em sua pele.

Ele solta um grunhido com a pressão e chega mais perto, sua coxa nua pressiona a minha.

E... sem perceber, retribuo o beijo.

Ele faz outro som sexy pra caramba e me puxa contra seu corpo, me beijando como se fosse morrer se parasse.

Uma de suas mãos foi parar na minha cintura, e agora ele está brincando com a barra da minha blusa, e eu sei muito bem onde isso vai parar se eu não fizer nada.

Preciso de muita força de vontade para interromper o beijo, e mesmo assim, não quero me afastar dele.

Memnon ainda segura meu rosto com uma das mãos, os olhos escuros perscrutam os meus.

— Chamei por você, Roxi. Por tanto tempo, chamei por você, mas você nunca respondeu. Meu poder enfraqueceu, e então ficou dormente, despertando apenas quando... — Ele pisca, olhando para si mesmo e então para minhas roupas pela primeira vez. — Estou morto? — pergunta, seu olhar sobe para se encontrar com o meu mais uma vez. — Você está aqui para guiar minha alma ao pós-vida?

O pós-vida?

— Do que você está falando? — pergunto. Dou um passo para trás, saindo de seus braços. — Meu nome é *Selene*, não Roxi.

Ele franze as sobrancelhas, torcendo os lábios numa careta.

Na certa esse homem está confuso. Ele acha que sou outra pessoa e que nós estamos em outro lugar, e eu não sei o suficiente sobre esta situação para conseguir lidar com isso.

Os olhos dele recaem sobre os escritos entalhados nas paredes, se estreitando conforme ele vai lendo.

Sigo seu olhar.

... Memnon, o Amaldiçoado, dormirá o sono dos deuses...

... confinado a esta câmara...

... poderes contidos...

... sua memória, varrida da mente dos vivos...

... forçado a dormir...

... sem nunca envelhecer, sem nunca morrer...

Pigarreio.

— Eu... imagino que você tenha sido amaldiçoado.

Quando Memnon se volta para mim, está com uma expressão diferente, mais dura. A cicatriz parece mais chamativa em sua pele.

Preciso me esforçar para não me mijar de medo com o quanto ele aprece ameaçador.

— Era *verdade*, não era? Era tudo verdade. Não acreditei em Eislyn, mas ela tinha razão. — Ele me pega pelo queixo e aproxima meu rosto do dele. — Minha rainha, *o que foi que você fez?*

— Seja lá quem você for — digo devagar —, precisa me soltar. Agora. — Só depois de proferir as palavras é que percebo que as falei em meu idioma.

— O que confunde sua língua? — ele exige saber, me segurando ainda mais forte. Sua carranca endurece. — Ou será esse um novo idioma que você aprendeu para me amaldiçoar? — Ao nosso redor, vejo a magia dele deixando o ar mais pesado. — O que quer que você tenha feito a mim, esposa — ele diz, me puxando para mais perto —, dou minha palavra que não acontecerá de novo. — Apesar de sua proximidade, não há qualquer ternura em seu toque. Só uma espécie de punição e possessividade.

Seus poderes vão se aproximando, e me dou conta de que ele está preparando algum tipo de feitiço terrível.

Merda, merda, merda.

Eu o empurro, mas desta vez, Memnon não me liberta.

— Me solta, porra! — Pelo visto, dá para xingar neste novo idioma. Legal, acho.

Ele ri, baixinho, e o som faz os pelos de meus braços ficarem de pé.

— Te soltar? Ah, não, não, bruxinha, você não vai a lugar *algum*.

O homem diz algo baixo demais para que eu consiga escutar, mas sinto sua magia crescer.

— Não agora que peguei você. Quis me amaldiçoar? — Ele balança a cabeça, e vejo a traição queimando em seu olhar. — *Vou fazer você pagar pelo que fez pelo resto dos nossos dias.*

Ele se aproxima e pressiona a boca na minha. Luto contra o beijo, só que não é beijo coisa nenhuma.

O poder de Memnon se espalha à nossa volta. Sinto-o deslizar pela minha garganta e preencher meus pulmões.

— *Durma* — ele murmura em meus lábios.

E tudo escurece.

Capítulo 8

Pisco uma, duas, três vezes.

Logo acima, a superfície áspera de um teto de terra. Estou deitada de costas no chão, e sinto algo molhado na bochecha. Levo a mão ao rosto bem quando uma língua grande e abrasiva dá uma lambida.

Meu familiar. Nero.

— Ei — digo suavemente, me sentando.

Esfrego os olhos. Tem uma névoa na minha mente, uma que costuma acompanhar memórias perdidas.

No entanto, me lembro de Nero.

Meu familiar me dá uma cabeçada de leve no queixo, ronronando um pouco ao se aproximar.

— Eu tô bem — digo, a voz um pouco vacilante. — Eu acho.

Ele se levanta com esforço, me dá outra lambida na bochecha e começa a se afastar. Quase certeza que quis dizer "pronto, pronto, agora levanta logo".

Trêmula, fico de pé, olhando em volta. Me lembro deste cômodo, com seus textos estranhos e entalhes mais estranhos ainda. Me lembro de desbravar a selva para chegar aqui.

Meus olhos recaem sobre o sarcófago aberto, a tampa quebrada no chão. Pelo chão, vejo os estilhaços que restaram da armadura feita de escamas.

E me lembro de Memnon, com seus olhos de Bourbon, e tatuagens fantásticas, e cicatriz horrenda.

Vou fazer você pagar pelo que fez.

Tenho um mau pressentimento. Tem algo errado. Tem algo *muito* errado.

— Memnon? — A voz sai como um sussurro. Nem sei se quero chamar a atenção daquele homem. Não depois dessa guinada de "desejo apaixonado" para "traição enfurecida".

Exceto pelo chiado suave das tochas, a câmara está silenciosa. Silenciosa e sombria.

Acho que ele se foi.

Olho para as paredes e os textos que a percorrem. Este lugar estava repleto de feitiços para conter "Memnon, o Amaldiçoado". E esses feitiços estavam fazendo um ótimo trabalho até eu aparecer.

Meus olhos voltam a cair sobre a tampa quebrada do sarcófago. Ainda consigo ver o aviso entalhado nela.

Pelo amor de todos os deuses, tema a mim.

Pressiono os olhos com as palmas das mãos.

Ai, não. Ai, não, não, não.

Eu libertei algo que era melhor ter ficado enterrado. E agora não faço ideia de onde ele está, ou por que ele acha que sou... dele.

Minha rainha... Um amor como o nosso desafia qualquer coisa... Eu sou seu para sempre...

Massageio as têmporas.

Isso por si só já seria problemático, mas *não*, para piorar ele está convencido de que eu ferrei com ele.

Aff.

De repente, sinto uma necessidade urgente e claustrofóbica de fugir deste lugar. Tropeço pelo cômodo e então percorro o longo corredor. A magia que preenchia este espaço já se foi; sinto o ressoar oco de sua ausência. Tudo o que resta são os poucos traços remanescentes dos feitiços. Talvez sejam o bastante para impedir que qualquer pessoa encontre este lugar, mas nem de longe serão o suficiente para colocar Memnon de volta naquele caixão.

Pelo menos ele não está aqui.

Paro na metade do caminho. Nero já está me esperando, descansando ao pé da escada. Mas não vejo a luz do sol, que deveria estar batendo nos degraus de cima.

Merda, merda, merda.

Já é noite?

Disparo escada acima, os murais decorados vão debochando de mim, com um nome que se destaca várias e várias vezes.

Memnon.

Memnon.

Memnon.

Minha deusa, como esse cara é péssimo. Chego a tropeçar nas escadas, com Nero em meu encalço. Apenas quando me aproximo do topo que me dou conta de que não é noite coisa nenhuma. Ou talvez seja — é impossível saber com certeza, porque agora a nossa saída está bloqueada por uma placa de pedra. À meia-luz, mal consigo perceber o feitiço que a recobre, a trama entrelaçada numa tonalidade índigo familiar.

Mas só pelo jeito que o poder recobre a pedra e escorre pelas bordas, posso ver que é um feitiço de contenção.

— Desgraça. — Lanço uma olhadela para Nero. — Alguma ideia de como levantar essa coisa?

Ele me olha de volta, balançando o rabo. Juro que está fazendo uma cara que diz "você é a porra de uma bruxa, enfeitiça essa merda". Mas talvez eu só esteja extrapolando demais as expressões do meu felino.

Apesar disso, admito:

— Estou com medo de usar mais magia e isso me custar muitas lembranças.

Nero me encara por longos segundos, depois se vira, desce as escadas e se joga no chão do corredor, como se só... esperasse continuar trancado.

— Obrigada pelo voto de confiança! — exclamo. E para mim mesma, murmuro: — A gente mostra um pouquinho de vulnerabilidade para um gato e ele já vai assumindo que somos uns fracotes.

Que fique claro, eu *sou* mesmo. Mesmo assim, não preciso desse julgamento do meu familiar.

Me volto para a placa de pedra acima. Ficar sem fazer nada não é uma opção. Eu e Nero tivemos sorte de não termos nos machucado, mas e se o monstro voltar?

Merda, e se ele *não* voltar?

E se ele deixar a gente para morrer aqui?

O medo faz um nó na minha garganta.

Minha memória não é infinita, e se eu usar magia demais, não sei o que vai acontecer. Esse é o horizonte sinistro pela frente.

Não vai ser hoje, prometo a mim mesma. *Vou* tirar a gente daqui. Custe o que custar.

Me concentro mais uma vez no feitiço, que emana uma luz cintilante. Diferente dos rolos de fumaça selvagens e etéreos que vi mais cedo, nesta forma, o poder de Memnon parece um tipo de escrita ilegível, feito num único fio mágico e contínuo. Parece que foi desenhado na pedra.

Depois de um momento, estico a mão e toco o fio. Tem só um quê de calor, e me dou conta de que *gosto* da sensação, por mais estranho que seja. Passo a mão pelo fio, tateando ao redor do feitiço. Com certeza, uma sentinela de contenção; dá para sentir a intenção de Memnon entrelaçada na magia. *Fique* e *impeça* sendo as palavras que mais se destacam.

Embora não seja a hora nem lugar, não consigo não me perguntar que tipo de sobrenatural ele é. Muitos seres podem manipular magia, e embora existam formas de diferenciar pelos feitiços em si, não as conheço muito bem.

Meus dedos se demoram na sentinela por mais alguns instantes e, conforme pondero, a trama intrincada e entrelaçada estremece até mudar de posição. O fio azul cintilante se enrola no meu dedo do meio e o feitiço vai deslizando pela minha mão, enroscando ao redor do pulso como um bracelete improvisado.

É como se a magia gostasse da sensação da minha pele tanto quanto eu gosto de seu toque.

Fico encarando, em parte horrorizada, em parte maravilhada.

— Que esquisito — murmuro, observando o feitiço se desfazer conforme desliza pela pele.

Eu deveria estar preocupada em tocar o feitiço. Ficou bastante claro que essa magia pertence a Memnon, a criatura que libertei desta... prisão. Tudo a seu respeito aparenta ser volátil, inclusive sua magia. E ainda assim, não está me machucando, e meu toque não invoca nenhum tipo de feitiço secundário. Ela só se descola da pedra e se acumula em torno de minha mão e pulso até que, por fim, o feitiço inteiro migra para minha pele. Ele permanece ali por alguns segundos antes de se dissipar.

A magia quebrou seu próprio feitiço.

— Tão, tão esquisito — murmuro mais uma vez.

Quando a magia se dissipa por completo, olho para a placa de pedra mais uma vez, apoiando o ombro nela e empurrando, mas ela nem se move.

Mais abaixo, Nero boceja, exibindo suas presas e fazendo um som que seria muito fofo, se não fosse um insulto direto à minha habilidade de nos tirar daqui.

Desço dois degraus e levanto o braço, mantendo a palma da mão na direção da pedra.

— *Levante esta pedra que me prendeu outrora. Deixe-me ver o lado de fora.*

A magia emana da minha mão e cobre a pedra, e então a pedra enorme começa a levitar e deslizar para o lado.

Encaro os últimos raios de sol com alívio e também com um mau pressentimento. Eu e Nero estamos livres, mas já é quase noite.

Noite. Sozinha na selva. Com uma pletora de predadores — dentre eles, um homem sobrenatural, ancestral e *vingativo*.

Me encolho um pouquinho. As sombras além da entrada da tumba seriam um lugar perfeito para Memnon se esconder e me emboscar.

Nero, no entanto, não tem receio algum. Agora que estamos livres, a pantera passa gingando ao meu lado, explorando as ruínas.

Hesito só por mais alguns segundos antes de reunir coragem — e magia — e sair da cripta.

No crepúsculo, as ruínas ficam assombrosamente lindas — ou lindamente assombrosas. Não consigo muito bem dizer qual dos dois, mas a visão faz meu coração apertar e minha nuca formigar.

Me viro para encarar a câmara subterrânea mais uma vez. Levantando a mão, profiro:

— *Esconda o que foi aqui encontrado. Devolva ao solo o que foi desenterrado.*

Meus poderes fluem e envolvem a placa de pedra. Até para mim, minha magia está visivelmente fraca e letárgica, mas consegue arrastar a pedra de volta ao lugar, selando a entrada secreta com um baque. A terra barrenta ao redor vibra e recobre a pedra, e depois se assenta sozinha. Alguns momentos depois, o chão está com a mesma aparência de quando o encontrei.

Posso ter selado a tumba, mas pouco importa. A ameaça ancestral que ela continha agora está livre.

E eu estou no topo da lista dele.

Não posso me esquecer disso, oriento a mim mesma. *Não posso me esquecer.*

Assim que voltar à civilização, vou dedicar um caderno inteiro a essa experiência, e então farei cópias do caderno e guardarei em todo canto, para que nunca me esqueça que *despertei algo que não deveria*.

Vou caminhando por entre as ruínas. Alguns feitiços teimosos ainda se apegam a pedras espalhadas e muros caídos. O lugar faz minha pele formigar. Parece pouco natural — imbuído demais de magia, que foi ficando selvagem com o tempo.

Esfrego as mãos nos braços, ansiosa para sair daqui. E mesmo assim, de vez em quando, paro e olho em volta, tentando entender o que essas estruturas foram algum dia, curiosa para explorar o que ainda remanesceu só para ver o que encontro. Estou com uma sensação que não consigo nomear, o mesmo tipo de sensação que alguns sonhos dão, ainda mais aqueles que ficam na cabeça.

Talvez seja porque este lugar parece saído de um sonho mesmo — ruínas encantadas perdidas num paraíso indomado. Parte de mim está um pouco triste por deixá-lo, mesmo sabendo que foi uma espécie de prisão sobrenatural.

Encontro o caminho de volta até a margem do rio, onde Nero está bebendo água. Examino os arredores no pouco de luz do sol que ainda resta.

A boa notícia: meu barco ainda está aqui.

A má notícia: como o universo me odeia, está no meio da porra do rio.

Entro na água, irritada demais com a situação para ter medo do que pode estar escondido ali.

— Foda-se essa viagem. Foda-se este lugar. E acima de tudo, foda-se aquele escroto arrombado do Memnon.

Meu corpo inteiro está pulsando pelo uso excessivo de magia, mas ainda consigo juntar poder suficiente para trazer o barco até a margem.

Alguma coisa roça na minha perna, e o fulmino com um raio de magia.

— Não fode, peixe! — grito para a água. — Hoje, *não*!

Depois de um tempo e esforço absurdos, o trambolho caindo aos pedaços chega ao meu alcance. Não passa de um borrão escuro na água, agora que o pôr do sol deu lugar ao crepúsculo.

Quando vê a embarcação, Nero se aproxima, e então pula para dentro antes de mim, Só quando ouço um esguicho de algo molhado é que lembro que tem uma carcaça de cobra morta no nosso barco.

Que maravilha. Estou superanimada para entrar nessa coisa.

Preciso respirar fundo algumas vezes. Podia ser pior — eu poderia ter esquecido que tinha uma cobra morta e pisado nela. Ou os meus reparos no bote poderiam não ter sido suficientes, e o troço ter afundado. Ou flutuado para longe, à deriva.

Então, eu me acomodo com cuidado no bote e forço mais magia para impulsioná-lo através do rio.

Apenas quando estamos quase chegando à outra margem que me dou conta de que não faço ideia de onde está o avião caído ou de como chegar até lá.

Que inferno.

Fecho os olhos e aperto a ponte do nariz.

Um momento depois, começa a chover.

O universo com certeza me odeia.

Capítulo 9

Quando a equipe de busca e resgate me encontra no dia seguinte, estou a uns trinta quilômetros afastada do local da queda, que foi em alguma região remota do Peru. Levo mais dois dias para sair da América do Sul e voltar aos Estados Unidos. A coisa toda é um pesadelo logístico, isso sem contar o aspecto pessoal. Ainda tenho que convencer meus pais a não voltarem das férias na Europa só para me ajudar.

Destranco a porta do meu apartamento e acendo as luzes. Nero entra gingando à frente, seu rosto inclinado para cima e as narinas dilatadas conforme ele absorve os novos cheiros.

Largo as malas logo na entrada, atravesso o espaço pequeno e me jogo na cama.

E fico largada ali, com o corpo pouco disposto a se mexer.

Um momento depois, a cama afunda quando Nero pula nela, ao meu lado. Não consigo imaginar quão difícil tem sido para ele. Panteras não foram feitas para serem tiradas das selvas e forçadas a viajar de avião (o que foi um outro suplício, que envolveu muito uso de magia) e viver em apartamentos. De repente, ele foi enfiado no mundo dos humanos, e me sinto podre por dentro por isso.

— Me desculpa — sussurro com a voz suave, fazendo um carinho no topo do seu focinho.

Nero fecha os olhos e solta um som baixo e contente. Não é um ronronar — aprendi ontem que panteras não ronronam —, mas parece feliz o bastante.

Isso não me faz sentir melhor.

Continuo o carinho, distraída.

— Acha que eu posso só ficar aqui para sempre? — pergunto.

Ele me lança um olhar inexpressivo.

— Queria tomar isso como um "sim", mas você não parece ser do tipo amigo fofinho, e sim do tipo amigo honesto, então vou chutar que é um "não". — Suspiro.

A resposta de Nero é se espreguiçar na cama, seu corpo empurra o meu para a beira do colchão.

— Ah, *peraí*. Você vai ter que dividir.

Ele só me encara de volta.

Dou um empurrão no corpo do grande felino. Em resposta, Nero ruge.

— *Supera*. Eu que pago o aluguel, então eu dito as regras. Agora *chega pra lá*.

Ele não se mexe.

— Quer que eu te transforme num periquito?

Só então, *contra a vontade*, meu familiar dá espaço.

Me ajeito na cama.

— Para o seu governo, esse esquema não vai dar certo quando eu trouxer algum cara aqui pra casa.

Nero faz um barulho, e eu não tenho muita certeza, mas soa como um muxoxo. A porra de um *muxoxo*. Como se esse gato selvagem aleatório — que nunca deve ter convivido com humanos — não pudesse imaginar qualquer situação em que um cara fosse parar na minha cama.

— Eu *posso* arranjar um cara — digo, soando defensiva demais até para os meus próprios ouvidos.

Ele faz outro som, mais baixo, ainda soando cético.

Acho que meu familiar pode ser um cuzão.

— Vou ignorar sua falta de fé em mim — digo, e então me arrasto para fora da cama. — Tá bom, eu durmo quando estiver morta. — Vou para a cozinha. — A gente precisa de comida, café e música. — Estalo o nó dos dedos. — Ainda temos que entrar naquele coven.

———

Armada com uma caneca de café, um pacote de biscoitos para mim e alguns peitos de frango descongelados para Nero, me sento em frente ao computador e começo a escrever sobre minha experiência na América do Sul.

Menciono meus planos originais para a missão mágica e então falo sobre o acidente de avião. Descrevo a voz desencarnada que me chamou e como, ao segui-la, descobri meu familiar. O texto simplesmente vai fluindo. A única coisa de que não falo é o principal: que descobri e libertei um ser sobrenatural e ancestral. Não só duvido que elas acreditem, mas também teria que explicar por que desenterrei uma ameaça e onde ele está agora. E eu não consigo responder nenhuma dessas perguntas.

Estou fazendo as últimas edições no trabalho quando meu celular toca. Olho para o identificador de chamadas. *Sybil*.

Coloco o celular na orelha.

— Agora a gente fica ligando uma para a outra? Já não falei que sou introvertida e só me comunico por mensagem?

— Ah, minha melhor amiga, tão gentil — ela diz. — Sabia que estava com saudades da minha voz.

— Eu sempre estou com saudades — falo com sinceridade.

— Ah, Selene, te amo. Na verdade, estou ligando pra te convencer a vir para a festa da colheita do Meimendro.

É claro que é por isso que ela está ligando. É muito mais difícil dizer "não" para ela ao telefone do que por mensagem.

— Mas é só para os membros do coven — digo, caso ela tenha esquecido.

— Nós duas sabemos que você vai entrar depois de tudo o que passou.

Peraí, eu e Sybil já conversamos?

Passo alguns instantes revirando a memória até me lembrar vagamente da conversa que tivemos lá no aeroporto de Quito, quando eu estava contactando meus amigos e familiares para dizer que estava bem. O acidente de avião saiu nas notícias, até nas internacionais.

— E aí — diz Sybil, interrompendo meus pensamentos. — Você vem para a festa?

É claro que eu quero ir à festa. É só que... não quero me sentir deslocada. Essa é minha terceira tentativa de entrar no coven, e levando em consideração que o semestre de outono começa no próximo final de semana, a situação não está muito favorável para mim. Acho que as pessoas estão começando a ficar com pena.

Mordo o lábio inferior, abrindo o calendário no computador.

— Quando vai ser?

— Nesta sexta.

É daqui a dois dias; duvido que fique sabendo se entrei ou não até lá.

— Estou cansada. Acabei de voltar — digo.
— Por favooooor — ela implora. — A Alcateia Marin vai estar lá. Os magos do Bosque Fava-do-mar também.

Agora ela está me tentando com a promessa de metamorfos e caras mágicos gostosos.

— Não sei não — respondo, ainda indecisa.
— *Bora*. A gente mal consegue se ver nos últimos tempos.

Olha que sorrateira, apelando para a culpa.

— Vai ter infusão de bruxa para você afogar as mágoas — ela continua —, e eu soube que talvez o Kane Halloway vá.

Cubro o rosto com a mão.

— Deusa do céu, garota, quando você vai me deixar superar essa paixão?

Eu me apaixonei pelo licantropo desde que pus os olhos nele lá na Academia Peel. Depois de se formar, ele voltou para a Alcateia Marin, onde nasceu e foi criado. Não sei se tenho sorte ou azar que o território da alcateia fique bem ao lado do Coven Meimendro. Se eu fizesse parte, provavelmente o veria bastante; bruxas tendem a conviver com os lobisomens, já que são vizinhos.

— Superar? Eu não vou largar esse assunto até você sentar nele.
— *Sybil*.

Ela solta uma gargalhada como a bruxa que é.

— Qual é, você sabe que quer ir a essa festa.

Será que sei mesmo? Porque agora só o que quero fazer pelo próximo mês é ficar enrolada no cobertor com um livro e uma xícara de chá.

Dou mais uma olhada no calendário.

Sempre vai haver tempo para ler.

Suspiro.

— Tá bom, tá bom.

Minha melhor amiga dá um gritinho.

— Eba! Não esquece de usar um vestido de piranha.
— Sybil...
— E traga uma vassoura. Vai ser divertido!

Capítulo 10

O vento uiva pelas árvores perenes que nos cercam, fazendo-as balançar. O clima está começando a esfriar, e dá para sentir cheiro de uma fogueira queimando. A América do Sul parece estar a mundos de distância.

Não trouxe uma vassoura, embora meu vestido provavelmente seja curto o bastante para deixar Sybil orgulhosa. Estou apenas a um passo de pagar calcinha.

Nero anda ao meu lado, e fico tão orgulhosa de tê-lo ali. É como se ele sempre tivesse pertencido a mim, e poder exibi-lo em toda a sua glória enorme e feroz manda todas as minhas inseguranças embora.

Ninguém vai sentir pena de uma bruxa que descolou uma pantera como familiar. É o tipo de vínculo que inspira respeito — e quem sabe até um pouco de medo. Não me incomodaria nem um pouco, sendo sincera.

Nós dois passamos pelos salões de palestras e pela estufa enorme de três andares, e então vamos na direção da Sempreviva, a floresta que cerca o coven. Sigo o som distante de risadas e músicas, e por um momento, finjo que pertenço àquele lugar, que conheço este campus do jeito que estou louca para conhecer.

Meu celular vibra no decote, que está sendo usado no lugar de uma bolsa.

Pego o celular, lendo a mensagem de Sybil.

Já chegou? Precisa que eu vá te encontrar? Estamos logo depois da estufa.

Respondo na mesma hora:

Tá de boa. Já estou no campus. Chego daqui a pouco.

Uma rajada de vento passa por nós, me fazendo arrepiar.
Esfrego os braços e olho de esguelha para Nero.
— Está com frio, amigão? — Seus olho se voltam para mim e me encaram por tempo o suficiente para que eu perceba que fiz uma pergunta ridícula. — Tá, tá bom, esquece o que eu disse.

Meus saltos esmagam carumas de pinha caídas, e o cheiro de fumaça fica mais forte. Para uma bruxa, esse cheiro evoca algo profundo. Esta é a magia da qual somos feitas — fogueiras à meia-noite e florestas enevoadas.

As árvores se abrem numa clareira, onde há dezenas e mais dezenas de seres sobrenaturais conversando, dançando, bebendo e rindo em volta de fardos de talhos de milho secos. Reconheço a maioria das mulheres do coven, mas vejo algumas bruxas desconhecidas, assim como vários licantropos. Examino os magos — o equivalente masculino de uma bruxa — e os outros lupinos. A magia brilha no ar acima deles, cintilando com a luz da fogueira e das lanternas encantadas que flutuam no céu.

Senti falta disso.

Passei o último ano lidando com o mundo comum, cheio de humanos não mágicos e suas vidas não mágicas. Tinha me esquecido de como uma reunião de seres sobrenaturais faz meu coração pulsar.

Ouço um gritinho, e então vejo Sybil correndo até mim, derramando sua bebida, enquanto sua coruja, Merlin, alça voo de seu ombro onde estava empoleirado.

— Olha ela aí! — ela exclama, seu cabelo longo e escuro balança atrás dela. — Estava achando que não vinha mais... — Sybil para no meio da frase, seus olhos recaem sobre Nero. — Ai, meu Rei Leão, o que é essa *coisa*? — ela pergunta, encarando-o. Seu próprio familiar também esbugalha os olhos; Merlin parece tão incomodado quanto imagino que uma coruja possa parecer.

Ué, será que não contei para ela?

— Este é meu familiar, Nero. — Coloco a mão na cabeça da pantera, bagunçando seu pelo de um jeito talvez um pouco mais agressivo que o necessário.

Em resposta, meu familiar ruge, provavelmente porque sabe que eu estou sendo uma idiota.

Temos uma relação de amor e ódio.

— *Esse* é seu familiar? — ela diz, recuando um pouco. — Achei que tinha dito que ele era um gato.

Nero me dá um longo olhar, como se o tivesse decepcionado. Mas quer saber? É ele quem lambe o próprio cu, então não está em posição de me julgar.

— Ele *é* um gato — digo, na defensiva. — Só é um gato muito, muito grande.

— Você acha? — pergunta Sybil. Sua coruja bate as asas, agitada e na certa desconfortável por estar perto assim de uma pantera. Minha amiga também parece desconfortável, como se estivesse lutando contra o próprio instinto de fugir de um predador tão grande.

Não que ela precise se preocupar com isso. É relativamente seguro ficar perto de familiares. Como uma extensão animal minha, Nero só vai atacar outro humano se eu ordenar, ou se estiver me defendendo. Fora isso, ele vai agir de acordo com meus valores, que não incluem mutilar melhores amigas.

Um instante depois, a expressão de Sybil se ilumina.

— Tá, não vai ter como o Coven Meimendro te rejeitar agora, com um familiar *desses*.

Em nosso meio, é senso comum acreditar que quanto mais forte a bruxa, maior e mais poderoso é o familiar. Fico lisonjeada e orgulhosa, e me sinto redimida por todos os perrengues que passei. Mas quando olho para Nero, mordo o cantinho do lábio inferior. Falar disso desbloqueou um novo medo — de que talvez eu tenha mais poder do que consigo lidar.

Nero com certeza parece pensar o mesmo.

Após um momento, Sybil se recompõe e enlaça o braço no meu.

— Vem. Vamos pegar bebidas.

Deixo que ela me arraste pela clareira, passando pela fogueira crepitante e por um músico tocando sua rabeca todo animado. Ao lado dele, há uma harpista, embora ela esteja no momento encostada num tronco, com um drinque na mão, conversando com um mago que usa um brasão do Bosque Fava-do-mar, a associação mágica local para magos.

Quando o rabequista bate os olhos em Nero, para a música de repente, encarando a pantera com olhos arregalados. E um grupo próximo do que devem ser metamorfos fareja o ar quando passamos. Assim que rastreiam o cheiro até Nero, ficam imóveis feito estátuas, seus olhos brilham conforme seus lobos emergem para espiar.

Pouco a pouco, a festa vai silenciando. Nunca tive tanta atenção em mim de uma só vez. Embora, tecnicamente, não é para mim que todo mundo está olhando. Seus olhos estão fixos na minha pantera.

Por fim, alguém grita:

— Que porra é essa? — A voz ecoa pela clareira.

Meu estômago embrulha, como se eu tivesse feito algo errado. Não sei por que me sinto assim. Quis que as pessoas reconhecessem meu valor como bruxa por tanto tempo; pelo jeito, não sei o que fazer agora que elas são forçadas a tal.

Paro e coloco a mão na cabeça de Nero, procurando a origem da voz na multidão.

— Este é meu familiar.

De alguma forma, o silêncio aumenta; os únicos sons são do fogo crepitante e o chiado do familiar de outra bruxa.

Então, outra pessoa diz:

— Caralho, é irado pra cacete.

Uma bruxa gargalha ali por perto, e simples assim, a tensão se esvai como o ar escapando de um balão.

Sybil agarra minha mão mais uma vez e continua a me puxar, conforme o resto da festa volta a conversar.

— E aí, já tem alguma notícia do comitê de matrícula?

Andamos até um caldeirão enorme. Flores silvestres crescem em torno de sua base, e vapor emana do topo.

Balanço a cabeça.

— Não — falo com a voz baixa, tentando não pensar em passar mais um ano ansiando por fazer parte do coven.

Nos aproximamos do caldeirão, cheio de um líquido escuro da cor de ameixa. Ervas e flores secas flutuam na superfície, e uma fumaça branca paira no ar.

Ah, infusão de bruxa. Bem do que eu preciso para acalmar meus nervos em frangalhos.

— Mais uma? — uma bruxa próxima pergunta para Sybil, fingindo choque. — Você é uma *esponja*!

As duas gargalham juntas, e Sybil pega duas taças para nós.

A outra bruxa pousa o olhar em mim, e vejo um brilho de reconhecimento nele.

— Ei — diz ela —, você é a garota do acidente de avião, né?

Pego a taça que Sybil estende a mim.

— Hum... sim.

Na minha cabeça, vejo aquela magia índigo de novo.

Nunca foi para nós nos separarmos...

— Que loucura. Ouvi dizer que, do jeito que o avião caiu, só pode ter sido magia. — Isso é novidade para mim. — Você ajudou a pousar? — ela pergunta. A expressão da bruxa me deixa nervosa. Sempre odiei passar despercebida, mas com Nero e agora isso, tenho quase certeza de que odeio mais ainda estar no centro das atenções.

— Não lembro — digo isso porque é a verdade. Minhas lembranças do evento foram apagadas.

Ainda assim, as palavras dela ficam comigo.

Do jeito que o avião caiu, só pode ter sido magia.

O olhar dela repousa sobre Nero, e quase já consigo prever sua próxima pergunta. *Você achou seu familiar enquanto estava lá?*

Antes que ela possa fazê-la, Sybil agarra meu pulso e começa a me arrastar para longe.

— Vamos voltar para pegar outra daqui a pouco! — grita minha amiga.

Dou um aceno indefeso e a sigo.

— Você vai parar de me arrastar pra lá e pra cá em algum momento da noite? — pergunto.

— Não faça de conta que preferia ficar lá respondendo às perguntas da Tara — Sybil responde.

Verdade.

Levo minha taça aos lábios em vez de respondê-la. Esse tipo de infusão de bruxa é defumada e tem um leve gosto de alcaçuz. A bebida nem sempre tem o mesmo gosto; às vezes é floral, às vezes, cítrica, e às vezes tem sabor de mel. A única parte consistente do sabor da bebida é a nota levemente amarga de *espiritus*, um ingrediente que interage com nossa magia.

Sybil me puxa para perto.

— Sinto dizer que Kane não veio.

Quase engasgo com a bebida.

— Pelo amor da deusa, Sybil — digo. — Larga esse assunto. Eu gostei dele, mas já faz muito tempo.

Ela dá um muxoxo.

— Se você considera um mês atrás "muito tempo".

Estreito os olhos para ela, sem saber se ela está se lembrando de algo que eu não lembro ou se está só zoando com a minha cara.

Minha imperatriz...

Os pelos dos meus braços se arrepiam.

Puta merda.

Meus olhos disparam para as árvores que cercam a clareira, procurando pelo dono da voz.

Sentiu saudade, bruxinha?

Perco o fôlego.

Não pode ser real. Eu o deixei na América do Sul. Ele estava pelado e falando em línguas, nem sabia onde ou quando estava.

Não existe a menor possibilidade de ele ter vindo parar aqui.

— Selene? — chama Sybil.

Vou pegar você.

Olho em volta, em pânico. Da última vez que ouvi a voz dele, sua magia estava em toda parte, a tonalidade azul preenchia toda a cripta. Mas agora, o ar está saturado com várias cores de magia. Se a de Memnon está entre elas, então deve estar misturada com as demais.

E quando encontrar você, amada, pretendo fazer você pagar.

— Amiga, você tá bem? — Sybil pergunta, interrompendo meus pensamentos. — Parece que viu um fantasma.

Passo a língua nos lábios, e então foco o olhar nela. Meu corpo inteiro está tremendo. Nero encosta em mim, oferecendo apoio. Coloco a mão em sua cabeça, deslizando os dedos por seu pelo.

Dou um gole demorado na bebida. Então, com voz baixa, admito:

— Quando estava na América do Sul, depois que o avião caiu, eu acho... — Olho em volta para me certificar de que não tem ninguém ouvindo. Engulo em seco e sussurro: — Acho que despertei alguma coisa.

— Quê? — Sybil faz uma cara cética para mim. — Como assim, *despertou* alguma coisa?

Me lembro dos olhos de Memnon: escuros nas bordas, claros como mel no meio. Me lembro do jeito que aqueles olhos me olhavam, como se eu fosse tudo o que ele mais amava na vida, e então, tudo o que mais odiava.

— Eu... Depois que o avião caiu, tinha uma voz... e uma magia... que ficou me chamando.

— Te chamando? — ela repete, suas sobrancelhas arqueadas em descrença.

Faço que sim com a cabeça.

— Minhas lembranças são um pouco turvas. Mas essa magia... vinha de uma tumba.

— Uma *tumba*? — Sybil olha para mim como se eu estivesse louca.

— Deusa do céu — sussurro. — Não estou inventando essa merda. Eu encontrei uma tumba imperturbada na minha missão mágica, e aí fui lá e *perturbei* ela. — Pauso para respirar fundo. — Olha, sei que parece difícil acreditar. Não sou o Indiana Jones. Mesmo assim, acabei seguindo uma trilha de magia que me levou até uma cripta, e entrei nela.

— *Por que caralhos você faria isso?* — ela sussurra, furiosa. Finalmente, parece estar acreditando em mim.

— *Sei lá.* — Como explicar o efeito que aquela magia teve em mim. Mesmo agora, lembro como sussurrava em meu ouvido, pressionava minha pele, me atraía para cada vez mais perto da tumba. Eu... não pude resistir. E nem queria.

— Tá — Sybil diz, abanando a mão. — Aí você entrou na cripta...

— Ela me espera continuar.

Respiro fundo.

— O lugar estava coberto de feitiços, e bem arcanos. Não sei há quanto tempo estavam lá, mas ainda estavam intactos.

Sybil assente.

— Pode acontecer com magia antiga. O tempo pode fortalecer feitiços bem lançados. — A garota adora história mágica.

Eu continuo:

— Além de todos os feitiços, tinha um sarcófago... e eu, hum, meio que o abri.

Sybil aperta a ponte do nariz e então dá um golão na bebida. Ela balança a cabeça.

— Você jamais deve abrir esse tipo de coisa. Tumbas, ainda mais as antigas, estão cheias de maldições.

Pois é, a esse respeito...

— Tinha um homem dentro do sarcófago, Sybil. Ele parecia bem vivo, que nem eu e você, só que estava dormindo. — Vou diminuindo o tom da voz. — De alguma forma, era ele que estava me chamando. Não sei como conseguiu usar magia mesmo adormecido, mas usou. E parecia que estava naquele caixão por séculos.

Sybil faz careta.

— Selene, digo isso com todo o amor do meu coração, mas tem certeza de que você não imaginou isso? Quem sabe não tenha tido uma concussão no acidente...

Olho bem para minha amiga.

— Minha memória pode não ser perfeita, mas eu *sei* o que vi.

No mínimo, Sybil parece ainda mais horrorizada.
— Aí o que você acha que aconteceu com esse homem?
— Ele foi amaldiçoado. — *Minha rainha, o que foi que você fez?* — Acho que por alguém próximo a ele.
— E enterraram ele vivo naquela tumba? Por séculos?
É uma perspectiva assustadora.
— Sei lá, Sybil. Na certa deve ter mais coisa aí nessa história. Parece... que ele pode ter feito alguma coisa para merecer isso.
Ela me encara por longos segundos, com uma expressão estranha.
— Você disse mais cedo que despertou alguma coisa — ela começa, devagar. — Por favor, me diga que essa coisa não foi *ele*.
Engulo em seco.
— Tipo, é que eu não podia simplesmente largar ele lá.
— *Selene* — ela me repreende, como se eu tivesse me esquecido de um rolê e não, tipo, libertado um cara antigo e do mal.
Abro a boca para me defender, mas o que dizer? Foi mesmo uma péssima ideia. Uma que eu topei de bom grado, isto é, até Memnon, o Amaldiçoado, decidir que *eu* era a babaca que arruinou sua vida.
Passo o dedo pela borda da taça, mordendo o lábio.
— Tem mais uma coisa.
Os olhos de Sybil se arregalam.
— *Como* pode ter *mais* coisa?
Solto uma risada pelo nariz, embora meu estômago esteja se contorcendo.
— Acho que Memnon...
— Memnon? Ele tem nome?
Assinto com a cabeça. Respiro fundo e a encaro de volta.
— Acho que ele me seguiu.
Sybil parece perplexa.
— Te *seguiu*? Por que ele faria isso?
Minha imperatriz.
Minha rainha.
Quase consigo ouvir suas palavras e ver sua expressão quando ele as proferiu.
— Parece que Memnon acha que fui eu quem o prendi na tumba, e agora está atrás de mim.
Vou pegar você.
Merda. Eu não posso mesmo me esquecer disso.

Capítulo 11

Os lençóis sob meu corpo são macios, e o cômodo está repleto de cheiros estranhos, e ainda assim estranhamente reconfortantes — cedro e incenso, fumaça e salmoura.

Luzes tremulam de leve das dezenas de lanternas de terracota espalhadas pelo quarto, e pelas janelas abertas, ouço o som dos insetos de verão cantando durante a noite.

Olho para a cama na qual estou deitada, a cabeceira de madeira entalhada feita de cedro libanês, embora não saiba explicar direito a razão pela qual eu sei disso. Assim como não sei explicar como sei que há dois broches dourados prendendo meu vestido nos ombros. A peça inteira poderia escorregar e cair só com um movimento hábil.

Minha visão periférica detecta uma movimentação do outro lado do cômodo.

Um homem entra pelas portas abertas, e eu congelo à visão de seu rosto.

Memnon.

Mas não encontro o medo que espero sentir em lugar algum. Em vez disso, é o desejo que cresce em mim. Tinha me esquecido de quão lindo ele é, embora, para ser sincera, *lindo* é uma palavra mansa demais para sua beleza afiada e feroz. Ele está usando apenas uma calça larga de cintura baixa, o corpo cheio de tatuagens à mostra.

Seus olhos castanhos brilham de desejo quando ele chega mais perto. Ele vem direto para a cama e segura meu rosto, e eu envolvo seu tronco com os braços, sentindo os músculos bem definidos de suas costas.

— *Roxi.* — Ele diz o nome com um tom rouco e gutural, com as pálpebras pesadas.

No instante seguinte, está me beijando como se estivesse se afogando e eu fosse o ar. Não consigo não o beijar de volta. Não me esqueci do quanto ele beija bem, ou como faz isso com uma possessividade que não deveria.

Mas eu nem ligo. Sei que deveria, mas só consigo pensar que este homem provavelmente fode tão bem quanto beija, e eu adoraria colocar isso à prova.

Olho para ele, com o coração acelerado. Não consigo respirar direito, e sinto uma dor no peito que acho que é felicidade — só que nunca soube que felicidade podia doer.

Seus olhos perscrutam os meus.

— Minha imperatriz. Minha esposa.

Então, como se não pudesse resistir, ele me beija de novo, seus lábios agressivos e vorazes. Sou completamente arrebatada pelo toque de sua boca. Me jogo naquele beijo, adorando seu gosto de vinho.

Ele cobre o meu corpo com o dele, me prendendo na cama, e eu arquejo em sua boca, a ação vai me impulsionando.

Interrompo o beijo, já sentindo os lábios inchados, e perscruto seus olhos.

— Eu... senti saudade — suspiro.

Mas não, não foi isso que eu quis dizer. Ou foi?

Ele sorri, exibindo um de seus caninos pontiagudos.

Memnon se inclina como se fosse me beijar de novo. Quando seus lábios estão quase tocando os meus, ele diz:

— Não acredito em você.

Ele ajeita o corpo sobre o meu, e todo tipo de desejo obsceno cresce dentro de mim. Estou sem fôlego, mas também confusa.

Tem alguma coisa errada, mas o quê?

Sei que disse a coisa errada, e ele também me deu a resposta errada, mas ainda assim, ele continua em cima de mim, minhas mãos acariciam suas costas, e seus quadris se movem de leve contra os meus.

Ele se ajeita de novo, de modo que seus lábios deslizam pela minha bochecha e roçam minha orelha.

— Mas *eu* senti *saudade*. Senti tanta saudade, bruxinha.

Sua boca se afasta da minha orelha para plantar um beijo no meu queixo. Há um brilho diabólico em seu olhar, e o canto dos lábios se curva em mais um sorriso. De alguma forma, ele consegue transformar algo que seria ameaçador em algo completamente sexy.

Suas mãos descem até a minha cintura.

— Me permita mostrar o quanto — ele diz, juntando o tecido do meu vestido com os dedos.

Ele o puxa para cima devagar, expondo minhas pernas. O tempo inteiro, ele me encara, seus olhos me desafiando a impedi-lo.

Não faço isso.

Estou curiosa demais e cheia de desejo.

É quando a saia do vestido está ao redor da minha cintura e Memnon toca a parte interna da minha coxa que eu arquejo.

— Nosso tempo separados deixou você tímida, minha rainha?

Sua outra mão desliza pela outra coxa e ele as afasta, quase obscenamente. É só então que ele tira os olhos do meu rosto. Agora, eles parecem se deleitar com a visão de minha pele exposta.

Sinto um calor se espalhar pelas bochechas.

— Memnon.

Estou mortificada; estou excitada. Não sei o que fazer, mas sei que estou curiosa demais para interromper.

Memnon me dá outro sorriso feroz.

— Diga meu nome assim outra vez, bruxinha. — Seus olhos disparam para os meus. — Gosto de ouvir o tremor na sua voz.

Engulo em seco, e ele parece notar, porque sua atenção recai sobre minha garganta.

— *Memnon* — repito, e soa como uma súplica. Pelo quê, não sei dizer.

Ele aperta minhas coxas com mais força.

— *Isso*, amor — elogia. — Muito bem.

O homem se inclina sobre meu corpo de novo, como se fosse me beijar. Desta vez, no entanto, sua boca vai na direção de outros lábios.

Tenho apenas um momento para me alarmar.

— Memn... — arquejo quando ele me beija entre as pernas, seus lábios quentes contra a carne sensível.

Minhas mãos voam para sua cabeça, meus dedos correm por seus cabelos escuros e ondulados. Tento empurrar seu rosto para longe, entre gemidos.

É tão gostoso que deveria ser ilegal. Não entendo bem por que isso está acontecendo, e acho que deveria parar, embora não queira.

Minha cabeça está uma bagunça.

Tento afastá-lo de novo, e Memnon para de me beijar — mas apenas para rir de leve, seu hálito quente junto à minha pele.

— Recusando meus beijos, esposa? — ele pergunta. — Que inusitado da sua parte.

Meu peito sobe e desce conforme olho para baixo, para ele.

— Eu não sou... — Quero dizer *não sou sua esposa*. Mas meu corpo todo dói, e ainda há aquela confusão, como se... talvez eu seja? Não pode estar certo... pode? Então, em vez disso, pergunto: — Por que está fazendo isso?

— Porque eu senti saudade, e quero me reaproximar. Você deseja mesmo que eu pare?

Na sequência de suas palavras, um silêncio se alonga. Encaro o seu rosto, a luz das chamas dão um destaque especial à cicatriz.

Antes que consiga evitar, balanço a cabeça em negação.

— Muito bem, Roxi — ele elogia novamente.

Fico tensa à menção do nome. Não é o meu. Ou é?

Quando sinto o pressionar obsceno de seus lábios entre minhas pernas mais uma vez, não penso mais nos nomes de outras pessoas, nas intenções de Memnon ou em qualquer outra coisa cutucando minha mente. Não penso em mais nada, exceto no quanto isso é incrivelmente gostoso.

As mãos de Memnon soltam minhas coxas, deslizando por baixo de minhas pernas de modo que ele me agarra pelos quadris.

Corro os dedos por seus cabelos de novo, gemendo com as sensações que ele desperta em mim.

Os beijos dele ficam mais intensos, mais carnais. Sua boca se move ao redor da minha abertura. Então, ele desliza a língua para dentro de mim.

Eu grito, me contorcendo abaixo dele.

Memnon solta um ruído baixo na garganta, me apertando mais forte.

— Seu gosto é tão delicioso, bruxinha. Nunca mais quero sair daqui.

— Não precisa sair — suspiro, praticamente balbuciando.

Ele me chupa com uma ferocidade desenfreada, os músculos em seus braços se contraem e as tatuagens dançam conforme ele me agarra pela bunda. Eu me esfrego contra seu rosto com lascívia, e ele solta um som de aprovação, como se amasse o quanto estou sendo obscena.

Meu fôlego vem em arquejos ofegantes, o prazer vai crescendo e crescendo e...

— Minha rainha está prestes a gozar? — diz Memnon junto à minha boceta. — Porque... — ele chupa meu clitóris, me fazendo gritar — ...

se estiver... — outro chupão — ... eu vou ter que... — Ele estica o braço e...
ZZZZZZZ—ZZZZZZZ...
Meus olhos se abrem.
Estou suada e ofegante.
Deusa do céu, acabei mesmo de acordar de um sonho erótico? Estrelando Memnon, o Amaldiçoado?
Me sinto aflita e estranhamente envergonhada. E de ressaca. Aff. Faço careta ao sentir o gosto do álcool e das péssimas decisões da noite passada na língua.
ZZZZZZZ—ZZZZZZZ...
A vibração do meu celular me arranca dos pensamentos. Deve ter sido isso que me acordou.
Esfrego os olhos com uma das mãos, e a outra tateia pela minha mesa de cabeceira — não, peraí, a mesa de cabeceira de *Sybil* — procurando o celular.
Então, congelo.
Deusa do céu, eu tive um sonho erótico no quarto de Sybil? Na cama dela? *Enquanto ela está dormindo ao lado?*
Só me mate agora e acabe com a minha humilhação.
ZZZZZZZ—ZZZZZZZ...
Minha mão encontra o celular e então o derruba no chão.
— *Porra* — xingo em voz baixa, me inclinando na cama de minha amiga. Meu estômago revira em resposta, e eu engulo a náusea.
Atrás de mim, Sybil se espreguiça.
— Desliga essa merda — ela geme.
Agarro o celular em questão, com cara amarrada.
Se for spam, juro que vou...
O pensamento para no meio da frase quando vejo o identificador de chamada: *Coven Meimendro*.
Aceito a ligação tão rápido que quase derrubo o celular de novo.
— Alô? — respondo, sem fôlego.
— Selene Bowers? — diz a mulher do outro lado da linha.
Pigarreio.
— Sim, eu mesma — digo, tentando não parecer tão esbaforida e de ressaca quanto de fato estou. Meu coração já começa a galopar. Por que alguém da escola estaria me ligando?
Não crie expectativas. Não crie expectativas...

— Oi, eu sou Magnolia Nisim, do Departamento de Matrícula do Coven Meimendro.

Ao meu lado, Sybil se senta, seus cabelos são uma bagunça selvagem. *Quem é?*, ela pergunta mexendo os lábios.

Cubro o microfone e respondo do mesmo jeito: *Coven Meimendro!*

— Eu e o restante do comitê de matrículas lemos seu trabalho sobre sua missão mágica e... uau. — Ela faz uma pausa.

Respiro rápido para acalmar a náusea enquanto espero. *O que esse "uau" significa?*

Ai, Deusa, e se eu tiver ferrado minha candidatura de novo? O que vou fazer agora? Acho que não consigo passar outro ano pegando bicos...

— Ficamos todas muito, muito impressionadas.

Impressionadas?

Arquejo, e Sybil agarra meu antebraço, de olhos arregalados e expressão animada..

— Recebemos notícias da Politia — ela continua.

— A Politia? — pergunto, franzindo as sobrancelhas. Essa é a força policial sobrenatural. O que eles têm a ver com isso?

— Eles investigaram o acidente e concluíram que houve magia envolvida no processo de pouso emergencial. Você era a única supernatural a bordo de que se tem notícia. — Quando não respondo, ela continua: — Você sabe quão incrível foi o que você fez? Salvou centenas de vidas ajudando a pousar aquele avião. A mídia nunca vai saber disso, mas você é uma heroína, Selene.

Umedeço os lábios rachados, me sentindo confusa e ainda enjoada.

Heroína?

Minha mente volta para a tumba aberta e o sarcófago vazio.

Eu... não acho que "heroína" seja a palavra certa para me descrever.

— Selene Bowers — ela diz —, em nome de toda a comunidade de Meimendro, gostaria de te convidar oficialmente para entrar em nosso coven.

Dois dias depois, estou de pé na trilha que leva ao prédio residencial de Meimendro, com Nero ao meu lado.

Ainda não estou cem por cento convencida de que é real, não até abrir meu caderno e ver as instruções impressas com meu nome, coladas na minha agenda. Circulei o número do quarto — 306 — várias vezes.

Caminho pela trilha em direção à porta da frente.

Desta vez, ao me aproximar das *lamassu*, me detenho para tocar em uma. Não sei por que amo tanto essas estátuas, metade mulher, metade besta. Mas sinto uma emoção tão grande quando me dou conta de que elas vão me proteger todos os dias.

Recolho a mão e sigo pelo resto do caminho até a porta da frente. A porta, de verniz escuro, é decorada com uma aldrava elegante de bronze entre os dentes pontiagudos da Medusa. Assim como as *lamassu*, ela é outra guardiã de portais.

Assim que minha mão se fecha sobre a maçaneta, a Medusa de metal se movimenta, as cobras em seu cabelo se contorcem, e seus lábios de metal se abrem.

— Bem-vinda ao lar, Selene Bowers — ela diz.

Por um instante, sinto cheiro de alecrim, lavanda e hortelã, aromas associados à proteção. Vozes de mulheres sussurram em meu ouvido, e uma delas ri, o som vai se transformando em gargalhada.

E então, o ritual se completa, qualquer que tenha sido. Os sons e cheiros fantasmas somem, e a cabeça da Medusa congela outra vez em seu devido lugar.

Empurro a porta e entro no prédio, com Nero em meu encalço.

Vozes femininas preenchem o espaço. Não consigo evitar o sorriso que se abre em meu rosto.

À minha esquerda, há uma sala de estar e uma cozinha para preparo de feitiços e poções. Mais além, fica a cozinha de verdade da casa, em frente ao salão de refeições.

Do outro lado, fica uma biblioteca, um átrio e um corredor que sei que leva a uma sala de estudos e à Sala de Rituais. À frente, fica a escadaria principal.

Assim como na festa da colheita, o ambiente vai ficando silencioso à medida que as bruxas notam minha presença e a de Nero.

Bem quando o silêncio está prestes a ficar constrangedor, Charlotte, uma bruxa que reconheço da Academia Peel, espia lá da cozinha e grita:

— Bem-vinda à família, Bowers!

Várias outras seguem a deixa, me dando as boas-vindas. Meus ombros, que estavam tensos, enfim relaxam. Seja lá o que tenha causado o silêncio, as mulheres logo o superaram para me deixar à vontade.

— Obrigada! — respondo para Charlotte e para as outras.

Atravesso o saguão de entrada e sigo para as escadas, acompanhada de meu familiar. Elas rangem um pouco conforme subimos.

Paro no terceiro andar e viro à direita, meus olhos vão percorrendo os números de latão nas portas dos quartos até chegar no meu.

Quarto 306.

A porta já está aberta. Lá dentro, tem uma cama um pouco maior que a de solteiro, e ao lado, uma poltrona de veludo azul. Na parede adjacente, uma estante vazia. E, ao lado dela, uma janela com vista para um carvalho enorme e nodoso.

Na parede do outro lado da cama, tem uma mesa antiquíssima com um abajur igualmente antigo. No centro de sua superfície, uma chave enorme de ferro.

Me aproximo e pego a chave.

Só pode ser piada, né? Como é que eu vou colocar isto num chaveiro sem parecer um carcereiro das antigas?

Dou uma olhada na porta, com sua maçaneta ornamentada de bronze e uma fechadura bem grande.

Tá, então não é piada. O coven só não atualizou as fechaduras dos quartos no último século.

Tomara que aquelas *lamassu* façam um trabalho decente em proteger o lugar, porque a minha fechadura com certeza não vai servir para porra nenhuma.

Mesmo assim, guardo a chave no bolso.

— E aí, o que achou? — pergunto, olhando para Nero.

Minha pantera dá uma boa olhada no quarto, e então esfrega o rosto na minha perna.

Meus olhos percorrem o lugar.

— Que bom que aprovou. Eu também amei.

Capítulo 12

— Que... se foda... esta... mudança.

Despenco na cama.

Meus braços estão tremendo de tanto carregar caixas por três lances de escada ao longo do dia, minha bunda e pernas estão dormentes pelo esforço. E isso sem contar que muitas das anotações e etiquetas que coloquei nas coisas caíram. E, Grande deusa dos céus e da terra, está *tudo* fora do lugar, e minha cabeça está doendo.

Mas quer saber de uma coisa? *Terminei.*

Encaro o teto do quarto, ouvindo as risadas abafadas de bruxas nos cômodos vizinhos.

Uma onda de entusiasmo percorre meu corpo. Esta é minha vida agora. Eu faço parte do Coven Meimendro. Chega de esperar e ansiar. Agora eu moro aqui, e estudo aqui, e posso ir atrás de todos os sonhos pelos quais tanto esperei.

Examino o quarto pequeno mais uma vez, e meus olhos pousam sobre Nero.

Meu familiar está deitado num cobertor que na certa ele tirou da minha da cama e arrastou até ali, mastigando um osso que peguei para ele no açougue. O osso faz um *crack* horrendo, e então ouço a língua áspera de Nero sorvendo deusa sabe o quê.

— Dá para *não* fazer isso no meu cobertor? — pergunto.

Ele me ignora.

Meu familiar veio com defeito.

— Eu deveria te devolver — digo. — Aposto que, pelo seu preço, conseguiria comprar, tipo, uns cinquenta familiares fofinhos e peludos.

Agora Nero me encara e lambe os beiços. Quase certeza de que ele quer dizer *parece delicioso.*

Suspiro.

Vou até a janela, abro para deixar entrar um sopro de ar fresco.

Do lado de fora, o carvalho gigante que vi mais cedo parece mais uma sombra escura. Um dos galhos mais grossos da árvore fica bem abaixo da minha janela. A localização e firmeza dele são tão convenientes que alguma bruxa que morou aqui antes de mim deve ter enfeitiçado o galho para ficar desse jeito, talvez para ela mesma ou para seu familiar.

Me viro para Nero.

— Vou deixar a janela aberta para você, para que possa ir e vir como quiser.

Em resposta às minhas palavras, Nero fica de pé, se espreguiça satisfeito e pula para o banco que coloquei embaixo da janela.

— Agora, não se esqueça: nada de caçar humanos nem animais de estimação, tá bom? — aconselho. — Eles não estão no cardápio.

Nero me fuzila com os olhos.

— Ah, e nada de comer familiares de outras bruxas. Ah! E, com certeza, não ataque os licantropos. Não vai acabar bem para você.

Ele me dá um olhar insatisfeito, como se eu fosse a mestra mais cruel do mundo.

— Fora isso, o restante tá pra jogo. Vou deixar a janela aberta para você voltar. — Mordo o lábio inferior. — Você *sabe* escalar, né?

Mais uma vez ele me fuzila com os olhos.

— Tá — digo, levantando as mãos. — Não quis ofender. — Bem, talvez quisesse ofender um *pouquinho*. Ele é um cuzão, afinal. — Foi só pra ter certeza.

Com isso, Nero pula para fora do meu quarto, no galho do carvalho. Sem olhar para trás, se esgueira e desce da árvore antes de pular no chão sorrateiro e sair espreitando na escuridão.

Mordo o lábio de novo, vendo-o desaparecer. É bom que aquele imbecil não se machuque. Nem passe frio.

Me sento na beirada da cama. Estou completamente esgotada depois de um dia de mudança, mas meu corpo ainda está zumbindo e cheio de energia. Agora que tenho um momento só para mim, quero explorar. Tem novos cheiros, novos sons, e uma vibração inebriante de magia no ar, e eu quero me familiarizar com tudo isso.

Decisão tomada, me empurro para me levantar. Estou quase na porta quando ouço um farfalhar do carvalho lá fora. No instante seguinte, Nero salta para dentro do quarto sem fazer barulho.

— Já voltou? — pergunto. — Pensei que ia passar a noite fora, explorando por aí.

Ele se aproxima e se esfrega em minha perna antes de se jogar mais uma vez no cobertor que roubou de mim.

— Estou de saída. Quer explorar um pouco mais comigo?

Em resposta, Nero boceja na minha cara.

— Tá bom. Volto daqui a pouco.

Giro a maçaneta e saio do quarto, fechando a porta. Quando estou na metade do corredor, ouço garras arranhando a porta.

Porra de gato.

Volto até o quarto e abro a porta. Nero olha para mim, e então se esgueira para fora. Dou uma olhada no outro lado da porta e...

— Santa Mãe dos Cogumelos Mágicos, Nero, por que você tem que ser tão bruto?

Várias marcas profundas de garras entalharam a base da porta, e aparas de madeira estão espalhadas pelo chão.

Gatos, cara.

As luzes do corredor piscam. Os lustres parecem relíquias do século passado, e a julgar pela magia crepitante que cospem, acho que são mesmo tão antigos quanto parecem.

Desço as escadas para o primeiro andar. Este andar é cheio de salões comunais, a maioria dos quais só vi de passagem.

Vou para a grande biblioteca da casa, com Nero andando devagar ao meu lado. Quando entro, não vejo ninguém ali, todas as poltronas aveludadas estão vazias. Do outro lado da biblioteca, uma lareira enorme abriga as últimas brasas de um fogo extinto.

E então, é claro, tem os livros. Centenas e mais centenas deles, cobrindo praticamente cada centímetro quadrado deste lugar.

Exploro a biblioteca, parando para pegar um livro ou outro, com Nero me seguindo. Muitos dos tomos foram comidos por traças, estão com os títulos dourados desbotados ou as páginas amareladas. Mordo o lábio, examinando as lombadas de livros escritos em latim e grego antigo, idiomas tão familiares para mim quanto o rosto de uma amiga querida.

Mais adiante, vejo livros sobre os escritos de Nostradamus, os Pergaminhos do Mar Morto e vários outros textos antigos, alguns religiosos, outros não, e alguns ainda ocupando um lugar que muitos gostam de chamar de *profano*. É um lugar em que nós, bruxas, vivemos e morremos.

Há livros históricos sobre bruxas e bruxaria, assim como outros que analisam feitiçaria em geral. São todos bem acadêmicos, e eu me deleito com cada pedacinho.

Quando chego do outro lado da biblioteca, próximo à lareira de pedra, hesito. À minha esquerda, há uma porta meticulosamente entalhada e ornamentada, bem funda na parede. A magia pulsa de leve dela.

Sentinelas cintilantes correm pelas bordas, trancando o cômodo para qualquer supernatural que não seja afiliado ao Coven Meimendro.

Eu costumava ser um deles. Aliás, na primeira e única vez que tentei abrir essa porta foi em algum momento do ano passado, quando estava visitando Sybil. Não lembro por que fui à biblioteca nem por que tentei entrar no cômodo, mas com certeza me lembro de ter levado um choque. Parte de mim ainda está segura de que vai acontecer de novo.

Só há um jeito de descobrir.

Estico a mão para a maçaneta de metal. Meu punho se fecha sobre ela, e eu espero um instante, me preparando para o rompante das sentinelas.

Nada acontece.

Abaixo, Nero me dá uma cabeçada de leve na perna, como se me dissesse para me apressar. Deve ser muito legal para ele não ter que se preocupar com levar um choque de magia de proteção.

E ainda estou preocupada. Afinal, ainda não abri a porta.

Respiro fundo. Não há melhor momento que o agora.

Giro a maçaneta e a puxo. Acima, as sentinelas irrompem num clarão momentâneo, mas... nenhum feitiço doloroso investe contra mim. Em vez disso, a porta range quando a abro. Para além do portal, a escuridão.

Um segundo mais tarde, uma onda de poder me atinge, e eu tropeço para trás. Não é uma sentinela me atacando nem nada do tipo. É só *magia*. Muita, muita magia potente e saturada. Praticamente me engasgo com ela, tateando em busca de um interruptor.

Não o encontro, mas no escuro, consigo avistar uma luminária próximo à porta, com uma vela dentro, derretida pela metade. Não há nenhum fósforo à vista.

Suspiro.

Vou ter que usar magia para isso.

Pego a luminária e faço cara feia para o pavio.

— *Ai, que preguiça de inventar um feitiço bacana. Acende logo esse diabo de chama.*

Vuush.

Uma chama carmesim irrompe dentro da luminária, e talvez seja só impressão minha, mas ela parece meio... demoníaca.
Hum.
Merda.
Acho que acabei de conjurar um pouquinho de fogo do inferno.
Dou uma olhada em Nero.
— Você não viu *nada*.
Ele me encara de volta, sem piscar.
Mordo o lábio ao entrar no cômodo, levantando a luminária com sua chama vermelha. Não faz nem um dia que estou aqui e já estou quebrando as regras, usando magia das trevas.
No entanto, não passo muito tempo focada nesses pensamentos, porque a visão à minha volta me tira o fôlego.
— *Grimórios* — sussurro.
Centenas deles. Lotam as prateleiras, com suas magias em conflito se derramando para fora. Já estão fazendo minha cabeça latejar; é como entrar numa perfumaria e ser atingida por vários tipos de perfumes diferentes.
No centro do cômodo, há uma mesa longa, com um apoio para os livros.
— Insônia?
Dou um gritinho de susto pela voz atrás de mim, quase derrubando a luminária.
Me viro e dou de cara com outra bruxa, que deve morar aqui também.
Seu olhar cai sobre a lanterna.
— Que luz interessante essa que você conjurou...
— Hã... — É agora que eu sou expulsa bem no dia da mudança.
— Dá um barato na cabeça, né? — pergunta ela, se aproximando.
A princípio, acho que ela está falando sobre magia das trevas, mas então noto que sua atenção está nos grimórios à nossa volta.
— Uhum — concordo, mesmo com as têmporas latejando.
— Teoricamente, muitos deles foram escritos por membros do coven que viveram aqui, mas tem alguns que são bem mais antigos. — Ela me dá um olhar conspiratório. — Quem sabe um dia, eu ou você vamos ter um grimório guardado aqui.
Essa ideia é tão maluca que me distrai do fato de ter sido pega literalmente no flagra com magia das trevas.
— Me chamo Kasey, a propósito — a bruxa diz, estendendo a mão.

— Selene. — Eu a aperto.
— Eu sei. Te vi na festa da colheita... você fez uma entrada e tanto com esse seu familiar — ela comenta, seu olhar baixa para Nero.
— Ah, é, ele é um doce, na verdade. Totalmente incompreendido.

Nero me olha como quem diz *que mentira descarada*, e é mesmo, mas Kasey e as outras bruxas que moram aqui não precisam saber disso. Tenho certeza de que saber que você divide a casa com uma pantera já é aterrorizante o suficiente. Não precisam saber também que, além de tudo, ela é rabugenta.

Os olhos de Kasey se voltam para os grimórios que nos cercam. Ela aponta para um de capa roxa.

— Aquele ali me ajudou com a potência e longevidade dos meus feitiços na aula de sentinelas. Só uma dica, caso você pegue a matéria neste semestre.

Acho que não vou não, mas...

— Obrigada — digo. — Vou dar uma olhada, com certeza.

Kasey sorri para mim.

— Bem, vou cair na cama. — Seus olhos recaem sobre a chama carmesim em minha luminária, antes de subirem para encontrar os meus mais uma vez. — Ah, e a propósito, cuidado para não queimar nada. Fogo mágico é danado para não apagar, e chamas assim... — ela lança mais um olhar rápido para a lanterna. — ... têm fome de poder. Prazer em te conhecer, Selene.

Kasey acena e vai embora.

— Tchau — digo, quando ela se afasta.

Quando estou segura de que Kasey foi embora e que a casa está quieta de novo, falo para a luminária:

— *Obrigada pela ajuda, demônio sorrateiro. Agora volte para o inferno de onde veio.*

A chama da vela tremula e se apaga, deixando para trás um cheiro vagamente corrosivo, e um resíduo mágico escuro mancha as paredes de vidro da lanterna. É essa substância parecida com piche que dá o nome: magia das trevas.

Ela obtém suas forças da escuridão e cobra pecados e sangue como pagamento. É magia maligna, proibida.

E minha nova amiga Kasey acabou de me ver fazendo isso.

CAPÍTULO 13

A semana seguinte à minha mudança passa como um borrão. Estou perfeitamente acomodada no novo quarto, Nero cria uma rotina de ir e vir entre a casa e a floresta ao redor do coven. Minhas estantes estão enfim organizadas com meus cadernos velhos, e o caderno atual está cheio de horários de aulas e mapas. Já peguei os livros do curso e até folheei alguns.

Estou pronta para meu primeiro dia de aula amanhã.

Desço as escadas aos saltos, com Nero espreitando como uma sombra ao meu lado. No salão à minha direita, Sybil conversa com outra bruxa. Quando minha amiga me vê, chama:

— Selene! Vai pra onde?

Sem dúvidas eu deveria me esforçar mais para conhecer as bruxas com quem moro, e aí está uma abertura para fazer isso. Já bati papo com algumas, e tenho vergonha de admitir que, quando consigo, anoto os nomes delas, a espécie de seus familiares, em que quarto moram, e qualquer coisa distinta sobre elas, tipo um perseguidor obsessivo.

Bem, tem funcionado.

— Vou tirar fotos dos prédios do campus e montar um mapa.

— Você não fez isso ontem? — ela pergunta.

Hesito. Fiz?

Sybil usa este momento de hesitação para se aproximar de mim.

— Amiga, pode pegar mais leve na pose de aluna aplicada — ela diz, baixinho.

Por cima do ombro de Sybil, a bruxa com quem ela estava falando me encara com curiosidade.

Baixo o tom de voz.

— Você *sabe* que eu não posso.

Gostaria que fosse diferente. Gostaria que eu não precisasse trabalhar mais duro para todo mundo me tratar de um jeito normal. Mas as coisas são assim, e Sybil sabe disso melhor do que ninguém.

Ela faz careta.

— É só que finalmente a gente está morando sob o mesmo teto, e não conseguimos passar nenhum tempinho juntas desde que você se mudou.

Engulo em seco, sentindo essa tensão se formar entre a gente. Não quero que isso aconteça. Sou inflexível quanto a provar meu valor aqui em Meimendro, mas também não quero prejudicar a relação com minha melhor amiga.

— Foi mal — digo. — É só que... eu não quero estragar tudo.

A expressão de Sybil fica mais gentil.

— E não vai. Você é brilhante. — Ela suspira e aponta para a porta com a cabeça. — Vai lá, então. Mapeia o coven, e quando voltar, a gente se vê.

Me sento num banco de pedra atrás do Observatório Lunar, o prédio mais ao norte do campus, enquanto o Sol se recolhe abaixo do horizonte. Estou com um dos meus cadernos abertos no colo, detalhando todas as informações sobre o Coven Meimendro, desde minha grade de aulas, a anotações sobre onde ficam certas coisas, aos horários que certos prédios abrem e fecham. Também tomei nota sobre as peculiaridades de alguns prédios, como o fato de as cadeiras do Salão do Caldeirão serem propensas a levitar, graças a um trote que nunca foi totalmente revertido.

Aliso a superfície das fotos do Observatório Lunar que colei na página, tracejando com os dedos o domo de vidro no topo do prédio, supostamente encantado para parecer que os céus estão mais próximos.

Tem uma vibração crescendo em minhas veias e me apertando o peito. A princípio, penso que é só a vontade de ter uma matéria de astrologia neste semestre — não tenho —, mas... a sensação é persistente. Ela permanece mesmo depois que já terminei de escrever minhas anotações e fechar o caderno. Aliás, parece até crescer quando guardo o volume na bolsa e admiro o céu do anoitecer.

Fico de pé justo quando o poste de luz à minha frente começa a piscar. Estou passando a bolsa sobre o ombro quando sinto uma magia roçar na minha pele, suave como o toque de uma mão.

Imperatriz... eu encontrei você.

Inspiro com força, levantando a cabeça depressa. Olho em volta, mas não há ninguém nesta parte do campus. No entanto, agora que estou atenta, juro que quase consigo *sentir* aqueles olhos castanhos em mim.

Uma pressão começa a se formar em meu peito, bem sobre o coração. Coloco a mão ali, massageando para tentar mandar a tensão embora.

No mesmo instante, aquela magia índigo familiar emana das árvores que fazem fronteira com os prédios, serpenteando em minha direção.

Da última vez que aquela magia se enrolou em mim, me nocauteou e me deixou presa numa tumba.

Não posso deixar ela me pegar de novo.

Meus pés se movem antes que eu possa sequer formar o comando na mente.

Corre.

Saio em disparada, com os braços pulsando e a bolsa batendo contra meu quadril, forçando minhas pernas a irem cada vez mais rápido. Passo pelo Salão de Todos os Santos, pelo Salão Morgana. Minhas coxas queimam e meu fôlego já está irregular. O vento uiva em meus ouvidos enquanto me esforço cada vez mais.

Ele me seguiu até aqui.

Deusa do céu, *ele me seguiu até aqui.*

Uma coisa é ouvir a voz dele sussurrada e carregada pelo vento. Mas ver sua magia de novo, e saber que ele está tão próximo...

A náusea cresce, e eu tento engoli-la. *Vomite depois, quando tiver escapado.*

Sinto mais do que vejo uma pluma da magia azul-índigo envolver minha cintura, como um braço fantasma. Solto um gritinho, mesmo quando o poder de Memnon — e só pode ser de Memnon — preenche o ar ao meu redor, até ocultar a floresta, e os prédios, e o céu crepuscular.

Venha a mim, minha rainha...

Eu paro, respirando com dificuldade. Já consigo sentir o puxão de seu poder, se infiltrando em minha pele e deslizando para meus pulmões.

Você me deixou antes, mas não mais... nunca mais...

A compulsão de seguir aquela voz cresce dentro de mim. Não sei que tipo de feitiço é, mas *só pode* ser um feitiço.

Sigo a trilha de magia azul de volta até a linha das árvores. Ela continua, se emaranhando na Floresta Sempreviva. Dou um passo em sua direção, mesmo com a razão gritando que estou sendo encantada.

Mas meu sangue ferve e minha pele pulsa a cada toque suave do poder de Memnon.

Não seja idiota, Selene! É a magia dele, te atraindo para um senso de falsa segurança.

Fecho os olhos com força, plantando os pés no chão.

Volte para mim, imperatriz. Estivemos separados por tempo demais...

Tem algo tão sensual nessas palavras e na voz, algo que me faz lembrar do Memnon dos meus sonhos. Algo que quebra minha resistência por completo.

Dou um passo vacilante à frente. E então, mais um. É difícil lutar contra essa voz quando meus sentidos mais profundos e mais inatos me seduzem em sua direção.

Acho que estou sendo enfeitiçada. Só pode ser. Queria odiar isso mais do que odeio de fato.

Chego à linha das árvores, com um anseio crescente. Quanto mais a magia de Memnon me prende, mais intoxicante é.

Mais ou menos quinze metros floresta adentro, a fumaça mágica se dissipa.

Fico tensa, olhando em volta, com a pele formigando em alerta.

Memnon emerge das sombras como a visão de um pesadelo. Só que, puta merda, o homem é real. E ele é ainda mais devastadoramente lindo do que em minhas lembranças.

Meu olhar percorre sua silhueta alta e examina seus ombros largos. Posso ver as tatuagens descendo pelos braços bem definidos. Mesmo de calça jeans e camiseta, o homem parece um guerreiro.

Subo o olhar para seu rosto, e se eu ainda não estivesse presa por sua magia, teria cambaleado para trás.

No meu sonho, as chamas e o desejo destacavam a beleza intensa de Memnon. Agora, no entanto, na escuridão onde as sombras são profundas e implacáveis, Memnon parece simplesmente brutal — suas maçãs do rosto, afiadas; a curva de seus lábios, cruel; seus olhos brilhantes, furiosos. Ainda bem que não consigo ver sua cicatriz. Acho que não conseguiria lidar com a violência daquela visão no momento.

Ele se aproxima, se movendo com uma elegância ameaçadora.

— Achou mesmo que eu tinha terminado com você? — ele pergunta naquela linguagem antiga, com a voz grave e gutural. Consigo compreendê-lo com uma clareza alarmante. — Que eu deixaria você naquela tumba para apodrecer, como você me deixou? — Ele balança a cabeça, devagar. — Não, não, não.

Meus batimentos cardíacos aceleram.

— Por que me seguiu até aqui? — exijo saber, em meu idioma.

— Fale comigo em nossa língua, Roxilana! — ele rosna.

— Eu não conheço "nossa língua"! — grito de volta *em outra língua*. As palavras, puxadas de algum lugar profundo dentro de mim, assim como foi quando estava na tumba de Memnon.

Um som baixo escapa da minha boca, e eu agarro a garganta.

Veja bem, tecnicamente *não* foi uma mentira. Embora eu sempre tenha compreendido latim e grego antigo — e até leia um pouco de egípcio antigo —, nunca falei essa língua estranha. Ao menos, não que me lembre.

Memnon se aproxima antes de agarrar meus braços.

— Não sei que tipo de jogo está fazendo, mas acaba *agora*.

Tão perto assim da silhueta assombrosa de Memnon, me sinto bastante pequena e indefesa.

— Me solta — digo naquele idioma ancestral. Mais uma vez, não tenho a intenção, apenas flui. Numa situação normal, ficaria maravilhada, mas o medo afasta qualquer outra emoção no momento.

— Não até você me dizer o que fez comigo — ele exige, furioso.

Vejo dor ao encarar aqueles olhos. Parece tanto com meu sonho, quando a confusão sobrepõe a realidade.

— Do que você está falando? — pergunto, sem nem vacilar desta vez quando as palavras saem naquele outro idioma.

Ele me sacode de leve.

— Você desmantelou meu exército. Destruiu nosso império, me arrancou de nossas terras e me jogou neste futuro distorcido onde nada faz *sentido*! — ele praticamente ruge a última parte.

— *Me solta.* — Minha voz cresce com as batidas de meu coração, e há dureza nela. Meu poder se retorce dentro de mim, se acumulando. O medo que senti momentos atrás está começando a dar lugar à raiva.

Os lábios de Memnon se curvam num sorriso, mas seu olhar é cortante como uma espada.

— Mas você não sentiu saudade, Roxilana?

— *Quem* caralhos é Roxilana? — Mais uma vez, a língua estranha. Ele me dá um olhar estranho.

— Que joguinho é esse?

— Por que estaria brincando com *você*? Eu nem te conheço!

— Não me conhece? — Suas sobrancelhas sobem em incredulidade. Então, ele ri, o som é apavorante. — Estive *dentro de você* mais vezes do que há estrelas no céu. Sua pele conhece mais o meu toque do que o seu próprio.

Estive dentro de você mais vezes do que há estrelas no céu.

Fico o encarando por um longo momento, o horror me inundando. Este homem me atraiu até sua tumba e me fez tirá-lo de lá. E depois me seguiu através de um continente inteiro, e agora ele acredita que estivemos juntos. Tipo, *juntos*, juntos.

Eu estou tão ferrada.

— Houve um engano — digo, devagar.

Minha mente dispara furiosamente, tentando se recordar das lembranças da América do Sul, muitas já estão muito perdidas. Preciso chegar à raiz deste problema.

— *Engano?* — Memnon rosna. Os olhos dele começam a brilhar como duas brasas, e o ar chia com seu poder. Dou um pulo, reconhecendo o tipo de magia sobrenatural que se apresenta desse jeito.

Ele não é um demônio. Nem um vampiro ou feérico.

É um feiticeiro.

Eles são quase tão ruins quanto demônios. O poder de um feiticeiro consome sua consciência. Quanto mais poderoso, mais desalmado.

E Memnon parece ser surpreendentemente poderoso.

Sem perceber minha reação, ele continua:

— Depois de tudo o que você fez comigo... depois de toda a *traição*...

— Olha — eu o interrompo —, seja lá quem você pensa que eu sou, eu não sou ela. — Essa Roxilana fodeu o cara errado, sério mesmo. — Por favor, só me deixa ir embora.

Os olhos de Memnon brilham ainda mais.

— Você *ousa* se fazer de ignorante. Me chamar de mentiroso, e a nós dois, de engano. Você, a mulher a quem eu dei tudo.

— Mas *eu* não te dei nada — insisto. — Você está me confundindo com outra pessoa.

Ele me ignora.

— Você me trancafiou, me negou até a decência básica da morte. Nunca fui agraciado com os ritos funerários, nunca me foi permitido passar deste mundo para o próximo. Você me negou o pós-vida, onde eu poderia singrar os céus com meus antepassados.

Encaro o homem, que parece uma divindade ancestral.

— Em vez disso, jazi aprisionado todo esse tempo. Mas não estou mais em sua prisão. — A última parte sai grave, ameaçadora. — O mundo conhecerá minha ira. *Você* conhecerá minha ira, minha rainha. Deixarei você à minha mercê. E destruirei seu mundo, pouco a pouco, até que você tenha apenas a mim.

Capítulo 14

Engulo um bocejo no meio da aula de Introdução aos Feitiços Básicos, minha primeira matéria do semestre. Depois de meu encontro com Memnon, não consegui dormir muito na noite passada, e fiquei acordada escrevendo tudo de que me lembrava do incidente. Como o fato de ele ser um feiticeiro que, por acaso, quer acabar com a minha vida.

Deixarei você à minha mercê. E destruirei seu mundo, pouco a pouco, até que você tenha apenas a mim.

Pelo menos ele me deixou ir embora. Não botei muita fé que ele me soltaria, ainda mais depois de todas as coisas que disse, mas Memnon me soltou logo depois de sua ameaça e recuou nas sombras floresta adentro. De certo modo, isso foi mais assustador do que vê-lo de pé bem na minha frente. Saber que esse feiticeiro vingativo estava espreitando despercebido na Sempreviva foi, em parte, o que não me deixou pregar os olhos na noite passada.

Esfrego os olhos, e então minha mente cansada tem um lapso. Num instante, estou no meu quarto de novo, esparramada na cama, minha cauda escura...

Cauda?

Saio da mente de Nero e volto à minha depressa, e me forço a endireitar a postura e prestar atenção na aula.

— Como sabem, a magia está infiltrada em todas as coisas — a palestrante diz de seu pódio. A professora Bellafonte é uma bruxa de meia-idade, com cabelos cor de cobre e algumas mechas brancas. — A maioria das pessoas mal a sente. Muito menos podem acessá-la. Apenas bruxas e alguns outros tipos de seres sobrenaturais podem interagir com ela e manipulá-la. Uma das maneiras mais antigas e básicas é através da invocação. Isto é, pela *fala* — a professora diz, tocando os lábios.

— Conforme avançarmos nesta disciplina, vamos revisitar esse tema muitas vezes. Mas, por ora, vamos nos aprofundar um pouco mais.

Um arrepio de empolgação percorre o meu corpo, pois embora eu esteja cansada e esse assunto seja chatíssimo, eu enfim, *enfim*, sou uma pupila deste coven.

— Certos elementos da linguagem podem amplificar a potência de uma invocação e, portanto, um feitiço. O exemplo mais óbvio é a rima, mas há outros. Um elemento menos comum é o uso de palavras de poder ancestrais. — Ela corre os olhos pela sala. — E por quê? Pelo mesmo motivo que os poderes de uma bruxa maturam e aumentam com o tempo: a magia é atraída por tudo o que é antigo. — Ela faz mais uma pausa. — Vocês serão mais poderosas em dez anos do que são agora. E ainda mais poderosas dez anos depois. Mesmo quando seus ossos estiverem frágeis e seus músculos, contorcidos pela idade, a magia vai proliferar em vocês.

A sala inteira faz silêncio.

— O mundo que valoriza a juventude e beleza não conhece *nem um pouco* o verdadeiro poder. Mas, com o tempo, *vocês* vão descobri-lo. — A professora Bellafonte nos dá um sorrisinho. — Mas estou divagando.

Ela começa a andar pela sala, sua magia azul-claro, quase lilás, vai se enrolando em torno de seus tornozelos.

— Nas próximas semanas, vamos aprender algumas palavras e frases arcanas, e vamos aplicá-las aos feitiços antes de avançar para ingredientes comuns, o uso da escrita e o papel dos grimórios. Vamos discutir o efeito das estações e da hora do dia, assim como fases da lua e eventos astrológicos. Espero que, ao final do semestre, vocês tenham conhecimento e algumas ferramentas com as quais trabalhar, conforme forem entendendo seus próprios poderes e dons. Por enquanto, vamos começar com uma introdução básica aos fonemas de diferentes línguas mortas. Abram seus livros na página 21.

Abro o livro, folheando-o até a página certa. Nela, há uma imagem de uma tabuleta de pedra com hieróglifos egípcios entalhados.

— Este é um monólito que encontrei em Karnak. Não iremos traduzir tudo, mas quero recitar uma parte... — Ela começa a ler, mas não, não está correto. Sem me dar conta, balanço a cabeça. Ela está enfatizando as consoantes erradas, e as vogais... — Com licença, mas você discorda de alguma coisa?

Não percebo que a professora Bellafonte está falando comigo até que sua magia se enrosca no meu queixo e levanta minha cabeça, me fazendo encontrar seu olhar.

Minha pele esquenta quando o resto das bruxas da sala se viram nas cadeiras e direcionam sua atenção para mim.

O silêncio se arrasta.

— E então? — insiste a mestra.

Engulo em seco, e então baixo o olhar para as palavras. Não sei como formular meus pensamentos turvos numa frase, então só leio o que consigo entender do monólito:

— *Jenek nedej sew meh a heftejewef. Jenek der beheh meh qa sa, seger qa herew re temef medew.*

As palavras fluem de meus lábios, diferente de meu idioma natal e daquela língua esquisita em que falei com Memnon. Sinto menos segurança com o egípcio antigo, apesar de ter corrigido a professora.

Respiro fundo e traduzo:

— Eu sou aquele que irá salvá-lo de seus inimigos. Eu sou aquele que remove a arrogância da soberba, que silencia o ruidoso para que não mais fale.

A classe fica em silêncio por um longo momento.

— Você não usou magia para ler — ela diz, por fim.

Meu olhar encontra o dela. Há certa confusão neles, mas também algo a mais, algo que se parece com cautela.

Ela pisca e pigarreia, mesmo que as outras bruxas continuem a me encarar.

— Excepcional — ela diz antes de pigarrear de novo. A professora então se vira e começa a palestrar sobre a tabuleta e as palavras de poder que podem ser extraídas dela.

Franzo a testa conforme vou lendo o resto do texto na tabuleta. Ele fala sobre vitórias militares contra os Nove Arcos — as várias nações inimigas do Egito. As palavras seriam mais adequadas para invocar magia das trevas, cuja raiz é a violência. Não deveriam estar neste livro.

Então, um grito de gelar o sangue interrompe meus pensamentos. O som vem lá de fora.

A professora Bellafonte para e nos dá um sorriso tranquilizador.

— Deve ser só a professora Takeda vendo todas as provas que tem para corrigir — ela brinca, conferindo as anotações mais uma vez.

Mas outro grito segue o primeiro, e este continua por vários segundos.

— Morta! — alguém enfim exclama. — Uma bruxa foi morta!

Capítulo 15

— Ouvi dizer que arrancaram os olhos e o coração dela — Charlotte diz, a bruxa à minha frente. Estou sentada com ela, Sybil e várias outras no salão de jantar.

Faço careta para minha comida. Os detalhes estão me fazendo perder o apetite.

— Ouvi dizer que ela estava nua — uma bruxa chamada Raquel acrescenta, com a expressão de como se fosse vomitar.

Pela vigésima vez só hoje, meu coração acelera. Memnon aparece na noite passada cheio de ameaças, e agora uma bruxa morre?

É só coincidência, tento me tranquilizar. *Ele quer vingança contra você, não as outras.*

— Tadinha da Kate — outra comenta.

— Você conhecia ela? — Charlotte pergunta, levantando as sobrancelhas platinadas.

Logo acima, as luzes piscam nos candelabros forjados a ferro, tornando o clima ainda mais sombrio.

— Uhum. Ela estava um ano na minha frente, mas tirou uma licença para trabalhar em uma empresa que precisava de bruxas. Não lembro o nome agora. Nem sabia que ela tinha voltado.

— Acho que ela chegou a se mudar — Sybil diz. — É, tenho quase certeza que vi ela trazendo as coisas. No quarto ao lado do seu, Selene — acrescenta, me dando uma cutucada.

— Ela é minha vizinha? — Me lembro vagamente de falar com algumas das garotas do meu andar, mas não me lembro de nenhuma Kate.

— *Era* — Raquel me corrige.

Vejo tantos olhos arregalados e expressões assombradas em volta da mesa. E, quando olho para as outras mesas no salão, as mulheres estão tensas, suas conversas, contidas. Acho que estão todas pensando que a bruxa encontrada morta dentro dos limites do coven poderia ser qualquer uma delas.

Outra bruxa, de cabelos crespos e nariz afilado, se junta a nós, colocando um caderno enorme de capa de couro sobre a mesa.

— Quero saber quais foram as últimas palavras dela — ela diz.

Meu olhar recai sobre seu ombro, onde — *isso é uma salamandra?* — está empoleirada.

— O que é isso aí? — Raquel aponta para o livro com a cabeça.

— É meu Registro de Últimas Palavras.

— *Olga* — repreende Sybil. — Sério, agora não é hora.

— Na verdade, agora é a hora *exata*. — Os olhos de Olga brilham de um jeito meio fanático. — E estou no processo de conseguir autorização para extrair as últimas palavras da Kate. Pode ajudar a capturar o assassino.

— Isso é perturbador pra cacete — diz outra bruxa à mesa, cujo nome eu não sei.

Olga dá de ombros.

— Eu nunca disse que não era perturbada. — Ela ri, e algumas a acompanham, até o riso morrer. Um silêncio tenso se segue, quebrado apenas pelo barulho dos talheres.

Charlotte se inclina para frente na cadeira.

— Quem vocês acham que foi? — ela sussurra.

O medo se expande em meu peito.

Pode ter sido culpa minha. Eu libertei um mal ancestral, e ele pode estar atacando jovens bruxas.

Encontro o olhar de Sybil antes de engolir em seco e balançar a cabeça.

— Não faço ideia — falo para Charlotte.

Ninguém à mesa tem uma resposta melhor.

Apenas após o jantar, quando eu e Sybil decidimos ir para o quarto dela estudar e começar os primeiros trabalhos do semestre, é que decido desabafar.

Tento não deixar o queixo tremer, sentada no chão do quarto dela com um dos livros abertos à minha frente, enquanto minha amiga percorre o quarto, regando dezenas de plantas espremidas em prateleiras ou pendendo do teto.

Agora que uma bruxa está morta — uma bruxa que morava ao meu lado —, não consigo evitar que o horror se infiltre em minhas veias.

— Ele me achou — digo, agitada, balançando uma das pernas.

— Hein? — pergunta Sybil, parando para me olhar por cima do ombro.

— Memnon — explico. — Ele me achou.

— Peraí. — Sybil guarda o regador. — *Quê?* — Seu tom esganiçado faz sua coruja eriçar as penas antes de se reacomodar no poleiro.

— Ontem, quando eu estava me preparando para voltar para cá, ele me achou. Estava espreitando na floresta ao redor do coven.

— Você está bem? — ela pergunta, alarmada. — Ele te machucou? Te ameaçou?

Engulo em seco e balanço a cabeça.

— Estou bem. Não, ele não me machucou. Sim, ele me ameaçou — respondo.

— Ele te *ameaçou*? — A voz de Sybil fica ainda mais esganiçada. — Foda-se a Lei Tríplice e suas consequências, vou achar uma maldição tão poderosa que vai fazer o pau dele murchar.

Dou risada dessa ideia.

Sybil se senta na minha frente, colocando meu livro de lado.

— Me conta tudo o que aconteceu.

Então, eu conto.

Ao final, Sybil está pálida.

— Então esse cara acha *mesmo* que você é a esposa dele? — Faço que sim com a cabeça. — E ele te seguiu de lá da puta que pariu até aqui, em Meimendro?

Assinto de novo. Esfrego as mãos, nervosa, mordendo o lábio.

— E agora uma bruxa está morta — digo, baixinho.

Dá para ver que a ficha caiu para Sybil.

— Você acha que foi ele.

Esfrego o rosto.

— Sei lá. Mas parece super provável, né? Ele aparece, e no dia seguinte, uma bruxa é assassinada.

Sybil balança a cabeça.

— É... realmente, é bem estranho — ela concorda. — Mas ainda assim, pode ser coincidência.

Quero acreditar nisso. Quero de verdade. Caso contrário, o sangue daquela bruxa está nas minhas mãos.

Sybil faz careta, franzindo a testa.

— Só me promete que vai ter cuidado, amiga.

Respiro fundo.

— Prometo.

O coven entra em plena atividade quando o semestre começa pra valer, e mesmo com o assassinato ainda recente, a vida segue. Apesar de todos os aspectos sobrenaturais da vida de uma bruxa, são as rotinas mundanas que movimentam os dias por aqui.

Na aula sobre sentinelas, olho pela janela. No jardim, outra turma está sentada no gramado frontal do coven, fazendo pés de feijão crescerem em questão de minutos.

— ... as sentinelas mais fáceis e mais duráveis vêm na forma de amuletos.

Volto a atenção para a frente da sala, onde uma palestrante convidada, a professora Gestalt, conduz a aula. Examino a bruxa idosa, inclinada sobre o pódio. Ela é o que os contos de fadas, não tão carinhosamente assim, chamariam de *bruaca*.

Só que as histórias erraram em muitas coisas. Por exemplo, bruacas não precisam ter verrugas nem traços sinistros. Essa, em especial, está mais para uma bru-gata.

— Digam — ela continua, seus longos cabelos brancos balançam suavemente às suas costas —, quando vocês pensam em amuletos, o que vêm à mente?

Alguém levanta a mão, e ela aponta para a aluna.

— Um cristal ou pingente ao redor do pescoço.

Ela assente.

— Mais alguém?

Outra pessoa responde:

— Anéis de sinete.

— Muito bem — a professora Gestalt diz. Ela para. — E se eu disser a vocês que estou usando dez amuletos diferentes? Acham que conseguem encontrar todos?

Meus olhos percorrem sua figura. Ela está usando um vestido azul-royal solto, preso por um cinto bordado, várias pulseiras coloridas nos pulsos e sandálias de couro.

Ela coloca o cabelo atrás da orelha e exibe um brinco de cobre com palavras gravadas nele.

— Este pode ser o exemplo mais óbvio. Mas também devo dizer que as coroas de três dos meus dentes foram marcadas com sentinelas de proteção, e que o cinto possui um feitiço bordado.

Ela aponta para algumas de suas pulseiras, um botão nas costas do vestido e uma fivela nas sandálias.

— Amuletos não precisam ser óbvios ou convencionais. Há vários exemplos de itens que eu mesma enfeiticei no campo médico: marca-passos, implantes, dentaduras e muito mais.

Ela passa o restante da palestra de duas horas falando sobre as nuances de amuletos e todo tipo de feitiços que podem ser colocados neles. Vou anotando tudo o que ela diz, determinada a não perder um único detalhe.

Um sino ressoa, marcando o fim da aula.

— Sua instrutora me pediu para lembrá-las que o prazo para entrega de seus amuletos é no final desta semana — a professora Gestalt avisa. — Eu mesma darei uma olhada. A bruxa que criar o trabalho mais interessante será contemplada com um estágio formal na minha empresa, a Marca da Bruxa.

Junto minhas coisas com minhas colegas, com a mente maravilhada com a ideia de um estágio. Será que é isso que eu quero? Em algum momento, vou ter que me especializar em algum tipo de magia. Me pergunto como seria uma carreira voltada para amuletos...

— Selene Bowers.

Dou um pulo quando a professora Gestalt chama meu nome. Caramba, fico impressionada por ela sequer *saber* quem eu sou. Mas é claro, um nome é algo bem fácil de se obter, quando se é uma bruxa.

Levanto os olhos para ela. Ela me dá um sorriso suave, seus olhos claros um tanto distantes.

— Posso ter uma palavrinha com você?

Meu olhar corre pelo restante das bruxas que vão deixando a sala de aula. Não sei o que ela poderia querer comigo, a não ser que seja algo que eu tenha esquecido. Após um momento, eu concordo.

— É claro.

Termino de guardar as coisas e caminho até ela.

— Que bom. — A professora junta suas anotações e as guarda numa bolsa aos seus pés.

Meu coração acelera conforme me aproximo. Nem sei por que estou tão nervosa. Acho que é um hábito presumir que estou sendo observada por ter feito alguma coisa, em vez de, sei lá, me destacar por meio dos meus talentos mágicos incríveis.

— É uma forma incomum de bruxaria, a sua — diz a professora Gestalt, fechando a bolsa.

Ergo as sobrancelhas. Ela conhece meu tipo de magia? Bem, eu não deveria estar surpresa. Anciãs são *especialmente* astutas.

Ela se endireita, e tenho um vislumbre de seus olhos incomuns.

— *Incantatrix immemorata.* — Ela pronuncia cada palavra bem devagar. — A bruxa não mencionada, cuja magia devora as lembranças. Muito peculiar. Muito rara. Me pergunto por quê...

Franzo a testa, espantada pelo fato de ela saber disso sobre mim.

— Eu meio que nasci assim.

— Hum... — Seus olhos claros me examinam, e seu corpo treme de leve. Embora sua magia seja forte, seus membros parecem leves e graciosos como os de um pássaro. — Não, creio que não seja esse o caso.

Meu olhar se aguça no dela. Agora que estou vendo de perto, percebo por que os olhos dela parecem tão incomuns. Ela não tem pupilas. *Ela é... cega?*

— Quem precisa de visão, quando o terceiro olho enxerga tudo?

Recuo um pouco.

Caramba, bruxas idosas são assustadoras. É mesmo quando ficamos mais poderosas.

— Selene, querida, você está cercada de abutres. Tem muitos olhos sobre você. Alguns bons, outros maus, outros um pouco dos dois.

— O quê? — pergunto, alarmada.

— O poder deve ser celebrado e temido. Isso você tem de sobra, mas ele está trancafiado. Encontre a chave e *use*. Não seja um peão, quando você é uma rainha. Ninguém comanda uma rainha.

Pisco algumas vezes, e a minha mão formiga de vontade de anotar isso tudo antes que eu me esqueça.

— Eu não... entendo — digo, por fim, segurando a alça da bolsa com força.

Ela ri, o som como um sopro; me faz pensar em folhas de espiga de milho, por alguma razão.

— Você não consegue se lembrar de muita coisa, mas não se engane ao pensar que não entende, Selene Bowers. — Ela me dá um olhar cheio de significado com aqueles olhos que tudo veem, e por um instante,

penso que ela deve saber sobre Memnon. — Faça seu amuleto. Proteja-se contra o mal.
Mal?
— E Selene? — diz ela. — Os vilões estão vindo te pegar. Prepare-se.

Capítulo 16

Porcaria.
Raspo a gororoba carbonizada e empelotada do fundo do caldeirão, fazendo careta.
Passei a noite inteira trabalhando nesta droga de amuleto, e tudo o que consegui foi uma gosma. Meu cabelo está chamuscado, estou com cheiro de fumaça e todas as outras bruxas que entraram e saíram da cozinha de feitiçaria ficaram bem longe.
Esperava que, se começasse a fazer o amuleto hoje, conseguiria terminar meu primeiro grande projeto e, de quebra, descolar uma proteção extra contra a ameaça agourenta de que a professora Gestalt me alertou.
A cozinha tem um antigo fogão de ferro, assim como vários caldeirões sobre chamas, o meu entre eles. Do lado oposto do cômodo, há prateleiras com vidros que guardam todo tipo de ingrediente raro.
Raspo a gosma queimada do caldeirão e a coloco numa cumbuca, ignorando a maneira com que Nero abaixa as orelhas ao espiar meu trabalho.
Deposito a cumbuca na bancada de madeira e faço careta. Minha criação não pode estar certa. Volto para o livro, *Guia Prático de Magia Apotropaica*, e leio a receita do feitiço mais uma vez.
— Onde foi que eu errei...? — pergunto a Nero.
Ele pisca para mim, e posso jurar que está dizendo: *Como é que eu vou saber? Você que é a bruxa.*
Mas pode ser que eu esteja antropomorfizando demais a minha pantera.

Consulto o livro mais uma vez. Será que foi a flor de mel? A receita dizia "um punhado", mas é uma unidade de medida tão vaga. Ou talvez eu precise de artemísia fresca, e não seca.

Ou então, pode não ser a artemísia?

Massageio as têmporas.

— Você ainda está aqui? — Ouço a voz de Sybil.

Levanto a cabeça, e ela entra na cozinha. Ela veio aqui comigo horas atrás para trabalhar numa tarefa para outra matéria, mas saiu para ler faz um tempão.

Pelo visto, ela terminou a leitura.

Ela franze o nariz.

— Que fedor é esse? — pergunta ela, se aproximando.

— É o cheiro da proteção — respondo, tentando soar confiante.

— Seja lá o que estiver preparando, acho que não deveria ter esse cheiro. — Quando chega ao meu lado, Sybil espia o conteúdo da tigela. — Nem essa cara.

Sigo o olhar dela para a maçaroca empelotada e queimada. De acordo com o livro, a preparação deveria assentar e virar um líquido leitoso e esverdeado.

— O que é isso, aliás? — Sybil pergunta.

Faço careta.

— Era para ser uma poção protetora. Quando estiver pronta, eu mergulho uma joia ou bijuteria nela... e aí, vira um amuleto.

Ela ri da minha resposta.

— Cara, é capaz desse troço atrair mais coisa ruim do que repelir.

Faço careta para ela.

— Ainda não terminei.

— Amiga, joga fora, já deu por hoje. Tenta de novo amanhã.

Pego a colher de pau e mexo a gororoba acinzentada.

— Minha melhor amiga tem mesmo tão pouca fé nas minhas habilidades?

Sybil levanta as sobrancelhas.

— Hum, em se tratando desse feitiço específico... sim.

— Aff. — Abano a mão, ignorando-a. — Já estou quase acabando.

— Tá bom, Selene, você que sabe. — Ela se empurra para se afastar da bancada. — Vou dormir. Quer sair para correr antes da aula amanhã?

Faço careta ao pensar nisso.

— Será que eu gosto tanto assim de correr? — pergunto a ela.

Sybil hesita por um momento, como se não soubesse se eu esqueci de verdade.
— É uma pergunta retórica — digo. — É claro que eu odeio correr. Mas, como sou masoquista, tá bom, vou com você.
Ela balança a cabeça.
— Você tem um péssimo senso de humor, sabia?
Aponto a colher de pau que estou segurando para ela.
— Eu... é, pode ser que eu saiba.
Ela lança um olhar divertido para mim.
— Boa noite, amiga. Não amaldiçoe nada sem querer com essa... poção. — Com isso, ela desfila para fora da cozinha.
— Boa noite! — exclamo enquanto ela sai.
Quando tudo está calmo e silencioso de novo, volto a atenção para minha gosma.
Muito bem, onde é que eu estava?
Consulto o passo a passo, muitos dos quais já risquei meticulosamente. Só falta o último.
Pegue o objeto que deseja cobrir com sua mistura protetora e o mergulhe na poção.
Há um encantamento simultâneo a esse passo, e supostamente invocar este feitiço vai fazer a poção evaporar, deixando como resultado apenas o amuleto coberto pela magia.
Parece simples.
Adiciono mais água à mistura, sussurrando o encantamento em voz baixa enquanto isso. Então, fico mexendo e mexendo, até minha gosma virar um líquido empelotado. Parece um pouquinho mais verde também, o que é um bom sinal.
Vai ter que servir.
Pego um pequeno pingente de argila com espirais cunhadas na frente. É um penduricalho barato que comprei numa feira de rua em Berkeley, mas é diferente e bonitinho. E, se tudo der certo, vai virar um amuleto.
Mordo o lábio e examino a poção. Após um momento, mergulho o pingente na mistura.
Vai dar certo, digo a mim mesma.
Respirando fundo, coloco a mão sobre a cumbuca e começo:
— *Eu clamo pela terra e pelo ar...* — Meu poder se avoluma, convocado pela intenção e o encantamento. — *Limpe qualquer fraqueza...*
— A magia laranja suave flui pelo meu braço e escorre pela palma

da mão antes de assentar sobre o líquido. — ...*de seres perversos e de intenções cruéis...*

Conforme observo, meu poder se infiltra na poção, fazendo o líquido brilhar.

Termino o encantamento com:

— Me proteja e me guarde.

BUM!

A poção explode, respingando por todo o lugar.

Desgraça.

Tusso e abano a fumaça horrível. Quando ela dissipa, espio o interior da tigela. Então, solto um grunhido.

Lá no fundo, tem uma massa que parece mais um pedaço de cocô fossilizado.

Tenho mesmo que botar a mão nisso?

Depois de uma hesitação momentânea, vou lá e pego o pingente. O lado bom é que não tem mais aquela mistura empelotada. Quer dizer, o resto da cozinha está coberto por ela, mas isso é um mero detalhe.

Ao ver o amuleto em minha mão, Nero mostra as presas e chia.

— Ah, peraí, não está tão ruim assim — digo, depositando o pingente fumegante na bancada.

Mas o pior é que está. Está mesmo.

Estou em frente à pia enorme da cozinha, cantarolando enquanto lavo o restante dos utensílios que usei. Tento não pensar na decepção enorme que pesa lá no fundo do estômago, fazendo-o afundar feito pedra.

Foi só a primeira tentativa.

Da próxima vez, eu consigo.

— Lavando utensílios, minha rainha? Desistiu de mim para isso?

Grito e me viro, jogando a colher de pau na direção da voz por puro reflexo.

Memnon está encostado na soleira da porta da cozinha, sua silhueta preenche quase todo o espaço. Ele agarra a colher com a mão, mas seus olhos continuam fixos nos meus.

Há quanto tempo ele está aqui?

Agora não deve ser a melhor hora para notar mais uma vez o quanto Memnon é gostoso, mas *puta merda*, parece que a deusa tem mesmo seus preferidos. Mas aí, depois, ela deve ter se arrependido e, para compensar, decidiu foder o destino dele.

Seu cabelo está penteado para trás, exibindo a cicatriz que corre de seu olho para a orelha e até a mandíbula. Ele está com a testa franzida, e diria que está com raiva, só que há um toque de confusão em seu olhar.

Ele desencosta da parede, sua magia encantadora desabrocha como uma flor.

— E o que, em nome dos deuses, é esse cheiro? É pior do que aqueles pratos romanos que você me fez experimentar...

— Não se *atreva* a entrar — aviso, agarrando a bancada às minhas costas para me manter de pé. Vê-lo faz minhas pernas quererem vacilar. Este é o homem que pode ter assassinado uma de minhas irmãs de coven.

E ele me odeia.

Memnon levanta o queixo, e até sua magia parece estalar de irritação.

— Ou o quê? — Ele endireita a postura e dá um passo calculado para dentro do cômodo. — O que minha esposa há muito perdida fará comigo agora?

É só então que me dou conta de que estamos, mais uma vez, falando naquele outro idioma. Ele remexe e causa sensações em mim que não consigo compreender. Mas uma coisa que posso identificar com clareza é o terror que corre pelas minhas veias quanto mais olho para esse feiticeiro antigo.

Meu coração retumba contra as costelas, como se estivesse desesperado para sair.

Ele inclina a cabeça, analisando minha expressão.

Um brilho de alguma coisa passa pelo seu olhar, mas ele se vai tão rápido quanto veio.

— Agora, vem o medo — ele diz. — Agora percebe, minha rainha, que temos contas a acertar?

— Juro pela deusa, vou gritar tão alto que vou fazer a porra desta casa inteira cair em cima de você.

Memnon para, estreitando os olhos.

— *Esta* é sua ameaça, Roxilana? Gritar? Que joguinho é esse?

Ele fica fazendo a mesma pergunta, e pela deusa, a única coisa pior que um feiticeiro vingativo é um feiticeiro vingativo e confuso.

— Eu te conto tudo o que sei — sussurro —, se você ficar longe.

Memnon deve estar louco atrás de respostas, porque ele para de se aproximar.

Meu olhar percorre sua figura. Ele está usando uma camiseta branca justa, que revela seus antebraços tatuados, por dentro da calça larga e preta que parece de uniforme militar, por sua vez, por dentro de coturnos de couro. O guerreiro ancestral que eu despertei já não existe mais. Ele está a cara de um soldado moderno de operações especiais.

Seu poder emana dele como vapor de água fervente, e me cai a ficha de novo que ele é um *feiticeiro*; não parece ter sido uma escalação justa para o papel. Ele não deveria ter músculos e poder. Isso é, tipo, trapaça.

Porra, talvez seja por isso que ele é amaldiçoado. Alguma coisa ele tinha que ter para nivelar os atributos.

A expressão dele fica mais intensa em resposta à minha observação cuidadosa, mas ainda posso sentir sua ira borbulhando.

— Estou esperando.

— Tá, peraí, me dá um minutinho. Eu quase me molhei toda.

Droga.

Eu acabei mesmo de dizer isso em voz alta?

Eu acabei mesmo de dizer isso em voz alta?

Memnon levanta as sobrancelhas, e então um olhar de satisfação se espalha pelo seu rosto.

Sinto as bochechas esquentarem.

— P-porque você é as-sustador, e eu estou te-tentando não fazer xixi nas calças — gaguejo.

Sério, só me enterra agora e me salva de mim mesma.

Ele começa a se aproximar de novo. Levanto a mão.

— Fique longe!

Memnon afasta minha mão, como se não fosse nada mais que um mero aborrecimento, e chega mais perto.

— *Roxilana* — ele rosna, me encarando. Minha pele fica toda arrepiada com o som gutural daquele nome em seus lábios. Não é nem o *meu nome*, e mesmo assim me afeta. Que bizarrice é essa? — *Que joguinho é esse?* — ele exige saber de novo, mordendo cada palavra.

Ergo o queixo, obstinada, e lanço um olhar feroz em sua direção.

— Você precisa se afastar. *Agora.* — Com atraso, percebo que troquei de idioma mais uma vez. Só que, desta vez, falei em latim.

Ele sorri para mim, e é um sorriso tão, tão perverso.

— Acha mesmo que ameaças vão adiantar? — ele responde *em latim*. No momento seguinte, sua mão vem na direção do meu pescoço e o envolve de leve. — *Eu* faço as ameaças agora, esposa — ele diz, apertando um pouco minha garganta, só para deixar suas intenções claras. — Responda a minha pergunta.

— Não tem joguinho nenhum — digo, voltando àquela outra língua inominável, as palavras fluem de meus lábios. — É a minha vida.

— Sua vida — ele repete, amargo. — E você tem aproveitado bem o nosso tempo separados? Todos esses vinte séculos? — Quanto mais ele fala, mais aperta a mão em torno da minha garganta.

— Você comeu pão mofado? — indago, o que pelo visto é o jeito antiquado de se perguntar *o que que você fumou?* — Olha, meu nome é Selene, tenho vinte anos, e a primeira vez que coloquei os olhos em você foi quando abri a sua tumba. Eu não sou a sua esposa, e eu não te traí.

Enquanto falo, a fúria de Memnon se transforma em algo mais frio e resoluto.

Ele me encara por vários segundos.

— Então você está determinada a mentir para mim — ele diz, por fim.

Sinto vontade de gritar. Será que este homem não ouviu nada do que eu falei? Ele continua:

— Já faz algum tempo desde que estivemos juntos, minha rainha, então talvez você tenha se esquecido de como eu costumava instaurar o medo no coração dos meus inimigos.

Mais uma vez, me lembro de Kate, a bruxa que foi assassinada. De repente, a mão em volta do meu pescoço parece muito mais ameaçadora.

Meus olhos disparam em busca do meu familiar. Nero está enrolado sobre o tapete da cozinha, de olhos fechados.

Por que ele está dormindo numa hora dessas?

— Nero — sussurro, tentando chamar sua atenção. Suas orelhas se mexem, assim como seu rabo, mas os olhos permanecem fechados.

— *Nero?* — Memnon repete. O veneno em sua voz atrai meus olhos de volta para sua figura. — O que aquele calhorda tem a ver com isso? Foi por ele que você me traiu? Mesmo depois do que ele tentou fazer com você?

Do que *caralhos* ele está falando?

— Meu familiar — ofego. — O nome dele... é Nero.

A carranca de Memnon se intensifica.

— Não é, não.

Caramba. Olhe a audácia deste homem.

— Nero — sibilo, pronta para deslizar para a mente da pantera e acordá-la.

Mas antes que eu possa fazer isso, o felino se levanta, se espreguiça e vem bamboleando até nós.

Até que enfim, caralho. Até que enfim, a demonstração de solidariedade pela qual estava esperando...

Nero caminha até Memnon e esfrega o rosto na perna do feiticeiro. Mas o quê...?

— Sério? — arquejo. Cá estou eu, com uma mão no meu pescoço, e Nero vai fazer amizade com Memnon? *Memnon?*

Meu familiar veio com defeito.

— Você espera que eu acredite nessas mentiras? — Os olhos dele varrem o cômodo. — Ou nessa farsa de vida que arranjou para si mesma? Não pode mesmo estar querendo que eu acredite que você abriu mão de comandar a nação mais poderosa da terra de Api em nome... disto. — Ele faz uma expressão de nojo conforme examina a cozinha antes de voltar a atenção para mim. — E aquela imitação ridícula de magia que você demonstrou mais cedo hoje? Aquilo foi uma piada, não foi?

O jeito que ele fala esta última parte... merda, ele deve ter visto todo o fiasco com o amuleto. Não foi meu melhor momento.

— É claro — ele continua — que você não arquitetou minha morte só para terminar como uma sombra tão patética de sua antiga...

Minha mão se move antes mesmo de eu decidir dar um tapa nele. Acerto seu rosto em cheio, fazendo um som alto de estalo.

Que se danem as consequências, foi *bom* fazer isso.

— Eu não sei quem é essa tal de Roxilana — digo, voltando para o latim —, mas vou acender uma vela e fazer uma oração por ela ter precisado lidar com você por qualquer período de tempo. Aposto que ela pulou de alegria quando te colocou debaixo da terra. É o que *eu* teria feito.

Fui longe demais.

Os olhos de Memnon faíscam, e um rugido pavoroso ecoa de seus pulmões. Se ele já estava com raiva antes, agora está enfurecido.

Ele me arrasta para longe da pia, ainda com a mão no meu pescoço.

— Às favas com os planos antigos — diz ele, na outra língua ancestral, com a voz grave e letal. — Farei você pagar *agora*.

Sua mão desliza do meu pescoço em direção ao pulso, e cada pedacinho que ele toca de minha pele exposta começa a formigar de um jeito inquietante.

Puxo o braço para tentar me soltar, mas não adianta. Memnon me arrasta para fora da cozinha, sua magia vai se enrolando em meu corpo e me fazendo tropeçar. Nero vem atrás, espreitando, como se nada disso fosse preocupante.

O primeiro andar da casa está silencioso, exceto pelo zumbido estático das luzes piscando. Apesar de já ser tarde, não posso ser a única pessoa acordada aqui embaixo. Ainda assim, a não ser por Memnon, a casa está estranhamente quieta.

Percebo o motivo quando Memnon me guia até o saguão de entrada: o resíduo azul cintilante de sentinelas paira no ar entre os dois corredores e a biblioteca da casa.

Devem ter sido colocadas ali por ele mais cedo, e devem ter sido criadas para que ele pudesse me capturar sem que ninguém notasse.

Será que foi isso o que aconteceu com Kate?

Minha intuição me diz que este homem jamais ousaria me machucar, mas ela também me diz que ele é violento e perigoso. Também tem o fato de ele ter me agarrado pelo pescoço, me ameaçado, e agora estar me arrastando para deusa sabe onde. Ah, e de ele ser um feiticeiro cujo poder consome a própria consciência.

Se eu sair por essas portas com ele, pode ser que nunca mais retorne.

Preciso pensar rápido. Agarro e arranco um fio de cabelo, e então deixo as palavras se formarem.

— Com um fio do meu cabelo e um toque em brasa, você está banido da minha casa.

Meu poder explode, batendo com tudo contra Memnon e arrancando sua mão de meu pulso, e ele é jogado para frente.

Minha magia cria uma espécie de túnel de vento, o sopro laranja cintilante derruba um abajur apagado e faz uma pilha de papéis soltos voarem pelo ar. À nossa volta, as luzes da casa piscam, erráticas.

Memnon se vira para me encarar e sorri, embora seja um sorriso afiado como uma adaga.

— Aí está o seu poder, imperatriz — diz ele, lutando contra minha magia mesmo quando ela continua a empurrá-lo.

Atrás dele, as portas da casa se abrem, como se também quisessem se livrar de Memnon.

Lanço um olhar feroz em sua direção. Meu cabelo esvoaça ao meu redor.

— Vá *embora*. — Com minhas palavras, outra onda de poder o atinge no peito, e Memnon cambaleia até a entrada.

Ele agarra a moldura das portas, segurando firme contra a minha barreira mágica.

— Você não pode adiar o inevitável — diz ele. — Eu *voltarei*.

Levanto o queixo.

— Enquanto isso, vou acender aquela vela pela memória da sua esposa.

Seus olhos queimam com o crescer de sua magia. Minha deusa, como ele é lindo. Lindo e furioso. Antes que ele possa fazer qualquer coisa com seus poderes, escuto o rugido grave das *lamassu*, as guardiãs do portal.

De uma vez, toda a magia dele é sugada para fora da casa, e a porta da frente bate com força.

Assim que ele se vai, deixo os braços caírem e me encosto numa mesa lateral para me manter de pé.

Puta merda.

Só então, Nero vem até mim, se esfregando na minha perna.

— Você está de castigo até o fim dos tempos — digo, me abaixando até o chão, porque minhas pernas não querem mais me segurar. Nero esfrega o rosto no meu, e eu passo um braço ao seu redor. Me sinto atordoada, deve ser minha magia cobrando o preço.

Olho de novo para as sentinelas de Memnon, que ainda brilham no ar. Com um gesto exausto, libero mais um pouco de magia e acabo com elas. A ação causa uma nova pontada na minha cabeça. Em questão de segundos, as sentinelas se dissolvem.

Solto um suspiro de alívio quando ouço as vozes de minhas irmãs de coven em algum outro lugar da casa e encosto a cabeça na de Nero.

— Com sorte, não vou ver mais Memnon por um bom tempo.

Capítulo 17

— Diga que me ama.
— Eu te amo — arquejo.
— Diga que eu sou o único.
— Sempre foi só você — murmuro, correndo os dedos por seus cabelos ondulados.

Suas mãos percorrem meu tronco e puxam minha blusa para cima. Sinto seu hálito quente em meus seios.

Sua boca captura meu mamilo, e eu ofego, arqueando as costas.

Cedo demais, sua boca se vai e deixa uma trilha de beijos pelos meus seios e barriga.

— Diga que você é minha — Memnon exige.

Memnon?

— Eu sou sua — respondo, inebriada.

Minha percepção aguça, e eu examino os arredores. Noto a luz das lanternas tremeluzindo, os lençóis macios, o feiticeiro nu que vai descendo pelo meu corpo, as tatuagens de suas costas dançando conforme ele se move.

— Declaro minha posse sobre ti diante de todos os deuses — ele diz.

Peraí.

O quê?

— Memn... aaah... — gemo quando ele me beija entre as pernas e arqueio as costas, a sensação de seus lábios contra meu centro é de prazer quase insuportável.

Sinto um incômodo no fundo da mente, e sei que tem alguma coisa errada. Mas não consigo identificar direito o que é...

Sou arrancada desses pensamentos quando Memnon lambe meu clitóris e desliza um dedo para dentro de mim.

— Minha deusa! — Sou dominada pelas sensações. Tento me afastar, só para ter um pouco de alívio de tantos toques tão íntimos.

Com sua mão livre, Memnon me segura firme.

— Memnon... forte demais — ofego.

Ele ri contra meu clitóris.

— Ainda assim, você vai aguentar tudinho.

Sou forçada a sentir a carícia persistente de sua língua e o deslizar de seus lábios, tudo isso enquanto seus dedos escorregam para dentro e para fora, para dentro e para fora.

O momento em que me entrego às sensações é quando meu clímax começa a crescer. Estou começando a emitir sons embaraçosos e desesperados, porque, aff, é tão gostoso. *Gostoso até demais.*

Memnon afasta a boca do meu clitóris, mas ela vai logo sendo substituída pelo toque de sua magia. Ele usa os próprios poderes como um segundo par de lábios, continuando de onde parou.

Enquanto sua magia trabalha em mim, ele corre os olhos por todo o meu corpo, e quando seu olhar encontra o meu, o mundo inteiro parece acabar.

— Todas as terras e todos os reinos serão meus outra vez — Memnon diz com a voz suave, ainda deslizando os dedos para dentro e para fora de mim. — E todos conhecerão o meu nome como um dia o conheceram. Memnon, o Indomável. — Seus olhos brilham de intensidade. — Acima de tudo, *você* será minha outra vez.

Eu estou tão perto de gozar, tão, tão...

Memnon se acomoda mais uma vez entre minhas pernas, e roça os lábios na minha coxa.

— Mas, primeiro, minha rainha, você... vai... pagar.

———

O alarme do celular dispara e me faz acordar em um pulo. Estou encharcada de suor, e sinto um pulsar entre as pernas por causa da necessidade insatisfeita.

Solto o ar e pego o celular. Não sei ao certo se vou resolver meu orgasmo arruinado e me levantar ou só apertar o botão de soneca e voltar a dormir. Antes de decidir, vejo a etiqueta do alarme na tela do celular.

Corrida matinal com Sybil às 6h30

Ai, é verdade.

São 6h15 agora, ou seja, mal tenho tempo de me trocar e encontrá-la. Então, nada de orgasmo e nada de soneca.

Esbaforida e mal-humorada, me enfio na primeira roupa que vejo pela frente, prendo os cabelos num rabo de cavalo e amarro os cadarços dos tênis de corrida.

Quando bato à porta de Sybil, tenho dois minutos de sobra. E ainda estou de péssimo humor.

Quando ela abre a porta, me olha de cima a baixo.

— Sua cara representa perfeitamente meu estado de espírito — ela diz, saindo do quarto. — Por que a gente faz isso?

Esfrego os olhos e balanço a cabeça.

— Porque somos as rainhas das péssimas ideias.

— Bora lá então, majestade — ela diz. — Vamos botar essa péssima ideia em prática.

Tá bom, corrida não é tão ruim assim.

Digo, *é*, porque é corrida, e tudo fica chacoalhando, e de alguma forma estou suando em lugares inapropriados e com frio em outros. Mas o ar traz o aroma dos pinheiros e da terra molhada, e os pássaros estão cantando — isso sem falar da vista.

Sybil nos leva por um caminho que passa por trás do campus, e então continua ao Norte. A trilha de terra batida serpenteia pelas colinas costeiras.

— Até onde vão as terras do coven? — pergunto. Parece que estamos correndo há horas, e ainda nem começamos a voltar.

— Quilômetros e mais quilômetros. Mais adiante por ali ficam as residências para irmãs do coven que já se formaram. — Sybil ofega, apontando para frente.

Não consigo ver as casas de que ela está falando, mas já ouvi falar delas. Membros do coven que preferem morar perto de outras bruxas e longe da correria da sociedade normal podem escolher morar dentro da propriedade do coven. A ideia de envelhecer junto a outras bruxas parece bem bucólica, mas quem sabe? Talvez, quando eu me formar, já pense diferente.

A floresta à nossa volta se abre, dando lugar a um campo. À nossa esquerda, dá para ver a orla distante e o oceano ao longe.

A palavra "idílica" foi criada para dias como este.

É quase o suficiente para me fazer esquecer de meu encontro com Memnon.

Ele vai ser um problema, e dos grandes. Já é a segunda vez que ele me visita nesta semana — isso sem falar dos meus, hum, sonhos *vívidos*. E a julgar pelas últimas palavras dele na noite passada, o verei de novo, e em breve.

Só agora me lembro de um detalhe de nosso encontro que deixei passar.

E você tem aproveitado bem o nosso tempo separados?, disse ele. *Todos esses vinte séculos?*

Faço as contas e um arrepio desce pelas minhas costas.

Esse cara tem dois mil anos de idade?

Não consigo assimilar um período tão grande de tempo. E falando em tempo, se Memnon sabe quantos anos passou adormecido, então ele sabe em que ano estamos hoje.

O que mais ele deve saber?

Pela primeira vez desde que ele me confrontou atrás do Observatório Lunar, me pergunto sobre sua vida. Como foi que ele saiu da América do Sul e veio parar no norte da Califórnia? Onde conseguiu aquelas roupas? De quem ele adquiriu informações sobre o mundo moderno? E onde, em nome da deusa, ele está hospedado?

As perguntas me enchem de um misto de medo e culpa. Não quero saber de fato a resposta para nenhuma delas, mas também sinto que despertei esse homem e depois o larguei no mundo.

Não que eu estivesse em condições de ajudá-lo. Não depois do jeito que ele me tratou.

E falando no jeito que ele me tratou...

Meus pensamentos se voltam para meu último sonho. Quero definhar e sumir com o fato de ter tido não um, mas *dois* sonhos eróticos com o filho da puta do *Memnon*. Digo, ele *é* devastadoramente lindo, então meu subconsciente tem bom gosto, mas, *porra*, subconsciente, a gente não sai abrindo as pernas assim para homens ancestrais do mal. Mesmo que ele saiba chupar muito bem.

Solto um suspiro meio ofegante.
— Ei, tá tudo bem? — Sybil pergunta, ao meu lado.
— Quê? É, tô de boa — respondo depressa.
Ela me encara por um instante.
— Lamento pelo amuleto — ela diz, por fim.
Ela acha que estou com esse humor por causa daquele fiasco de amuleto?
Quem dera.
Abano a mão, dispensando suas palavras.
— Tá tranquilo. De verdade. Agora é tentar de novo.
Dá para sentir os olhos de Sybil sobre mim por mais um instante, mas com a irregularidade do chão, em algum momento ela acaba prestando atenção no caminho.
Corremos mais um pouquinho quando a trilha de terra batida se bifurca. Um caminho continua em frente e o outro se curva na direção de onde viemos.
— A gente pega esse para voltar para casa — ela diz, e aponta para o que retorna. — A não ser que você queira continuar.
— Não quero continuar não — digo. Já sinto minha energia começando a cair, e ainda há quilômetros que me separam da minha cama.
Pegamos a trilha que volta na direção de onde viemos, com o canto dos pássaros e a luz do sol sarapintada pelas árvores nos acompanhando através da Floresta Sempreviva.
Devemos estar a mais ou menos um quilômetro do campus quando percebemos que, mais adiante, a trilha é isolada por fitas amarelas.
Eu e Sybil desaceleramos. Pessoas com uniformes da Politia andam pela área, e sua magia preenche o ar. Há mais alguma coisa remanescente na brisa, alguma coisa sombria, untuosa e malévola. Além disso, eu pressinto...
Morte.
Morte brutal e agonizante. É só uma impressão momentânea, e então se esvai.
— Selene... — Sybil chama, um quê de medo em sua voz.
Antes que eu possa responder, uma das policiais uniformizadas percebe nossa presença.
— Ei, vocês! — exclama a mulher. Penso que ela vai nos mandar seguir nosso rumo, mas em vez disso, ela nos chama mais para perto, em direção à fita de isolamento. — Posso falar com vocês um minutinho?

Eu e Sybil nos entreolhamos antes de eu responder:
— É claro.
Andamos até a área demarcada. A cada passo que caminhamos, sinto as entranhas se retorcendo e minha intuição me dizendo para ficar longe. Tem alguma coisa errada aqui.
— Vocês são daqui? — a policial pergunta, pegando um caderninho e uma caneta.
— Somos bruxas matriculadas no Coven Meimendro — respondo.
— Vocês pegam este caminho com frequência?
— Ela, não — Sybil diz, apontando para mim. — Eu corro por esta trilha uma vez por semana, desde o último ano.
— Vocês sabem de mais alguém que costuma passar por aqui? — ela pergunta, olhando de mim para minha amiga.
Meus olhos vagam e recaem sobre o grupo de policiais e outros funcionários uniformizados. A náusea e a inquietação vão tomando conta do meu corpo. O aglomerado se divide, e entre eles, consigo avistar um... um...
Minha mente não consegue — não *quer* — assimilar o que meus olhos veem. Carmim, rosa, bege e preto, tanto preto graxo...
A policial fica na minha frente, trocando o peso de uma perna para outra para bloquear minha visão.
Tenho que levar a mão à boca para controlar o enjoo.
Sybil olha da policial, para mim, para a cena do crime.
— O que está rolando? Aconteceu alguma coisa?
— Não podemos discutir uma investigação em andamento — a policial apenas diz.
Mas não preciso de magia nem intuição para saber o que está rolando. Eu vi com meus próprios olhos.
Deusa, nos proteja.
Houve outro assassinato.

Capítulo 18

A notícia se espalha ao longo do dia.

Outro assassinato. Outra bruxa que se foi cedo demais.

Tento prestar atenção na aula de Introdução à Magia, mas tudo o que vejo é aquela massa disforme no chão, que minha mente não conseguiu compreender na hora — e que *ainda* não consegue. Como se não bastasse, havia aquela magia untuosa, embebida em horror, que grudou na cena do crime como um tipo de perfume horrível.

Magia das trevas. Magia das trevas *de verdade*. Do tipo que faz as pessoas venderem a alma.

Me faz tremer até agora.

A Politia não revelou muitas informações sobre o assassinato, mas estava óbvio pelo que vi que o ataque aconteceu em algum momento entre ontem à noite e hoje de manhã.

Logo depois que Memnon me visitou.

Sinto calafrios pelo corpo inteiro.

Será que ele poderia, em sua raiva, ter atacado outra bruxa? Será que poderia tê-la matado?

Me lembro da violência do poder e da presença de Memnon.

Sim, poderia. Poderia *fácil*.

Puxo o ar com um tremor, forçando os pensamentos para longe antes que caia numa espiral de ansiedade. Tento prestar atenção no professor Huang, à frente do auditório. Tem cabelos pretos e lisos que caem até as coxas, e que balançam como uma cortina quando se move.

— Enquanto bruxos, nós canalizamos a magia do mundo à nossa volta — diz Huang, caminhando até uma mesa na lateral do palco. Sobre ela, repousa uma dúzia de objetos diferentes. Continua: — Mas cada uma de vocês tem uma maneira única de interagir com a magia, e conforme forem cultivando suas habilidades, aprenderão a esculpir seus poderes para se adequarem perfeitamente ao seu uso.

Huang põe a mão acima dos objetos e começa a tocá-los um por um.

— Separei vários itens aqui. Cada um simboliza uma determinada forma de magia.

Presto atenção nos itens mostrados. De onde estou sentada, posso ver um vaso de planta, um pedaço de pão, um medalhão, um punhado de ervas secas, uma tigela com água, um cristal, uma concha, um pote de argila, uma pedra de rio, uma tigela com terra, uma vela apagada, uma página de livro e um frasco contendo o que parece ser um pó cinza.

— Hoje, vamos aprender sobre os tipos específicos de magia que chamam por vocês — Huang diz. — Isso dará a vocês uma boa base para compreenderem seu próprio tipo de magia, e a partir daí, poderão trabalhar em cima disso. É importante conhecer nossos pontos fortes. Depois, nesta mesma disciplina, faremos isso de novo. Só que da próxima vez, vamos procurar pelos itens que vocês tendem a evitar. Essas serão suas aversões mágicas. Mas estou me adiantando. — Huang bate uma única palma, e seus cabelos balançam com a ação. — Agora, bruxas, gostaria que viessem até aqui. Por favor, formem uma fila em frente à mesa.

Eu me levanto e sigo minhas colegas até o palco.

— Eu sei o que muitas de vocês estão pensando — professor Huang diz, enquanto formamos a fila. — Por que fazer isso de novo, quando já devem ter feito antes?

Nós... já fizemos isto antes?

Me esforço para encontrar uma lembrança parecida, que deve ter acontecido aqui em Meimendro ou na Academia Peel. Nenhuma vem à mente.

Se essa lembrança sequer existiu, já virou efeito colateral da minha magia.

Huang continua:

— Recomendo repetir este teste várias vezes, depois de alguns anos. Como sabemos, a magia é capciosa e selvagem, e gosta de crescer e mudar assim como nós. — Quando estamos todas enfileiradas, professor Huang se aproxima da mesa e da bruxa à frente. — Então, vamos começar.

Uma por uma, minhas colegas se aproximam da mesa e escolhem vários itens que representam suas preferências mágicas. A maioria acaba tendendo a escolher o vaso de planta — magia verde —, assim como o pedaço de pão e o punhado de ervas, todos eles objetos que se relacionam com a natureza vital e medicinal da bruxaria.

De vez em quando, alguém escolhe o medalhão, ou a folha de papel, ou o cristal. Só fico observando, fascinada e curiosa com o que eu vou acabar escolhendo.

Quando é minha vez, me aproximo da mesa e sinto a magia vibrar nas veias. Meus olhos correm pelos objetos. Já sei do que minha magia gosta mais: lembranças. Mas os itens à minha frente são conduítes, que permitem que a magia seja usada numa extensão muito maior.

— Olhos fechados, uma mão à frente — instrui professor Huang.

Faço como é dito. Não posso mais ver os objetos de olhos fechados, mas posso sentir a magia pulsando através de cada um. Estico o braço com a palma da mão virada para baixo.

Quase de imediato, minha mão flutua para a direita e então para baixo, até tocar em algo molhado com a ponta dos dedos.

— Água — Huang murmura. — Continue.

Meu braço se mexe de novo, agora atraído por outra seção da mesa. Quando sinto a mão baixar e tocar outra tigela, nem preciso ouvir que o instrutor tem a dizer. Posso sentir a terra macia entre os dedos.

Tiro a mão do solo. Bem ao lado dele, outro objeto chama minha atenção.

Envolvo uma pedra lisa com a mão.

— Seixo de rio — professor Huang diz. — Mais alguma coisa?

Solto a pedra lisa. Minha magia me atrai para os dois últimos itens da mesa. Vou para o que está mais perto primeiro, e meus dedos roçam a superfície áspera de alguma coisa e quase derrubam o objeto. Coloco a palma da mão sobre o item com mais firmeza.

— O cálice Vinča. Interessante, querida.

Um puxão brusco me faz mover o braço mais uma vez. Ainda de olhos fechados, aperto a mão em torno de um frasco de vidro. Aqui está, o último item.

— Pó de lua — professor Huang diz quando abro os olhos. Em minha mão está o frasco cheio de uma poeira escura e acinzentada. — Bom trabalho. Que combinação *incomum*.

A decepção deixa um gosto amargo na língua.

Água, terra, uma pedra, um pote e... pó de lua? São *essas* as coisas que me atraem? Não as ervas? Não o pão? Porra, eu *amo* pão.

Parece que minha magia é fria e sem vida.

— A água pode indicar que você tem aptidão para o preparo de poções — Huang instrui. — O interessante foi que você escolheu o seixo, mas não o cristal; e a terra, mas não a planta. O cálice de argila, em específico, é notável por ser de quase cinco mil anos atrás e por conter uma das primeiras formas de escrita entalhadas nele. — Huang aponta para uma espiral pequena, grosseiramente esculpida. — Por fim, o pó de lua é um indicativo de que seu poder pode ser sensível às fases lunares. Elas podem aguçar os feitiços de verdade, mas você vai precisar estudar bastante a respeito.

Professor Huang me dá um tapinha no ombro.

— Excelente trabalho — murmura. — Lembre-se de que há itens que não estão presentes aqui que também podem influenciar seus poderes. Magia solar, magia astral e magia numérica são só alguns exemplos. Seu dever de casa vai ser escrever uma dissertação sobre suas afinidades mágicas específicas, e como você acha que elas podem interagir com a sua magia. Para a próxima sexta-feira.

Com isso, Huang me libera. E agora, cá estou eu, me perguntando o que raios devo fazer com um poder que gosta de terra e seixos, argila e água, mas nada de plantas. Nem ervas.

Ou pão.

Digo, que tipo de magia perversa não gosta de *pão*, caralho?

É só quando estou quase em casa que dou conta de que havia um item relacionado à magia vital muito óbvio que não estava presente, um que o professor sequer mencionou.

Carne.

Sangue e ossos podem produzir magia vital tanto quanto plantas e ervas secas. E, por acaso, eles também traçam a linha entre magia de luz e das trevas.

Enquanto ando na direção do dormitório, não consigo deixar de me perguntar se meu poder não é mesmo tão frio e sem vida quanto acho que é.

Pode ser que ele goste mesmo de itens vitais. Pode ser que ele tenha fome de algo que vem da terra e retorna a ela, algo mais substancial que plantas. Algo que cresce e morre.

Algo que sangra.

Mas, de qualquer jeito, eu nunca vou descobrir. Magia de sangue é proibida.

Capítulo 19

Ter um familiar está me causando alguns problemas.

Além do mais óbvio, que é "uma pantera solta por aí deixa as bruxas nervosas", tem o fato de que alimentar um gatão desses é bem caro, ainda mais para uma garota falida que nem eu.

Digo, tecnicamente, Nero costuma aderir à selvageria e sai para caçar na floresta que circunda o coven — tento não estremecer só de pensar —, mas mesmo isso traz suas próprias questões. Por exemplo, ele pode estar caçando no território dos licantropos, o que pode acabar tendo consequências potencialmente catastróficas. Isso sem falar que, no processo, Nero estaria roubando a caça deles.

É tudo uma grande dor de cabeça, então fica mais fácil se eu apenas comprar a comida dele no açougue.

Sendo assim... preciso de um emprego.

Olho para o quadro de avisos que fica pendurado no corredor, à esquerda da escada principal de minha casa. Presos no quadro, há vários anúncios de emprego, e eu os encaro como se fossem o Santo Graal.

Antes de morar aqui, eu não passava em nenhum desses trabalhos. A afiliação a um coven era requisito para todos. Agora, no entanto, posso pegar qualquer um — presumindo que eles me contratem, é claro.

Examino os anúncios. Uma pessoa quer o encanto de uma bruxa para deixá-la cinco anos mais jovem. Outra quer um feitiço de limpeza na casa. Uma terceira nem revelou o que seria o trabalho, mas o anúncio foi impresso num papel chique, o que me faz pensar que a pessoa que o publicou tem grana para investir.

E eu preciso muito de grana, em especial depois que descobri mais cedo que o amuleto que refiz para a matéria de sentinelas não me trouxe aquela oferta de estágio tão desejada.

Anoto o número de cada um dos anúncios. Sendo sincera, não sei se conseguiria rejuvenescer nem um sapo em cinco anos, quem dirá uma pessoa. Também não conheço nenhum feitiço de limpeza satisfatório (meu antigo apartamento era prova disso). Mas estou disposta a aprender, contanto que isso me faça ganhar uma graninha mais.

Outra bruxa se aproxima do quadro de avisos e corre os olhos pelos anúncios.

— Nunca tem coisa suficiente aqui, na minha opinião — ela diz.

Faço um som de quem concorda, mas quem sou eu para dizer alguma coisa? Sou novata aqui.

A bruxa se vira para mim, e a primeira coisa que noto a seu respeito é como seus dentes são brancos. Brancos e certinhos. Depois, percebo suas sobrancelhas perfeitamente arqueadas e o jeito que seus cabelos emolduram seu rosto em ondas largas e arrumadinhas. Bruxas costumam ter características marcantes, de uma forma ou de outra. Quer seja um nariz adunco, uma silhueta baixinha, olhos incomuns, cabelos cheios, curvas generosas, uma mente confusa, um rosto fino, uma marca de nascença proeminente, ou — como é o caso desta bruxa — uma simetria agradável aos olhos.

— Está procurando por alguma coisa em específico? — ela pergunta.

— Na verdade, não — respondo, voltando a atenção para o quadro de avisos. Tecnicamente, estou procurando por algo fácil, mas me contento com o que estiver disponível.

— Então, só está sem grana mesmo?

Hesito, e então dou uma olhada na bruxa ao meu lado.

Digo, sim, o estado do meu extrato bancário é deplorável, mas não quero passar a impressão de que estou desesperada. A bruxa nota minha hesitação.

— Desculpa, espero não ter sido grosseira — ela diz. — É só que... — Ela olha em volta, e então se inclina na minha direção. — Tem um círculo mágico que eu e outras meninas fazemos toda lua nova, que é financiado por alguns patrocinadores anônimos. É meio controverso, mas paga bem.

Parece muito interessante e nada a minha praia. Veja, sou super a favor de achar brechas nas regras, mas aprendi minha lição sobre não mexer com negócios escusos quando abri uma tumba cheia de sentinelas e libertei um mal ancestral que acha que eu sou a esposa morta dele e, por isso, agora resolveu me perseguir.

Tudo tem limite.

Mas... também estou desesperada — tanto por dinheiro rápido quanto por amizade.

— Valeu pela oferta — respondo. — Vou pensar a respeito.

E então prontamente me esquecer. Se bem que talvez seja até para o melhor.

A bruxa sorri de volta para mim.

— Por favor. São quinhentos só numa noite, fácil.

Quinhentos dólares?

Inspiro o ar com força e quase me engasgo com a saliva.

— Peraí, *quê?* — Quinhentos dólares numa noite? Só pode ser piada. Ou então algo ilegal.

Deve ser muito, muito ilegal.

A bruxa me dá um sorriso conspiratório.

— Nossos patrocinadores pagam bem.

Sério. Quinhentos dólares são quase o bastante para me fazer tacar o foda-se.

Após uma hesitação momentânea, minha irmã de coven puxa um caderno e rabisca alguma coisa nele.

— Me chamo Kasey, e este é o meu número. Se resolver participar, me manda mensagem. — Ela aponta para o número anotado e então se afasta. — Pensa direitinho e me avisa. O próximo círculo vai rolar no sábado. — Ela acena para mim e sobe as escadas, exclamando por cima do ombro: — Tomara que decida vir!

———

Quando entro no meu quarto, as luzes estão acesas, a caixinha de som toca uma música alta, e tem um homem enorme sentado na minha cadeira, com os braços musculosos e tatuagens à mostra debaixo das mangas da camiseta justa. Na frente dele, meu computador está aberto na página de uma das minhas redes sociais e mostra uma foto minha com Sybil. Nós duas estamos vestindo pijamas estilo macacão e segurando copos vermelhos descartáveis. Estou mostrando a língua e fazendo o sinal da paz com os dedos, enquanto ela está soprando um beijo para a câmera.

Não... é o meu melhor momento. Mas a verdade é que eu nem me lembro direito da noite em questão.

Meu olhar passa da foto para Memnon.

— Que *porra* é essa? — exclamo.

Levanto a mão, me preparando para usar magia, com mais raiva do que medo.

Memnon se inclina para trás em minha cadeira, estala os dedos, e *puf*, silêncio.

— Que mundo fascinante este em que você vive — ele responde... no meu idioma. Ele tem um sotaque estrangeiro sutil, e as palavras reverberam de um jeito gutural.

Seus olhos passeiam pela minha figura, examinando o vestido curto que usei para ir à aula. O olhar dele se intensifica.

Com raiva, jogo a bolsa em cima da cama, já sentindo a frequência cardíaca nas alturas.

— O que você está fazendo aqui? — exijo saber.

Memnon entrelaça os dedos atrás da cabeça, parecendo bem à vontade na cadeira.

— Vendo onde minha esposa conspiradora mora — ele responde, ainda no meu idioma. Depois, olha em volta. — Seu quarto é menor até do que nossa carruagem. — Seu olhar recai sobre as notas adesivas espalhadas pelo cômodo. — Vejo que você não perdeu seu amor pela escrita.

— Você não pode... simplesmente aparecer aqui quando bem entender — digo, alarmada pelo fato de que ele acabou de fazer justo isso.

Não vou nem perguntar como ele sabia qual era o meu quarto.

Memnon estreita os olhos para mim, enquanto dá um sorrisinho insuportável que me faz sentir calor em todos os lugares errados.

Por que eu tenho esta reação a ele? O cara é claramente maligno, e sua cicatriz e o poder que ele emana vivem batendo nessa tecla. Meu corpo só resolveu não acompanhar o raciocínio da minha mente.

— Isso incomoda você, *est amage*? — *Minha rainha*. Até agora, essas foram as duas únicas palavras que ele falou na sua língua antiga.

É claro que me incomoda. Ele mesmo se colocou na posição de inimigo.

Além disso, também pode ter assassinado duas bruxas.

E, mais uma vez, estou presa num cômodo pequeno com ele.

— Da última vez que a gente se viu, eu bani você — constato.

Memnon deixa as mãos caírem de trás da cabeça nos apoios de braços da cadeira.

— Sim, bem, sua magia gosta demais de mim para me manter longe por muito tempo.

Franzo a testa para ele, me lembrando de como seus feitiços derreteram com o toque da minha magia. A ideia de que nossos poderes se gostam talvez seja a coisa mais perturbadora que ouvi o dia todo.

— Você tem que ir embora — digo.

— Vou quando estiver pronto.

Tenho vontade de gritar.

— Juro pela deusa que vou te banir de novo se você não sair daqui.

Ele sorri de novo, e talvez seja o jeito que a cicatriz repuxa, ou talvez seja o brilho de seus caninos afiados, mas eu tremo todinha diante do quanto esse sorriso é nefasto. Nefasto e absurdamente sexy.

Fico até desnorteada só de olhar para ele.

Memnon levanta o queixo.

— Tente, bruxinha.

Fico encarando por um longo momento. Ele tem um brilho selvagem no olhar, como uma cobra preparando o bote.

Um feitiço de banimento pode ser uma péssima ideia.

Vou precisar me livrar dele de outro jeito. Mas antes...

Meus olhos se voltam para o computador, onde a minha foto com Sybil ainda toma a maior parte da tela. Vou até a mesa e me inclino sobre Memnon para que eu possa fechar a página.

Ele se inclina para frente, correndo os lábios pelo meu cabelo.

Congelo ao menor sinal de contato.

— Você veio e me despertou... — Sua voz é tão macia que parece ronronar. — E depois continuou existindo, como se nada tivesse mudado.

Engulo em seco, tentando controlar o jeito com que meu corpo estremece com a proximidade dele. É quando meus sonhos voltam à mente, e eu tenho lembranças muito vívidas de como era tê-lo assim tão perto.

Fecho a tampa do computador e me afasto da mesa.

Memnon agarra meu pulso.

— Roxilana, por quê? — ele implora.

Pela primeira vez, este homem sobrenatural e aterrorizante baixa a guarda, e há algo em seus olhos quando ele me encara, algo além da raiva.

— Meu nome é *Selene* — eu o lembro.

— Você pode mentir para todos os outros, mas não para mim — responde ele.

Ele acha mesmo que isso é algum tipo de farsa elaborada que essa tal de Roxilana vem mantendo.

Não é à toa que está confuso.

— Eu *não* sou ela — insisto.

Ele se levanta da cadeira devagar, e sou lembrada mais uma vez do quanto este homem é gigantesco. Preciso inclinar a cabeça para trás para olhar para ele. O fato de ele ser uma montanha de músculos também não ajuda.

Memnon estica as mãos na minha direção, e eu me encolho. Ele faz carranca com a minha reação, mas isso não o impede de segurar meu rosto e levantar minha cabeça. Um de seus polegares acaricia minha bochecha.

— Você tem os mesmos olhos azuis de minha Roxi, até a linha branca que circula o interior deles. — Ele inclina meu rosto para o lado, movendo uma das mãos para tocar algo próximo à minha orelha. — Você tem as mesmas duas sardas que ela, bem aqui.

Enquanto ele fala, seu olhar vai suavizando. Sua mão desliza até o meu cabelo, e é como se ele tivesse esquecido a vingança por um momento. Seu toque é quase reverente conforme ele corre os dedos pelas mechas. Me dou conta de que estou fascinada.

— E seus cabelos — ele diz — têm a mesma cor de canela que os de minha Roxi. — Então, ele solta meu cabelo, ainda segurando meu rosto com a outra mão. — Você tem uma marca de nascença atrás da coxa esquerda, e seus segundos dedos do pé são mais longos que os dedões. Devo continuar?

Fico o encarando como se tivesse visto um fantasma.

— Co-como você sabe tudo isso sobre mim? — pergunto.

Ele junta as sobrancelhas, confuso.

— Como eu *não* haveria de saber essas coisas? Passei anos mapeando o seu corpo... *assim como você, o meu.*

O quê?

Quase que por instinto, meu olhar recai sobre a cicatriz dele. Memnon tem muitos traços distintos, mas a cicatriz talvez seja o mais notável. Vendo o que atrai minha atenção, ele diz, baixinho:

— Pode tocá-la, *est amage.*

Eu não deveria.

No melhor dos casos, é uma péssima ideia; e no pior, uma armadilha. Isso não me impede de me aproximar de Memnon e esticar a mão, vacilante. No instante em que meus dedos tocam a pele franzida da cicatriz, ele fecha os olhos e infla as narinas.

Memnon fica imóvel como uma pedra, enquanto eu corro os dedos pela extensão da cicatriz, primeiro até a orelha, e então para baixo, em direção ao queixo.

— Parece ter doído — murmuro.

Ele faz um som evasivo. Porque é claro que doeu. Deve ter sido horrível.

Chego ao final da cicatriz e, relutante, deixo a mão cair.

Quando Memnon volta a abrir os olhos, não vejo nenhum traço de raiva. Em vez disso, há um anseio tão profundo em sua expressão que faz meu estômago revirar.

— *Esposa* — ele ofega, desviando os olhos para meus lábios.

Engulo em seco, meu próprio olhar vai na direção da boca dele. Quero beijá-lo de novo, só para sentir o gosto do seu desejo. Não me lembro de ninguém ter me olhado desta maneira em toda a minha vida.

Mas eu não sou a esposa dele. Seja lá qual tenha sido a sua história de amor trágica e maravilhosa, não foi comigo.

Levo a mão à têmpora, tentando dissipar meu próprio desejo.

— Como você sabe falar a minha língua? — pergunto, só para distrair a mente da ideia de beijá-lo.

— Você conhece meu poder — ele diz, de um jeito quase teimoso, como se achasse que ainda estou mentindo. — Sabe que eu posso extrair o que quiser da mente dos outros, inclusive linguagem.

Arregalo os olhos.

Ele pode fazer *o quê?*

Memnon inclina a cabeça.

— Por que você ainda está fingindo, imperatriz? — ele pergunta, um pouco da raiva anterior se infiltra de novo em seu olhar.

— Não estou fingindo nada, Memnon.

— Então, como é que sabe sármata, a língua do meu povo? Pelo visto, é uma língua morta há muitos, muitos séculos.

Ah, então é esse o idioma antigo que eu venho falando. Sármata.

— Eu sei de muitas coisas inexplicáveis...

— Não é inexplicável — Memnon insiste, me interrompendo. — São provas de sua vida comigo.

Faço cara feia para ele.

— Pode ser um choque, mas nem tudo tem a ver com você, Memnon.

Seu olhar intensifica.

— Não, quase tudo em minha vida tem a ver com *você*.

Ele continua me encarando, o que me faz me contorcer.

— Eu *não sou* sua Roxi — insisto, sem me deixar levar por seu argumento sobre línguas. — E posso provar.

É preciso, a esta altura, pelo bem dele e pelo meu próprio. Porque é isso que a perda de memória faz — me faz questionar minha própria realidade.

Corro os olhos pelos meus pertences, procurando alguma coisa — *qualquer coisa* — que convença este homem que eu não sou a sua esposa traidora. Quando avisto as lombadas de meus álbuns de fotos, paro.

É claro.

É tão óbvio que chega a doer.

Desviando de Memnon, vou até os álbuns e tiro cada um deles da estante.

— Senta — mando.

Uma fração de segundo depois de ter dado a ordem, tenho certeza de que ele não vai ouvir. Mas Memnon me lança um olhar divertido e, obediente, se senta na minha cadeira, esparramando as pernas.

Jogo todos os álbuns na cama antes de escolher um de capa de tecido bege, com a palavra *Memórias* escrita em dourado na frente.

Memnon me observa com uma intensidade inquietante quando me aproximo, com o álbum em mãos.

Uma sensação estranha cresce em meu peito conforme vou chegando mais perto. Preciso me forçar a ignorar todo e qualquer detalhe sobre ele, porque na verdade, quero mergulhar de cabeça em tudo — o tom acobreado de sua pele, as formas retorcidas de suas tatuagens, as curvas acentuadas de seus músculos.

Entrego o álbum de fotos para ele.

— Aqui está a sua prova.

Memnon faz careta para o volume em suas mãos, estreitando os olhos que vão do álbum para mim, como se tudo isso fosse algum tipo de farsa elaborada.

Relutante, ele o abre.

E fica extremamente quieto. Atraída por sua reação — porra nenhuma, atraída por *ele* —, fico ao seu lado, espiando as imagens por cima de seu ombro. Este álbum começa no meu aniversário de oito anos. Tem fotos minhas, de meus amigos, do pula-pula inflável que alugamos, situado no que deve ser nosso quintal.

Estou assoprando velas, abrindo presentes, fazendo caras engraçadas com meus amigos. Meu cabelo está uma bagunça, meus dentes da frente ainda nem cresceram direito, e eu tenho um amontoado de sardas no nariz que desde então desapareceram.

Não me lembro desse dia, nem da casa. Mas uma das amiguinhas... Em... Emily. Sim, eu me lembro dela.

Conforme Memnon folheia as páginas, estica distraído uma das mãos e começa a fazer carinho no meu braço com os nós dos dedos.

Perco o fôlego ao olhar para o ponto em que nossas peles se tocam — um contato que o feiticeiro nem parece notar. Eu deveria mover o braço. É o que uma pessoa sã faria.

Em vez disso, deixo meu suposto marido me fazer carinho.

O toque dele é tão suave e tão contraditório com todos os aspectos violentos a seu respeito. Ele só tira a mão para traçar o contorno do meu rosto em uma foto — nesta, estou num casamento, um ano ou dois depois. Me lembro vagamente desse evento.

Ele começa a balançar uma das pernas, e quanto mais páginas folheia, mais agitado fica.

De repente, ele joga o álbum longe.

— Não. *Não.* — Ele fica de pé, correndo os dedos pelo cabelo. Meus olhinhos depravados percebem como a camiseta cola em seu peito com o gesto. — Se você não é minha Roxi, então *quem* é você? — ele pergunta, com a expressão desolada.

Ah, essa eu sei.

— Meu nome é Selene Bowers. Sou filha de Olivia e Benjamin Bowers. Sou de...

Ele está balançando a cabeça, fechando os olhos com força.

— Não, não, não. Não acredito nisso. *Não vou* acreditar.

— A mulher que te traiu se foi. Eu sou outra pessoa. Faz só vinte anos que nasci. Já está bom de provas ou precisa de mais?

Ele abre os olhos e me examina, com a atenção voltada para o meu peito.

— Sua pele. Eu gostaria de vê-la, *est amage.*

Faço careta para ele.

— Não vou ficar pelada.

— Não, hoje não — ele concorda.

Sua resposta faz minha respiração vacilar, suas palavras dedilham minha magia como o acorde de um instrumento.

Memnon se aproxima de mim devagar, como se eu pudesse fugir a qualquer momento.

— Você tem tatuagens.

Um zumbido estranho começa a crescer entre nós, mas não é bem um zumbido. Acho que tem algo a ver com nossa magia. Sinto-o correr pelos meus braços e coluna, e está fazendo meu coração palpitar.

— *Roxilana* tinha tatuagens — corrijo. Eu não tenho nenhuma. Mas agora fiquei curiosa.

Memnon para na minha frente e faz um gesto, indicando meu braço.

Ah, então agora ele pede permissão antes de me tocar?

Estico o braço na direção dele. Devagar, como se para não me assustar, Memnon pega no meu antebraço e, com a outra mão, levanta a manga esvoaçante do meu vestido, revelando a pele do meu ombro.

Ouço-o soltar o ar, e meu olhar vai para o seu rosto.

Ele parece... incrédulo.

Com os dedos, ele traça linhas fantasma no meu braço.

— Você tinha uma pantera tatuada bem aqui — ele diz, com a voz controlada. — E logo abaixo, um cervo abatido.

Que fofo.

Memnon tira a mão do meu ombro e a leva até meu peito, bem acima do coração. É um toque tão íntimo, embora esteja apenas a centímetros de distância de onde estava antes.

A lógica me diz para afastar a mão dele. O instinto me diz para colocar a minha mão sobre a dele e ancorá-lo a mim. Então, fico no meio-termo, e não faço nada.

— Você tinha minha marca bem aqui — ele diz, baixinho.

Por um segundo, acho que Memnon quer puxar o decote do meu vestido para o lado. Em vez disso, ele pega a própria camiseta, e a tira com uma das mãos num único gesto.

Ninguém disse que você podia tirar a roupa.

Meu protesto morre na garganta assim que meus olhos pousam em seu tronco exposto. Engulo em seco diante da visão de seus músculos bem definidos, mas é impossível notar seus músculos sem notar também as tatuagens. Memnon é coberto delas — um cervo cujas galhadas têm flores brotando, um grifo esmagado, uma pantera rugindo e subindo em direção ao seu pescoço. E bem acima do coração do feiticeiro, um dragão alado.

Ele toca a imagem eternizada em sua pele.

— A marca do clã da minha família — ele explica, me encarando, com olhos francos.

Em resposta, puxo o decote do vestido para o lado, só para mostrar-lhe a extensão da minha pele imaculada. Não tem nenhum dragão sobre meu coração, assim como não tinha nenhuma fera no meu braço.

Ouço sua respiração rápida, e por um instante, vejo algo em sua expressão que não tinha visto antes — desespero. Mas some no instante seguinte.

— Você as removeu — ele acusa, embora sem muita convicção.

Balanço a cabeça.

— Nunca tive, para começo de conversa.

— Você é ardilosa, Roxi — ele diz, e eu me arrepio à menção de um apelido que nem é direcionado a mim. — Algumas fotografias conjuradas e uma pele nua podem convencer outro homem, mas eu já vi até onde sua mente e sua magia vão. Você vai ter que fazer melhor que isso.

— Minhas fotos *não* são conjuradas. — Não passa de um rosnado para ele. Esses álbuns me são preciosos justamente por guardarem tanto do que minha mente perdeu: meu passado.

A julgar pela tensão do maxilar de Memnon, dá para perceber que isso não se trata de fotos, tatuagens ou lógica. A ideia de que eu não sou essa Roxilana é incomensurável a ele.

Mas ele deve estar considerando. Afinal, não me ameaçou até agora, e quando olho em seus olhos, vejo perplexidade em vez de violência.

Parece que ele está quase acreditando. Se conseguir fazer com que se convença de todo, talvez ele pare de me perseguir.

Uma ideia terrível me vem à mente.

Respiro fundo.

— Seu poder te permite extrair informações da mente das pessoas? — pergunto.

Memnon me lança um olhar demorado, como se não soubesse se decidir se estou sendo desonesta ou não. Por fim, ele assente.

Passo a mão pelo cabelo, com a frequência cardíaca acelerando.

— Então, proponho um acordo: se você responder a uma pergunta minha com honestidade... eu deixo usar seus poderes na minha mente e ver com seus próprios olhos.

Na verdade, estou até surpresa que Memnon não já tivesse feito algo tão simples. Mas quando olho para ele agora, ele parece... inquieto com essa perspectiva.

Talvez este homem tenha alguma ética, no fim das contas.

Ou talvez só não queira mesmo responder à minha pergunta misteriosa.

Seu olhar perscruta o meu, buscando por sabe-se lá o quê. Depois de um momento, ele inclina a cabeça.

— Faça sua pergunta, bruxinha.

Ele vai topar. Deusa do céu, ele vai topar.

Antes que eu amarele, levanto a mão, meu poder emana da palma. Memnon encara a magia cor de pêssego com certo tipo de ternura.

— *Responda ao seguinte, sem mentir* — eu entoo. — *Apenas a verdade poderá proferir.*

Meu poder serpenteia pelo espaço entre nós, deslizando na superfície de seus lábios e entrando em suas narinas. Ele inspira fundo, fechando os olhos por um momento.

Os cantos de sua boca se curvam para cima.

— Seu feitiço fincou. — Ele soa perturbadoramente satisfeito com a sensação. E abre os olhos. — Estou pronto.

Dá para ouvir meu coração martelando enquanto formulo a pergunta. Estou com tanto medo da resposta de Memnon que um lado meu quase deseja escolher outra coisa.

Mas se este homem vai continuar brotando do nada, a resposta certa realmente acalmaria parte de minha ansiedade.

— É você quem vem matando as bruxas encontradas no campus?

Memnon sustenta meu olhar, com o rosto impassível. Vejo seu pomo de Adão subir e descer, como se a resposta estivesse tentando se libertar. Ele a reprime, curvando os lábios num sorriso desafiador.

Eu espero, sentindo o efeito bem-sucedido do feitiço.

Por fim, seus lábios se abrem.

— *Não.*

Minha magia o liberta de uma só vez, e eu despenco de alívio.

Ele não é o assassino.

Ele não é o assassino.

Sinto vontade de chorar. Não percebi o quanto isso vinha sendo um peso, a ideia de que Memnon tinha machucado bruxas inocentes.

Seu olhar cai sobre mim.

— Imagino que esteja aliviada.

Solto o ar.

— *Bastante*.

Memnon me observa em silêncio. Se ele ficou ofendido por eu ter achado que ele era o assassino — ou decepcionado porque eu não acho mais —, não diz ou demonstra nada.

— Venha cá então, imperatriz — ele chama. — Minha vez.

Dou um passo hesitante em sua direção.

— Mais perto — insiste ele.

Ai, minha deusa, eu vou mesmo deixar um feiticeiro vasculhar a minha mente? Acho que não pensei direito nesse plano.

Me aproximo dele, tentando controlar a ansiedade.

— Precisa de alguma coisa?

Memnon coloca as mãos de cada lado de minha cabeça, e eu estremeço com seu toque.

— Só de você.

Aquele zumbido estranho entre nós fica mais alto, e minha respiração vem entrecortada. Também podem ter sido suas palavras. Tudo o que ele diz parece ter duplo sentido.

Não tenho a intenção de olhar para cima e dar de cara com o olhar intenso do feiticeiro, mas assim tão perto dele, com suas mãos inclinando meu rosto para cima, não tenho como ver outra coisa.

Seus olhos castanhos estão ternos, afetuosos. Meu coração chega a errar as batidas.

Estive dentro de você mais vezes do que há estrelas no céu.

O calor faz minhas bochechas corarem, e eu mando a lembrança para longe.

Memnon me dá uma sombra de sorriso. No instante seguinte, no entanto, ela se vai.

— Feche os olhos — ele ordena.

Fico encarando por mais um momento, me sentindo pequena e vulnerável com suas mãos segurando meu rosto, seu corpo enorme pairando sobre o meu, e seu rosto tão próximo.

Respirando fundo e juntando forças, deixo as pálpebras se fecharem.

Seus polegares acariciam minhas bochechas numa aprovação silenciosa.

— Agora, repita comigo: *Ziwatunutapsa vak mi'tavkasavak ozkos izakgap.*

Desnudo minhas memórias diante de ti.

As palavras vêm fáceis, o som dessa língua antiga é tão áspero quanto rítmico.

Ele continua:

— *Pes danvup kuppu sutvusa vak danus dukup mi'tupusa. Pes vakvu i'wpatkapsasava kusasuwasa dulipazan detupusa.*

Tudo o que sei, agora compartilho. De bom grado, ofereço-te a verdade de meu passado.

Sinto sua magia crescer, e assim que termino de falar, ela avança e me preenche.

Por puro reflexo, agarro os pulsos de Memnon, pronta para empurrar suas mãos para longe ao primeiro toque de seu poder em minha mente, mas o feiticeiro me segura firme.

Lembrança após lembrança passa tão rápido diante dos meus olhos que mal consigo compreender qualquer uma, só que todas são tocadas pela carícia distinta dos poderes de Memnon. E assim por diante, continuamos, pelo que podem ser segundos ou horas. Me sinto virada do avesso, como se cada segredinho sujo tivesse sido inspecionado e...

Com um palavrão, Memnon me solta. Ele cambaleia para trás, respirando com dificuldade, e quando me encara, seus olhos estão assombrados. Ele perscruta meu rosto, como se nele pudesse encontrar todas as respostas.

— Como...?

— Acredita em mim agora?

Ele ainda está examinando meu rosto, e enquanto faz isso, me permito estudar o dele. Fico fascinada pelos cabelos escuros que caem em ondas pela sua nuca, suas maçãs do rosto proeminentes, seus olhos multifacetados e seus lábios sedutores.

— Tem razão, *Selene*.

Quase fecho os olhos quando o ouço falar meu nome. É uma pequena vitória, mas a aceito *de bom grado*. E não posso deixar de notar como ele faz meu nome soar íntimo. Como se ele soubesse de coisas sobre mim que mais ninguém sabe — o que, depois de ter vasculhado minha mente, é tecnicamente verdade.

— Você não se lembra de nada — ele continua. — Sua própria memória...

Memnon franze a testa, um vinco se forma entre as sobrancelhas.

— Minha magia consome minhas lembranças — explico. — Aí tem várias lacunas.

Ele me analisa.

— Não compreendo nossas circunstâncias — ele diz, devagar. — Ainda não, ao menos. E, ao que parece, nem você. Então, por ora, aceito esse simulacro horrível da realidade.

Isso quer dizer que ele real, oficial e finalmente acredita em mim?

A intensidade em seu olhar esfriou; tudo o que resta é um quê vazio de tristeza.

— Eu tinha cavalos, tinha guerreiros e exércitos, tinha palácios, e servos, e súditos, mas o mais importante de tudo, eu tinha *você*. — Sua voz falha na última palavra, como uma onda arrebentando nas pedras.

— Você tinha *Roxilana* — eu o lembro, baixinho.

Memnon contrai a mandíbula e desvia o olhar.

— Não, no fim, parece que eu não tinha nem mesmo ela.

Seu peito sobe e desce cada vez mais rápido, e dá para sentir o aspecto violento de sua magia despertando.

— Você tem que ir embora — digo baixinho. Memnon já conseguiu suas respostas. Não é culpa minha se não foi do jeito que ele queria.

A magia do feiticeiro preenche o ambiente, e a minha se avoluma para enfrentar a dele.

Ele me lança um último olhar ameaçador e então marcha para fora do quarto. A porta se fecha sozinha atrás dele, e com isso, Memnon, o Amaldiçoado enfim se vai.

Capítulo 20

Estou deitada de bruços, meu rosto repousa em lençóis macios. Tem alguém atrás de mim, salpicando beijos em minhas costas.

— *Est amage.* — Memnon suspira na minha pele.

Fico tensa ao som de sua voz.

Ele não tinha ido embora horas atrás?

Dou uma olhada ao redor. O quarto tem um teto baixo e paredes de madeira escura. Lamparinas a óleo espalhadas pelo cômodo iluminam a estampa intrincada vermelha e dourada nos cobertores embaixo de mim.

Traço o desenho com os dedos. Eu... juro que tem alguma coisa *bem ali*, nos limites de minha consciência.

Memnon afaga minhas costas nuas, e meus músculos enrijecem de novo. Posso sentir a pressão morna de suas pernas nas minhas, e posso ver nossa magia se mesclando no ar, em tonalidades que vão de laranja-rosado para acobreado, para lilás-escuro, e um azul-safira profundo.

— Relaxe, bruxinha. Só quero lhe dar prazer.

No instante seguinte, Memnon me vira gentilmente de barriga para cima. O feiticeiro está nu e de joelhos, seu pau duro e pulsante, projetado para frente. A luz das lamparinas faz seus olhos parecerem quase líquidos, e eu me dou conta de que fico com a respiração descompassada diante da visão.

Ele percebe que estou encarando e nós dois sustentamos o olhar um do outro.

— No que está pensando? — ele pergunta, baixinho.

Revelar meus pensamentos? Parece aterrorizante.

Mas conforme continuo a olhar nos olhos de Memnon, não sinto terror algum — a não ser que eu considere esta estranha sensação de estar caindo.

— Quero que você me beije — confesso, baixando o olhar para a boca dele.

Vejo-a se curvar num sorriso. Até consigo dar uma olhada naqueles caninos afiados que ele tem.

Memnon se inclina e deposita um beijo entre meus seios.

— Aqui? — ele sussurra contra minha pele.

Uma onda de arrepios percorre o meu corpo.

Balanço a cabeça.

A boca de Memnon desliza sobre um dos meus seios e se detém para brincar com meu mamilo.

— Aqui? — ele pergunta.

Eu arquejo, sentindo a pele formigar.

— Meus lábios — ofego.

Memnon sorri, com meu mamilo ainda preso entre seus dentes. Essa simples reação lasciva dele me deixa à flor da pele, e por puro reflexo, me dou conta de que começo a pressionar os quadris contra os dele.

— Ah, você quer um beijo nos lábios — Memnon diz.

Um segundo depois, ele se mexe. Mas, em vez de se aproximar da minha boca, ele se afasta e usa um dos joelhos para abrir as minhas pernas.

Memnon captura meu olhar e exibe um sorrisinho que é o puro pecado. Ele se abaixa, como se fosse fazer uma reverência. Em vez disso, ele coloca uma das minhas pernas sobre o ombro, e então a outra.

A boca dele está a *centímetros* da minha boceta. Só agora eu entendo o que ele disse antes.

Você quer um beijo nos lábios.

Sinto-o respirar contra minha pele sensível. Puta merda...

Estremeço dos pés à cabeça.

— Você é a única deusa que eu venero — Memnon murmura, beijando a parte interna da minha coxa. — Uma deusa *vingativa* pra caralho, aliás.

Uma de suas mãos afaga minha perna e ele se inclina, depositando um beijo carnal em meu íntimo. Outro arrepio devasta o meu corpo.

Memnon deve ter percebido, porque sua mão para de me acariciar para me segurar mais forte.

No momento seguinte, sua língua desliza pelo meio das minhas pernas. Meus quadris tremem com o gesto, e um grito ofegante escapa da minha boca.

Estou completamente intoxicada com as sensações que ele me provoca.

Memnon, com a voz rouca de desejo, diz:

— Deixe-me mostrar como eu te venero, minha deusa vingativa.

Com isso, ele se inclina, e ele... *me venera*.

Gemo alto quando sua boca cobre minha carne sensível. Os dedos dele logo encontram meu clitóris, e ele o massageia em círculos enquanto sua língua desliza por entre os lábios e se afundam em meu íntimo.

Fico deitada ali, ofegante, enquanto Memnon me destrói a cada toque. Num momento, estou desesperada para escapar do excesso de estímulo, mas no momento seguinte, estou desesperada por mais. É demais, mas não é o bastante. Preciso de menos língua e dedos e mais do resto dele.

Me estico para alcançar o feiticeiro, não mais satisfeita apenas com suas mãos e boca em minha carne. Quero senti-lo *dentro* de mim.

Com meus puxões insistentes, Memnon para de me tocar e me deixa conduzi-lo mais para perto.

Ele se acomoda em cima de mim, seu pau preso entre nossos corpos. Os olhos do feiticeiro brilham quando caem sobre meu rosto.

— Acha que eu vou te dar isto? — Ele esfrega os quadris contra os meus, e eu inspiro com força quando o pau dele desliza em minhas dobras.

Ele ri, se deleitando com minha expressão.

— Ah, não. Você entendeu errado, Selene. — Ele me beija na bochecha, e então encosta os lábios na minha orelha. — Vou fazer você sofrer, *est amage*. Eu também posso ser vingativo, sabia?

Acordo com um arquejo. Minha mão está mais uma vez entre as pernas, e meu quase orgasmo está desaparecendo. Minha pele está quente e suada. Fui provocada até a beira do precipício pela porcaria de um sonho. De novo.

Solto um suspiro frustrado, olhando para o teto. Está na cara que meu subconsciente acha que eu estou precisando transar. E, para o meu azar, ele escolheu o pior cara para dar conta do serviço.

Mesmo quando penso no assunto, uma pequena parte de mim fica triste porque talvez eu não veja Memnon de novo. É minha parte ilógica e masoquista, mas ainda assim está lá.

Mas também tem a questão: será que Memnon se foi *de verdade*? Eu o bani uma vez, e não adiantou de nada. Acho que é otimismo de minha parte presumir que ele foi embora de uma vez por todas.

Me distraio com um som vindo do lado de fora da minha janela aberta. As folhas do carvalho farfalham, e vejo a silhueta de Nero se distinguir nas sombras. Ele pula do galho para o peitoril, suas garras arrancam pedaços da moldura de madeira.

— Nero! — Sorrio, feliz em ver meu familiar. Ele sumiu pela maior parte do dia, e embora saiba que sempre posso espiar a mente dele para ficar por perto e me certificar de que está bem, não é a mesma coisa do que tê-lo bem ao meu lado.

A silhueta escura da minha pantera desce do peitoril da janela e vem andando furtiva até a minha cama. Sem muitos preâmbulos, ele pula no colchão, e então logo começa a amassar pãozinho no cobertor.

Ai, que máquina mortífera mais fofinha.

Estico a mão e faço um carinho no rosto dele. Mesmo no escuro, dá para ver seus olhos se fechando, contente com o afago.

— Você é o melhor familiar do mundo — cantarolo, e pela primeira vez, Nero me deixa fazer um dengo.

Passo a mão pelo seu pescoço e corpo, mas paro quando toco em algo molhado e pegajoso.

Um mau pressentimento toma conta de mim. Puxo a mão de volta e esfrego os dedos uns nos outros, então os levo ao nariz. Quase de imediato, sinto o cheiro nauseante e ferroso que emana deles.

— *Ilumine este quarto* — digo, invocando minha magia com rapidez. Meu poder dispara, se enrolando ao redor de si mesmo numa esfera de luz.

Assim que minha magia clareia o cômodo, eu arquejo.

Meus dedos estão cobertos de sangue vermelho e brilhante. Mas não só meus dedos.

— Nero.

Entro na mente dele tão rápido que fico até confusa por um momento com a visão de meu próprio rosto me encarando.

Dá para sentir algo molhado contra meu — ou melhor, *seu* — flanco e em suas patas. Mas não percebo nenhuma dor ou machucado óbvio.

Esse sangue não é dele.

Volto à minha própria mente no instante seguinte. Meu familiar se deita de lado, E agora vejo o sangue manchar meu edredom quadriculado.

— O que houve? — pergunto a Nero, embora saiba que ele não consegue responder. — Esse sangue é de uma de suas caças?

Ele não reage.

— De quem é esse sangue? Você machucou a criatura?

Outra ausência de reação, mas desta vez, o rabo de Nero se agita, irritado.

Não estou fazendo a pergunta certa.

Minha mente vaga por lugares mais escuros e aterrorizantes.

— Era uma pessoa?

Devagar, Nero levanta e abaixa a cabeça, num gesto antinatural para ele. Mas foi um aceno afirmativo.

— Ela está viva? — pergunto.

Nada.

Desgraça.

Isso é um "não".

— Você pode me levar até ela?

Nero pula da cama e se esgueira até a janela mais uma vez. Depois de pegar o celular, um casaco e ainda enfiar os pés em um par de tênis de corrida, enfim vou atrás dele.

Capítulo 21

Corro atrás de meu familiar como uma mulher possuída, minha atenção dividida entre ele e mim mesma.

Só me ocorre que esta pode ser uma péssima ideia quando chegamos à linha de árvores que circunda o campus.

Putz, vamos mesmo entrar na floresta.

Meu coração martela alto.

Você é uma bruxa poderosa com um familiar fodão. Ninguém vai mexer contigo.

À minha frente, Nero desacelera.

Antes mesmo que eu consiga ver qualquer coisa, sinto a magia viscosa e corrompida que paira no ar.

Magia das trevas.

— *Illuminet hunc locum.* — Ilumine este lugar.

As palavras em latim fluem suaves, e parecem vir do mesmo lugar nebuloso para onde vão minhas lembranças roubadas. Me ouvir falar parece um choque, em grande parte porque, nos últimos tempos, minha mente parece preferir aquela outra língua, a que Memnon fala. Ouvir o idioma antigo fluir de meus lábios é como rever um velho amigo.

Minha magia se acumula em torno de si mesma e se transforma em várias esferas de luz âmbar, levitando no ar acima de mim e de Nero. Elas se acomodam entre a copa das árvores, brilhando com suavidade.

Agora que meus arredores estão claros, posso ver o poder traiçoeiro à nossa frente. Ele sufoca o ar e mancha o chão. Levo um momento para perceber que essas manchas são *sangue* — sangue mágico corrompido.

Ao meu lado, um rugido cresce na garganta de meu familiar quando ele olha bem à frente.

Sigo seu olhar. A não mais que seis metros de nós, jaz um corpo, com membros retorcidos, as roupas e a pele cobertas de sangue escuro. Cabelos longos encobrem o rosto, mas nada esconde a cavidade aberta no peito, onde seus órgãos deveriam estar.

O cheiro de carne, a magia untuosa que brilha e gruda no cadáver... é esmagador. Eu me viro e vomito no chão da floresta.

Imaginei que fosse encontrar um corpo; foi o que Nero indicou. Ainda assim, me dou conta de que ainda fico chocada com a descoberta. Chocada e perturbada.

Preciso ligar para a Politia. Agora.

Com as mãos trêmulas, tiro o celular do bolso. Preciso de várias tentativas para encontrar o contato, pois meus dedos não estão funcionando como deveriam. Enfim pressiono o número, e a ligação começa a chamar.

— Politia, Delegacia 53. Em que posso ajudar?

Inspiro fundo, mas então consigo sentir o gosto da magia das trevas no fundo da garganta, e preciso lutar contra outra onda de náusea.

Só consigo dizer algumas poucas palavras.

— Houve... houve outro assassinato.

Volto para o dormitório uma hora antes do amanhecer, meu corpo está além do limite da exaustão.

Eles me interrogaram por horas, tiraram fotos minhas e de meu familiar, e coletaram amostras para procurar por traços de sangue e qualquer outra coisa que pudesse ter nos contaminado na cena do crime, tudo isso enquanto oficiais da Politia vasculhavam o meu quarto atrás de mais evidências. Meu quarto ainda está isolado, mas não estou com pressa de ver ou lidar com o sangue corrompido que mancha todas as minhas coisas.

Vou ter que abençoar cada lugarzinho desse quarto quando me deixarem voltar.

Passo as primeiras horas do dia chorando em um dos chuveiros. Nero está ali comigo, esfregando a cabeça em minha perna para me tranquilizar. Em qualquer outro dia, acharia a situação estranhíssima — eu e meu familiar tomando banho juntos para lavar o sangue e a magia das trevas grudada em nós.

Mas não hoje.

Só consigo pensar na lembrança da pessoa morta, com os órgãos arrancados, o próprio sangue infuso com magia das trevas. Não pude ver o rosto nem o brilho de sua magia remanescente — isto é, presumindo que essa pessoa tinha alguma magia. De alguma forma, a falta de características marcantes deixa tudo ainda pior. Não há nenhuma personalidade para transformar meu horror em luto ou simpatia.

Encosto a cabeça na parede do chuveiro e choro até me sentir vazia.

Minhas mãos tremem quando pego uma das toalhas que um oficial da Politia tirou para mim do meu quarto, mais cedo. Me enrolo nela e uso a outra para secar meu familiar.

Meus ossos estão fracos. Sinto dor em lugares que não podem ser curados com unguento e um Band-Aid.

Quando eu e Nero nos secamos, saímos do banheiro compartilhado. Se existe um lado bom em toda esta experiência de merda, é que me sinto mais conectada ao meu familiar do que nunca.

Acho que trauma faz isso com a gente.

Ainda enrolada na toalha, desço para o segundo andar, onde fica o quarto de Sybil. Então, paro na frente da porta dela, com os cabelos pingando. Olho para Nero, e a pantera levanta a cabeça para me encarar de volta. Talvez seja algo em meus olhos, ou talvez ele possa ver meu lábio tremer — como esteve, sem parar, por várias horas —, mas Nero me dá uma cabeçada de leve na perna e então inclina o corpo pesado contra o meu.

Reprimo um soluço na garganta com essa demonstração de afeto e proteção do meu familiar, que costuma ser distante.

Passo a mão pela lateral de seu rosto e pescoço. Depois, volto para frente da porta, respiro fundo e bato.

Do outro lado da porta, ouço Sybil gritar, sonolenta:

— Vaza daqui!

Quero dizer alguma coisa petulante em resposta, mas parece que minha garganta está bloqueada com algodão, e as palavras não saem.

Espero minha amiga se levantar e abrir a porta. Quando ela não faz isso, bato de novo, desta vez mais forte.

Ouço um grunhido.

— É bom que alguém tenha morrido para você estar me acordando a esta hora. — As palavras de Sybil atravessam as paredes.

Encosto a testa na porta.

— Morreu mesmo. — Minha voz sai mais mansa e vacilante do que eu tinha imaginado. Fecho os olhos para afastar as imagens que saltam à minha mente.

Um longo silêncio se segue, e eu chego a pensar que talvez Sybil tenha adormecido de novo, até que ouço o barulho de lençóis.

Endireito a postura, e segundos depois, a porta se abre e uma Sybil com cara de sono olha para mim.

— Selene — ela diz, franzindo a testa. — O que houve?

Se controla. Se controla.

— É uma longa história — sussurro. — Será que eu e Nero podemos ficar aqui um pouquinho?

— Nem precisa perguntar — ela responde, me pegando pelo pulso e me puxando para dentro. Ela deixa a porta aberta por tempo suficiente para que Nero se esgueire atrás de mim.

A janela está aberta e o poleiro da coruja dela está vazio. Solto um suspiro, aliviada; não quero ter que lidar com meu familiar tentando comer o dela, além de tudo.

— Quer uma roupa? — ela pergunta.

— Por favor — respondo.

Ao meu lado, Nero começa a farejar as plantas que parecem brotar e explodir de cada cantinho do quarto da minha amiga.

Sybil vasculha a cômoda e puxa de lá uma camiseta e calça larga de pijama. Tiro a toalha e a penduro, e então ponho as roupas. São macias e têm o cheiro de minha amiga. Quando estou vestida, despenco na cama dela.

Sybil se deita do outro lado do colchão.

— Chega pra lá — ela diz, me cutucando.

Me arrasto para baixo das cobertas, me sentindo em casa no quarto de minha amiga, como já me senti tantas vezes antes. Nero caminha até mim antes de se deitar no chão ao meu lado. Sybil também entra debaixo das cobertas.

Após um momento, ela corre os dedos pelo meu cabelo.

— Está tudo bem, amiga? — pergunta ela, baixinho.

Balanço a cabeça.

— Quer conversar?

Um suspiro trêmulo me escapa.
— Não — admito.
Mas, mesmo assim, acabo contando tudo para ela.

O resto do coven descobre apenas algumas horas mais tarde, enquanto eu e Sybil assistimos a um reality de culinária no computador dela, ainda aninhadas na cama.

É impossível *não* ficar sabendo sobre este último assassinato, considerando a quantidade de especialistas forenses que tenho escutado subir e descer as escadas, sem dúvidas entrando e saindo de meu quarto para coletar e catalogar evidências.

Em dado momento, deixo o quarto de Sybil com uma caneta e algumas folhas de papel pautado para assistir às aulas de hoje e fazer anotações.

Nem sei por que me preocupei em comparecer hoje; só fico lá sentada e rabisco de maneira robótica tudo o que a professora diz. Não chego a assimilar coisa alguma, meu corpo está cansado, meu cérebro, enevoado.

Por que eu fui teimar e entrar na Sempreviva como alguma espécie de detetive júnior? Estremeço quando penso em Nero vagando por aquela floresta com um assassino que pratica a arte das trevas.

Perto do fim da aula, recebo uma mensagem de um número desconhecido:

A equipe forense terminou a perícia no seu quarto. Pode retornar.

Me sinto inundada por alívio e medo.

Quando a aula termina, volto para casa, passando a mão em uma das *lamassu* de pedra ao entrar pela porta da frente. Uma vez lá dentro, meu coração acelera.

Não sei por que estou tão nervosa. É só o meu quarto. Estou pronta para me reunir com os meus pertences.

Subo as escadas e atravesso o corredor, os quartos naquela ala da casa estão estranhamente silenciosos. Em dias normais, costuma haver risadas, ou gritinhos, ou vocalizações dos familiares de minhas irmãs de coven.

Quando chego à minha porta, hesito, e me lembro do sangue nos lençóis.

Respirando fundo, agarro a maçaneta e giro. Ao abrir a porta, entro no quarto, e quase imediatamente franzo o nariz com o cheiro forte de desinfetante e das camadas desgastadas de magia que ainda se agarram ao ar.

Eles limparam o sangue do peitoril e do chão, e tiraram todos os lençóis da cama — alguém até lançou um feitiço desinfetante no colchão —, mas ainda dá para sentir um fraco vestígio de magia das trevas.

O quarto parece menos convidativo do que quando estava vazio, antes de eu me mudar.

Solto um suspiro.

Só há uma coisa a fazer.

Limpar.

———

Levo várias horas para esfregar, abençoar e colocar sentinelas no meu quarto até ficar satisfeita. Quando termino, compro um edredom e roupas de cama novos pela internet, encolhendo por dentro quando me dou conta de que minha fatura do cartão de crédito ficou maior do que o saldo na minha conta.

E ainda tenho que comprar mais comida para Nero.

Massageio a testa, sentindo um latejar entre as têmporas. O problema de ficar sem dinheiro é estar apenas a um probleminha de distância da ruína financeira.

E o edredom foi esse probleminha.

Entro na minha conta bancária e conto quanto tempo falta até o vencimento da conta.

Doze dias.

Meu estômago embrulha de ansiedade. Doze dias para dar um jeito até eu ficar oficialmente endividada.

Esfrego o rosto, me sentindo perdida.

Mas tinha alguma coisa, não tinha? Alguma solução para dar um jeito nesse problema?

O que era?

Pego a bolsa que uso para as aulas de onde estava jogada e a reviro. Quando minha mão encontra o diário, o puxo e folheio as últimas páginas repletas de informações.

Meus olhos correm por trabalhos e deveres de casa, grade de aulas, rotas escritas à mão e descrições de lugares.
Não é isso, nem isso, nem isso.
Será que estou lembrando errado?
Quando viro a próxima página, um pedaço de papel sai voando.
O agarro no ar e então o viro na mão.

Kasey

Abaixo do nome, tem um número de telefone, e logo depois, uma nota adicional em minha própria caligrafia.

Oferta para participar de um círculo mágico.
    Trampo de 500 dólares
        Parece cilada, provavelmente uma péssima ideia.
Só aceite se estiver desesperada atrás de grana.

Não me lembro de escrever esta mensagem, e também não consigo identificar de que memória isso veio, mas o nome Kasey... acho que sei quem é.
Passo os dentes pelo lábio, e minha intuição protesta contra a ideia de participar de qualquer coisa escusa. Confusões desse tipo já fizeram bruxas perderem afiliação ao coven.
Dou mais uma olhada no meu saldo bancário antes de decidir.
Posso procurar um emprego, um empréstimo estudantil, ou uma bolsa para cobrir minhas necessidades no futuro. Mas, enquanto isso...
Digito o número no meu celular e mando uma mensagem.

Quero participar do círculo mágico.

Capítulo 22

Bruxas gostam de farra. Aliás, adoram. Em um dia normal, eu super apoio. Mas hoje, não.

— Sybil, você *só pode* estar de sacanagem — digo quando entro no quarto dela à noite.

Ela está usando um vestido curto de lantejoulas que muda de cor dependendo da direção em que se alisem os paetês. É o tipo de roupa que implora para que passem a mão nela.

— Bruxas estão sendo assassinadas em pleno campus de madrugada — digo. Já até ouvi boatos de que o coven está pensando em impor um toque de recolher.

Ela me olha de cima a baixo, segurando uma paleta de sombras e um pincel na mão. Seu olhar percorre minha calça velha e camiseta folgada.

— Por que não se arrumou ainda? Já faz horas que te mandei mensagem sobre essa festa.

— *Porque não é seguro* — respondo, devagar. Faz apenas três noites desde que encontrei Andrea, a bruxa que foi morta na floresta. Ela não tinha afiliação com nenhum coven conhecido, estava só passando pela região.

Ainda assim, o nome dela ficará selado na minha memória até que minha magia o tome para si.

Sybil solta um suspiro.

— Você viu alguém no corredor quando estava vindo para cá? — ela pergunta, do nada.

Junto as sobrancelhas.

— O que isso tem a ver?

— Viu ou não? — ela insiste.

Balanço a cabeça.

— Você ouviu alguém quando estava andando pela casa?
Franzo a testa ainda mais.
— Por que isso importa...?
— O resto das nossas colegas já está lá na festa, que sim, é atravessando a Sempreviva até o território dos licantropos, e sim, o mundo é um lugar perigoso, mas o mundo *sempre* foi perigoso para bruxas, Selene.

Outras bruxas já foram para o meio daquela floresta? O pensamento faz meu sangue gelar. Por que mais ninguém está levando isso a sério?

Sybil continua:

— A Alcateia Marin está patrulhando a mata, e as diretoras do coven colocaram sentinelas de proteção na área. Quem quer que esteja matando as bruxas não vai poder machucar ninguém sem que o coven inteiro e os metamorfos saibam. Aliás — ela acrescenta, casualmente —, estão dizendo por aí que as mulheres nem foram mortas na floresta, foram transportadas para lá só depois.

Um calafrio percorre meu corpo.

Como se isso fosse muito melhor.

— E você vai perambular pelo meio do mato sozinha? — pergunto.

— Deusa do céu, Selene, eu ia com *você*, mas posso achar outra bruxa para me acompanhar se você não for.

O inferno vai congelar antes de eu deixar minha melhor amiga andar por aquela floresta com alguma colega aleatória que com certeza nem vai cuidar dela do jeito que eu cuidaria.

Mesmo que eu seja assassinada no processo.

Solto um suspiro.

— *Tá bom* — digo. — Eu vou, mas só para garantir que você não acabe morrendo nessa sua missão de encher a cara e transar.

Sybil solta um gritinho animado.

— Você não vai se arrepender.

Duvido muito.

— Tenho quase certeza de que as pessoas que inventaram o salto alto eram fãs de afogamento, damas de ferro e da Inquisição Espanhola — murmuro, tirando do armário de Sybil um par de botas que vão até as coxas. Estou usando um vestido curto azul com mangas de sino exageradas. — E *eu* sou a otária que vai usar — continuo — só para tomar bebida barata e fazer péssimas escolhas.

— Minha deusa, Selene, para de invocar sua oitentona interior e se solta um pouco.

Faço cara feia para ela enquanto calço a outra bota.

— Minha oitentona interior sabe das coisas — retruco.

— Não está curiosa para ver o território dos lobisomens? — Na verdade, não. — Além do mais, Kane vai estar lá...

Solto um grunhido.

— Pelo amor da deusa, por favor, deixa o Kane pra lá.

— Só se você for. Caso contrário, vou achar ele e dizer que você está loucamente apaixonada por ele e que quer uma ninhada de filhotes lobinhos com ele.

Horrorizada, lanço um olhar para minha amiga.

— *Sybil*!

Pode ter sido verdade, um dia. Mas hoje, quando fecho os olhos, é outro rosto que me vem à mente. E que faz meu estômago revirar de medo e desejo.

Sybil solta uma gargalhada bem típica de uma bruxa vilanesca.

— Você não faria isso — digo.

— Não, mas só porque você vai.

Sybil trança mechas do meu cabelo de cada lado das têmporas, e as prende com presilhas que imitam borboletas de verdade. Ela murmura um feitiço em voz baixa, e quando me olho no espelho, vejo as asas das presilhas batendo de leve e se acomodarem, como se fossem reais.

Retocamos a maquiagem uma da outra, e então saímos de casa. Eu e Sybil cortamos caminho através do campus, passando pelo enorme conservatório de vidro à direita, que ainda está aceso, apesar da hora. Postes de luz espalhados pelo caminho banham o resto do campus com uma luz dourada e bonita, mas assim que chegamos à linha das árvores, as sombras nos engolem.

— Que ideia de jerico, Sybil — digo, olhando em volta para as silhuetas escuras das árvores. Para piorar, meu familiar saiu para caçar hoje, em vez de ficar comigo. Não há nada como ter uma pantera de guarda-costas para fazer uma garota se sentir segura.

Sybil se abaixa e arranca uma erva daninha no chão. Segurando-a na palma da mão, ela sussurra um feitiço. A planta murcha e se retorce diante dos nossos olhos. Em seu lugar, uma bola de luz verde pálida aparece. Sybil a assopra, e ela flutua à frente, iluminando o caminho. Só depois, ela deixa a erva daninha morta cair no chão.

Fico encarando por mais alguns segundos.

— Você é mesmo extraordinária, sabia?

Sinto tanto orgulho dela. Minha amiga, que um dia vai mudar o mundo.

— Ahh — diz Sybil, batendo o ombro no meu. — Você também, Selene.

Guardo suas palavras e me permito acreditar nelas. Quando a perda de memória me sobrecarrega ou me impede de realizar coisas básicas aos olhos de outras bruxas, acabo duvidando muito de minhas habilidades. Este é meu lembrete para mandar minha insegurança tomar no cu.

Sybil enlaça o braço no meu.

— Não é louco? — ela pergunta. — Pensa em todas as histórias que contam sobre esta floresta.

Lanço um olhar cortante para minha amiga.

— Quer dizer aquelas em que as bruxas morrem? — pergunto, levantando um pouco o tom de voz.

— Minha deusa — Sybil responde, exasperada, e revira os olhos para mim. — A Sempreviva tem uma história muito maior do que os assassinatos recentes. — Ela me encara. — Já ouviu falar dos licantropos reivindicando bruxas durante a Semana Sagrada?

De acordo com os lobisomens, a Semana Sagrada dura os sete dias mais próximos da lua cheia, a época em que a magia os obriga a se transformar. As matilhas costumam se recolher durante esse período, em geral para evitar machucar não metamorfos por acidente.

— *Não* — respondo. — Como assim, reivindicando bruxas na Semana Sagrada?

Sybil dá de ombros.

— Dizem que licantropos podem morder bruxas aqui na floresta, à noite, e tomar elas para si. Isto é, se a bruxa em questão não puder ou não quiser impedir.

— *Como é que é?* — exclamo, perplexa. — Isso acontece mesmo?

Meus olhos disparam para o céu, à procura da Lua. Mas é claro que não vejo nada. Mesmo que as árvores e nuvens não estivessem encobrindo a visão, amanhã é lua nova, o que significa que, no momento, não há muita coisa para ser observada no céu.

— É assim que alguns licantropos escolhem as parceiras. — Sybil dá um sorriso dissimulado. — Pergunte a um hoje como os pais dele se conheceram. Alguns deles têm mães bruxas.

Mães bruxas que também se transformam em *lobas*, se o que ela está me dizendo é verdade.

— Também não são só eles — Sybil continua. — Já ouvi falar que feéricos sequestravam bruxas para serem suas noivas aqui nesta floresta mesmo.

— É para eu me sentir melhor com essas histórias? Porque agora eu só sei que tenho que me preocupar com assassinos, lobisomens e feéricos.

— Não se esqueça de sua múmia vingativa — ela diz, brincalhona, com um sorriso nos lábios.

Fico emburrada com o lembrete. Mas, antes que possa me afundar no mau humor, a batida distante da música ecoa pela floresta.

Seguimos por mais um tempinho, e então, à nossa frente, o ambiente se ilumina. Através das árvores, dá para ver várias pessoas dançando e interagindo numa pequena clareira, próxima a um chalé.

Chegamos ao local da festa, e o orbe de luz de Sybil flutua e se junta a dezenas de outras esferas no ar, logo acima, cada um da cor da magia de quem a conjurou. É uma visão etérea, o que me faz lembrar da história de Sybil sobre feéricos roubando noivas em noites como esta.

Um arrepio percorre meu corpo.

Ao meu lado, Sybil murmura:

— *Pelo sal, e suor, e medo que se esconde, mande o frio para bem longe.*

O ar gelado se dispersa, deixando a noite com um clima ameno e agradável.

— De nada — sussurra minha amiga.

Balanço a cabeça e dou um sorriso. Vivo me esquecendo do quanto é divertido usar magia abertamente. Ainda estou acostumada a escondê-la por viver no meio de humanos.

Eu e Sybil vamos na direção do chalé, onde mais metamorfos e bruxas socializam. Reconheço um grande grupo de meninas lá de casa e me junto a elas, enquanto Sybil se afasta para pegar bebidas.

Fico escutando a conversa de minhas irmãs de coven sobre como medicina mágica é difícil, e concordo com a cabeça nos momentos certos, mas fico distraída com minha própria inquietação. A noite parece uma reencenação de Chapeuzinho Vermelho, só que a história é ao contrário — os lobos não vão comer a gente, e sim o que quer que esteja rondando a floresta.

Na minha imaginação, vejo aquela bruxa assassinada de novo, com o peito escancarado e os órgãos faltando...

— Eu vi o Kane.

Quase dou um pulo ao ouvir a voz de minha amiga no meu ouvido.

— Donzela, Mãe e Anciã, Sybil — exclamo, com a mão no peito. — Que susto.

— Relaxa, Bowers — ela responde e me dá um copo vermelho descartável. — Eu não vou morder. Já o Kane, por outro lado...

— Dá pra parar? — sussurro, agitada.

— Jamais — ela sussurra de volta.

Enquanto converso com Sybil, avisto uma das bruxas do outro lado, seus traços tão simétricos que chega a ser irritante.

Tenho quase certeza de que é Kasey, a bruxa do círculo mágico escuso. Ela respondeu à minha mensagem mais cedo com o horário e local do evento.

Quando me vê, ela dá um aceno curto, e eu aceno de volta com o estômago embrulhando.

Preciso *mesmo* arranjar um emprego de respeito. Não tenho saúde mental para trampos questionáveis.

Olga vem até nós, seus cabelos são um emaranhado de cachos, e seus olhos, alucinados.

— Cadê o Livro de Últimas Palavras? — pergunta Sybil, olhando-a de cima a baixo. — Achei que você nunca largava aquele troço.

— *Registro* — esclarece Olga. — É meu Registro de Últimas Palavras. — Ela indica seu copo de bebida. — Não queria derramar cerveja nele. Mas eu adicionei umas coisas desde que a gente conversou...

Me obrigo a abstrair o resto do que ela tem a dizer. Em geral, sou tão curiosa como qualquer outra pessoa a respeito de morte, últimas palavras e tudo mais, mas hoje, não está descendo. Não quando já estou à beira de um surto.

Então, bebirico minha cerveja e deixo os olhos vagarem pelo chalé, enquanto minhas irmãs de coven conversam.

A casa tem dois andares, e de onde estou na sala de estar, dá para ver as portas que dão para os cômodos do segundo andar. A maioria já está fechada, e não preciso de nenhum tipo de poder supernatural para saber o que está rolando lá.

Sem intenção, meus olhos pousam sobre um grupo de licantropos do outro lado do cômodo, próximos a uma lareira acesa. A magia que brilha e emana deles é translúcida e texturizada, em vez de colorida e enevoada. No centro do grupo, está ele — o único, Kane Halloway.

Sinto um frio na barriga ao vê-lo conversando com um de seus amigos, e todos aqueles velhos sentimentos de paixão e euforia vêm borbulhando de novo. Lá na Academia Peel, eu era *louca* por esse cara. E todo aquele tempo, ele agia como se eu não existisse.

Kane vira o rosto, e antes que eu possa desviar, seus olhos azuis lupinos capturam os meus.

Desvia, ordeno a mim mesma.

Mas não consigo.

Kane sustenta o meu olhar, e quanto mais o encaro, mais tenho certeza de que vejo seu lobo espiando por trás daquelas íris. O calor se espalha pelas minhas bochechas enquanto nós dois ficamos assim, presos um no outro. Não conheço muito sobre licantropos, mas acho que encarar é um modo de mostrar dominância. E acho que desafiar um lobo desse jeito é uma péssima ideia.

Do outro lado do cômodo, as narinas de Kane inflam só um pouquinho.

E então, ele sorri.

— Ai, minha deusa — Sybil diz, avistando aquela interação. — Vai lá e fala com ele como você sempre quis pelos últimos muitos anos.

Por fim, com relutância, me forço a desviar o olhar de Kane para fazer cara feia para minha amiga.

— Ele consegue te ouvir — digo, com a voz baixa. Mesmo em sua forma humana, licantropos têm uma audição sobrenatural.

— Então tomara que ele saiba que você sentaria feliz nele — ela fala mais alto.

Puta merda.

Com o canto dos olhos, vejo Kane sorrir com a confiança de um homem que *com certeza* ouviu aquela conversa.

— Por que você faz isso comigo? — sussurro, furiosa para ela.

— Porque eu te amo, e você esperou tempo demais para coisas boas acontecerem. — Sybil aperta meu braço de leve, e então me empurra para fora do círculo de bruxas.

Tropeço e lanço um olhar ferido para ela.

— O que você...? — Mas Sybil já se voltou para Olga, que está feliz até demais em continuar seu papo sobre últimas palavras.

Dou alguns passos hesitantes, mordendo o lábio, com o coração aceleradíssimo. Olho para o copo de cerveja na mão. Vou precisar de pelo menos mais três dessas até chegar perto de ter a autoconfiança necessária para ir falar com minha antiga paixonite.

— Ei. — Sua voz grave e masculina quase me faz derrubar o copo.

Me viro na direção da voz, e lá está Kane, parecendo muito maior e mais forte e, em geral, muito mais gostoso do que nas minhas lembranças.

— E aí? — digo de volta. Estou orgulhosa que as palavras de fato saíram, porque estou o puro suco da adrenalina. Tenho quase certeza de que as mesmas pessoas responsáveis pelos saltos, damas de ferro e Inquisição Espanhola também inventaram as paixões, porque não tem *nada* de agradável nesse sentimento. Para ser justa, deve ser por isso que se chama queda para começo de conversa, porque estou certa de que Kane está prestes a pulverizar meu pobre coraçãozinho. Não consigo imaginar um final diferente.

— Selene, né? — ele pergunta, com os olhos lupinos um pouco intensos demais, assim tão de perto. Quase dá para sentir o poder irradiando dele. Dá até vontade de oferecer o pescoço.

Mas a surpresa acaba me fazendo levantar as sobrancelhas.

— Você sabe meu nome?

Não acredito que Kane Halloway sabe quem eu sou.

Ele franze a testa.

— Ué, é claro que eu lembro seu nome.

Estou gritando por dentro.

Ele é tão maior do que me lembro — não que dê para confiar na minha memória. E sua voz atravessa meus ouvidos e desce direto para minha boceta.

Por que você está pensando na sua boceta? Se controla, mulher!

— Que bom que você veio — diz ele. — Lembro de você, lá da Academia Peel.

Quase derrubo a cerveja.

— Ah, é?

Sinto como se toda a história de minha paixonite por ele caísse por terra. Sempre presumi que eu era invisível no meio da multidão.

Kane me lança um olhar estranho, depois se inclina na minha direção, conspiratório.

— Eu *cheguei* a te chamar pra sair — ele diz. — Mas você me deu bolo.

— Não — respondo, horrorizada.

Eu dei bolo nele? Por que, universo, por quê?

— Você não se lembra?

Ainda estou agonizando com o fato de que poderia estar namorando este cara *desde o Ensino Médio*.

— Então, a esse respeito... — Como explicar meus poderes? — Tem um negócio envolvendo a minha magia...

Antes que eu consiga terminar, alguns amigos de Kane se aproximam, e um deles lhe dá um tapinha nas costas.

— Kane, ótima festa, cara.

Outro metamorfo do grupo, de cabelos escuros, levanta o queixo para me cumprimentar.

— Oi — ele diz, sorrindo para mim.

E então, juro pela deusa lá no céu, Kane rosna. É tão baixo, que nem sei mesmo se ouvi direito, mas os amigos de Kane se afastam.

— Calma, cara — o cara de cabelos escuros diz, mesmo enquanto se afasta. — Não quis ofender. Só quis falar para a bruxa que ela tem olhos bonitos. — Ele pisca para mim, e Kane rosna de novo.

Acho que é assim que os licantropos zoam os amigos: o fazem parecer estranhamente possessivo com uma garota com que ele começou a conversar.

E pode ser que se eu já não fosse a fim desse cara por anos a fio, teria deixado aqueles rugidos me assustarem. Mas meu coraçãozinho besta achou a coisa toda emocionante, que se dane o amor-próprio.

O fato de ele ter feito careta também ajuda, como se estivesse frustrado com a própria reação. Ele faz cara feia para os amigos enquanto eles se afastam.

— Foi mal — ele diz, se voltando para mim. — Tem umas coisas com relação a ser um lobo... — Ele contrai o maxilar um pouquinho, tentando encontrar as palavras.

Kane tem dificuldades com as pessoas aceitarem parte de sua identidade? Por essa eu não esperava.

Faço um aceno com a mão.

— Vai por mim quando digo: *eu entendo perfeitamente*.

Capítulo 23

As próximas horas bebendo e conversando com Kane passam voando como um borrão. Quando nós dois enfim vamos para a pista de dança, a magia já espessou o ar, com suas múltiplas cores esvoaçando e se misturando. Inspiro e absorvo tudo isso, e o poder chama pela minha magia, exigindo que eu me liberte e me deixe levar.

Este é um dos aspectos da bruxaria do qual se costuma falar pouco. A natureza selvagem, quase frenética, de nossa magia, que aparece quando nos juntamos sob o céu noturno.

Sinto uma necessidade quase primitiva de me libertar ao dançar com Kane. Minhas roupas parecem muito pesadas e apertadas de repente, e tenho o impulso de arrancá-las. Preciso de... *mais*.

Imperatriz... ouço o seu chamado...

Meu sangue esquenta ao ouvir o som da voz de Memnon nos meus ouvidos, e minha necessidade aumenta. Não sei quando foi que meu pavor do feiticeiro virou esta reação.

Tenho a intenção de procurar por Memnon, mas meus olhos pousam em Kane quando ele infla as narinas, como se sentisse algum cheiro. No instante seguinte, ele segura meu rosto, nossos corpos suados deslizam um contra o outro na pista de dança.

Ele me encara, e mais uma vez, vejo aquele brilho lupino de seus olhos. Ele se inclina na direção do meu pescoço e roça os lábios e nariz na minha pele. Seja lá o que ele está fazendo, parece... animalesco — como se talvez ele estivesse me farejando ou me marcando.

Sua boca percorre meu maxilar antes de se afastar. Kane me olha nos olhos por um longo momento, e então, devagar, se inclina mais uma vez, seus olhos baixam para minha boca e me dão bastante tempo para me afastar.

Não me afasto.

Seus lábios roçam os meus, e a dança se torna um beijo. Não sou capaz de parar — minha boca gosta demais do sabor da dele para isso. Tem alguma coisa no beijo dele que mexe comigo, como uma vontade que não sacia, o que só faz com que eu me jogue ainda mais atrás dessa sensação esquiva.

Não sei por quanto tempo ficamos ali, nos beijando em vez de dançar, antes de Kane me pegar no colo e me carregar para longe da pista de dança e para fora do chalé.

Mesmo sem prestar muita atenção, consigo perceber que a maior parte das pessoas também já está do lado de fora. Lobisomens formaram pares com bruxas e uns com os outros; no meio do álcool, da magia e do instinto, a luxúria tomou conta da noite.

Kane me coloca no chão só para me pressionar contra uma árvore, e suas mãos voltam para meu rosto. Fecho os olhos quando ele me beija com vontade, e sua dominância, seu poder, trazem à tona uma lembrança...

Abro os olhos e franzo a testa quando os traços de Kane não correspondem com o que eu estava esperando.

Um amor como o nosso desafia qualquer coisa... Eu sou seu para sempre...

As palavras provocam um arrepio antes que eu as afaste para bem longe, me entregando outra vez ao beijo.

Não é suficiente. Nem de longe.

Minhas mãos exploram todo o corpo dele, e levo um tempo para apreciar seus músculos através do tecido da camiseta antes de meus dedos mergulharem sob a barra e correrem pelas planícies duras do seu peitoral.

Kane rosna junto à minha boca e pressiona o corpo com mais força contra o meu, e é impossível não sentir a extensão rígida de sua ereção. Agora é a vez dele me tocar, e suas mãos sobem pela minha cintura, seus polegares deslizam por meus seios.

Solto um gemido. Um anseio cresce entre minhas coxas, ao qual eu não quero resistir.

Eu preciso... preciso...

Bruxinha, sua voz é tão linda quando faz exigências...

Ofego com a voz de Memnon em minha mente, e sinto meu íntimo se contrair por alguma razão perversa.

Kane se esfrega contra mim, e minha cabeça está uma bagunça — é o metamorfo ou o feiticeiro que está me levando à loucura?

Espio por cima do ombro de Kane, procurando... não sei muito bem o quê. Meus olhos correm pelos arredores, e eu noto o tanto de gente se pegando. Ouço o som de respirações pesadas e outros ruídos que me fariam corar mesmo se estivesse sóbria. Mesmo agora, vejo casais e grupinhos desaparecendo nas sombras da noite.

Talvez não sejam os homens coisa nenhuma — talvez seja só a combinação inebriante de birita e magia.

Seja lá qual for a causa, estou tomada pelo desejo. Mas este lugar...

Aperto Kane com mais força, e ele se afasta para ver o motivo da minha tensão.

— O que foi? — ele pergunta, a voz rouca.

Engulo em seco.

— Bruxas morreram aqui...

Escapulir e desaparecer na floresta agora parece ser a pior ideia de todas.

— Ninguém da minha alcateia vai deixar nada de mal acontecer com as suas irmãs.

A não ser, é claro, que seja um licantropo matando as bruxas. Afinal, o corpo que eu vi *tinha sido* brutalmente dilacerado.

Fecho os olhos com força para rebater o pensamento.

— Ei, tá tudo bem? — Kane pergunta, levantando meu queixo com a mão.

Faço que sim com a cabeça, talvez rápido demais, antes de abrir os olhos.

— Quer dar o fora daqui? — pergunto.

Não vou deixar de aproveitar minha chance com Kane, mesmo com Memnon na minha cabeça e entrando em pânico por causa da floresta.

O lobo de Kane espia por trás de seus olhos.

— Quero sim.

Meu coração martela dentro do peito. Minha deusa, vai rolar mesmo. Vou levar minha paixonite do Ensino Médio para casa.

Seguro na mão dele e começo a guiá-lo para longe da festa. Mas, então, titubeio.

— Eu vim com uma amiga, e a ideia era levar ela para casa.

— Então, vamos lá buscar ela — Kane responde.

Não sei nem se Sybil vai querer ir comigo, mas por sorte, avisto ela do outro lado da clareira, se agarrando com um metamorfo.

— Só um minutinho — digo para Kane. — Já volto.

Me aproximo de Sybil, meio hesitante em interromper aquela pegação toda.

— Sybil — sussurro.

Ela não reage.

— *Sybil* — sussurro mais alto.

Nada.

— Sybil! — grito outra vez.

Minha amiga para e tira a boca do licantropo.

— Oi, Selene — ela diz, tentando se recompor.

— Eu ia levar o Kane lá pra casa, mas não quis deixar você aqui.

— Me deixe aqui — ela insiste, com os olhos enevoados de desejo e álcool. — Vou ficar bem. Sawyer prometeu que ia me levar para casa.

Ela sorri e pisca para ele. Sawyer parece surpreso, mas animadíssimo com a perspectiva.

Eu titubeio. Não quero ser incômoda, mas...

— Não era esse o combinado.

— Esquece o combinado.

Mesmo assim, estou insegura.

Ela suspira.

— Amiga, eu digo isso com todo o amor no meu coração, mas não seja empata-foda. Eu quero. — Seus olhos espiam sobre meu ombro, e ela dá um sorriso enorme. — E eu, *com certeza*, também não vou empatar a sua.

Antes que possa seguir seu olhar, uma mão quente recai sobre minha cintura, e eu sinto o calor de Kane às minhas costas. Se estivesse só um pouco menos inebriada, ficaria constrangida por Kane ter escutado o que Sybil disse. Em vez disso, me apoio no metamorfo atrás de mim, com a vontade só aumentando.

— Oi — Sybil o cumprimenta, dando um aceno minúsculo.

— Não quero largar você — insisto.

— Confio minha vida ao Sawyer — Kane entra na conversa. — Ele não vai deixar nada acontecer com a sua amiga. — Para Sawyer ele acrescenta: — Leva ela para casa ao final da noite. — Uma explosão de magia licantropa acompanha suas palavras. Ela roça minha pele e contorna a luz fraca do ambiente antes de se acomodar sobre os ombros de Sawyer.

Não sei muito sobre hierarquia e dinâmica de uma matilha, mas acho que acabei de testemunhar parte das relações de poder envolvidas.

— Kane, cara — Sawyer diz. — Você sabe que nem precisa pedir.

Acho que recebi todas as garantias possíveis. Mesmo assim, eu ainda não gosto da ideia de deixar minha amiga aqui. Sybil deve ter percebido isso na minha expressão, porque me puxa para um abraço apertado e sussurra em meu ouvido:

— Amiga, vai logo sentar nesse cara. Eu te vejo no café da manhã. *Prometo*.

Ela me solta, e então me empurra na direção de Kane, que me pega pelos braços. Para me enxotar de vez, Sybil agarra Sawyer e sua boca volta a devorar a dele.

Tá bem, ouvi em alto e bom som.

Eu me viro para Kane, seus olhos brilham talvez até um pouquinho demais.

— Você se daria muito bem na matilha, sabia? — ele diz, enquanto andamos na direção da borda da clareira.

— Como assim? — pergunto, entrelaçando meus dedos aos dele.

— Não deixamos os nossos para trás. Você estava pronta para arrastar ela daqui, e mesmo com todo mundo te tranquilizando, ainda sinto o cheiro da sua preocupação.

Como é que é, ele sente o cheiro do *quê*?

Merda, o que mais ele vem farejando nas últimas horas?

Tento redirecionar os pensamentos de volta ao assunto.

— Sybil é a minha melhor amiga — digo quando saímos da clareira, as árvores pairam assustadoras ao nosso redor. — Ela sempre esteve comigo. Daria a vida por aquela garota.

Aquele brilho lupino está de volta aos olhos de Kane, me observando como se rastreasse cada movimento.

— Como eu disse, você se daria super bem.

De alguma forma, fico lisonjeada e ao mesmo tempo inquieta com o elogio.

Dizem que licantropos podem morder bruxas aqui na floresta, à noite, e tomar elas para si.

— Para onde você quer ir? — pergunta Kane, interrompendo meus pensamentos.

Ah, é. A gente não chegou a decidir.

— Lá pra casa — sugiro, guiando Kane pela mão.

Três passos adiante, quase torço o tornozelo quando piso errado numa raiz.

Porra de salto.

Kane me ampara antes que eu caia e me puxa para si.

— Tudo bem aí? — Engulo em seco e faço que sim com a cabeça.
— Que bom. — Ele sorri e se inclina mais perto. — Eu sou muito bom em levar de cavalinho, se estiver interessada.

Eu sou uma bruxa. Um símbolo do feminismo revolucionário. Não preciso que um homem me carregue, nem me mime, nem se preocupe com...

— *Puta merda, sim.*

Kane me levanta e me coloca em suas costas, e, ah, que alívio para meus pobres pezinhos doloridos.

— Segura firme — ele diz e começa a correr.

Solto um gritinho, quase caindo a princípio. Enrolo os braços ao redor do pescoço de Kane e só começo a rir e rir.

Isto é muito divertido. Kane vai se dar tão bem hoje. *Tão bem.*

— Alguém está ansioso — sussurro, enrolando um de seus cachos cor de areia no dedo.

— E estou errado? — ele responde. — Quero voltar a te beijar logo.

— Não é justo ser gostoso *e* ser bom de papo — sussurro de volta em seu ouvido, seguido por um roçar de lábios.

Antes que ele possa responder, passamos por um casal pelado. Solto um gritinho ao ver uma bruxa que mora a algumas portas de distância de mim sendo arregaçada por um licantropo.

— Ai, minhas... tetas! — Eu quis dizer *deusa*, mas acho que acabei falando o que brotou na minha frente.

Abaixo de mim, ouço a gargalhada estrondosa de Kane.

Passamos por outro casal, e então mais outro, cada um em estágios variados de êxtase.

Kane começa a desacelerar.

— Por que estamos parando?

Ele aponta para uma pedra próxima.

— Essas pedras marcam a fronteira entre as terras do coven e as da alcateia.

De cada lado da rocha, irradia uma fraca linha luminosa, indicando o limite com magia. Tento me lembrar se cheguei a notar essa fronteira mais cedo, mas se notei, já me esqueci.

— Por que está me mostrando isso? — Parte de mim se pergunta se isso tem a ver com Nero. Talvez a alcateia saiba que meu familiar é uma pantera, e talvez Nero esteja mesmo roubando a caça do território licantropo.

Kane fica em silêncio por vários segundos, e a cada momento que passa, mais penso que tem a ver com Nero. Mas então, ele diz:

— Quando quiser me visitar, só precisa cruzar a fronteira. Eu e o resto da matilha patrulhamos o perímetro aqui.

Isso não é, nem de longe, o que eu estava esperando.

Olho para ele por cima do ombro.

— Kane... você está dizendo que quer que eu te visite mesmo depois de hoje?

É só depois de dizer as palavras que me dou conta do quanto abri o jogo. Porque pode ser que Kane não queira me ver depois de hoje, pode ser que eu tenha entendido tudo errado. Quem sabe não é agora que ele pulveriza meu coraçãozinho.

Ele hesita mais uma vez.

— Sim — diz, por fim. — Quero sim.

Então ele volta a correr, e eu fico com meu coraçãozinho eufórico e os pensamentos agitados até chegarmos no meu dormitório.

Passamos pelas *lamassu* de pedra, e Kane me põe no chão em frente à porta, e me ampara quando eu cambaleio um pouquinho.

Ele junta as sobrancelhas, e então se inclina, inspirando o meu cheiro.

— Tá tudo bem? — ele pergunta, se afastando. — Se não estiver, não precisamos fazer mais nada...

Eu o agarro pela camiseta e volto a beijá-lo. Ele é tão cavalheiro, e, puta merda, gostei muito disso.

Kane vai se dar tããããão bem. Várias e várias vezes.

— Tá tudo ótimo — sussurro entre um beijo e outro.

É só isso o que o metamorfo precisa ouvir. Ele rosna, o som não totalmente humano, e me empurra contra a porta da frente, enquanto sua boca devora a minha de novo.

No meio do beijo, descubro que Kane não tem o gosto que eu esperava, e sua boca não se move da maneira que eu gostaria. Cada desvio de rota me confunde.

Com certeza, estou tentando me autossabotar porque não sei lidar quando uma coisa boa demais para ser verdade acontece comigo.

Bem no meio do beijo, começo a rir, porque uma coisa boa demais para ser verdade está mesmo acontecendo comigo.

— Me diz qual é a graça — Kane diz, ainda salpicando minha boca risonha com beijos.

Balanço a cabeça.

— É só que eu fui a fim de você por tanto tempo, nem acredito que a gente está ficando agora.

Em resposta, a boca dele volta para a minha, e por um breve instante, eu me perco no beijo. Ainda tenho que ignorar o pensamento insistente de que tem alguma coisa errada, mas consigo afastá-lo com facilidade.

O frio me fustiga e me faz lembrar de que ainda estou do lado de fora, no meio da propriedade do coven, sendo que com certeza preferiria estar no meu quarto quentinho e na minha cama confortável.

— Peraí, peraí, peraí — ofego, colocando a mão no peito de Kane e o empurrando para longe. — Preciso abrir a porta.

Kane respira com dificuldade, com os olhos na minha boca. Ele corre a língua pelo lábio, e preciso reprimir um grunhido diante da visão.

Tateio às minhas costas, vasculhando com a mão à procura da maçaneta. São necessárias duas tentativas, um feitiço e outra quase queda até conseguir abrir a porta.

Kane me pega no colo mais uma vez antes de nos levar para dentro. Ele me carrega escada acima até o terceiro andar, tudo isso enquanto me beija. É só quando começamos a cruzar o corredor na direção do meu quarto que interrompo o beijo.

— Como é que você sabe qual é o meu quarto? — pergunto, estreitando os olhos para ele.

Ele ri da minha desconfiança.

— Não me roga praga, Selene — ele diz. — Eu só segui o seu cheiro.

— Ah. — *Dã, Selene. Se liga.*

Kane me põe no chão na frente da minha porta, e desta vez consigo não me atrapalhar toda na hora de destrancá-la. Estou prestes a abri-la quando sinto o roçar de um sopro de magia contra minha nuca e bochecha. Ela passa por mim como uma carícia, percorrendo minha boca. A sensação é tão real e tão estranhamente erótica que preciso levar os dedos aos lábios, sentindo arrepios irromperem em toda a minha pele.

Só existe uma pessoa cujo poder me afeta deste jeito.

Eu sou seu para sempre...

— Selene?

Pisco, voltando à realidade. Espio o corredor à procura de algum sinal de Memnon, mas não o vejo, e o feixe de magia que senti apenas um instante atrás já desapareceu, como se nunca tivesse existido.

Balanço a cabeça enquanto abro a porta.

— Desculpa — digo. — Perdi a linha de raciocínio aqui.

Kane se abaixa e roça os lábios na minha bochecha, e eu preciso juntar todas as minhas forças para não limpar o beijo do rosto.

O que há de errado comigo?

Seguro a porta aberta e me afasto de Kane para criar um pouco de distância entre nós. Respiro fundo, tentando organizar as ideias.

Kane examina meu quarto e infla as narinas quando inspira meu cheiro. Seus olhos param nas várias notas adesivas que cobrem minhas paredes e mobília.

Meu coração acelera e me sinto vulnerável outra vez. As pessoas sempre acham que vão gostar da garota esquisitinha, mas a esquisitice de verdade nem sempre é fofa. Em geral, ela é só... desagradável.

— Legal o seu quarto — Kane diz, e acho que está sendo sincero.

Sei que *quero* acreditar nisso.

Também entro no cômodo e fecho a porta.

— Hum, tem uma coisa que você precisa saber a meu respeito.

— O quê? — ele pergunta, se virando para encontrar meu olhar.

Me forço a soltar as palavras.

— Existe a possibilidade de eu me esquecer de hoje.

Ele levanta as sobrancelhas.

— Como assim? — pergunta, agora um pouco assustado.

Eu o olho de cima a baixo, sem saber o quanto ele sabe sobre mim.

— Minha magia... ela se alimenta das minhas lembranças — admito. — Sempre que uso meus poderes, perco algumas. Não consigo escolher quais. Então... pode ser que eu me esqueça mesmo de hoje.

Kane franze a testa, e eu não faço ideia do que ele está pensando.

— Só... queria que você soubesse, caso isso mude as coisas — acrescento.

A ficha cai para ele.

— Foi *por isso* que você me deu bolo lá na Academia, não foi? — ele diz, juntando as peças. Como se o mundo fizesse muito mais sentido agora que ele sabe que não foi rejeitado de verdade.

Faço que sim com a cabeça, mordendo o interior da bochecha.

Kane faz careta.

— Você *quer* que eu vá embora? — ele pergunta, baixinho.

— Não, não! Eu só quis te contar isso caso essa lembrança seja tirada de mim.

Por favor, magia, não leve a lembrança de transar com meu lobisomem gostoso.

A expressão de Kane relaxa e ele se aproxima de mim.

— Acho que consigo lidar com uma amnésia de leve.

Ou esse cara quer muito me comer, ou está sendo *extremamente* compreensivo. Digo, se um cara me dissesse que transaria comigo, mas que talvez não se lembrasse depois... não sei o quanto seria evoluída a respeito.

Kane me segura pelo rosto, e de repente, sua boca está na minha. E, simples assim, minha preocupação desaparece. Me entrego ao beijo, passando as mãos pelo tronco dele.

Outro sussurro de magia alisa minha pele, como a carícia de um amante. E isso, mais do que o beijo, faz o meu íntimo latejar. Arqueio as costas em direção ao toque. Quero mais.

Os dedos de Kane enroscam meu cabelo, e eu o aperto com mais força. Quanto mais intenso o beijo, mais eu tenho a sensação de que tem alguma coisa... *errada*. Só não sei o quê. É algo sensorial — como se o toque ou o cheiro dele não estivessem certos. Não sei o que pensar sobre isso, então só ignoro.

Deslizo as mãos sob a camiseta dele, e minha deusinha amada, posso sentir cada um dos gominhos do seu abdômen.

Metamorfos.

Ele me levanta, e eu enlaço a cintura dele com as pernas. Ele sabe *direitinho* o que fazer para me deixar com tesão.

Kane nos leva até a cama antes de me deitar nela e se posicionar por cima de mim. Ele enterra o rosto no meu pescoço, mas então para. Há um ressoar baixo em sua garganta.

— Por que a sua cama está com cheiro de carne crua? — ele pergunta, correndo os lábios e nariz pela minha garganta.

— Minha cama tá com cheiro de *carne crua*? — Minha voz sai esganiçada pelo susto.

— Uhum — ele responde enquanto me beija.

Porra, Nero.

— Hum, pelo jeito, meu familiar é um mal-educado.

Da próxima vez que eu vir aquela pantera, ela vai ouvir umas *poucas e boas*.

Kane sorri junto à minha pele, e então morde meu pescoço de leve. Eu ofego, pressionando o quadril contra o dele.

Ele então me solta — embora, juro, com alguma relutância.

— Meu lobo quer sair — ele admite.

— Isso é ruim? — pergunto, dividida. Embora ache um tesão a ideia toda do lado animal dele, sentir seus dentes no meu pescoço me fez pensar na história de lobisomens mordendo e reivindicando bruxas, o que para mim está fora de cogitação.

Kane balança a cabeça.

— Tá de boa. Tô sob controle.

Tenho a impressão de que ele acha a coisa toda estranhamente erótica.

Ele se esfrega contra mim, e puta merda, acho que ver Kane se soltar por completo valeria o risco de ser mordida e reivindicada.

Tá, tudo bem, *não* valeria a pena, mas sou super a favor do sexo selvagem que viria junto no processo.

Eu o encaro.

— Você não vai ficar todo esquisito da próxima vez que a gente se ver, né?

Kane pausa, seu fôlego vem em respirações curtas e rápidas.

— Não. E você?

— Sem dúvida.

Ele sorri.

— Tá tudo bem, Selene. Eu gosto do seu tipo de esquisita. — Ele ilustra a fala me dando uma cabeçada de leve, e então esfregando a bochecha na minha, um gesto que parece distintivamente lupino. — Aliás — ele continua —, você tá achando que as coisas vão voltar a ser como antes?

Franzo a testa.

— E não vão?

Em vez de me responder, Kane se abaixa para me beijar de novo. Parece o tipo de beijo que quer mostrar, em vez de dizer, as intenções. E o deslizar suave dos seus lábios e o balançar sensual de seus quadris me fazem pensar que talvez ele queira mesmo mais de mim do que apenas uma noite.

Parte de mim fica empolgadíssima com essa ideia, mas outra parte é veementemente contra. Não sei por quê.

Kane toca no meu ombro e baixa a manga do meu vestido. Ele roça os lábios ao longo da pele exposta, e minha respiração falha.

Preciso de mais.

Me sento na cama, empurrando Kane para que fique de joelhos, minhas pernas ainda enlaçadas ao seu redor.

Então, tiro as mangas do vestido, uma por uma, deixando o tecido elástico se acumular em torno da minha cintura.

Seus olhos lupinos parecem famintos ao me observar. Eu com certeza me sinto meio envergonhada com este sutiã bege surrado, mas foda-se, não é como se fosse usá-lo por muito mais tempo.

Minha magia se agita, fazendo meu sangue ferver, e desliza sobre minha pele quando me estico para agarrar a camiseta de Kane. Sinto meu poder serpentear para além do metamorfo, atravessar o quarto e sair pela janela.

Minha atenção é atraída de volta para Kane quando ele tira a camiseta e a joga longe. Kane sem camisa é uma visão e tanto. Ele é todo músculos, firme e definido.

Fico observando, e as narinas dele inflam, como se ele estivesse inspirando o meu desejo.

Droga, deve estar mesmo. Licantropos sentem o cheiro de *tudo*.

Antes que eu possa reagir, ele se inclina na minha direção e segura meu rosto, enquanto seus lábios encontram os meus mais uma vez.

Caímos de novo na cama, enroscados um no outro. Passo as mãos pelas costas dele quando sinto o que posso jurar ser a magia de Memnon junto à minha pele, acariciando, acariciando...

Ofego com a sensação, com o corpo eletrificado pelo toque. A magia desliza pelos meus braços, provocando arrepios.

Procuro por ela, e desta vez, consigo ver os feixes de azul-índigo percorrendo meu corpo — feixes que Kane não vê e também não deve sentir.

É só então que percebo — para além da névoa de álcool e desejo — que o feiticeiro que esteve *na minha cabeça* hoje mais cedo também tem usado magia para provocar meu desejo.

Um sopro de magia agora se enrola no meu braço, enquanto Kane beija meu pescoço. Parece tão inofensivo, mas abaixo dela, meu corpo se contrai. Conforme observo, ela se intensifica.

Se a magia de Memnon está aqui, então... então ele deve estar por perto.

Merda.

Merda, merda, merda.

Empurro o peito de Kane, forçando-o a se sentar, enquanto a magia de Memnon cresce ao nosso redor.

— O que foi? — Kane pergunta, com o olhar enevoado de desejo.

— Você tem que ir embora — respondo, empurrando-o de novo.

Teimoso, ele permanece no mesmo lugar.

— Eu fiz alguma coisa errada?

A magia índigo agora inunda o quarto, e minha intuição — que eu ignorei de bom grado a noite inteira — está gritando em alerta.

— Eu tenho mais questões além da minha memória — explico, me atrapalhando ao me levantar e recolocar as mangas do vestido. O poder ao meu redor mudou, não mais sensual, e sim agitado, *violento*.

— Você tem que ir embora — insisto. — *Agora*.

Vejo os olhos de Kane brilharem em resposta àquela ordem direta, e sinto sua própria dominância crescer frente ao desafio.

— Eu não...

BUM!

A casa inteira treme, e o vidro da minha janela estilhaça. Alguma coisa se choca contra Kane, e meio segundo depois, o corpo dele é jogado contra a parede, fazendo o gesso rachar com a força.

Escuto um ganido lupino com o impacto, e quando Kane cai no chão, um homem enorme paira sobre o metamorfo. Não preciso ver o braço fechado de tatuagens para saber de quem se trata.

— Memnon! — exclamo, sentindo uma pedra no estômago quando o feiticeiro levanta Kane para que fique de pé. — *Pare*!

De alguma forma, Memnon consegue fazer Kane parecer pequeno e infantil quando o levanta pela garganta.

Para meu absoluto horror, os olhos de Kane mudaram, e seus dentes estão mais afiados.

— *Você ousa tocar o que é meu, seu vira-lata?* — vocifera Memnon, com os olhos começando a emanar um brilho mágico.

Seus poderes se avolumam, e dá para sentir suas intenções malignas conforme a magia gira ao nosso redor.

— Memnon, pare! — grito enquanto pulo da cama.

Sob a mão do feiticeiro, um Kane parcialmente transformado agora retorna à sua forma humana. Só que... não é ele que está provocando a transformação; parece que é Memnon, seu poder é tão denso que dá para sentir o gosto na língua. Kane rosna e gane o tempo inteiro, como se cada segundo fosse agonizante. Quando volta à forma humana, está encharcado de suor e respirando com dificuldade.

— Eu vou castrá-lo e forçá-lo a comer o próprio pau pelo que fez, seu maldito! — ruge o feiticeiro.

Não há palavras para o horror que corre em minhas veias, mas para além disso, minha raiva começa a borbulhar.

Levanto a mão, canalizando a fúria pela extensão do meu braço.

— *Solta ele!* — As palavras saem em outro idioma, e com elas, meus poderes varrem o quarto, e a tonalidade laranja da minha magia se sobrepõe aos feixes escuros de cor índigo.

Sinto o momento em que meu feitiço faz efeito.

Memnon deve ter sentido também, porque, pela primeira vez desde que invadiu o quarto, ele olha para mim.

— Soltá-lo? — ele indaga, e então encara o licantropo. — *Tudo bem.*

Em vez de simplesmente libertar Kane, Memnon arremessa o metamorfo pela minha janela quebrada.

Grito, horrorizada, quando escuto o corpo de Kane quebrar galhos e agitar folhas enquanto cai.

É quando meu poder flui de meu corpo, correndo atrás de Kane. Não há feitiço ou nada mais elaborado em conjunto, só a intenção — *salve Kane*.

Infelizmente, meu poder é lento demais.

Corro até a janela em tempo de ouvir o baque surdo do corpo de Kane batendo no chão, sem magia alguma para amortecer o impacto.

Puta merda, desgraça, caralho.

A magia se recolhe de volta no instante seguinte, e sinto aquela pontada traiçoeira na cabeça, o que indica que perdi mais uma lembrança por ter usado meu poder.

Não importa. Não quando Kane pode estar morrendo lá embaixo.

Passo a perna pelo buraco que era a janela, mas Memnon me agarra por trás e me levanta.

— Primeiro você me prende numa tumba e fode a minha vida por dois milênios, e agora você ousa quebrar nossos votos inquebráveis e *toca* outra pessoa? — Memnon ruge contra minha orelha. O som do idioma ancestral se enrola em mim como uma lembrança antiga e contínua.

Será que este homem se esqueceu de toda a nossa última conversa?

— *Eu não sou Roxilana!* — Tento chutá-lo.

Memnon ignora os golpes, me agarra firme, sobe em cima do peitoril quebrado da janela, e então salta.

Em um momento, estamos voando; no outro, pousamos, e meu corpo inteiro dá um tranco com o impacto, meus dentes batem uns contra os outros.

Avisto a silhueta encurvada de Kane e solto um berro de terror.

Ele não se mexe e há uma poça de sangue ao redor.

Me debato sob as mãos do feiticeiro de novo, mas Memnon me segura firme. E então, começa a me carregar para longe, assim como aquelas noivas feéricas sequestradas sobre as quais Sybil me alertou.

Ah, nem fodendo.

— Me larga! — A ordem sai em sármata, embora eu mal perceba. Estou espumando de raiva e morrendo de preocupação pelo Kane.

Memnon ignora meus gritos e tentativas de me soltar e continua a marchar escuridão adentro.

Ao longe, consigo sentir meu familiar, mas quando entro em sua mente, tudo o que vejo é floresta.

Vem aqui agora! Eu o chamo, mas não sei se Nero ouve ou se sente compelido pela ordem.

Voltar para minha própria mente é confuso, porque o cenário é quase o mesmo — mais árvores escuras.

Quando me recomponho, tento atacar com meus poderes. Em resposta, o feiticeiro ri. *Ri*.

Que audácia deste filho da puta.

— Não me insulte, imperatriz. Você sabe que vai ter que fazer muito mais do que isso se de fato deseja me ferir.

— Seu *desgraçado*! Me *larga*! — Eu me debato em seus braços, e minha magia explode com o pânico e a raiva. Mas de nada adianta.

Já faz tempo que perdi o dormitório de vista quando Memnon finalmente para e me põe no chão com relutância.

Estou sem fôlego, com o coração a mil, quando me viro e dou de cara com seu olhar. A luz da lua recai sobre suas feições, tornando-as sinistras. A visão cutuca minha mente, e por um breve segundo, estou em outro lugar...

Memnon agarra os próprios cabelos compridos e saca uma adaga.

Antes que eu possa reagir, ele leva a lâmina às ondas escuras e rebeldes e, com um só golpe brutal, corta fora a maior parte.

No instante seguinte, a imagem se vai. Estou frente a frente com o mesmo homem, mas seus olhos estão mais duros, sua boca, mais tensa. Apesar de sua expressão furiosa, cada pedacinho de minha pele vibra como se tivesse sido *eletrificada*.

Imperatriz... você é minha...

Levo a mão às têmporas. Quero que ele saia da minha cabeça. Também tenho vontade de gritar, porque pensei que já tínhamos lidado com toda essa questão de ele achar que sou outra pessoa.

— Preciso voltar para o Kane! — Não consigo evitar o pânico que impregna minha voz. Pode ser que ele não tenha muito tempo, isso se ainda estiver vivo. A menos que eu ajude a curá-lo.

— *Voltar* para ele? — Vejo o instinto assassino em seu rosto quando ele olha na direção do dormitório. — Claro, vamos voltar. Assim, se aquele monstro já não estiver morto, posso cumprir minha ameaça anterior e castrá-lo.

Donzela, Mãe e Anciã, este homem é mesmo um psicopata.

O pânico domina meus pensamentos, e agora sou eu quem agarra Memnon, determinada a mantê-lo ali, longe de Kane, mesmo com o coração martelando feito louco porque o metamorfo precisa de ajuda.

— E agora você quer *protegê-lo de mim*? Seu *parceiro*? — Os olhos de Memnon emanam outro brilho mágico. Não tinha percebido que haviam parado, até agora. Mas isso só chama minha atenção por um breve segundo, porque...

— Parceiro? — repito.

O turbilhão dentro de mim de repente fica bem parado e bem quietinho.

— Fizemos nossos votos diante dos seus deuses e dos meus — Memnon continua, me segurando com firmeza. — Você e eu fomos moldados a partir do mesmo pedaço de terra. O Destino teceu nossos fios juntos. E nós fizemos nossa própria aliança. Sua mente pode estar confusa... — *confusa?* — ...mas ainda assim, há verdades que nem mesmo você pode negar.

— Eu não sou aquela mulher! — grito. — Você *sabe* disso, você mesmo admitiu. — Me debato contra ele. — Agora... me deixa... ir... embora!

— Ir embora? — Os olhos de Memnon brilham mais intensos, sua expressão vai ficando mais dura e seus cabelos esvoaçam com o agitar de seus poderes. — Mesmo que eu quisesse... mesmo que eu não tivesse *uma vingança de dois mil anos contra você...* sua vida está vinculada à minha, *est amage*. Nem mesmo a morte irá nos separar. Eu jamais deixarei você *ir embora*.

Logo quando acho que não tem como ficar pior, Memnon me puxa para si e me beija.

Assim que seus lábios encontram os meus, minha magia desperta, viva.

Ela corre pela minha pele, entre os ossos. Se já não soubesse, diria que está me consumindo.

A magia de Memnon se junta e se entrelaça com a minha. Sinto seus poderes em mim, dentro de mim, e meu corpo inteiro pulsa com o êxtase.

Retribuir o beijo não é nem uma escolha — ele é como um fogaréu selvagem, e eu estou sendo arrebatada.

Eu o beijo como se estivesse em abstinência de seu toque, como se tudo que estivesse errado agora tivesse sido corrigido. O gosto dele e a excitação de seus poderes que me atravessam deixam minha pele em brasa e roubam meu fôlego.

Era *isto* que eu estava procurando no toque e no gosto de outro. Isto é paixão.

Memnon faz um ruído possessivo e desliza as mãos pelos meus cabelos, seu corpo enorme envelopa o meu. Seus lábios devoram os meus; ele me beija com a ferocidade de um homem faminto.

Ele inclina meu queixo para cima na tentativa de conseguir um ângulo melhor.

Faz tanto desde que você esteve em meus braços, minha rainha.

Não sei se Memnon quis que eu ouvisse isso — soa mais como um pensamento passageiro do que qualquer outra coisa —, mas as palavras sussurram em minha mente do mesmo modo, e isso quebra o feitiço.

O que você está fazendo, em nome da graça divina, Selene?

Deslizo as mãos sobre o abdômen dele e libero uma explosão de poder, empurrando-o para longe com magia.

— Achei que já tivéssemos estabelecido que eu não sou *nada* sua. — Nem esposa, nem rainha, muito menos imperatriz.

Um sorriso raivoso agracia sua face.

— Sim, você quase me convenceu disso, não foi? Mas, desde então, tive tempo para ponderar a respeito. — Seu tom muda, agora mais acusatório. — Eu não sei que tipo de bruxaria destruiu sua memória e produziu aquelas fotos...

— Não teve nenhuma bruxaria envolvida! — digo, enfurecida. Voltamos à estaca zero. Puta merda, que vontade de gritar.

— ...mas a minha magia reconhece a sua, e a porra do nosso vínculo está *cantando* no meu sangue como não fazia nos últimos dois mil anos.

Estamos tão próximos que nossas respirações se misturam.

— É por isso que você consegue falar comigo em sármata quando está satisfeita comigo, e em latim quando está com raiva — Memnon continua, me fazendo lembrar de nosso encontro anterior na cozinha de feitiçaria. Acabei falando em latim com ele naquele dia. — É por isso que você pode espernear aos quatro ventos e ainda assim me beijar como se já tivéssemos feito isso centenas e mais centenas de vezes. *Porque fizemos.* Então, você está enganada, bruxinha. Você é muita coisa para mim. Você é minha rainha, minha imperatriz, minha esposa. Você é minha Roxilana, a mulher que despertou minha magia e falou na minha mente muito antes de nos conhecermos. Você é minha nêmesis, que me rogou a maldição do sono eterno.

Memnon segura meu rosto.

— E você é minha Selene, minha eterna alma gêmea, que me despertou.

Capítulo 24

Alma gêmea.
As palavras aterrorizantes e encantadoras ecoam na minha mente.
Cambaleio para trás.
— Eu... eu não sou sua alma gêmea — digo, embora com a voz vacilante.
Espero algum tipo de irritação ou até frustração em resposta. Afinal, essa é uma nova versão daquela velha discussão que estamos tendo já há algum tempo.
Mas, em vez disso, a expressão de Memnon suaviza.
— Eu vi sua mente, bruxinha. Entendo o quanto você está sofrendo, e o quanto escapou da própria consciência.
Ele se aproxima de mim e coloca a mão sobre meu coração.
— O que você está fazendo? — exijo saber. Eu deveria arrancar a mão dele fora. No entanto, a verdade nua e crua é que eu gosto do seu toque, mesmo depois de todas as merdas que ele fez.
Que audácia deste meu corpo.
Em vez de responder, Memnon fica me encarando com um olhar penetrante.
Imperatriz... por que você acha que eu sou capaz de falar assim com você?
Fico sem fôlego, com o olhar preso ao dele.
Seu coração sabe a resposta, assim como a sua magia.
Então, sinto crescer a magia à qual ele se refere, juntando-se à dele.
Ai, deusa.
Balanço a cabeça.
Não, não, não.

Os olhos castanhos e brilhantes de Memnon estão atentos em mim, e um sorriso lento e satisfeito vai se espalhando pelos seus lábios, como se ele pudesse ouvir o choque em meus pensamentos.

Somos almas gêmeas, bruxinha, e podemos conversar através de nosso vínculo...

Fecho os olhos com força, fazendo careta, porque posso *sentir* as palavras dele em mim. Elas parecem se infiltrar no meu sangue, como um rio desaguando no oceano.

Tive a mesma sensação em todas as vezes que ele chamou por mim — até mesmo quando estávamos nos beijando, momentos atrás. Eu só presumi que era algo ligado ao tipo de magia dele. Mas agora... agora, a explicação até que faz sentido, de um jeito que também me deixa enjoada.

Vínculos são cordões mágicos que conectam duas entidades — como o que eu divido com Nero. Almas gêmeas também os possuem.

Seria possível? Será que Memnon *pode* mesmo ser minha alma gêmea, e falar comigo através de um vínculo compartilhado?

Não. Rejeito a ideia antes mesmo de ela começar a se formar.

Os olhos de Memnon cintilam de um jeito dissimulado, e me fazem pensar em quão formidável ele é. Eu já vi de perto sua magia e seu corpo forte, e ouvi o bastante sobre seu passado para saber que ele deve ter sido um governante, que reinou sobre um império vasto e em expansão. Ainda assim, mesmo sabendo disso tudo, me dou conta de que a mente de Memnon continua sendo um mistério. E acho que é exatamente sua mente que deve ser a coisa mais terrível de todas.

— Você pode falar comigo através do nosso vínculo também — Memnon diz, com a voz suave, a mão ainda sobre meu coração.

Fecho os olhos com força.

— Para de falar isso — sussurro.

Vínculos, almas gêmeas, não quero ouvir nada disso.

— O que, "vínculo"? Por que eu faria isso? — ele pergunta, e soa mesmo perplexo. — Ele é a base de tudo, *est amage*. Seu poder, meu poder. Tudo o que sei sobre minha magia veio dele. Antes mesmo de te encontrar face a face, eu ouvi sua voz, bem aqui. — Memnon toca o próprio coração com a outra mão. — Passei incontáveis noites sussurrando para você através dele, e os dias, deixando-o me guiar pelo mundo para que eu pudesse te encontrar.

Minha pele formiga com a sua confissão, e quando abro os olhos, a franqueza e a intensidade daquelas palavras me capturam.

— Portanto, inimigos ou não, *Selene*... por favor, me faça uma pergunta pelo nosso vínculo. Projete-a para mim.

Quero negar, porque *eu* mesma estou em negação, mas sua súplica acaba mexendo comigo, e uma espécie de curiosidade doentia vence.

Não vai dar certo. Não vai mesmo.

Fecho os olhos mais uma vez e me concentro num ponto do meu corpo bem abaixo da palma da mão quente de Memnon; em teoria, é onde as almas gêmeas se conectam magicamente. O pior de tudo é que eu *realmente* sinto algo ali, agora que me concentro.

Já ouvi pessoas descreverem vínculos como cordas ou estradas, mas isto aqui parece mais como um rio, fluindo para dentro e para fora de mim.

Como você arranjou essa cicatriz no rosto? Projeto o pensamento com meus poderes, e o imagino na correnteza desse rio mágico que sinto.

— Aos quinze anos, um homem tentou me esfolar, em batalha — Memnon responde.

Abro os olhos, impactada e em choque não só pelo que ele disse, mas também pelo fato de que *ele ouviu minha voz dentro da cabeça dele.*

— Você leu minha mente — acuso. Não quero acreditar na alternativa. Que temos um... vínculo. Que nossas almas estão eternamente conectadas.

— Não precisei, você falou tão bonitinha pelo nosso vínculo.

Memnon me encara, a emoção fervilhando em seus olhos. Sustento seu olhar por um segundo, dois, três. Meu coração parece uma britadeira, e dá para ouvir o rugido do meu sangue correndo. Meus joelhos estão bambos.

— Eu não sou sua alma gêmea — insisto.

Tem certeza?

Como se para enfatizar seu argumento, os poderes de Memnon correm pelo rio mágico e me inundam por inteiro. Por um instante, fecho os olhos, e sinto o toque sedutor de sua magia bem no meu coração. Coloco a palma da mão ali, e é só quando minha mão encontra a de Memnon que me dou conta de que ele ainda está me tocando, e estou começando a ficar confusa quanto a onde ele termina e eu começo.

— Não — sussurro, e a palavra sai como uma súplica.

— Você é sim, imperatriz — ele responde com a voz gentil, e tão cheia de certeza que me leva ao limite.

Gastei tanto tempo à toa tentando convencê-lo da minha própria identidade. Talvez agora seja a vez de Memnon me convencer.

Levanto o queixo.

— Então, me conta quem a gente era — eu o desafio.

Memnon estica a mão e afaga meu rosto com os nós dos dedos, com uma suavidade tão contraditória com o homem que conheço.

— Eu era um rei, e você, minha rainha — ele diz, os olhos gentis.

— Você não tem cara de rei — retruco. Ele é jovem demais, tem cicatrizes demais, é bonito demais, musculoso demais.

Ele estreita os olhos para mim, mas sorri.

— De onde eu venho, tenho sim. — Após um momento, ele toca seus cabelos. — Exceto por isto — admite. Sua mão então passa pelo queixo liso. — E isto.

Enquanto ele fala, meu familiar emerge das sombras, se juntando a mim em silêncio quando eu já não preciso dele faz tempo. Lanço um olhar irritado para a pantera.

— Homens sármatas deixam os cabelos e barba longos — Memnon continua, e lança um olhar conspiratório para mim. — Mas você me preferia raspado como uma ovelha, e eu admito, gostava muito de sentir sua bocetinha esfregando na minha cara lisa quando eu te chupava...

Cubro a boca dele com a mão antes que ele termine.

— Não, não quero ouvir nada disso — interrompo, mesmo quando meus sonhos eróticos voltam à minha mente em toda a sua glória.

Sob minha mão, Memnon ri, e seus olhos brilham de alegria. Bem diferente do monstro raivoso que invadiu meu quarto...

Kane.

Puta merda, preciso voltar e ver como ele está.

Mas, pensando bem, não faço ideia de como sair desta situação sem atrair Memnon de volta e ferir o licantropo ainda mais.

O feiticeiro tira minha mão da boca dele.

— Pergunte mais, *est amage*. Me deixe provar nosso passado para você.

Pelo menos agora ele parece acreditar seja lá que passado que tenha existido, eu não me lembro de nada.

Perscruto seu olhar, em parte desesperada para voltar e ver Kane, em parte ansiosa para saber mais sobre este homem.

— Qual era a terra que você e Roxilana governavam? — pergunto por fim, recuando um pouco.

— Sarmácia. — A palavra traz consigo uma nota de saudade. — Éramos um império de cavaleiros e guerreiros, e nos estendíamos pela

Estepe Pôntica, seguindo as migrações dos rebanhos. Muito embora eu tenha destronado o rei de Bósfaro para que pudesse te acomodar num palácio à beira-mar. As viagens constantes eram bem difíceis para você.

— Nunca ouvi falar de nada disso — digo. Não ouso mencionar que minha própria magia pode ter expurgado as informações.

Memnon solta um suspiro.

— Sim, bem, boa parte da história daquela época foi escrita pelos romanos. — Ele franze o lábio ao continuar: — Para eles, não passávamos de bárbaros sem nome. Existíamos nos pesadelos e às margens do mundo deles, mas não em suas histórias, que só exageravam a própria importância. Mas, mesmo assim, *existíamos*.

— Uhum — digo, recuando um pouco mais. — Assim como a minha infância existiu.

Memnon estreita os olhos, sem dúvida entendendo perfeitamente o que estou dizendo: *Vou acreditar na sua palavra quando você acreditar na minha.*

Antes que qualquer um possa dizer mais alguma coisa, ouço uma voz fraca chamar:

— Selene!

Kane.

Deusa amada, ele está *vivo*. O alívio inunda meu corpo.

Dou vários passos para trás, com a necessidade de voltar para o licantropo cada vez mais urgente.

A expressão de Memnon se torna fria, tão fria — sobretudo seus olhos.

Ele meneia a cabeça na direção de Kane, e dá para sentir as ondas de ameaça emanando dele.

— *Est amage*, estou dando tudo de mim para não matar aquele lobo ali mesmo. Se você encostar naquele moleque, ele morre. *Lentamente.* O mesmo vale para qualquer pessoa que pensar em ir atrás de você, bruxinha. Fui claro?

Levanto o queixo, me recusando a ser intimidada por este homem.

— Eu faço o que quiser, caralho. Não estamos na Idade das Trevas, Memnon.

Vejo um ardor queimando nos olhos do feiticeiro, conforme seus poderes ressurgem com o crescer de sua agitação.

— Não, não estamos — ele concorda.

Tenho que esconder a surpresa por ele ter entendido a referência.

— Mas eu não sou um homem moderno — continua ele. — Já matei por muito menos, e mataria de novo com tranquilidade, para seu governo.

Faço careta para ele, minha magia se contorce e estala com minha irritação.

Seu olhar desce para minha boca, como se ele estivesse mesmo considerando me beijar.

— Vejo você em breve, imperatriz — ele diz, recuando. — Até lá... bons sonhos.

Memnon se vira e se afasta, caminhando floresta adentro, a magia ondulando ao seu redor.

Capítulo 25

Assim que ele desaparece de vista, corro de volta para casa, com Nero em meu encalço.

Não ouvi mais a voz de Kane desde que ele me chamou daquela vez, e embora me sinta tranquilizada por ele ter sobrevivido à queda, tenho medo do silêncio que se seguiu.

Chego até o limiar da floresta, e através das árvores, dá para ver o prédio residencial. Engasgo com um soluço quando meus olhos caem sobre a forma encurvada de Kane caída no gramado. Ele está bem onde Memnon o derrubou, e não parece ter se mexido.

Corro até ele e caio de joelhos, e Nero se junta a nós no instante seguinte.

Kane está caído de lado, de olhos fechados.

— Kane? — chamo. — Kane?

Ele não responde.

Coloco as mãos no peito dele, sem me preocupar em verificar seus batimentos cardíacos ou em chamá-lo de novo. O que estou prestes a fazer deve dar certo, a não ser que ele já seja uma causa perdida.

Fecho os olhos e chamo pela minha magia. Nunca fiz isso antes, mas tenho poder e determinação de sobra para tentar.

— *Sele a carne perfurada, remende os ossos quebrados, estanque o sangramento indesejado e cure as feridas internas.* — Pronuncio as palavras em sármata, e embora elas não rimem, o poder do idioma (poder infundido pelo tempo e pelo desconhecido) confere uma potência aguçada ao feitiço.

Sinto a palma das mãos formigar, e então, uma magia grossa e viscosa escorre delas. Ela se acomoda sobre a pele de Kane antes de ser absorvida pelo seu corpo.

Sinto que ela o está curando, mas não vejo os resultados logo de cara, não até sua forma amassada começar a expandir, parecendo horrivelmente com um balão inflando. Não quero nem imaginar que tipo de dano interno faria seu corpo colapsar em si mesmo, para começo de conversa.

Kane grunhe quando uma de suas pernas torcidas volta para a posição correta, e preciso me segurar para não me encolher toda em seu lugar. Sei que metamorfos estão acostumados a rearranjar partes do corpo, mas isso parece violentamente doloroso.

Um minuto se passa, e eu respiro com dificuldade. Minha magia cobra o seu preço. Sinto uma ferroada na cabeça quando as lembranças são drenadas de mim. Não vou pensar em quantas memórias isso me custou.

Kane solta um gemido, e então tosse baixinho. Antes mesmo de abrir os olhos, ele me chama:

— Selene!

Solto o ar, trêmula, com um alívio quase palpável.

— Tô aqui, Kane — digo de forma tranquilizante, acariciando a lateral do seu rosto. — Estou te curando. Você caiu de uma altura bem grande.

O metamorfo franze as sobrancelhas e então abre os olhos. Assim que ele me vê, procura pela minha mão.

— Você está me curando? — ele repete.

Minha mão aperta a dele.

— Uhum.

O corpo dele emite um ruído abafado de esguicho, conforme meus poderes reparam alguma coisa. Kane solta um baixo rosnado de dor.

— Foi mal — peço, a voz suave. — De verdade. — Não só pela dor que minha magia está causando (dor que ele poderia ser capaz de suportar, se conseguisse se transformar e se curar), mas também pelo fato de ter sido eu que causei isso a ele. Já sabia que Memnon era uma ameaça desde a primeira vez que ele me confrontou.

Uma ameaça que eu *beijei* meros minutos atrás.

Aff, qual é o meu problema?

Kane fecha os olhos.

— Eu só quero saber... — ele engole em seco — ...se você tá bem.

— Estou, Kane. Contanto que você esteja bem, eu também vou ficar.

A mão dele aperta a minha.

Se você encostar naquele moleque, ele morre. Lentamente.

Respiro fundo, tentando me acalmar porque eu *estou* encostando nele, e aquele feiticeiro que se foda, porque eu *vou* continuar encostando até ele melhorar. Tenho vontade de dilacerar Memnon, rasgá-lo ao meio. Que porra de *audácia* ele tem para me ameaçar.

Kane fica piscando.

— Quem foi que atacou a gente? — ele pergunta, com a voz rouca.
— E como você escapou?

Deixo o olhar vagar até a linha das árvores, minha pele ainda formiga em todos os lugares em que Memnon tocou.

— É uma longa história. Ele é... — *Eu era um rei, e você, minha rainha.* — ...Um inimigo antigo.

Kane desvia a atenção brevemente para meu familiar, que o encara de volta com uma expressão de tédio, como se ele preferisse não estar ali. O que deve ser verdade, ele provavelmente gostaria de voltar a assediar criaturinhas fofas da floresta, ou seja lá o que Nero andava fazendo na Sempreviva.

Viro o rosto para meu familiar.

— Pode voltar para a floresta, se quiser.

Nero desvia o olhar do metamorfo para me encarar por vários e longos segundos. Não sei o que seu olhar quer dizer, mas o grande felino então se aproxima de mim e esfrega o corpo no meu, sua cauda desliza pelo meu pescoço.

Depois, Nero se afasta, desaparecendo de fininho nas sombras e me deixando sozinha com Kane.

O metamorfo volta a atenção para mim, e acho que talvez ele vá comentar alguma coisa sobre Nero, mas em vez disso, apenas diz:

— Como é que alguém legal como você... — Ele se senta, fazendo uma leve careta. — ...Tem inimigos?

Passo um braço pelas costas de Kane quando seu corpo oscila, ainda meio fraco.

— Tudo bem aí? — indago, ignorando sua pergunta.

O licantropo range os dentes.

— Bem o bastante, graças à sua magia. — Ele se endireita. — Já pode parar de me curar. Eu faço o resto.

Então, paro e deixo os tentáculos de meus poderes se recolherem de volta ao meu corpo. Tudo o que resta do esforço é uma pontada inquietante sob o meu crânio.

— Tá com o seu celular aí? — ele pergunta. — Faço que sim com a cabeça. — Beleza. — Ele se inclina para frente e se apoia nas mãos e joelhos, com os cabelos loiros caindo sobre o rosto. — Liga para a Politia e conta tudo para eles.

Acho que Kane não usou magia em sua ordem, mas mesmo assim, sinto um ímpeto estranho de obedecê-lo com prontidão.

Talvez seja por isso que hesito. Ou talvez seja porque eu não acredito de verdade que a Politia vai ser capaz de impedir um feiticeiro ancestral de fazer o que quiser comigo.

Kane pausa para me encarar.

— Por favor, Selene. Liga pra eles. Esse homem não pode simplesmente te sequestrar e te tirar de casa quando bem entender.

Nisso ele tem razão — sem nem mencionar que esse mesmo homem arremessou Kane de uma janela do terceiro andar.

— Tá bom — digo, baixinho.

As costas do metamorfo ondulam de um jeito antinatural, e ele solta um grunhido.

— Se tiver alguma frescura com nudez — ele diz entredentes —, talvez você vai querer olhar pro outro lado.

Sinto uma pontada de remorso por termos que mencionar esse tópico. Se Memnon não tivesse sido o maior empata-foda do mundo, este homem já estaria bem fundo dentro de mim e eu já teria visto cada pedacinho dele.

Suspiro, arrependida.

Não chego a me virar, mas uso esse momento para tirar o celular de dentro da bota e ligar para a Politia.

— Oi, aqui é Selene Bowers. Quero fazer uma denúncia de arrombamento e agressão no prédio residencial do Coven Meimendro...

Minhas palavras morrem na garganta quando, com o canto dos olhos, vejo a silhueta de Kane se transformar. Quase derrubo o celular. Couro e pelos tomam o lugar de sua pele, e seu rosto se alonga, seus dentes, afiam, e um focinho substitui seu nariz. Suas mãos e pés se tornam patas, e seu tronco fica mais estreito e arredondado.

Quando a transformação está completa, só o que consigo ver de Kane nesse animal são seus olhos azuis, e mesmo assim... não parecem humanos.

Puta merda. Preciso piscar várias vezes para assimilar o lobo bem à minha frente. Fico imóvel quando seu olhar se fixa no meu.

— Alô, moça? Moça? Moça? — a pessoa do outro lado da linha pergunta.

— Por favor, venham rápido. — Ofego, e então desligo.

Não ouso me mexer. Tento ao máximo não entrar em pânico ao encarar o enorme lobo cinzento.

O animal fareja o ar na minha direção. Por que, ai, *por que* Kane resolveu se transformar bem ao meu lado? E por que eu não tive a porra do bom senso de sair de perto?

O lobisomem se aproxima, ainda cheirando o ar, como se eu fosse sua próxima refeição.

— *Não* — ordeno, imbuindo a voz com meu poder. Não sei o quanto Kane, o homem, está no controle de Kane, o animal.

O lobo para, mexendo as orelhas, e balança a cabeça como se pudesse sacudir a magia para longe.

Bem quando eu me preparo para uma nova aproximação, a magia de metamorfose se avoluma ao redor do lobo, e então, a transformação acontece de novo, mas ao contrário — membros se alongam e alargam, pelo recua — até resultar num Kane nu em pelo, de quatro no chão, ofegando de cansaço. Dá para ver seus músculos tremendo pelo esforço, e a fina camada de suor que cobre sua pele.

— Foi mal — ele diz, e a voz parece mais um rosnado do que qualquer outra coisa. Ele pigarreia. — Não pensei direito. Esqueci que você não era... — ele levanta o olhar para mim — ...*da matilha.*

Solto o ar. Acho que era para ser um elogio, mas levando em consideração que eu quase me caguei toda uns segundos atrás, não sei bem o que pensar de tudo isso.

Por que todo ser supernatural tem que ser tão assustador assim, hein?

— Licantropos não caçam humanos — ele acrescenta. — Ao menos, não pra matar.

Então *pra que* um licantropo caçaria um humano?

Não tenho coragem de perguntar.

Em vez disso, concordo com a cabeça.

— Como está se sentindo?

— Melhor — Kane responde, e agora soa mais como ele mesmo. Ele pega as roupas e começa a se vestir. — Acho que estou quase curado. Mais uma transformação deve bastar, mas vou deixar para fazer isso no território da alcateia.

Abro um sorrisinho para ele.

Dá para ouvir o som de sirenes ao longe. Deve ser a Politia.

Quando Kane termina de vestir as roupas — bem, a maioria, porque ele ainda está sem camisa —, ele se aproxima e se senta ao meu lado, envolvendo meus ombros com o braço. Seu abraço é tão reconfortante que não consigo evitar apoiar a cabeça nele. Que se foda a ameaça de Memnon.

— Acho que estamos fadados a sermos só amigos — digo com a voz baixa. Odeio admitir, mas sinto que é verdade.

— Quê? — Kane baixa o olhar para mim. — Isso é por causa daquele cuzão?

Faço que sim com a cabeça. Não adianta mentir.

Ele fica quieto por um momento.

— E é isso que você quer? — ele pergunta, a testa franzida. — Ser só amigos?

Respiro fundo.

— Não sei o que eu quero — respondo, cansada. — Mas sei que estava prontíssima para transar e me divertir pra caralho com você. — A esta altura, não tenho nem vergonha de admitir.

— Não está fora de cogitação — Kane diz e me dá um beijo na testa.

A sensação de seus lábios ali parece errada. Puta merda, *por que* parece errada? Quero cavoucar e arrancar meus pensamentos, porque eles estão todo emaranhados.

Endireito a coluna, me afastando um pouco do metamorfo.

— O homem que te atacou, ele... vem me perseguindo, e deixou claro que vai te machucar se a gente fizer alguma coisa.

Mas essa não é toda a verdade, é? Eu beijei o feiticeiro, e isso pareceu certo de um jeito que nunca senti antes. E agora estou notando o quanto os outros toques não se alinham.

Kane me abraça mais forte.

— Ele que se foda. Não é um psicopata que vai ditar como você leva a sua vida.

Pois é, é verdade, mas o psicopata em questão parece ter feito um reino inteiro ruir só para dar um palácio de verão para a mozona dele.

Não é bem o tipo de homem que estou a fim de enfrentar.

Antes que eu possa responder, dois oficiais da Politia, um homem e uma mulher, dão a volta na casa, iluminando o gramado com suas lanternas.

Aceno para eles, só para chamar sua atenção.

Os dois se aproximam de nós.

Me afasto de Kane, criando uma distância bem necessária entre nós.

— Você é Selene Bowers? — o homem pergunta.

Faço que sim com a cabeça.

— Pode dizer por que nos chamou aqui? — indaga a mulher, seus olhos examinando a mim e Kane.

Durante a meia hora seguinte, eu e Kane contamos tudo o que aconteceu aos policiais. Leio suas plaquinhas de identificação discretamente: o homem se chama Howahkan, e a mulher é Mwangi. Eles entram em contato com a alcateia de Kane para informá-la do incidente, e então eu levo o grupo para dentro da residência.

Quando passamos pela biblioteca da casa, avistamos uma bruxa desmaiada, numa das poltronas, de pernas abertas e com a saia ao redor da cintura. Outra mulher — uma metamorfa, acho — está ajoelhada na frente dela, com a cabeça deitada na coxa da bruxa. Ela também parece desmaiada.

O policial Howahkan pigarreia, não curtindo nada do que vê.

Está na cara que ele não participou de muitos eventos com bruxas. Nós gostamos mesmo de uma farra.

Guio o grupo escada acima, desviando de outra bruxa sentada nos degraus, cantarolando uma canção indecente de marinheiro para seu familiar, uma raposa. Sua magia de cor magenta rodopia ao seu redor.

Atravessamos o corredor do terceiro andar na direção do meu quarto, e quando abro a porta para o grupo, os policiais examinam o vidro quebrado, os lençóis bagunçados e a camiseta jogada de Kane. E então, eu e Kane recontamos os eventos da noite, começando com a pegação interrompida e terminando com a transformação de Kane. O tempo inteiro em que recontamos os eventos, minha irmã de coven da porta ao lado está transando animada em alto e bom som.

Que bom para ela. Deveria ter sido eu, mas que bom para ela.

Por fim, todos nós voltamos ao térreo, passando pela mesma bruxa na escada, só que agora ela e seu familiar acabaram adormecendo juntos. O casal na biblioteca ainda está desmaiado, e para ser sincera, elas provavelmente vão ficar lá até de manhã.

A policial Mwangi balança a cabeça em desaprovação.

Eu os acompanho com pressa até a porta da frente, antes de fechá-la e dar privacidade para minhas irmãs.

— Pois bem, acho que temos tudo de que precisamos por enquanto — Howahkan diz para mim e Kane. — Vamos avisar vocês se conseguirmos apreender o suspeito.

Mwangi me examina enquanto seu parceiro se vira para ela, claramente pronto para encerrar tudo e ir embora. Os olhos dela, no entanto, estão fixos em mim.

— Você não é a mesma moça que informou o último assassinato? — ela pergunta.

Hum... tenho um total de zero lembranças de ter conhecido essa pessoa antes. Engulo em seco de leve.

— Hum... sim.

Kane me lança uma olhadela, levantando as sobrancelhas. Howahkan também me encara com uma intensidade de dar nos nervos.

— Que coincidência — a policial Mwangi diz, embora o jeito que ela diz deixa bem claro que não acha coincidência coisa nenhuma. Ela me olha de cima a baixo, como se eu tivesse acabado de ficar *bem* mais suspeita.

Sinto os pelos do meu corpo arrepiarem.

— Peraí — Kane diz, levantando a mão num gesto apaziguador. — Selene não tem culpa do que rolou hoje. Um homem invadiu o quarto dela e atacou a gente.

A atenção de Mwangi recai sobre Kane, e ela lhe lança um olhar como se ele fosse ingênuo.

Ouço um rosnado baixo e ameaçador vindo do peito de Kane. Olho para ele com o canto dos olhos, e me lembro de como ele reagiu quando lhe dei uma ordem hoje mais cedo. E agora ele já interpreta outra coisa como um desafio.

Onde será que ele se enquadra na hierarquia dos licantropos?

Porque ele está agindo como um alfa. E um bem possessivo, aliás.

A policial baixa a cabeça, e não sei se ela teve a intenção de ser um gesto de submissão, mas parece satisfazer o lobo de Kane, que enfim fica quieto.

Mas, gestos apaziguadores ou não, o estrago já foi feito pelas palavras da policial. Dá para sentir no ar, quase como um tipo perverso de magia.

De alguma forma, entre tropeçar num cadáver e ser abordada por um feiticeiro antigo, a Politia concluiu que eu sou suspeita o suficiente para ser digna de nota.

Minha deusa, torço para que isso não volte para me assombrar.

Quando acordo pela manhã, sorrio para o som dos pássaros cantando na árvore lá fora, e por um segundo ou dois, a vida é bela.

Então, a noite anterior volta com tudo.

Cubro os olhos com a mão. *Faz isso sumir.* Para piorar, ainda tem partes da noite passada que já não me lembro — me arrumar com Sybil, por exemplo. E também memórias perdidas da festa, mas não sei se culpo a magia ou o álcool por isso.

Mesmo assim, me lembro o bastante. E, à sóbria luz do dia, um detalhe em específico chama a minha atenção, e não tive muito tempo para refletir sobre ele ontem à noite.

Somos almas gêmeas, bruxinha.

Me levanto da cama de qualquer jeito, e solto um palavrão quando piso em cacos de vidro da janela quebrada.

— *Vidro quebrado, deixa de balela. Volte a ser inteiro e conserte esta janela.*

Preciso urgente melhorar minhas rimas...

Enquanto o vidro levita do chão e se encaixa de volta no lugar, vou direto para minha estante. Meus dedos correm sobre as lombadas de meus diários.

Ser uma alma gêmea não é só uma coisinha informal. É um aspecto do ser sobrenatural que se manifesta quando a magia Desperta. É algo formalmente reconhecido e registrado.

Então, se eu *fosse* uma alma gêmea, teria escrito isso em algum lugar antes da minha mente roubar essa informação de mim. Seria importante demais para deixar passar batido.

Tiro os cadernos da estante, um por um, e os folheio de cabo a rabo.

Nada, nadica de *nada*.

É claro que não tem nada. Não poderia ter, porque eu *não* sou uma alma gêmea. Não daquele filho da puta.

Ainda assim, levo mais de uma hora sentada no chão do quarto, cadernos espalhados ao redor, virando página após página de anotações que fiz anos atrás, procurando por qualquer sinal ou pista de que eu possa ser uma alma gêmea. É só quando chego no diário mais antigo que me dou conta de que não era muito boa em manter registros até mais ou menos metade do segundo ano da Academia Peel, *meses* depois do meu Despertar.

Ainda assim, o que tenho aqui já cobre bastante. E não há uma única menção sobre eu ser uma alma gêmea.

Solto o ar. Sei que eu *deveria* ficar aliviada, mas ainda tem aqueles poucos meses dos quais não tenho registro. E também tem o fato de que eu não tenho mais a lembrança do meu Despertar, quando eu saberia pela primeira vez se sou ou não uma alma gêmea.

Esfrego a pele sobre o coração, franzindo a testa. Quanto mais eu me concentro neste ponto, mais posso jurar que *pode* haver alguma coisa ali.

Foi só um truque do feiticeiro, nada mais.

Tem mais um lugar que eu posso checar, que com certeza saberia.

A Academia Peel deve ter um arquivo sobre meu Despertar. Eles mantêm fichas de todos os seres sobrenaturais que estudam ou estudaram no internato. Só preciso arranjar uma cópia da minha.

Abro meu computador e acesso o e-mail. Então, escrevo um pedido rápido para o Arquivo da Academia Peel para me encaminhar meu histórico oficial.

Minha deusa, tomara que isso resolva as coisas de uma vez por todas. Ainda me agarro à esperança de estar certa.

Caso contrário, estou fodida.

Capítulo 26

ZZZZZZZ — ZZZZZZZ...
O som de meu celular vibrando me faz levantar da cadeira. Não sei de onde ele vem, mas não está na mesa de cabeceira, onde deveria estar.
ZZZZZZZ — ZZZZZZZ...
Sigo o som, revirando as roupas que usei na noite passada.
ZZZZZZZ — ZZZZZZZ...
Agarro uma das botas e a viro de cabeça para baixo. Meu celular rola lá dentro antes de cair no chão com um baque.

Só tenho tempo de ver que é Sybil que está ligando, mas assim que pego o aparelho, a chamada encerra.

Estou prestes a retornar a ligação — em parte, temendo tudo o que vou ter que contar para ela — quando me dou conta de que há uma quantidade nauseante de mensagens e chamadas perdidas que eu não ouvi porque estava dormindo.

Ai, deusa, será que a Sybil está bem?
Vou lendo todas as notificações, em pânico.

Você se divertiu ontem?
Kane foi tudo o que você sempre sonhou?
Ok, vou supor que você está dormindo depois de uma noite de sexo selvagem, mas por favor, me manda mensagem.
Puta merda, O QUE ROLOU?
POR QUE VOCÊ NÃO RESPONDE?
SE VOCÊ NÃO RESPONDER AGORA MESMO VOU BATER NA SUA PORTA.

Tá, dei uma de stalker e fui bisbilhotar no seu quarto, e você capotou de conchinha com seu familiar como se ele fosse um travesseiro de corpo, e isso é fofo pra cacete.

Abaixo da mensagem, tem uma foto que a minha melhor amiga tirou de mim, dormindo com Nero.
A foto *é* meio fofinha mesmo.

Ok, vou te deixar dormir, amiga. Me chama quando acordar. PS Vou te deixar dormir *um pouquinho*. Posso acabar ligando se ficar impaciente.

Agora que sei que minha amiga está bem — apesar do fato de eu tê-la deixado para trás ontem à noite para ir transar com um lobisomem (*fala sério, Selene, melhore*) —, meu corpo inteiro relaxa e a tensão vai embora.
Ela está bem. Não tem nenhum assassino a mantendo de refém. Ela só está preocupada comigo.
Enquanto seguro o celular, outra mensagem aparece.

PPS Passei seu número pro Sawyer, que passou pro Kane. Seja lá o que tenha acontecido ontem, ele ainda está super a fim de você.

Solto um grunhido. Não existe a menor possibilidade de Kane ainda estar a fim de mim. Quanto a mim, deixando a ameaça de Memnon de lado, à luz do dia e depois de toda a bebedeira e péssimas decisões, não sei direito o quanto estou a fim dele.
Mas depois eu me preocupo com isso.
Mando mensagem para Sybil dizendo que estou viva e bem, e que vou encontrá-la e contar tudo o que aconteceu assim que puder.
Depois que termino de digitar a resposta, percebo outra notificação de ontem à noite, de uma mensagem de um número desconhecido.
Fico encarando a mensagem na tela, tentando entender o que estou lendo.

Oi, aqui é Kasey. Ansiosa para te ver no círculo amanhã. Às 10 da noite. Biblioteca.

Espera aí. Eu topei participar de um círculo mágico, não foi? Merda. É hoje à noite?

Pego minha agenda e folheio até achar a data de hoje e ver as anotações que escrevi para o dia. E lá está. Escrevi *Círculo Mágico* de vermelho e circulei várias vezes.

Solto mais um grunhido.

Deusa, espero não me arrepender de ter concordado com isso.

———

Às dez da noite, depois da maioria de minhas irmãs de coven ter se recolhido nos quartos ou saído para outra festa no fim de semana, estou sentada na biblioteca da residência, folheando um livro sobre bruxaria indígena no Peru, balançando a perna de ansiedade.

Não há janelas aqui, mas mesmo sem precisar olhar, sei que a Lua está invisível no céu noturno, e tento não deixar isso me assustar muito.

No trabalho com feitiços, a lua nova é propícia para ilusões, esconder a verdade e mascarar encantamentos. Por acaso, também é propícia para magia das trevas, quando o terceiro olho da deusa se afasta da Terra.

Ouço o ruído baixo de passos e deixo o livro de lado bem na hora que Kasey entra na biblioteca.

— Oi, bom te ver — ela diz, acenando para mim. — Pronta para ir?

Não. Nem um pouquinho.

— Claro — minto, me levantando e andando até ela. — Para onde vamos?

— Você vai ver — Kasey diz de forma críptica e me dá uma piscadela, como se tudo isso fosse apenas uma brincadeira divertida e nem um pouco preocupante.

Ela nos guia para fora da biblioteca e atravessa o corredor oposto à cozinha. Não costumo vir muito aqui. À esquerda, tem uma pequena estufa, na qual uma bruxa está regando as plantas.

Passamos por ela e continuamos. Sinto a ausência gritante de Nero, que saiu para vagabundear pela floresta, ocupado demais sendo o pesadelo de alguma criaturinha fofa para participar de um círculo mágico aleatório. Aquele gatão, por mais mal-humorado que seja, é o meu porto seguro. Sem ele ao meu lado, fico muito mais nervosa.

Ao final do corredor, há uma porta para a Sala de Rituais. É onde acontecem as reuniões da residência e cerimônias oficiais. Tivemos uma breve reunião de boas-vindas aqui na minha primeira semana, e outra na semana passada, então tenho alguma familiaridade com o lugar.

Kasey entra primeiro, andando com confiança pelo corredor improvisado e passando as mãos pelos encostos das cadeiras mais próximas.

Eu hesito, examinando a sala escura ao redor dela. As paredes e teto são pretos, e não há janelas; mesmo as arandelas e o candelabro de ferro não emitem uma luz muito forte. Não é bem um cômodo no qual eu gostaria de passar o tempo à noite.

Não que eu esteja aqui só por diversão.

Relutante, sigo Kasey sala adentro, nossos passos ecoam ao redor. Assim como no resto da casa, várias sentinelas e encantamentos cobrem o lugar. Mas aqui, com as paredes escuras que parecem estar se fechando sobre a gente, a magia é um pouco sufocante.

— Vamos encontrar as outras pessoas aqui? — pergunto, espiando as fileiras de cadeiras vazias deixadas no cômodo após a última reunião.

— Não exatamente — ela diz, mas não oferece mais nenhuma informação.

A resposta críptica só me deixa ainda mais ansiosa.

Kasey não para de andar, até chegar à parede mais afastada da sala.

Ela tira um frasquinho do bolso e despeja um pó de ervas e sabe-se lá o que mais na palma da mão. Depois, leva a mão à altura do rosto.

— Revele-se — ela sussurra, e então assopra o pó na parede.

Onde havia só uma parede sólida um momento atrás, agora há uma porta preta e simples.

Fico sem palavras com a porta secreta.

Kasey se vira para mim com um sorriso travesso.

— Legal, né? O coven é cheio de segredos. — Ela segura a maçaneta. — Quer ver mais?

Faço que sim com a cabeça, chocada com a revelação — e por perceber que tem *mais*.

Kasey abre a porta, e do outro lado, há uma salinha branca. A única coisa remotamente interessante nela é a escada em espiral, que desce além do meu campo de visão.

Uma vez passado aquele aspecto de tirar o fôlego da magia ilusória, minha ansiedade retorna. Mas agora não é só a situação que não está legal; é o fato de que tem uma porta secreta que leva a uma escadaria secreta, que leva a outro cômodo secreto, e tudo isso conectado à casa em que eu durmo.

Vou ter que botar sentinelas no meu quarto duas vezes por semana, só para me sentir segura.

Kasey atravessa a soleira e então se vira para me encarar. Antes de entrar, examino a parede de perto, procurando pelos feitiços que escondiam o lugar. A magia que cobre as paredes é complicada e feita por várias mãos diferentes. Só emanam um brilho fraquíssimo — e sei que deve haver muitos outros feitiços escondidos até mesmo dos olhos das bruxas.

Para ser sincera, é algo bem bonito e fascinante, e eu queria ter um caderno para descrever tudo o que vejo.

Kasey não tem o mesmo deslumbramento. No momento em que ela vê que estou começando a me distrair, começa a ir na direção da escadaria.

— Bora — ela diz. — Estão esperando a gente.

Ah, é. O resto do círculo mágico.

— Como foi que as outras chegaram? — pergunto, e então entro no cômodo e fecho a porta. — São irmãs de coven também?

— Não esquenta com isso — ela responde por sobre o ombro. — O círculo tem a ver com outras paradas.

Tá, isso não me tranquiliza nem um pouco.

Repito a mim mesma que preciso do dinheiro — porque é a única garantia de que preciso para seguir com tudo isso.

Desço as escadas atrás de Kasey, e o ar vai ficando mais frio conforme avançamos. Chegamos num andar que praticamente brilha com uma luz âmbar. Quando desço o último degrau, espio o corredor estreito à minha frente, as paredes cobertas por pedras de alvenaria, o chão de mármore. Há arandelas fixadas às paredes com a luz de velas bruxuleantes, a cera escorre pelos lados.

A coisa toda parece ter sido construída um século atrás, pelo menos. Tem um cheiro estagnado no ar que nenhum tipo de magia é capaz de banir.

Meu poder amou, ainda que eu me sinta aprisionada aqui embaixo.

— Que lugar é este?

— Um túnel de fuga — ela responde. — Um de vários.

Tinha me esquecido da existência de túneis de fuga, mas eles são mesmo uma parte importante de construções sobrenaturais; em essência, são literalmente uma rota para escapar de perseguições.

— Meimendro é cheio dessas coisas — Kasey continua. — Você sabe como são as bruxas — ela diz, dando de ombros.

Cautelosas. Nossa história é marcada demais pela violência para que não façamos o possível para nos proteger.

A distância, ouço murmúrios baixos. Meu coração acelera, junto da curiosidade.

O corredor faz uma curva, e então se abre numa câmara larga. Mais um par de *lamassu* de pedra monta guarda no portal.

Faço um carinho na cabeça de uma das *lamassu* ao passar por ela, e então, adentramos a enorme câmara circular. Assim como o corredor, as paredes são de pedra, e o chão, de mármore. Vários outros corredores saem deste cômodo e levam sabe-se lá para onde.

Várias figuras de robe e máscaras ocupam o espaço — todas bruxas, imagino, embora não tenha certeza, já que ninguém está usando magia no momento que dê para identificá-las.

Uma delas usa a marca da deusa tríplice, o símbolo da lua tripla pintado na testa de sua máscara. Ela deve ser a sacerdotisa, a bruxa que lidera o círculo.

Quando ela vê Kasey, pega dois conjuntos de robes pretos dobrados e máscaras pálidas, e se aproxima de nós.

— Oi, lindona — ela diz por trás da máscara. Não estava esperando as notas suaves e joviais de sua voz, nem sua familiaridade com Kasey, a quem abraça. A sacerdotisa distribui os robes e máscaras. — Estamos quase prontas. — Então, ela acena para mim com a cabeça. — Oi. Que bom que veio. Você vai precisar vestir isto aqui, o robe pode ir por cima da roupa. E depois, vem pro círculo. Estamos esperando as convidadas de honra, mas acho que vamos começar antes de chegarem. Elas podem se juntar a nós quando já estiverem aqui.

Levo um momento para perceber que eu *não* sou uma dessas convidadas de honra. E então, é claro, fico envergonhada, porque nem estava esperando receber tratamento especial. Só estou meio desestabilizada.

A sacerdotisa se afasta de nós, e eu desdobro o robe e o visto por cima da calça jeans e camiseta.

— Tem que tirar o sapato também — Kasey diz, vestindo o próprio robe. — Ajuda a sentir melhor o solo, se estabilizar e canalizar a magia.

— E aí, vai me dizer o que a gente vai fazer? — pergunto, tirando os tênis e as meias e os deixando de lado. Me sinto um pouquinho melhor depois de ter conhecido a bruxa que vai liderar o círculo.

— É só um círculo mágico. Vamos dar as mãos, cantar um pouco e juntar nossos poderes.

Tá, mas pra quê?

Encaro a máscara, passando o polegar pelo lábio inferior. Está na cara que o propósito dela é nos deixar anônimas.

Por que isso seria importante? Por que alguém gastaria dinheiro com robes, máscaras e a presença de dezenas de bruxas? Se cada uma de nós aqui for receber quinhentos dólares, então dá quase dez mil. Que tipo de magia custa dez mil?

Espio as outras integrantes mascaradas para ver se mais alguém compartilha a mesma preocupação. Não consigo ver o rosto de ninguém, mas elas não *parecem* incomodadas. Tento extrair um pouco de confiança disso.

Solto o ar e coloco a máscara, ajeitando a cobertura sobre os cabelos ondulados e os escondendo ali embaixo.

Kasey já tomou seu lugar no círculo que começou a se formar, embora não saiba dizer qual dos indivíduos mascarados é ela.

Também me junto à roda, e a garota ao meu lado — que não é Kasey, a julgar pelos olhos verdes — acena para mim com a cabeça, mas não faz mais nada.

Quando o círculo está todo formado, a sacerdotisa anda até o centro, com um cálice nas mãos.

— É chegada a hora, irmãs — ela diz. — Juntem-se a mim no círculo mágico desta noite.

Franzo o nariz quando percebo o aroma que toma conta do lugar. O que eu achei antes que era só o cheiro úmido e frio de uma câmara subterrânea, na verdade é... outra coisa, uma coisa vagamente familiar.

Antes que eu possa me concentrar mais no cheiro, a sacerdotisa levanta a máscara só o bastante para bebericar do cálice. Depois, ela a abaixa de novo e oferece a bebida para uma bruxa do círculo. Esta então levanta a máscara, dá um golinho e passa para a pessoa ao lado. O cálice passa de bruxa em bruxa, e cada uma dá um gole antes de entregar para a próxima.

— O que tem nisso? — pergunto para a bruxa de olhos verdes ao meu lado.

Ela dá de ombros.

— É só infusão de bruxa com alguns temperos para ajudar a amplificar nossa magia.

Temperos? É assim que estão chamando drogas hoje em dia?

Alguns círculos mágicos podem até usar para amplificar o poder coletivo e experiência do grupo, mas será que eu confio nas estranhas deste círculo o bastante para brisar com elas?

Meu cu.

Quando o cálice chega até mim, levanto a máscara e levo a taça aos lábios, mas que se foda, não vou beber uma mistureba aleatória. Minha vida já é caótica o bastante mesmo sóbria.

Então, pressiono a borda do cálice com a boca e o inclino, só o bastante para o líquido molhar meus lábios. Após alguns segundos, baixo o cálice e o passo para a próxima. Só depois que a atenção de todas passa para a bruxa seguinte é que levo discretamente a mão por baixo da máscara e limpo a boca.

Do outro lado do cômodo, já vejo algumas bruxas balançando o corpo. Seja lá o que tenha nessa bebida, deve ser bem forte para ter um efeito desses.

Depois que o cálice passa por todo o círculo, a sacerdotisa o põe de lado.

— Vamos dar as mãos.

Seguro as mãos das mulheres de cada lado, e minha pele formiga quando meu poder entra em contato com os delas.

A sacerdotisa emite um som baixo e gutural, e então começa a falar em outro idioma, um que eu compreendo.

Latim.

— *Convoco a magia antiga e a escuridão profunda sob nossos pés. Emprestem-nos seu poder para os feitiços desta noite. Da terra aos pés, dos pés às mãos, e de bruxa a bruxa, nosso círculo convoca vossa magia.*

O poder explode por todo o grupo, subindo do chão de mármore para as solas dos nossos pés. Ele flui por nossas pernas e troncos, antes de descer pelos nossos braços, dando voltas e mais voltas ao redor do círculo até que nossos poderes se misturam, até que pareçam uma só unidade.

Estou tão absorta na sensação estranha e revigorante de fazer parte de algo único e maior que não me dou conta da outra mulher sendo guiada na direção do círculo, ao menos não até a sacerdotisa exclamar:

— Adentre nosso círculo e participe das festividades desta noite. Oferecemos nossa permissão para atravessar nossa linha sagrada de poder.

Adiante, duas bruxas levantam as mãos dadas meio sem jeito, e mais duas silhuetas se espremem entre as duas, atravessando até o centro do círculo.

Observo as pessoas recém-chegadas, meus olhos se fixam na maior. Ela veste um robe preto e máscara como o resto de nós. É o que está por trás da máscara que chama minha atenção. A pele de seu pescoço é pálida e acinzentada, de brilho um tanto opaco. Quando ela anda, seus movimentos são espasmódicos e mecânicos.

A escuridão deve estar enganando meus olhos.

Me forço a olhar para baixo, para a segunda recém-chegada. Ela também está de máscara, mas as semelhanças acabam por aí. Ao contrário do resto de nós, ela usa uma túnica branca quase transparente, que deixa seus mamilos e pelos pubianos bem visíveis. Não consigo ver sua expressão abaixo da máscara, mas ela se apoia bastante na outra pessoa, como se suas pernas não estivessem funcionando muito bem e não pudessem mantê-la de pé.

O negócio vai ficando cada vez mais esquisito.

— O que está rolando? — pergunto para a bruxa de olhos verdes.

Ela me lança um olhar que claramente diz *cale a boca*, mas responde:

— É parte do círculo mágico da lua nova.

A mulher de túnica tropeça e cambaleia um pouco, e quando se ajeita, percebo o quanto seus membros são pequenos.

Meu coração para.

Não é uma mulher, é uma *garota*. Não deve ter mais de dezesseis anos, que é tecnicamente considerada a maioridade para seres sobrenaturais, mas *peraí*. Ela é nova demais para estar por aí participando de círculos mágicos. E sem dúvida nova demais para estar enebriada, ao que aparenta.

Por um instante, a pele de seus antebraços se transforma, os pelos dos braços vão se alongando. Depois, entram de novo na pele, como se nada tivesse acontecido.

Puxo o ar, assustada.

Ela é uma licantropo?

O que está fazendo no meio de um círculo mágico de bruxas?

Tudo errado, tudo errado.

Tudo isso parece erradíssimo.

A pessoa que acompanha a garota leva a mão até a base do pescoço dela e a faz se ajoelhar.

Por um instante, fico paralisada de medo. O horror congela meus braços e pernas.

Que *porra* está acontecendo?

Meu olhar corre de bruxa em bruxa, mas nenhuma delas aparenta estar ansiosa ou agitada.

Por que elas não parecem preocupadas?

— Vamos dar as mãos mais uma vez, irmãs — a sacerdotisa diz, no centro do círculo com as duas convidadas de honra.

Sinto meu coração na garganta ao dar as mãos às mulheres ao meu lado, selando o círculo. A magia começa a se espessar no ar.

Eu não devo ter entendido alguma coisa direito. Com certeza, só pode ser.

A sacerdotisa levanta as mãos e fala mais uma vez em latim:

— *Convoco a escuridão e os deuses antigos e famintos que hão de testemunhar meus atos.*

Ela abaixa as mãos e procura por alguma coisa no robe. Então, tira de lá uma adaga cerimonial brilhante.

Puta merda, quem deu uma faca para essa doida?

Mais uma vez, meu olhar percorre o resto do círculo. Várias bruxas estão balançando o corpo em ondas, e os olhos que consigo ver à meia luz do cômodo parecem um pouco enevoados, mas nenhuma delas aparenta surpresa ou nervosismo.

Por que mais ninguém está surtando?

A sacerdotisa puxa o colarinho do robe para baixo e leva a lâmina entre os seios. E então, ela se corta. Vejo a pele abrir, ouço o tecido rasgar, e quando as primeiras gotas de sangue caem no chão de mármore dentro do círculo, minha magia sente, crescendo nas veias como um leviatã, ansiosa para se alimentar do líquido. E aquele cheiro, que senti mais cedo e que me atormentou, agora reconheço...

Magia das trevas.

Ela emana do ambiente, irradia, sobe pelo ar como fumaça.

A sacerdotisa toca a ferida com os dedos. Quando ficam cobertos de sangue, ela se aproxima da garota e tira a máscara dela.

— *Com sangue, eu enlaço* — ela diz, agora no nosso idioma, e marca a testa da garota com sangue. — *Com osso, eu quebro. Apenas pela morte, enfim renego.*

No meio do círculo, a garota choraminga, e então começa a gritar. *Não*.

Solto as mãos das minhas irmãs, e a magia coletiva do círculo se dissipa com um sopro enquanto eu corro até a garota.

Nem sei o que estou fazendo, só que deveria ter impedido antes, quando a adaga apareceu, ou a magia das trevas, ou, porra, quando elas mencionaram puxar a escuridão da terra. Isto aqui está tudo fodido, e nenhuma quantia em dinheiro vale seja lá o que está acontecendo.

Empurro a sacerdotisa com tudo e caio de joelhos na frente da garota, sem prestar muita atenção na mulher que grita ao perder o equilíbrio, a adaga cai das mãos e tilinta no chão.

Agarro a garota pelas mãos, morrendo de medo por ela.

A pessoa que a trouxe aqui se vira para mim, e de trás da máscara, sai um chiado monstruoso.

Por puro instinto, minha magia ataca, acertando a figura em cheio e a jogando para trás.

Imperatriz? A voz de Memnon ecoa em minha mente.

Merda. Ele não. Agora não.

— Que porra é essa, Selene? — grita Kasey, vindo na minha direção.

Sei lá. Sei lá o que estou fazendo, talvez essa metamorfa seja uma adulta que tenha consentido com tudo isso, talvez eu tenha entendido tudo errado. Mas as pupilas dela estão enormes, ela está fazendo um som de ganido lupino, e eu vou *descer o cacete* em qualquer uma que se meter entre mim e ela.

— Você vai ficar bem — sussurro para ela, passo um braço por baixo de seus ombros e a ajudo a ficar de pé.

Ela oscila e apoia quase todo o peso em mim. Sinto-a se inclinar mais para perto e inspirar meu cheiro, o que me faz lembrar de Kane.

Deve ser uma coisa de lobo.

Ao nosso redor, as mulheres estão se virando e murmurando, e pela primeira vez hoje, estão começando a parecer nervosas. Algumas foram até a sacerdotisa para ajudá-la a se levantar e tentar estancar o sangue do ferimento.

— Vamos — sussurro com suavidade, tentando fazer a garota se mexer.

Se conseguir subir com ela até a residência, vou poder chamar ajuda de verdade.

— Criatura — a sacerdotisa exclama —, *me vingue*.

Do outro lado do cômodo, a acompanhante da metamorfa agora se levanta de onde tinha caído. Só que agora, seu capuz escorrega, revelando um rosto pálido e cinzento, pele lisa e sem brilho, e olhos todo pretos. Embora se assemelhe a uma pessoa, não é humana. Não parece nem mesmo ter força vital.

Em sua testa, uma única palavra foi *entalhada* na pele, escrita em... em...

Aramaico, minha mente sussurra.

Antes que eu consiga compreender que palavra é essa, a criatura avança na nossa direção.

Ao redor, as bruxas arquejam.

Lanço minha magia na criatura, extraindo o poder do solo do jeitinho que a sacerdotisa instruiu. A sensação é a mesma de inspirar fundo, e então soprar o ar com força. O feixe laranja suave da minha magia deixa o meu corpo e voa pelo cômodo. Ele atinge a criatura em cheio e a arremessa na parede de pedra atrás dela.

O corpo faz um som seco de estalo e a criatura se estatela no chão.

Imperatriz, o que está acontecendo?

— Sua tola — a sacerdotisa diz para mim. Para a criatura, ela exclama: — Criatura, se conserte.

O ser começa a se mexer, mas não é um movimento natural, e sim espasmos por baixo do robe.

Seguro a garota com mais firmeza e recuamos alguns passos.

A metamorfa geme, e chama minha atenção por um instante.

— Tá tudo bem? — sussurro para ela.

— Não tô... me sentindo... muito bem... — ela balbucia, apoiando a cabeça em mim.

A garota está suando e tremendo, claramente intoxicada por alguma droga ou feitiço ou os dois.

Mal consigo pensar com o som do meu coração ribombando.

— Dá pra correr? — sussurro. — Ou se transformar? — Prefiro uma loba drogada do que este círculo de bruxas, sem nem pensar *duas* vezes.

— Hum — ela responde, e sua cabeça parece pesar sobre os ombros.

Acho que é um "não".

Sigo na direção de uma das passagens iluminadas que levam para fora do cômodo.

— Ah, mas não vai não — a sacerdotisa diz. — Pode ir se quiser, mas a loba é *minha*.

Sua magia se espalha pelo ambiente, e quando me viro, vejo que ela tirou a máscara. O sangue ainda escorre da ferida em seu peito, e ainda sinto o cheiro remanescente da magia das trevas manchando o ar. Magia das trevas da qual eu participei.

— Solte a garota — ela ordena.

Não muito longe, o corpo da criatura ainda está se remexendo e fazendo um barulho inquietante de algo sendo raspado.

Recuo, arrastando a coitada da metamorfa junto. Infelizmente, a passagem iluminada fica perto da... seja lá o que for aquela coisa.

A sacerdotisa dá um passo na minha direção.

— Bruxa, eu só vou falar mais uma vez: solte a metamorfa.

Está na cara que tem alguma coisa muito errada aqui. Alguma coisa mais do que só escusa.

Alguma coisa maligna.

Fiz merda de ter vindo para cá para começo de conversa, e fiz outra merda por não intervir mais cedo. Mas essa maluca só vai encostar na garota por cima do meu cadáver. Olho para ela com a expressão dura.

— *Não.*

A sacerdotisa respira fundo. Então, espalmando bem as mãos como se estivesse abrangendo todo o cômodo, ela ordena:

— Irmãs, Criatura, *peguem a loba.*

Todas as figuras mascaradas avançam na minha direção.

Meu medo cresce...

Imperatriz, o que está acontecendo? Posso jurar que a voz de Memnon soa alarmada, mas talvez sejam minhas próprias emoções falando.

Dou a volta com a garota e corro na direção daquele túnel em que estava de olho.

Ela tropeça nos próprios pés, e eu começo a arrastá-la mais que tudo, e se algo não mudar rápido, aquelas bruxas e aquela... aquela... monstruosidade vão nos alcançar.

Com esse pensamento de pânico, concentro minha magia na palma da mão.

— *Exploda* — sussurro, e então lanço a granada mágica para trás.

BUM!

Eu e a garota somos jogadas para frente quando a terra treme, e a explosão acerta nossas costas. Ouço gritos atrás de mim e solto um grunhido ao sustentar todo o peso da metamorfa quando nós duas damos com a cara no chão.

Imperatriz, o que está acontecendo!
Isso... não saiu como o planejado.
Tento me colocar de pé o mais rápido que posso, puxando a garota para cima junto comigo. Tiro a máscara deformada e a jogo longe, e finalmente consigo ver melhor os arredores. Sopros chamuscados de fumaça cor de pêssego flutuam pelo ar.
Dou uma olhada na minha companheira. Só de ver sua expressão atordoada, sei que ela não vai conseguir correr. E eu não tenho a menor chance numa luta contra dezenas de pessoas e um monstro.
Só tem mais uma opção.
Fecho os olhos, chamando por meu poder.
— *Magia, magia, me dê força. Me permita carregar esta moça.*
Tá, não é minha melhor rima, mas que se foda. Vai ter que servir.
O poder corre pelos meus braços e pernas. Sinto-o preencher meus pulmões e ser bombeado pelo coração.
Pego a garota no colo, a ajeito nos braços e então começo a correr.

Capítulo 27

O túnel pelo qual entramos é pequeno e úmido. As paredes aqui são de terra, e o mármore dá lugar a lajotas. Algumas velas estão acesas, deve ser de quando as outras passaram por aqui, e eu só parto do pressuposto de que, se seguir a luz das velas, vou encontrar a saída. Tenho que presumir que é isso que vai acontecer. Se eu estiver errada...

Não posso nem pensar nisso.

Enquanto corro, começo a duvidar de mim mesma de novo. Talvez eu tenha exagerado lá atrás. Talvez eu tenha visto só um pouquinho de sangue e magia das trevas e feito tempestade em copo d'água.

Mas minha intuição me diz que interpretei a situação direitinho. Que algo violento e maligno estava acontecendo. Algo que, sem saber, eu quase ajudei a completar.

Aquele feitiço que a sacerdotisa estava proferindo... por que ele pareceu tão familiar?

Atrás de mim, ouço os passos distantes das bruxas me perseguindo. Merda, elas vieram mesmo atrás de nós.

Ainda não nos alcançaram, mas sabe-se lá quanto isso vai durar. Estou carregando outro ser humano, e apesar do empurrãozinho que minha magia me deu, não sei se terei essa vantagem por muito tempo.

Também não posso nem pensar nisso.

À frente, o túnel se divide. Sigo a luz e viro à direita.

Meu robe fica embolando nas pernas, e nos braços, a cabeça da garota pende sem sustentação.

Tomara que ela esteja bem.

Meus olhos se prendem na mancha de sangue na testa da metamorfa, e então eu me lembro da encantação da sacerdotisa.

Com sangue, eu enlaço. Com osso, eu quebro. Apenas pela morte, enfim renego.

Um arrepio desce pelo meu corpo.

Um feitiço de enlaço.

É por isso que a encantação da sacerdotisa soou familiar. Ela estava entoando um *feitiço de enlaço*. É só agora que me dou conta do horror.

Existem vínculos naturais, como os de almas gêmeas e familiares. Estes não requerem feitiço algum. A magia é inata; ela inicia e executa o vínculo por conta própria.

Outros tipos de vínculos requerem feitiços, e podem ser consensuais — a metamorfa choraminga em meus braços de novo — ou não.

— Tô vendo ela! — uma voz feminina grita às minhas costas. Escuto o que parece ser uma debandada de bruxas correndo pelo túnel atrás de nós.

Concentro mais poder no meu corpo, bem ciente de que vou acabar passando o dia seguinte inteiro dormindo para me recuperar do uso de magia — e da enxaqueca mortal que vou ter por causa do esforço.

Mesmo com todo esse poder adicional, posso ouvi-las se aproximando.

Ouço uma delas sussurrar um feitiço e, por instinto, desvio na direção da parede à minha esquerda. Uma esfera de magia verde ácida passa zumbindo por mim.

Me endireito e continuo. Enquanto corro, convoco a magia da terra sob meus pés descalços. Consigo senti-la passar pelas pedras e tocar minha pele, e eu me agarro desesperadamente a ela, extraindo o poder recolhido pelo meu corpo como a água de um poço. Eu o canalizo pelo braço até a palma da mão.

— *Imobilize!* — Nem me preocupo em sussurrar o feitiço de uma palavra só antes de me virar e lançá-lo para trás, meio sem jeito, ainda equilibrando a garota nos braços.

Mesmo sem jeito, funciona. Ouço um grito quando minha magia atinge alguém.

O mais rápido que posso, viro para frente e canalizo mais magia na palma da mão.

Selene, está tudo bem? Quase tropeço ao ouvir a voz de Memnon nos ouvidos. Agora, ele parece bem mais do que só alarmado. *O que está acontecendo?*

Não consigo conversar com ele e sair desta sinuca ao mesmo tempo, então, ignoro seu chamado.

— *Imobilize!* — repito. É literalmente o único feitiço no qual consigo pensar para além da gritaria na cabeça.

De novo, me viro toda sem jeito e jogo a magia nas perseguidoras. O feitiço atinge o grupo. Me viro para frente de novo e ouço uma delas xingar às minhas costas, seguido pelo som de pessoas caindo. Não me permito comemorar antes de chamar por mais poder.

Meus músculos estão tremendo, meus pulmões, queimando, e não consigo pensar em mais nada a não ser inventar outro feitiço.

Estes que estou fazendo são toscos e grosseiros, e como resultado, estou despendendo uma quantidade absurda de magia, mas é o que tem pra hoje.

Ouço o sussurro no vento, apenas um segundo antes de um feitiço me atingir no ombro.

Solto um grito quando a magia chamusca minhas roupas e queima minha carne. É quente como fogo, mas parece ácido corroendo a pele.

Outro feitiço é lançado na minha direção. A esfera violeta passa zumbindo pela minha cabeça, e tenho um momento de alívio quando ela atinge o chão na minha frente, a magia explode com o impacto.

Continuo em frente, pronta para desviar, quando...

Bum!

Eu e a metamorfa damos de cara com um muro mágico.

Cambaleio para trás e então caio de bunda. Ela geme nos meus braços.

Nem tenho tempo para checar se ela se machucou; as bruxas estão chegando perto.

Chamo meu próximo feitiço:

— *Exploda.* — Torço a coluna e arremesso a magia da melhor forma que posso na direção do grupo que se aproxima. Acerto uma delas na canela...

BUM!

Cubro o rosto da garota e o meu próprio contra o calor da explosão. Posso ouvir os gritos das bruxas ao serem jogadas para trás.

Antes que elas tenham a chance de dar o troco, levanto a mão com a palma virada para elas.

— *Construo um muro do chão ao teto.* — Desta vez, as palavras saem em sármata. — *Proteja a mim e a metamorfa daquelas que desejam nos ferir.*

A magia laranja suave brilha à minha frente, dispersando e esticando até formar uma espécie de parede transparente. Do outro lado, as bruxas de robe começam a se levantar, embora oscilantes e cambaleantes, e eu me lembro de que a sacerdotisa deu algo para elas beberem.

Meu coração afunda quando vejo que há pelo menos dez. São tantas. E todas tão determinadas a pegar a garota e ajudar a enlaçar ela àquela sacerdotisa.

O pensamento envia uma nova onda de pânico através do meu corpo.

Imperatriz! A voz de Memnon é exigente e com toques de pânico.

Tô ocupada. Forço a mensagem por aquele rio mágico que corre entre nós.

O que está acontecendo?, ele exige saber.

Ignorando Memnon, dou as costas para as bruxas e encaro a barreira mágica. Ela tem um tom violeta semitransparente.

Dou um chute com o calcanhar, mas ela nem se mexe.

Tento extrair mais magia, com os membros tremendo de cansaço. Faço uma intenção de sugá-la do chão e absorvê-la com o corpo para minimizar o uso de meus próprios poderes limitados.

A magia serpenteia e infiltra pela sola dos meus pés, e quando começo a ouvir as bruxas esmurrando a barreira que ergui, guio o poder que acabei de juntar pelas pernas e até o braço.

Uma esfera laranja pálida e pequena ganha vida na minha mão.

Eu a lanço na direção do muro mágico à frente. A barreira ondula, e o brilho violeta desbota um pouquinho, mas ela se mantém de pé.

Às minhas costas, as outras bruxas estão fazendo o mesmo com o meu muro, espancando-o com feitiço atrás de feitiço. Até agora, está aguentando muito mais do que o que está na minha frente, mas são muitas se esforçando para derrubá-lo.

Dou uma espiada na metamorfa. Antes, ela estava atordoada, mas consciente. Agora, está mole em meus braços. Dou uma leve sacudida nela, tentando acordá-la, embora esteja respirando, permanece inconsciente.

Nada bom, nada bom, nada bom.

Junto a magia numa explosão de pânico e a lanço contra a barreira. O feitiço se transforma, e então se conserta.

Outro puxão de magia, outra tentativa.

Outra onda ao atingir a parede.

Faço isso várias vezes, ignorando os sons de feitiços que atingem a parede às minhas costas.

Após um golpe final de meu poder, a barreira de tom violeta à minha frente se estilhaça. Sinto vontade de chorar de alívio.

Pego a metamorfa no colo outra vez, com uma careta de dor ao me levantar e sustentar seu peso. O ferimento no meu ombro, além de arder, agora está latejando, e eu sei que assim que a adrenalina baixar, vai doer pra cacete.

Atrás de mim, ouço meu próprio muro mágico rachando. É todo o incentivo de que preciso para dar no pé.

Saio correndo pelo túnel mais uma vez. Ele faz uma curva. Aqui, as velas já queimaram quase até a base.

Tá, mas cadê a porra da saída?

À minha frente, o corredor se abre numa câmara cheia de estantes do que parecem ser grimórios, a julgar pela mistura enevoada de magia de cor marrom que espessa o ar.

As lajotas dão lugar a um chão de mármore outra vez, e meus pés pisam numa imagem solar quando entro na câmara.

Quase de imediato, sinto uma pontada na cabeça por causa da magia conflitante.

Atravesso até o outro lado do cômodo, onde um par de *lamassu* de pedra guarda um arco arredondado. Para além delas, parece haver outra escada em espiral.

Ao longe, ouço as bruxas correndo em disparada.

Desgraça.

Em pânico, olho para as guardiãs de pedra, e tenho uma ideia. Piso no primeiro degrau das escadas, e então me viro para as estátuas, parte mulher, parte leoa.

— Lamassu — peço a elas —, *eu as convoco para nos proteger. Não permitam que ninguém com más intenções cruze o seu portal.*

No mesmo instante, as guardiãs de pedra ganham vida. Elas se levantam de suas poses de esfinge e espreitam adiante como predadoras, balançando as caudas cinzentas, se afastando das escadas. É uma visão muito louca.

Magia, cara. Quem precisa de drogas quando se pode usar isso?

Me viro de novo para frente e começo a subir as escadas, rangendo os dentes com o esforço de carregar a garota metamorfa.

Sussurro outro feitiço de fortalecimento assim que escuto as bruxas entrando na câmara dos grimórios logo abaixo.

Vai, vai, vai, incito o meu corpo. Minha magia está chegando no limite. Meus braços e pernas ainda estão aguentando, mas o feitiço que deveria me ajudar não adiantou quase nada para minimizar o esforço.

Rosnados baixos e graves ecoam pela câmara abaixo, e o som faz os pelos da minha nuca arrepiarem. Ouço uma das *lamassu* rugir, e então uma bruxa grita.

Um feitiço explosivo faz o chão tremer, e eu quase perco o equilíbrio, bamboleando com a metamorfa nos braços.

Já passei da metade dos degraus quando ouço alguém próximo à base da escada. Mal tenho tempo de entender que a bruxa conseguiu passar pelas *lamassu* quando um feitiço me atinge nas costas.

Solto um grito, caindo contra o corrimão quando a mesma maldição necrosante queima minha pele.

IMPERATRIZ!, Memnon ruge na minha mente, e agora não há a menor dúvida: ele *está* mesmo em pânico por minha causa.

Continua. Continua.

Logo abaixo, posso ouvir a bruxa sussurrando outro feitiço. Tensiono os músculos, mas o golpe não vem. Em vez disso, uma das *lamassu* rosna.

No instante seguinte, a bruxa grita, e eu a vejo cair quando os dentes da *lamassu* perfuram sua perna. Meus olhos encontram os dela, que estão cheios de terror conforme a besta a arrasta para longe do meu campo de visão.

Puxo o ar, trêmula e envergonhada pelo alívio que sinto, e forço as pernas a continuarem. Assim que o faço, preciso de novo ranger os dentes para engolir o choro que quer sair. Consigo ficar quieta, mas não sou capaz de impedir as lágrimas que escorrem pelo meu rosto.

Minha deusa, que dor. É arrebatadora.

Me forço a subir cada degrau por pura força de vontade, batendo as pernas da garota contra o corrimão várias vezes.

— Desculpa, desculpa, desculpa — ofego, mesmo sabendo que ela não pode me ouvir. Ela ainda não acordou.

Logo abaixo, ouço gritos prolongados.

Estou quase no topo da escadaria quando outro feitiço ricocheteia na parede e me atinge na panturrilha, fazendo um corte profundo. Solto um grito quando minha perna cede.

IMPERATRIZ!, Memnon vocifera. *AGUENTE FIRME! ESTOU INDO!*

Logo antes de cair no chão, cubro a cabeça da metamorfa, mas é a minha própria que bate contra o último degrau.

Tudo fica preto por um instante.

E então, pisco e o mundo vai voltando a ter foco, ouço gritos, e o aroma da magia faz minha cabeça latejar, e acima de tudo isso, um medo que não é o meu próprio inunda o meu corpo.

ACEITE.

— Memnon? — chamo em voz alta.

Ainda estou piscando, tentando entender o que está acontecendo mesmo enquanto me forço a ficar de pé, arrastando a metamorfa junto comigo. Não consigo evitar o grito que solto quando forço a perna machucada a sustentar nosso peso.

Há dezenas de feitiços diferentes que eu poderia usar para aliviar a agonia ou ajudar o ferimento a cicatrizar, mas entre o medo, e a dor, e a exaustão, não consigo pensar em nenhum.

Preciso levar a garota para um lugar seguro.

Vou tropeçando escada acima pelos últimos degraus. Minhas pernas tremem, meus pulmões, ombro e costas ardem, e meu sangue quente escorre pela perna, aquecendo a pele.

ACEITE MINHA MAGIA. Eu me encolho ao som da voz de Memnon dentro de mim.

É isso que ele quer dizer? Aceitar a magia dele?

AGORA, MINHA PARCEIRA.

Aff, "parceira".

EST AMAGE. ACEITE.

— Para de gritar comigo — resmungo, me afastando da escada e cambaleando na direção de uma porta de madeira entalhada mais adiante. Não dou mais que dois passos quando o sangue que escorre pela ferida na panturrilha começa a borbulhar e ferver na minha pele.

Solto um grito com mais essa nova tortura.

Por que um corte faria isso...?

O feitiço deve ter sido uma maldição. E uma bem fodida, aliás.

Vou mancando pelos últimos metros até a porta e agarro a maçaneta meio de qualquer jeito, quase derrubando a garota mole nos meus braços. Mal consigo dar um jeito de girá-la, e então eu e a metamorfa caímos pelo portal. Só tenho tempo de girar o corpo para que seja eu a cair na terra molhada, e não ela.

Estamos do lado de fora.

Solto um suspiro, exausta. Isso, por si só, já parece uma vitória.

Sinto o cheiro da floresta à nossa volta, e quando olho para trás na direção da porta aberta, vejo que ela foi entalhada no tronco de uma árvore, embora o interior aparente ser bem maior que o exterior.

Magia, cara...

Ainda ouço o som distante das bruxas lutando e gritando lá dentro, mas duvido que as *lamassu* consigam segurar todas elas por muito mais tempo.

Tento me levantar, mas meu corpo inteiro protesta. Choramingo pela dor que sinto em todas as feridas. A magia e a adrenalina estão começando a passar... não sei se tenho mais forças para continuar.

Pelo amor de todos os nossos deuses, bruxinha, diz Memnon, *por favor, estou* implorando, *aceite o que estou oferecendo!*

O que você está oferecendo? Então, sinto, através daquele rio mágico que parece fluir direto para o meu coração.

Poder. Poder *infinito.* Muito mais do que qualquer pessoa seria capaz de lidar.

Não entendo como ele está canalizando esse poder até mim, e nem me dou ao trabalho de considerar as repercussões de usar a magia do feiticeiro. Tento absorvê-lo.

Ofego quando a magia transborda dentro de mim. A dor dos meus vários machucados diminui, e minha fadiga se esvai por completo.

Fico de pé e pego a garota inconsciente no colo mais uma vez.

E então, saio correndo.

Preciso chegar no território da alcateia. É só o que consigo pensar enquanto corro.

Vejo a linha da fronteira adiante, mas a sensação é de que poderia muito bem estar em outro país.

Tropeço nas raízes, e galhos e pedras cortam a sola dos meus pés. Tensiono o maxilar, rangendo os dentes com a sensação do sangue escorrendo pela minha panturrilha.

Depois. Vou lidar com isso depois.

Não consigo mais ouvir as bruxas atrás de mim, e estou começando a ficar confiante quando a garota em meus braços começa a engulhar.

Não quero parar de correr, não enquanto há bruxas sanguinárias que praticam artes das trevas e que querem escravizar o livre-arbítrio desta garota.

Mas também não quero que ela se engasgue no próprio vômito.

Paro e a coloco no chão. Ela nem está consciente. Merda. Merda, merda, merda. Viro o corpo da garota de lado, focando toda a minha atenção nela.

Seja lá o que tenham dado para ela, temo que tenha sido demais.

Ela tem uma nova ânsia de vômito, e fica claro que a substância em seu organismo precisa *sair*.

Gentilmente, coloco a mão sobre a barriga dela.

— *Expurgue* — ordeno, canalizando meu poder emprestado para que seja absorvido pela sua carne.

A magia da cor do nascer do sol cresce num rolo de fumaça abaixo da palma da minha mão, e então se infiltra em sua pele.

A garota se senta com um espasmo e então golfa violentamente. Tento não fazer careta ao ver o que ela expele, mas dá para sentir o cheiro da magia corrompida que mancha seu vômito.

Ela vomita de novo. E de novo.

— Lamento — digo, segurando o cabelo dela para trás e me encolhendo ao sentir uma pontada no ombro machucado.

Deve haver mais veneno dentro dela, veneno que entrou em sua corrente sanguínea. Ele também precisa ser expurgado.

Coloco a mão no peito da garota e outra às suas costas. Agarro o poder de Memnon e o canalizo através de meus braços até a palma das mãos.

— *Dissolva o veneno que há no interior* — ordeno, em sármata.

E então, forço o poder para dentro do corpo da garota.

Suas costas arqueiam, e seus olhos se abrem de supetão. Ela começa a gritar, e eu preciso ranger os dentes e me segurar enquanto uma batalha mágica é travada dentro dela.

Continuo forçando todo o poder de cura possível nela, suplantando a toxina que corre pelas suas veias. Meu próprio corpo oscila um pouco. Sustentar esse esforço contínuo está me deixando zonza.

Um galho se parte em algum lugar distante. Então, ouço o estalido de carumas de pinha sendo esmagadas.

Ainda estão atrás de nós.

Sob minhas mãos, a garota treme, mas seus gritos diminuíram para choramingos. Ela ainda não acordou, não de verdade. Engulo em seco conforme a preocupação me inunda.

Desse jeito, ela está toda indefesa.

Me debruço sobre ela e sussurro uma encantação baixinho, uma que parece tão antiga quanto o idioma em que falo:

— *Ofereço a ti minha proteção. Minha magia te defenderá. Meu sangue se derramará antes do teu. Isso eu juro.*

O juramento parece mais uma lembrança, como um déjà vu.

O som de passos se aproxima — sem dúvida, as bruxas ouviram o choro da garota.

Ainda posso sentir o veneno viscoso contaminando o corpo dela, mas preciso soltá-la e torcer para que a magia que apliquei nela seja o suficiente.

Me forço a ficar de pé com as pernas bambas, me virando para encarar as bruxas que se aproximam.

Na escuridão, mal consigo definir suas silhuetas. Não há mais tantas agora, só seis. E até agora não vi o monstro.

Extraio a magia do solo e da lua e canalizo ainda mais a partir do rio mágico que deságua em mim. Meus poderes se acumulam e crescem, se acomodando logo abaixo da minha pele. Então, encaro as bruxas.

Elas não estão mais de máscaras, mas infelizmente, a escuridão esconde os seus traços.

— *Ataque* — sussurro, libertando a magia. Ela sai do meu corpo como um ninho de serpentes. A imagem mental deve influenciar de alguma forma, porque vejo minha magia recuar, e então atacar do mesmo modo que uma cobra faria. As bruxas gritam e esbravejam.

Um feitiço me atinge, e isso faz meu ataque se dissolver. Outro o segue, me acertando bem no peito e me derrubando de novo no chão. Esse segundo feitiço congela meus músculos, e em questão de segundos, fico imobilizada; consigo respirar, mas nada mais. Não consigo nem mesmo mexer os olhos.

Um terceiro feitiço me atinge no quadril enquanto estou paralisada, este de uma cor carmim meio suja. Só pela cara, já sei que vai ser terrível. E então, sinto.

Eu gritaria se pudesse.

É como se estivesse sendo esfaqueada em vinte lugares diferentes. Talvez esteja. Estou engasgando no meu próprio sangue, ou talvez meus pulmões estejam só paralisados.

SELENE! FIQUE COMIGO! Memnon força sua magia através de mim, e tento alcançá-la, permitindo que percorra meu corpo e combata a maldição que está me castigando.

PODE VER SUAS INIMIGAS? MARQUE-AS, ESTAMAGE, POIS AGORA SÃO MINHAS TAMBÉM.

— Ela está caída — uma das bruxas diz.

— Tô pouco me fodendo. Aquela vagabunda quase arrancou a minha perna.

— Já chega — uma terceira fala.

Os poderes de Memnon devem estar funcionando, porque a dor da maldição está passando, e já consigo mexer os olhos.

Sendo assim, posso ver uma das bruxas se aproximando. Ela tem as unhas do pé pintadas de rosa-claro. Por alguma razão, isso me parece ridículo, dada a situação em que estamos.

Ela fica de cócoras ao meu lado, seu cabelo liso e preto roça no meu rosto.

— Quando as outras te pegarem, você vai desejar nunca ter feito a merda que fez hoje — ela sussurra, me olhando de cima.

Ela levanta a mão, não sei se para me dar um tapa ou me acertar com mais algum feitiço, mas quero gritar, porque não posso fazer nada a não ser ficar deitada ali, imobilizada.

A bruxa dá um sorriso perverso.

— É hora do tro...

Uma sombra escura colide contra ela, e eu a ouço gritar. Mas o grito é logo interrompido e substituído por um som de carne rasgando.

Mais berros e mais sons dilacerantes. Agora, já consigo inclinar a cabeça só um pouquinho. Uma sombra gigantesca imobiliza uma das bruxas no chão, e está mexendo a cabeça, arrancando um pedaço de carne com os dentes. A criatura para e olha para mim, seus olhos brilhando ameaçadores na escuridão.

Eu *reconheço* esses olhos.

Nero!

Quero chorar porque ele está aqui, me defendendo. Ele ruge, e então avança em outra bruxa.

Vejo um clarão de magia azul-cobalto voando em sua direção.

Num piscar de olhos, entro na mente dele.

Abaixa!

Ele achata o corpo, pressionando o chão, e o feitiço erra o alvo sem causar dano algum.

No momento seguinte, estou de volta à minha própria mente, puxando o máximo que consigo da magia de Memnon para dentro de mim, até ela expulsar o último resquício dos feitiços grudados no meu corpo.

Eu achava que estava em pânico antes, mas agora que sei que meu familiar está enfrentando um grupo de bruxas sanguinárias sozinho... estou aterrorizada por ele.

Tenho espasmos nos dedos das mãos e dos pés, e então nas mãos e pulsos, pés e tornozelos. Quero gritar, de tão demorado que está sendo.

Antes mesmo que consiga recuperar a função motora por completo, vejo uma das bruxas agarrar a garota metamorfa atrás de mim.

Não!

Lanço magia mesmo sem feitiço, deixando que seus tentáculos encontrem a bruxa. Assim que fazem isso, meu poder enrola em seus tornozelos e dão um puxão violento.

Ela grunhe ao cair no chão com força. Antes que possa se levantar, meu familiar pula nela...

Faço careta com o som da mordida. Entro na mente dele de novo, tentando convencê-lo a soltar a bruxa. Com relutância, ele me obedece.

Através de seus olhos, espio ao redor. Parece que todas as bruxas estão aqui. Muitas estão jogadas no chão, gemendo. Mais duas estão se afastando juntas e mancando. Nero infla as narinas ao sentir o cheiro de tanto sangue.

Volto para a minha mente. Já ganhei controle suficiente sobre meu corpo para me virar de lado e vomitar, querendo expurgar a dor, e os feitiços, e todas as visões abomináveis da noite.

Nero se aproxima e me cutuca com a cabeça para que eu me deite de costas de novo. Solto um grunhido ao cair por cima do ombro machucado.

Meu familiar coloca uma pata sobre meu peito e me lança um olhar intenso e — juro pela deusa — irritado. Em geral, tenho que adivinhar os pensamentos mais complexos de Nero, mas por algum motivo, este é bem claro: *Me chame quando precisar de ajuda.*

Engulo em seco e concordo com a cabeça.

— Obrigada — murmuro.

Outro minuto inteiro se passa até que o feitiço imobilizador se extingue por completo, mesmo com a ajuda da magia emprestada de Memnon.

Quando isso acontece, vou mancando até a garota metamorfa. Ela não está mais gritando, o que é bom, mas também não está acordada, e está quietinha demais para o meu gosto. Me ajoelho ao lado dela e tento sentir seus batimentos cardíacos.

Estão fortes e parecem estáveis.

Acho que ela vai ficar bem.

— *Me dê forças* — murmuro em sármata, formando as palavras conforme extraio mais do poder de Memnon.

Sua magia explode pelo meu corpo, me emprestando sua potência.

Pego a garota no colo mais uma vez, tentando não pensar no tamanho da dívida que tenho com Memnon. Usei *bastante* de seus poderes hoje.

Preciso chegar no território da alcateia. Posso me preocupar com o feiticeiro mais tarde. O mais importante é me certificar de que a garota está segura.

Não dou mais do que cinco passos quando um rugido monstruoso ecoa pelo ar.

Puta merda. O monstro. Enfim deu as caras.

E acho que está na minha cola.

Capítulo 28

Eu odeio correr. Odeio, odeio, odeio.

É só o que consigo pensar ao tropeçar em raízes, meio cambaleando, meio correndo, pela Sempreviva, com tantos ferimentos que eles já se tornaram uma única dor enorme, que nem o poder de Memnon é capaz de aplacar por completo.

Ah, e tem um monstro solto na floresta vindo atrás de mim.

Nero galopa ao meu lado, com os olhos brilhando na escuridão.

À frente, posso avistar a fronteira entre as terras, o limite mágico que brilha de leve. A visão me dá a injeção final de adrenalina.

Na escuridão às minhas costas, escuto outro rugido.

Volto a olhar para a fronteira. Vou conseguir chegar, sei que vou, mas mesmo assim, não há nada que impeça o monstro de me seguir através dela.

Vou ter que dar conta da criatura primeiro.

Caio de joelhos e deito a garota no chão o mais rápido que consigo. Depois, me ponho de pé e me afasto dela.

— Nero — digo, acenando com a cabeça para meu familiar. — Tome conta da garota.

Na floresta atrás de mim, gravetos se partem e galhos balançam conforme a criatura avança na minha direção.

Mal tenho tempo de me virar antes de ela trombar contra mim.

Vamos ao chão num emaranhado de braços e pernas. Eu caio com tudo no solo da floresta e chego a perder o fôlego.

Antes que consiga puxar o ar de novo, duas mãos monstruosas se fecham em torno do meu pescoço.

Eu ofego, em pânico.

Não consigo respirar!

Acima, a criatura abre a boca e sibila, revelando dentes afiados.

Eu gritaria se pudesse. Essa coisa até se parece humana, mas está tudo errado, desde sua palidez à lisura estranha de seus traços.

Tento alcançar suas mãos, desesperada para arrancá-las do meu pescoço. Me assusto com a textura da pele da criatura, que parece... parece... argila.

Eu não tinha uma aptidão mágica para argila?

O ser me aperta com mais força, e um som engasgado sai da minha boca.

Selene, use meus poderes!, Memnon vocifera em minha mente.

Ah, é, poderes.

Extraio a magia de Memnon, e só pelo caos, tento extrair também da essência da própria criatura. Para o meu choque, sinto sua magia migrar do corpo dela para o meu. Depois de juntar todo esse poder acumulado, o forço pelos meus braços e através das palmas das mãos, obrigando a criatura a me soltar.

Por um instante, ela solta, e eu inspiro um fôlego de ar agradecida.

Mas então, ela me enforca outra vez e me encara com aqueles olhos de obsidiana sem vida, seus traços toscos.

Uma sombra cai das árvores logo acima e pousa com violência contra a criatura. Ouço o som surdo de cerâmica se quebrando, e juro pela deusa tríplice que as costas do monstro *cedem* com o impacto.

Nero rosna logo acima. Tenho um vislumbre de suas presas, e sinto o corte de quando ele me acerta sem querer com a pata ao mutilar a criatura entre nós. Solto um grunhido com a onda de dor que chega no instante seguinte.

Danem-se os deuses, imperatriz, USE MEU PODER! ELE É SEU!, Memnon rosna.

A dor, e o pânico, e suas palavras convincentes são o bastante para me fazer chamar por outra onda de poder.

Não tenho a intenção de deixar a magia se valer do meu sangue; é só que minha atenção desvia brevemente para a ferida mais recente, e a magia a segue. E então, ela *se deleita*.

Meu poder ganha vida como nunca. Jamais imaginei que pudesse me sentir assim — como uma corrente de energia. É como se florescesse cada vez mais, conforme meu sangue dissolve.

Acumulo esse poder nas mãos e as coloco sobre o peito do monstro. Ele ainda agarra firme o meu pescoço, apesar do ataque de Nero.

Por um instante, entro na mente do meu familiar.

Se afasta. Agora, comando.

Volto para minha própria mente e minha pantera sai de cima da criatura e retorna até a garota.

Alguns pontos escuros encobrem minha visão, mas eu espero até que minha magia tenha terminado de devorar o meu sangue. Sei que é proibido, sei que amanhã vou me arrepender de ter usado.

Mas hoje, não sinto remorso algum.

Olho bem fundo naqueles olhos vazios e enuncio uma única palavra:

— Aniquile.

Meu poder detona.

A criatura é lançada pelo ar, seu corpo vai se desintegrando ao ser jogado pela floresta. Meu feitiço continua, seus últimos resquícios acertam uma árvore e a parte ao meio.

Então, um silêncio quase doloroso cai sobre a floresta.

Aí está minha rainha. A voz de Memnon parece ecoar no silêncio, embora eu saiba que só estou ouvindo na minha cabeça.

Respiro fundo, e então começo a tossir, com a garganta irritada. Nero se aproxima de mim, esfrega a cabeça e então o corpo no meu rosto.

Me obrigo a me levantar, embora meu corpo pareça incapaz de me manter de pé. Vou tropeçando até onde vi caírem os restos da criatura.

Quando chego no lugar em que acho que caiu, sussurro com a boca junto à mão:

— *Ilumine*.

Uma esfera luminosa se forma na palma da minha mão, sua luz fraca e fica piscando. Eu a assopro e a assisto flutuar sobre o chão.

Puxo o ar ao ver dezenas e mais dezenas de lascas de argila. Pego um dos pedaços maiores, que lembra vagamente um dedo. Seu interior é oco. Não tem músculo, osso, nem sangue. Essa coisa que quase me matou literalmente se estilhaçou que nem um vaso quebrado. E mesmo assim, vários metros adiante, a cabeça e parte do ombro ainda estão quase intactos.

Eu me aproximo, e ela silva, batendo os dentes para mim.

Pois é, hoje não, Frankenstein.

Levanto o pé descalço, e então piso com tudo na cara do monstro, fazendo careta quando as pontas afiadas e serrilhadas da cabeça cortam minha pele.

O que é mais um machucado, a esta altura?

Eu o pisoteio de novo. E de novo.

Em algum momento no meio do caminho, começo a gritar de raiva, e acho que talvez esteja chorando, mas não dou a mínima. Não dou a mínima, porque meu corpo parece achar que este é o último resquício de energia que tenho.

Destruo o rosto da criatura até não sobrar mais nada.

Depois, vou mancando de volta até a garota.

Ainda não sei o nome dela.

Tenho vontade de rir. Nós duas quase morremos umas três vezes hoje, e eu não sei nem o nome dela, e ela sabe menos ainda sobre mim.

Então começo a rir de verdade, e acho que ainda estou chorando.

Estou surtando. Sei que estou.

Me debruço para pegá-la no colo, e é, não vai rolar. Meus músculos estão muito cansados, meu corpo, muito exaurido.

Ainda assim, consigo juntar um pouco do poder de Memnon, o suficiente para me emprestar a força necessária.

Pego a garota nos braços mais uma vez e vou cambaleando na direção da fronteira, separando o território das bruxas e o dos licantropos. Com um último passo, atravesso a barreira.

Caio de joelhos ao chegar do outro lado, com Nero ao meu lado.

Meus braços amolecem, e a garota escorrega para o chão.

E então, eu desmaio.

Capítulo 29

Sou velada pela escuridão, com a mente envolta por ela como um cobertor. As sombras só se dissipam um pouquinho quando ouço um rugido baixo de aviso de Nero, que está enrolado e encostado com o corpo junto ao meu.

Luto para voltar à consciência, acordando só o suficiente para levantar a mão como uma advertência adicional a quem quer que esteja se aproximando.

Meus olhos encontram os olhos castanhos de um lobo. Assim que os vejo, deixo a mão cair.

Não é uma bruxa.

Em algum lugar da minha mente, noto a ironia de, mesmo ensanguentada e fraca, me sentir mais segura na presença de um predador do que na de uma bruxa.

— Tá tudo bem, Nero — sussurro.

Meu familiar fica quieto, embora continue tenso ao meu lado.

O lobo vem na nossa direção, e se ele tiver o menor interesse em me comer, estou *fo-di-da*, porque não vou me mexer nem a pau. Não sei nem se conseguiria, se tentasse.

Ele dá mais alguns passos para frente, e então se transforma sem emitir som algum. Em seu lugar, aparece um homem mais velho, nu.

O homem percorre a distância que falta e então se ajoelha ao nosso lado, sem nem ligar que tem uma pantera enorme a poucos metros dele. Não consigo ver sua expressão, mas ele deve estar sentindo o cheiro do sangue em mim. Perdi bastante, eu acho...

Nem sei dizer o estado em que nos encontramos.

O homem se inclina e fareja o pescoço da garota, e seja lá que cheiro ele tenha sentido, o faz ganir. Então, ele se aproxima e me fareja também, seu nariz faz cócegas na minha pele. Nero rosna de novo, mas não faz nada além disso. Ouço outro ganido vindo do homem, desta vez um pouco diferente.

— Está tudo bem? — ele pergunta com a voz suave.

Acho que não, mas não me dou ao trabalho em admitir isso.

Em vez disso, estico a mão e tateio na escuridão, procurando pela mão dele. Quando encontro, a aperto.

Engulo em seco, lutando contra as trevas que continuam encobrindo minha visão.

— Tentaram... fazer um... enlaço... nela — sussurro. Sinto uma necessidade urgente de contar logo toda a história, caso mais pessoas venham atrás de mim e da garota. — Drogaram ela... Fiz de tudo... para... trazer ela... até aqui. — Preciso fazer várias pausas para recuperar o fôlego. Cada pedacinho do meu corpo dói demais. Dói até para falar. E minha visão está turva. Acho que está. Está tão escuro. Nem sei. Que confusão.

A *garota*, lembro a mim mesma.

— Por favor... — peço, apertando a mão do metamorfo. — Leve ela... para um lugar... seguro... antes... que elas voltem.

— Quem? Antes que quem volte?

Tento falar de novo, mas estou tão cansada. Tão, tão cansada.

Acho que desmaio por alguns segundos, mas acordo de novo quando ouço o metamorfo uivar, e o som me provoca arrepios. Abro os olhos de vez — quando foi que os fechei? — e vejo a garota em seus braços.

— Obrigado por proteger a Cara — ele diz, e, ah, está falando comigo. Tento focar a visão.

— Vou mandar meus irmãos da matilha virem para cá — ele continua. — Vamos curar e cuidar de você. Só... aguenta firme aí. — A última parte soa como uma súplica, e eu entendo o motivo no instante seguinte.

O metamorfo retorna à escuridão, carregando a garota.

Eu deveria me sentir aterrorizada de ser deixada sozinha, fraca como estou. Mas Nero está ao meu lado, e sei que ele está de guarda. Com isso e o alívio de saber que a garota voltou para a alcateia, deixo a escuridão me engolfar mais uma vez.

Parece que só se passaram alguns minutos quando meu sono é interrompido de novo. Ouço o estalo pesado de carumas de pinha sendo esmagadas conforme alguém se aproxima.

Deve ser um dos metamorfos, me lembro.

O som dos passos silencia quando chega até mim.

— Só idiotas e guerreiros desmaiam ao ar livre. Mulher imprudente, você é um pouco dos dois.

Dou um pulo ao ouvir aquela voz, e me forço a abrir os olhos. No escuro, quase não consigo identificar os traços de Memnon, mas é ele.

Como foi que você me achou? Quero perguntar, mas estou tão cansada, e sei que se tentar falar — se ousar me mexer —, todas as minhas feridas vão começar a acordar junto comigo.

Somos almas gêmeas. Eu sempre vou te encontrar.

Ele se debruça sobre mim e tira o cabelo do meu rosto. É uma... sensação gostosa. Deixo os olhos se fecharem de novo e curto o toque de seus dedos em mim. Agora que estou vulnerável, posso admitir a mim mesma que só a presença de Memnon já me faz sentir segura.

Sua mão se afasta de meus cabelos, e odeio a ausência do seu toque. E então, penso que eu deveria odiar que odeio isso, mas que se foda, estou cansada demais para dar a mínima a esta altura.

Ele desliza as mãos por baixo do meu corpo. Mesmo aquele movimento suave me faz gemer quando sinto os machucados todos de novo.

— Está tudo bem, bruxinha. Você está segura. Estou com você.

No momento em que ele me levanta nos braços, parece que estou sendo atacada de novo. Grito quando a dor vem lacerando meu corpo.

Memnon xinga baixinho.

— *Aplaque o sofrimento interno* — ele enuncia.

Sua magia começa a me inundar a partir daquele ponto sobre o meu coração. Quase de imediato, a dor passa. Sinto vontade de rir; é tão bom não sentir nada. Mas estou tão cansada. Ainda mais agora que tenho um alívio real daquela tortura.

Memnon começa a andar, e eu apoio a cabeça no braço dele, me aninhando em seu peito.

— Minha rainha perfeita, minha parceira extraordinária — ele murmura, e pela primeira vez, nem ligo para os termos que ele usa para me chamar. — Que coração você tem.

Acho que não chegamos a andar muito quando Memnon faz uma pausa, me ajustando em seus braços para que consiga tocar o ponto em que minhas roupas encostam nas dele. Não entendo direito o que ele está fazendo, até que ele levanta os dedos, os esfrega um no outro e os leva à língua.

— *Caralho*. — Ele começa a marchar de novo pela floresta, só que agora muito mais rápido. — Seus ferimentos são graves?

Sei lá, respondo através de nosso vínculo porque estou cansada demais para falar.

Ele xinga de novo.

— Vou te levar até o seu quarto antes de te curar, *est amage*. Se ficarmos por aqui enquanto eu trato as suas feridas, vamos chamar muita atenção, e não confio na minha própria fúria no momento. Vou matar qualquer um que aparecer, seja amigo ou inimigo.

— Você tem... problemas... de gerenciamento... de raiva.

Memnon me segura firme.

— Você é minha fraqueza, imperatriz — ele confessa, com a voz mais gentil. — Sempre foi.

Enquanto ele me carrega através da Semprevira, seus lábios encostam na minha testa, e por alguma razão inconcebível, aceito o gesto, me aconchegando mais perto dele.

Ele faz um som satisfeito, e eu juro que sinto algum tipo de emoção vinda de Memnon — um anseio tão profundo que chega a doer.

— Você está segura — ele murmura. — Nada... *nada* vai te acontecer enquanto estiver comigo. Juro pela minha vida, parceira.

Sinto a verdade nessas palavras, embora não entenda por que ele está agindo assim comigo, já que ele deixou bem claro que somos inimigos.

O silêncio dura apenas um momento, até que ele volta a falar:

— Como a minha parceira é feroz — ele diz. — Vi a maneira como você devastou suas adversárias.

Sinto a bile subir pela minha garganta com a lembrança de todas aquelas bruxas diladas, espalhadas pelo chão da floresta. Como foi que a noite acabou assim?

— Não tema, minha rainha — ele continua. — Aquelas que sobreviveram à sua ira não viverão por muito tempo. Eu mesmo as caçarei e as farei pagar.

Ai, deusa.

— Não — sussurro.

— *Sim* — ele afirma. — Elas mesmas se marcaram no momento em que te atacaram. Ninguém ataca o que é meu e vive para contar a história.

Não me lembro de adormecer, mas acordo com o som das botas de Memnon pisando nas tábuas de madeira do chão da residência do coven, e as fazendo ranger. Ainda estou em seus braços, aninhada como um bebê. E, cara, depois da noite que eu tive, posso dizer com total convicção que prefiro *muito* mais ser a pessoa carregada do que aquela que carrega. Só de pensar nisso faz meus braços começarem a latejar.

Eu me aconchego ainda mais no peito de Memnon, e sem me importar que ele provavelmente vai perceber, inspiro fundo o seu cheiro masculino. Ele faz minhas entranhas se contraírem de um jeito muito estranho.

Seus braços apertam o meu corpo novamente, e sinto outro roçar de seus lábios na minha testa.

A casa permanece escura e silenciosa, enquanto Memnon segue escada acima e atravessa o corredor, o único som é o ranger das tábuas do piso. Quando chegamos ao meu quarto, ele abre a porta, acende as luzes e me carrega para dentro, indo na direção da minha cama. Gentilmente, o feiticeiro me deita nela. Nero me segue e sobe no colchão antes de se esticar inteiro ao meu lado.

Olho para cima, para Memnon, me sentindo vulnerável desse jeito. Mas isso também me excita, porque mesmo com toda a ferocidade de Memnon, me sinto muito segura na presença dele.

A excitação dura apenas um instante. Memnon arregala os olhos ao dar uma boa olhada em mim pela primeira vez desde que me encontrou na floresta. Sua expressão fica mais sombria... sombria a ponto de parecer homicida.

— Quem *fez* isso com você? — Seus olhos têm um brilho feroz, e eu enfim entendo o que ele falou antes, sobre a fúria levá-lo a matar indiscriminadamente. Ele parece mesmo capaz de assassinar.

Ele se inclina para baixo e rasga os restos maltrapilhos do que sobrou do meu robe. Ouço-o puxar o ar com força ao contemplar o que está debaixo do tecido.

— *Selene*. — Aí está de novo. Pânico. Entrelaçado na voz de Memnon. Então, ele pega minha camiseta, agarrando-a pela barra e...

Riiiip.

Ofego quando o tecido rompe ao meio, revelando minha barriga e meu sutiã.

— O que você tá fazendo? — exijo saber. Estremeço quando o ar gelado da noite fustiga minha pele.

— Examinando seus ferimentos — ele rosna em resposta, agora baixando o olhar para minhas calças.

Ele puxa uma adaga sinistra que estava embainhada em sua cintura. Ao vê-la, fico imóvel.

Seus olhos encontram os meus de novo, e sua expressão suaviza. Ele pega minha mão e a segura com firmeza, o cabo da adaga roça na minha pele.

— Não tenha medo, bruxinha. Isso é só para que eu possa tirar sua calça e te examinar. Tem... — ele respira fundo, como que para se acalmar — ... sangue demais nas suas roupas para que eu possa tirá-las sem mexer muito em você.

Sangue demais?

Não acredito nele, não até olhar para baixo e ver as enormes manchas vermelhas com os próprios olhos. Não tinha percebido que estava tão machucada assim, o robe cobria tudo.

Volto a atenção para ele. Um músculo salta em sua face, como se ele estivesse refreando alguma emoção, mas com muita dificuldade. Seus olhos percorrem o meu rosto como se ele não pudesse evitar absorver a visão.

— Posso continuar? — Memnon pergunta.

Engulo em seco e faço que sim com a cabeça.

Ele aperta a minha mão, e então a repousa gentilmente com o tipo de cuidado que me faz sentir frágil. Com o punhal, ele corta minha calça com cuidado, rasgando primeiro uma perna, depois a outra.

Então, fico apenas de roupa íntima, mas Memnon só tem olhos para minhas feridas. Sua magia de cor índigo engrossa e esvoaça ao seu redor.

— A morte de suas inimigas será lenta — ele jura, e há muita convicção em seu olhar.

Estou cansada demais para discutir com ele sobre isso, com os membros trêmulos, sabe-se lá se pelo choque ou exaustão.

Com muito cuidado, ele levanta um dos meus pés, inspecionando a sola. Já sei que a carne está toda estropiada. Senti os cortes que fui colecionando enquanto corria descalça. Mas àquela altura, estava determinada demais para ligar.

— Você devia ter usado a minha magia para se curar — ele me repreende de leve. É então que noto algo que tinha passado batido. O sotaque estrangeiro de Memnon desapareceu, embora o "como" seja um mistério.

— Tinha mais o que fazer — respondo com a voz rouca.

Ele inclina a cabeça, como se concordasse com meu argumento, e abaixa minha perna de novo para que possa tirar a jaqueta de couro que está vestindo. Por baixo dela, ele usa uma camiseta preta justa. Mesmo no meu estado atual de carcaça de animal atropelado, não posso deixar de admirar seus braços musculosos e as tatuagens que correm por eles.

Memnon joga a jaqueta no encosto da cadeira da escrivaninha, e aquele gesto simples é natural, como se ele estivesse à vontade neste meu espaço, e não sei por que, mas gostei disso. Quando deveria me dar nos nervos.

Talvez dê amanhã, quando eu não estiver me sentindo só o pó da rabiola.

O feiticeiro se ajoelha ao lado da cama. Gentilmente, ele leva a mão à ferida ao longo do meu tronco, aquela que Nero me causou sem querer. Seu toque é leve como uma pluma, mas ainda assim eu chio, soltando o ar entre os dentes com o contato.

— Relaxe, minha gata selvagem — ele diz, me lançando um olhar terno.

A visão me tira toda do eixo, e meu pobre coraçãozinho exausto ganha velocidade.

Memnon murmura alguma coisa baixinho, e sinto o formigamento de seu poder resvalando na pele.

Faço careta quando a ferida começa a se fechar sob o toque dele. Não dói, mas também não é gostoso. Tento me remexer para me afastar da sensação, mas a outra mão de Memnon segura o meu tronco, me mantendo no lugar com uma espécie de familiaridade casual. Isso também faz meu coração acelerar, e eu junto as sobrancelhas.

— Boa garota — ele elogia, com os olhos no ferimento. — Você aguenta tão bem. Tão bem.

Ele está falando de sua magia de cura, é claro, mas não é nisso que estou *pensando*. Estou meio morta e cansada além da conta, e ainda assim, de alguma forma, meu inimigo só me faz pensar em fodê-lo até me acabar.

Qual é o meu problema?

Ele termina de curar meu ferimento, me salvando da minha própria mente poluída. Memnon tira a mão, ainda manchada pelo meu sangue, e fica de pé.

Antes que eu possa perguntar o que ele está fazendo, ele levanta minhas pernas para que possa se sentar no lugar delas, na cama. Depois, as repousa sobre seu colo.

Ele acaricia minhas pernas de leve, e mais uma vez, murmura um feitiço de cura em voz baixa.

Sua magia recobre minhas pernas, se entocando nas feridas abertas nos meus pés e panturrilha. A sensação é quente, e coça, e é desconfortável. Mas Memnon continua acariciando minhas pernas, e o toque de suas mãos é tão gostoso.

— Pretendo te curar hoje, imperatriz — ele diz, com a atenção fixa nos meus pés. — Mas amanhã, quero respostas.

Solto um suspiro meio trêmulo.

— Por que você precisa fazer isso soar tão ameaçador? — pergunto, enquanto os últimos machucados nos pés e pernas cicatrizam.

— Porque... — Memnon responde, erguendo meus pés para que possa se levantar novamente — ...eu *sou* ameaçador. E *quero* respostas. — Memnon se ajoelha ao meu lado, seu rosto a uma proximidade tentadora do meu. — E você *dará* essas respostas, *est amage*.

Assim, tão de perto, posso ver as curvas de seus cílios grossos e aqueles olhos castanhos complexos, que parecem cintilar. Posso ver até mesmo aquela cicatriz medonha que traceja a lateral de seu rosto. Ele parece uma relíquia perdida.

Teimosa, levanto o queixo em reação às suas palavras, mas em vez de responder, estico a mão e toco a cicatriz dele. Não sei o que dá em mim para me levar a fazer isso.

Memnon fica imóvel e me deixa explorar seu rosto. Passo o dedo sobre a cicatriz, seguindo o caminho brutal que ela trilha pelo rosto dele. É mesmo terrível.

— Como arranjou isso? — pergunto.

Ele junta as sobrancelhas.

— Já te contei essa história, Selene.

Já?

— Me conta de novo — peço, ainda dedilhando a linha da cicatriz.

Ele franze a testa, mas responde:

— Meu povo estava expandindo seu território, e entramos no reino da Dácia. O rei deles não gostou muito disso. Ele nos confrontou em batalha e me deu esta cicatriz, para que eu nunca me esqueça dele.

Arregalo os olhos.

— Parece que ele quase arrancou sua cara fora.

— Ele até tentou — Memnon concorda.

Posso sentir meu próprio horror frente à ideia de alguém tentar esfolar o rosto de outra pessoa *ainda viva*.

Os olhos do feiticeiro brilham, e ele curva os lábios num sorriso brincalhão.

— Bem quando eu pensei que você não poderia ficar mais inocente, você vai e se esconde num futuro bem mais... *civilizado* do que o romano, no qual você foi criada.

— O que aconteceu com o rei que fez isso com você?

— Eu o atravessei com a minha espada. E então, transformei seu crânio em um cálice de vinho.

O quê?

— Mentira.

— Verdade. Era um dos meus prediletos. — Ele diz isso com tanta calma que, *puta merda*, se for verdade...

Eu me encolho e me afasto dele.

Memnon franze a testa ao ver minha reação.

— Era o costume que nossos guerreiros fizessem esse tipo de coisa. Assim como era o costume que toda mulher sármata entrasse em batalha e matasse ao menos um inimigo antes de ser autorizada a se casar.

Como é que é?

Ele encara a minha expressão chocada, uma nota de tristeza se infiltra em seu olhar.

— Você teve as mesmas reações da primeira vez que ouviu essas coisas. Ver tudo de novo me encanta e me parte o coração ao mesmo tempo.

Pigarreio.

— Ainda estou tentando superar o fato de você ter bebido vinho nos crânios de seus inimigos. — Não sei se *algum dia* vou superar isso.

Memnon me dá um sorriso amarelo, e então desce o olhar pelo meu corpo, fixando em meu ombro destroçado.

— Preciso terminar de te curar, imperatriz. Vou ter que te deitar de bruços.

Começo a me virar sozinha, mas então as mãos dele me ajudam, me guiando para que eu não me remexa muito e incomode os machucados.

Gentilmente, ele remove os últimos farrapos de tecido que ainda estão grudados em minhas costas. Quando o ar gelado da noite beija minha pele, Memnon inspira fundo, provavelmente com a visão dos ferimentos.

— E pensar que você nunca se viu como uma rainha-guerreira de verdade — ele resmunga baixinho. Acho que a referência se aplica a Roxilana, não a mim. — Você carrega feridas de batalha que dariam orgulho ao mais feroz dos meus guerreiros.

— Tá tão ruim assim? — O feitiço anterior de Memnon ainda está anestesiando a dor.

O feiticeiro passa a mão bem de leve em torno dos ferimentos, e eu fecho os olhos com o toque. Ainda é uma sensação tão gostosa que chega a me deixar aflita.

— *Cure estas feridas* — ele murmura em sármata. — *Sare a carne. Refaça como era.*

A magia dele parece um sopro de ar morno nas minhas costas. E então, esse calor se derrama pela minha pele e fica desconfortável — quase coçando —, e eu sei, mesmo sem olhar, que a carne está se refazendo, as feridas, se fechando.

Fico deitada ali, confusa. Como é que a noite passou de participar de um círculo mágico para descolar uma grana extra a quase ser morta por bruxas sanguinárias e agora ser curada pelo meu inimigo mortal?

A pressão morna da magia se esvai, e Memnon começa a acariciar minhas costas. Solto o ar com a sensação da pele dele na minha. É que tem alguma coisa no toque de suas mãos — mãos que lideraram exércitos, e que mataram, e que levantaram cálices feitos dos crânios dos adversários — que é intoxicante pra cacete.

Tenho quase certeza de que gostar desse toque me torna um ser humano podre por dentro. Bem, talvez eu ligue para isso amanhã.

Memnon para, como se pudesse perceber meus pensamentos.

— *Est amage* — ele murmura. — Você está gostando? Posso continuar te tocando, se quiser. É só você dizer, que eu faço.

Merda, pode ser que ele leia mesmo os meus pensamentos.

Fecho os olhos com força e respiro pelo nariz. Parece que tudo tem seu preço com esse homem. Ele não está dizendo qual é, mas deve haver um.

Mas dado tudo o que aconteceu hoje... que se foda.

— Estou — admito.

Ele fica parado. *Por que* ele fica parado? Remexo o corpo um pouquinho, tentando fazer a mão dele se mexer.

— Me deixe ver seu rosto — ele exige.

Me viro para olhar para ele.

— Por quê?

Ele me encara com intensidade.

— Porque você é a única coisa para a qual vale a pena olhar, e eu senti saudades.

Franzo a testa.

— Pensei que você me odiasse.

Ele se inclina para frente e corre os nós dos dedos pela minha coluna, e eu me sinto arquear, me esticando como um gato com seu toque.

— É um pouco mais complicado do que isso, imperatriz.

Entendo o que ele quer dizer. Quero odiar esse homem com toda a minha força, e sei que *deveria*, mas... não odeio.

— Feche os olhos e relaxe, e eu toco você — ele diz.

Estreito os olhos.

— E por que eu deveria confiar em você?

Ele me dá um sorriso malicioso.

— Você tem um bom argumento. Só existe uma pessoa neste mundo inteiro que pode confiar em mim de verdade, e estou olhando para ela. — Ele acaricia minhas costas de novo, e preciso refrear o som que quer sair.

Vou tomar a péssima decisão de confiar nesse cara, mas por que não? Já fiz umas cinquenta escolhas ruins hoje, o que seria mais uma?

Então, fecho os olhos e me permito relaxar.

Nero deve ter percebido a mudança no clima, porque pula fora da cama. Alguns segundos mais tarde, ouço o barulho de suas garras contra o peitoril da janela, seguido pelo agitar das folhas do carvalho lá fora, conforme meu familiar vaza dali. E pensar que, não muito tempo atrás, Nero zombou da ideia de eu levar um cara para a cama. Diria que quem ri por último, ri melhor, só que sou eu que estou semimorta e ainda assim curtindo o toque do meu inimigo.

Então quem ri por último *é Nero, com certeza.*

Memnon continua a me acariciar, passando a mão por toda a extensão das minhas costas, e puta merda, é tão gostoso que deveria ser ilegal. De cima a baixo, de baixo a cima. Quanto mais ele me toca, mais inquieta fico.

Não é o bastante.

— *Mais* — peço, com a voz tão baixa que não nem sei se ele ouviu. A verdade é que não me sinto nem um pouco confiante em exigir nada dele. Não depois de tudo o que ele já fez por mim hoje.

Ele interrompe o carinho, e então há um longo silêncio.

— O que você disse? — pergunta.

Não vou falar de novo. Não vou...

— *Mais* — repito, desta vez mais alto.

Após um momento, suas mãos voltam a se mover.

— Mais o quê? — ele pergunta, e agora, juro que ouço um tom travesso em suas palavras, como se ele estivesse brincando comigo. Mas não tenho certeza.

Mexo o corpo sob sua mão. Minha pele está tão sensível.

— Eu... eu não sei — admito, ainda de olhos fechados.

Sinto o roçar de seus lábios na minha orelha.

— Você jamais deve me pedir sem ter certeza, imperatriz — ele diz, com a voz grave. — Mas acho que você sabe *sim* o que quer. E acho que isso te assusta.

Engulo em seco, sentindo arrepios pelo corpo todo.

Um segundo se passa. E então dois, e três.

— Ainda quer mais? — Memnon sussurra junto à minha pele.

Não vou nem me dar ao trabalho de mentir para mim mesma.

— Uhum.

Memnon não responde, mas alguns segundos depois, a cama afunda, e então sinto suas coxas fortes de cada lado das minhas.

Suas mãos voltam para as minhas costas, friccionando os músculos. Parece erótico, ainda que não devesse. É só uma massagem nas costas.

Não existe motivo algum para eu sentir tesão com isso. Mas, puta merda, estou ficando com tesão. Sinto o desejo crescendo mais e mais entre as pernas.

— Da próxima vez, *est amage*, vou fazer você me dizer o que quer...

Um gemido escapa dos meus lábios. Não tenho a intenção, mas cá estamos.

Às minhas costas, Memnon faz uma pausa.

— Pensando bem — diz ele —, pode ser assim também.

Sinto o rosto esquentar, mas me recuso a ficar envergonhada.

Começo a me virar de costas, e Memnon se levanta um pouco para me dar espaço. Então, levanto o olhar até estar encarando o antigo rei.

Desta perspectiva, ele parece enorme, com ombros largos, tronco musculoso. E o rosto perverso, com as maçãs do rosto definidas e olhos brilhantes.

Solto um suspiro estremecido.

— Quer saber o que eu quero?

O que é mais uma decisão ruim a esta altura, não é mesmo?

Me sento, passo um braço ao redor do pescoço dele e puxo Memnon para perto de mim. E então, eu o beijo.

Ele tem gosto de pecado e nostalgia. Entrelaço os dedos em seu cabelo, puxando-o para baixo ao cair de novo na cama.

Com um grunhido, ele afunda em mim, sua boca abrasadora na minha. Eu já o beijei mais de uma vez, mas mesmo assim, parece que esta é a primeira. A língua dele roça na minha, e eu me lembro de novo como tudo é muito mais elétrico com esse feiticeiro.

Eu me esfrego nele, e sinto a extensão rígida de sua ereção presa entre nós. Ele também pressiona meu corpo, e eu ofego com o contato, que parece acordar cada uma de minhas terminações nervosas.

Minha deusa, como é que eu nunca notei antes que este homem é puro sexo? Os músculos, as tatuagens, a intensa ferocidade que ele se esforça tanto para conter.

Este é um homem que *fode*. Com força.

E eu estou super a fim disso.

Infelizmente, no instante em que tenho este pensamento, Memnon interrompe o beijo.

Seus olhos cor de âmbar estão enebriados de desejo quando ele me encara, ofegante. Ele olha para minha boca como se estivesse prestes a me devorar por inteiro, e eu estou cem por cento a bordo dessa ideia.

Ele pisca algumas vezes, e então sai de cima de mim.

Sinto vontade de chorar com a ausência de seu peso e calor. E de sua boca. Especialmente de sua boca. Quero beijá-lo até o Sol raiar.

— Durma, minha rainha. Você usou muita magia e perdeu muito sangue — ele diz, se levantando da cama. — Você precisa de descanso, e não... — Seu olhar desce para a minha boca. — Não de outra coisa — completa, inflexível.

Memnon pega os cobertores que estão sob meu corpo e começa a puxá-los.

Agarro o pulso dele.

— Aonde você vai? — Odeio o quanto pareço desesperada. Odeio que este homem passou de meu perseguidor a meu salvador. Mas a verdade é que não me sinto mais segura nesta casa, não desde que descobri que há um túnel de fuga que dá bem neste prédio.

A expressão de Memnon se torna feroz, mesmo quando seus olhos ficam mais suaves.

— Lugar nenhum — ele jura. — Vou ficar aqui, neste quarto, tomando conta de você e te mantendo segura até você acordar.

Não solto o pulso dele. Quero que ele se deite na cama, ao meu lado. Tenho certeza de que esse é o único jeito que eu vou conseguir dormir, apesar de minha exaustão.

Memnon deve ver isso em meus olhos.

— Não me peça coisas se não tem certeza — ele me adverte de novo.

Mas eu *tenho* certeza. Esse é o problema. Minha intuição me diz que este homem violento e terrível é seguro, e eu estou cansada demais para discordar.

— Fica comigo — peço, puxando-o para mais perto.

Memnon pega minha mão que estava segurando seu pulso e beija os nós dos meus dedos, fechando os olhos. Parece que ele está travando uma luta interna contra si mesmo, embora eu não saiba dizer a razão disso.

Depois de um instante, ele repousa minha mão no colchão com cuidado, e então põe sua mão na minha testa.

— *Durma* — ele diz.

Sinto o roçar suave da magia de Memnon, e então mais nada.

Capítulo 30

Pisco ao acordar, a luz do fim da manhã entra pela janela e ilumina meu quarto. Ouço o som distante de minhas irmãs de coven conversando no corredor e no banheiro compartilhado, se arrumando para o dia.

Eu me espreguiço, sentindo Nero às minhas costas. É quando a dor acorda junto comigo.

Solto um grunhido.

Tudo dói. Meus braços e pernas doem do esforço de ter carregado a garota metamorfa por tanto tempo. Meus músculos estão fatigados, mas isso não é *nada* comparado à dor de cabeça latejante e a náusea embrulhando meu estômago.

Exagerei na magia. E depois, exagerei na magia de Memnon.

Solto outro ruído de dor. Às minhas costas, Nero se mexe, e o braço que estava enlaçando minha cintura sobe para minha testa.

Peraí. *Braço?*

Me dou conta de que estou apoiada num peitoral largo e firme, e uma mão vira meu rosto para que um par de lábios possa depositar um beijo na minha têmpora.

— *Aplaque a dor. Remova o sofrimento* — Memnon murmura junto à minha pele.

Puxo o ar ao ouvir o som de sua voz. Ele ficou comigo. Eu pedi para ele ficar...

Momentos da noite passada voltam à minha mente, mesmo quando minha enxaqueca e o resto das dores no corpo desaparecem.

Deusa do céu, *noite passada*. Apesar da quantidade enorme de lembranças que devo ter queimado, me lembro da noite passada com todos os detalhes — o círculo mágico, a perseguição, as bruxas com quem

lutei e o monstro que estilhacei, a interação breve com um homem da Alcateia Marin, e então Memnon.
Memnon.
Memnon me carregando. Memnon *cuidando* de mim.

Toda a memória da noite me deixa sem fôlego, essa última parte mais ainda. Ele deveria ser meu inimigo, mas nenhuma parte da noite passada se encaixa nessa narrativa. Ele me deu sua magia, depois foi me resgatar e me curou. E eu o beijei. E agora ele está na minha cama.

E bem quando tenho esse pensamento, ele corre os dedos pelo meu cabelo. Tem algo de íntimo nesse gesto. O fato de não haver intenção sexual me deixa ainda mais confusa. Já explorei intimidade física com homens antes, mas não estou acostumada com... isto. Intimidade sem qualquer motivação sexual.

Talvez seja por isso que eu derreto sob o toque dele. Pelo visto, eu gosto muito desse tipo de intimidade. E, por mais irônico que seja, está fazendo meu corpo despertar de um jeito bem diferente.

— Estou aqui, *est amage* — ele sussurra, continuando o cafuné, claramente sem sentir a minha mente poluída.

Eu me viro na cama, me encolhendo um pouco ao sentir um leve repuxar nos músculos.

Meus olhos encontram os dele. Ele está com o cabelo bagunçado. É algo que me pega de surpresa, e que o faz parecer um pouquinho menos intimidante.

Mas só um pouquinho.

Memnon perdeu a camisa em algum momento entre ontem à noite e hoje de manhã, e assim de perto, posso dizer com total convicção que o corpo dele é uma obra de arte, músculos sobre músculos. As tatuagens e cicatrizes só servem para fazê-lo parecer muito mais letal e atraente.

Me forço a encará-lo.

— Você ficou — digo.

Ele passa a mão pelos cabelos bagunçados, e o gesto é sexy pra caramba. Ele é sexy pra caramba.

— É claro que fiquei — ele responde, como se não houvesse outra opção. Meu sangue esquenta com o fervor em sua voz.

Quero tocá-lo. Cada pedacinho meu quer tocar, e sentir, e marcar, e tomar para mim este homem que parece o meu próprio sonho erótico. Antes que eu possa concretizar qualquer uma dessas fantasias, o braço dele ao redor de minha cintura me puxa para frente, e então a boca dele está na minha.

Estou começando a descobrir que os beijos de Memnon são tão intensos quanto qualquer outra parte dele. Sua boca se move sobre a minha de uma maneira arrebatadora. Ele me beija como se pudesse me perder a qualquer momento.

— Bruxinha — ele diz junto à minha boca —, você não pode me olhar desse jeito e querer que eu me comporte.

Seu sentimento é enfatizado por outro arroubo devastador de sua boca. Ávida, eu correspondo a cada roçar dos lábios dele nos meus.

— Você tem um gosto tão delicioso, parceira — ele diz. — E você parece real como nada mais tem sido, desde que despertei. — Ele me puxa para mais perto...

Em algum lugar do quarto, meu celular vibra, interrompendo o momento. Refreio uma série de palavrões e xingamentos ao me afastar.

Com relutância, Memnon me solta, mas deixa claro em seu olhar que não terminamos por aqui.

Tropeço para fora da cama, só me dando conta agora de que ainda estou só de sutiã e calcinha e Memnon está tendo uma visão privilegiada. Procuro pela calça jeans dilacerada e ensanguentada da noite passada, de onde vem o som do celular. É só quando estou tirando o aparelho do bolso que percebo que estava com ele o tempo todo ontem à noite. Não que eu tivesse tido um minutinho de sobra para fazer uma ligação, entre as bruxas e a criatura de argila.

— Alô? — atendo, levando o celular à orelha.

— Selene Bowers? — diz a voz do outro lado.

— Eu mesma, quem é?

— Aqui é o policial Howahkan. Tínhamos uma reunião marcada meia hora atrás, mas a senhorita não apareceu.

Meu estômago embrulha.

— Que reunião? — O que é que a Politia quer comigo?

Há uma pausa do outro lado da linha.

— Queríamos dar seguimento ao caso da senhorita Evensen e te fazer mais algumas perguntas com relação à morte dela.

Sei que Charlotte morreu, mas...

— Desculpa, o que é que a morte dela tem a ver comigo?

Mais um longo silêncio se segue, longo o bastante para que eu perceba que, seja lá do que o policial está falando, eu deveria me lembrar.

— A senhorita descobriu o corpo — ele diz, por fim.

— É o quê? — quase berro ao telefone. *Fui eu que achei o corpo da Charlotte?*

Com o canto dos olhos, vejo que Memnon me observa com olhos de águia. Cruzo os braços e me viro de costas. Com minha pouca roupa e essa conversa, sinto que ele está vendo coisas demais sobre mim.

Há mais um silêncio tenso do outro lado da linha.

— Desculpa — peço, baixando o olhar para as tábuas desgastadas do piso. — Eu... minha magia come minhas lembranças. — Inspiro fundo. — Eu achei mesmo um corpo?

Espio por cima do ombro para Memnon, mas é difícil ler sua expressão. O policial faz mais uma pausa.

— Sim.

Quase não acredito nele. Sei que houve uma série de assassinatos recentemente — de fato me lembro disso —, lembro até de sair para correr com Sybil e ver a faixa de cena do crime de um desses assassinatos. Mas ouvir que eu *descobri* uma das vítimas? Parece uma lembrança importante demais para minha magia expurgar.

Caminho até a mesa, onde deixei minha agenda aberta, mas não sei nem em que data procurar.

Por que será que não sei que dia é hoje?

— Que dia é hoje? — pergunto, tentando manter a voz firme.

— É 15 de outubro.

Encontro a página com a data correta, e é claro, lá está o compromisso anotado: entrevista com a Politia às dez da manhã.

Puta que pariu.

— Tem problema se eu for agora? — pergunto?

— Não, tudo bem. — O policial soa como se estivesse prontíssimo para desligar. — Nos vemos em breve.

Desligo o celular, ainda com os olhos na agenda e uma careta no rosto.

— Bruxinha, a sua memória...

Olho para Memnon, que agora está sentado na cama, parecendo todo à vontade e bem esquisito ali.

Seus olhos estão excessivamente gentis ao perscrutar os meus.

— Te deixou sem defesas.

Cruzo os braços.

— Eu *não* sou indefesa.

Ele faz uma carranca para mim.

— Passei a vida inteira traçando estratégias. Reconheço uma posição vulnerável quando vejo uma.

Lanço um olhar feio para ele.

— Você não sabe de nada da minha vida.

— Desta atual, não, mas a sua última... eu tenho memorizada de cor.

O olhar que ele me dá é tão intenso.

— Eu não sou Roxilana. — É claro que eu me lembro desse nome aleatório, e não, tipo, do cadáver que pelo visto descobri um tempo atrás.

Memnon não responde, e sua expressão também não me diz nada. Não sei dizer o que ele acha disso tudo.

Mas devo me preocupar com isso depois.

Volto a atenção para a minha agenda. Há outras anotações, como o Baile de Samhain das Bruxas, que é daqui a duas semanas e do qual eu literalmente nunca ouvi falar. Também tenho um trabalho para entregar na quarta-feira sobre o uso de ingredientes frescos versus secos no trabalho com feitiços. Parece chato pra cacete, e talvez seja por isso que eu não tenho lembrança alguma a respeito.

Passo a página para a semana anterior e leio tudo o que marquei. Para o meu horror, só consigo me lembrar de alguns eventos, como a festa dos licantropos a que eu fui com Sybil. Mas mesmo essa lembrança já está quase desaparecida; só o fim do evento se destaca, quando Memnon atacou Kane. As outras dezenas de compromissos que anotei poderiam muito bem ser do calendário de outra pessoa; eu não reconheço nenhum.

Faço um barulho discreto. Minha perda de memória já foi tão ruim antes?

— Qual é o problema? — Memnon pergunta, bem atrás de mim. Dou um pulo com o som de sua voz. Não sei como ele conseguiu chegar assim de mansinho.

Me viro e dou de cara com seu peito nu.

— Selene?

Subo o olhar até o dele. O homem cruel que passei a conhecer não está em lugar algum. Ele parece genuinamente preocupado.

— Minhas lembranças da última semana — digo, baixinho. — Perdi a maioria.

Sinto as mãos tremerem e os olhos se encherem de lágrimas. Mas que droga, eu não vou chorar. Salvei a vida de uma garota ontem à noite. O que são algumas lembranças comparadas a isso?

É por isso que eu tenho meu sistema de organização. Vou dar um jeito.

Dou uma fungada patética, que Memnon com certeza ouve.

— Aff — resmungo, engolindo em seco. — Me descul...

Memnon me puxa para mais perto e me abraça.

— Não termine essa frase, bruxinha. Você não precisa se desculpar comigo, jamais. Não por isso.

Meu rosto está pressionado no seu peito largo, o corpo dele envelopa o meu. Não me permito pensar demais no momento; em vez disso, passo os braços ao redor do tronco dele. É tão bom ser abraçada.

— Obrigada — digo, baixinho. — Pela sua magia. E por me trazer de volta pra cá.

Só agora estou mesmo me dando conta de que ele ficou ao meu lado a noite inteira. E o inferno deve ter congelado, porque tudo o que sinto agora é alívio por este homem aterrorizante ter tomado conta de mim.

Ele me abraça mais forte.

Ao contrário da última semana, os eventos da noite passada ainda estão bem vívidos, e quanto mais eu fico em seus braços, mais minha mente divaga até essas memórias. Tenho uma vaga lembrança de um metamorfo pegando a garota — Cara — dos meus braços, mas onde ela estará agora? Será que está bem?

Não tenho certeza de como posso descobrir isso.

E então, tem aquele monstro. Não consigo nem começar a compreender o que era aquilo, ou como ele era senciente. Só que a sacerdotisa parecia controlá-lo.

Não sei nem se consegui destruí-lo de verdade; a sacerdotisa conseguiu consertá-lo uma vez. Talvez ele possa ser reparado de novo.

Depois, me lembro das bruxas que me confrontaram na floresta e naquele estranho salão dos grimórios.

E então, o restante da carnificina da noite passada volta à mente.

Nero destroçou várias delas. As que ele não feriu foram atacadas pelas *lamassu*.

Ainda posso ver as silhuetas deformadas das bruxas jogadas no chão da floresta.

— As bruxas que me atacaram... — começo.

Memnon põe a mão no meu queixo e inclina minha cabeça para cima, para que eu possa encará-lo.

— Não tem que se preocupar com isso. Eu já estou dando um jeito.

Fico imóvel.

— O que você quer dizer com "estou dando um jeito"?

Minha respiração vai ficando cada vez mais rasa. Há um brilho calculista nos olhos dele.

— Já disse ontem à noite para marcar suas inimigas. Aquelas que você marcou, eu encontrei. O que vou fazer com elas agora... você não precisa se preocupar.

Suas palavras, que acho que deveriam soar tranquilizadoras, só serviram para aumentar minha ansiedade.

— Quem *é* você? — Meu olhar perscruta o dele.

Ele sorri para mim de novo, e há um quê de crueldade nesse sorriso, apesar da suavidade em seu olhar.

— Você já sabe quem eu sou. Talvez você seja a única pessoa que saiba de verdade, *est amage*. — *Minha rainha*.

Eu me afasto dele e passo as mãos pelo meu cabelo.

— Preciso falar com a Politia, e preciso tomar banho e trocar de roupa. Ah, e tomar café da manhã também.

Memnon continua a me encarar, e esse brilho afetuoso em seu olhar está começando a me deixar inquieta. Sinto que, desde a noite passada, as coisas entre nós também mudaram para ele.

— Meu feitiço tirou a sua dor, mas você precisa descansar, Selene. — Ele já está tentando me virar e me levar na direção da cama. — Trago seu café da manhã. A Politia pode esperar.

Ô, droga. A pessoa deixa um rei feiticeiro ancestral ficar com ela por uma noite e pegar emprestado o poder dele, e de repente, ele fica todo mandão e presunçoso.

Vou ter que cortar esse mal pela raiz.

— Hum... — Ponho a mão no peito de Memnon, soltando um gritinho por dentro com o calor da sua pele e a firmeza dos seus músculos. — *Não*.

O brilho nos olhos de Memnon ainda está lá, mas ele com certeza parece irritado.

— Do que, exatamente, você discorda?

Solto um suspiro impaciente.

— Olha, não sei como eles faziam lá atrás, quando estavam ocupados inventando a roda, mas você não pode me dizer o que fazer. Além do mais... — Dou um leve empurrão no seu peito. Ele nem se mexe. — Ontem à noite e hoje de manhã foram ótimos e tal, mas agora você tem que ir.

Quem sabe se eu o tirar daqui rápido o bastante, não precisaremos discutir o fato de eu estar seriamente em dívida com ele, por toda a magia que ele me emprestou.

Memnon estreita os olhos para mim, embora dê um sorrisinho com o canto dos lábios. Ele abre a boca para falar.

— Aham. — Balanço a cabeça. — Nem me fale qual foi o pensamento malicioso que te passou pela cabeça, pra você fazer essa cara aí. — Dou outro empurrão, que não leva a lugar nenhum. — *Vaza*.

Memnon segura minhas mãos, mantendo-as presas no seu peitoral. De propósito, ele se aproxima de mim, e de repente fico muito ciente de seu peito nu e de meus trajes sumários.

— Eu vou te deixar com uma condição, *parceira*.

Estou rangendo os dentes. Não sabia que tirar um feiticeiro do meu quarto ia requerer *condições*.

— Você precisa jurar que vai se cuidar e ficar segura.

Bom... acho que posso fazer isso.

— Juro que vou me cuidar e ficar segura — repito. Então, forço um grande sorriso falso. — Beleza?

Memnon baixa o olhar para a minha boca e estreita os olhos outra vez. Mas, depois de um momento, ele concorda com a cabeça. Ele está com aquele olhar terno de novo. Faz minha pele esquentar e meu íntimo se contrair.

Ele solta minhas mãos, mas assim que o faz, sua boca encontra a minha. Ele me beija com toda a intensidade e autoridade do rei e senhor de guerra que ele afirma ser.

Me derreto em seus lábios. O gosto dele é inebriante. Desço as mãos para a cintura dele, e passo os dedos sobre suas tatuagens.

Esse homem é uma grande péssima ideia, e estou começando a me dar conta de que desde a noite passada, tenho um fraco por ele.

Memnon se afasta e acaricia meu lábio inferior com o polegar.

— Mantenha a promessa, bruxinha.

Com um último olhar afetuoso, o feiticeiro se vai.

Capítulo 31

— O que você estava fazendo na Sempreviva na noite do dia 10 de outubro? — o policial Howahkan pergunta, me encarando do outro lado da mesa branca, com os cabelos longos e escuros presos numa trança.

A sala de interrogatório é pequena e simples. Parece com qualquer outra sala dessas que já vi na TV: chata, mas ameaçadora. A única diferença é que as paredes desta sala são cobertas por feitiços. Eles brilham e tremulam um pouquinho se eu focar a atenção neles.

Estou na sala de interrogatório da Politia faz só cinco minutos, mas já sinto a magia destas quatro paredes se fechando ao meu redor.

— Não lembro — respondo.

Estico a mão para baixo e faço um carinho no meu familiar. Nero me dá uma cabeçada de leve na mão, me dando a coragem de que desesperadamente preciso.

Ainda não reportei o que aconteceu na noite passada, e não tenho certeza se deveria. Com exceção de Kasey, não sei os nomes das outras bruxas que me atacaram.

O policial Howahkan suspira.

— Em testemunho anterior, você disse o seguinte: "Ele trouxe sangue para o meu quarto. Quando eu percebi que não era dele, resolvi seguir a trilha até a origem". Agora está negando? — O policial olha de suas anotações para mim, com olhos penetrantes.

— Não, tenho certeza de que sabia do que estava falando na época.

Ele me lança um olhar terrível, como se eu estivesse de má vontade.

— E ainda assim, você não consegue mais falar nada sobre o incidente.

— Não consigo me lembrar de mais nada — esclareço. — Não estou tentando reter as memórias de propósito.

O policial Howahkan sustenta meu olhar. Apesar dos encantamentos na sala que me obrigam a falar a verdade, tenho a forte impressão de que ele não acredita em mim.

Ele baixa o olhar para Nero.

— Esse é seu familiar?

Nero encara o policial, parecendo não dar a mínima para a situação.

— Uhum, é sim — respondo.

— É uma pantera?

— É... — *Não sei aonde ele quer chegar.*

— Imagino que a sua pantera cace naquela floresta.

Junto as sobrancelhas.

— Está acusando o meu familiar de ter matado a Charlotte? — A simples ideia é horripilante.

Ponho a mão em Nero.

— *Não* — diz o policial, enfático. — A bruxa foi morta por um humano, não um animal. Mesmo assim, estou curioso com a ordem dos eventos que você descreve no seu depoimento original.

— A ordem dos eventos? — repito.

— Você disse que achou sangue e seguiu seu familiar de volta até encontrarem um corpo. Dá para rearrumar a linha do tempo para sugerir que você foi do corpo até o seu quarto, e então descobriu seu familiar carregando provas que levariam até você, e por isso voltou e reportou o incidente para se sair como inocente.

Sinto que não consigo respirar e estou ficando pálida.

— Está sugerindo que *eu* matei a moça? — sussurro, horrorizada.

Achei que isto aqui era só um interrogatório de rotina.

O policial Howahkan balança a cabeça.

— Sendo um investigador de homicídios, preciso lançar dúvidas sobre toda e qualquer pessoa e analisar as evidências de todos os ângulos. Infelizmente, a sua perda de memória não ajuda a te inocentar.

— Eu não escolhi apagar essas lembranças — digo, afogueada. — Não tenho esse luxo, mas você saberia disso se puxasse qualquer um dos meus arquivos da Academia Peel ou do Coven Meimendro. Quer o meu álibi? — Pesco minha agenda da bolsa e o jogo em cima da mesa. — Aqui, pode dar uma olhada aí.

O policial Howahkan desliza a agenda até o lado dele da mesa, e então começa a folheá-lo.

Ele para em um dia específico e estuda as anotações que fiz naquela página.

— Não tem nada aqui que cubra o horário das mortes.

— Tenho outras agendas — respondo. Em geral, uso várias de uma vez. Esta é só a minha mais funcional. — Não estou com elas agora, mas posso trazê-las aqui, se precisar delas.

Fico com os nervos em frangalhos quando a ficha cai: sou suspeita numa investigação de assassinato.

O policial deixa a agenda de lado.

— Vamos dar uma pausa do caso da senhorita Evensen por um momento, está bem? — ele diz, mas segue a conversa. — Essa não é a primeira vez que você viu uma dessas bruxas assassinadas, é?

Inclino a cabeça de leve quando o policial Howahkan folheia os papéis em sua prancheta e então dá uma batidinha em um deles.

— Não sei do que está falando.

Ele pega uma caneta e mais uma vez bate na folha de papel à frente dele.

— Estou vendo aqui que você foi questionada na cena de um dos outros assassinatos.

Perco o fôlego quando me lembro de alguma coisa que tinha a ver com Sybil. Tenho uma vaga lembrança de fita isolante de cena de crime e da floresta em torno do coven, mas quando tento definir mais detalhes, acho... acho que posso ter visto alguma coisa, mas será que minha mente não está inventando isso? Não tenho certeza.

— Desculpa. Eu... — Os feitiços nesta sala não me permitem dizer que não me lembro, porque tecnicamente eu tenho sim uma lembrança vaga. — Acho que tinha alguma coisa na floresta atrás do Coven Meimendro... eu me lembro da fita amarela... mas só isso, não tem mais nada.

— Então você também não tem essa memória? — Seu olhar está fixo no meu, firme e acusatório. — Que conveniente.

— Não — respondo —, considerando que estamos falando sobre limpar o meu nome, eu diria que é bem *inconveniente*.

Ele continua sustentando o meu olhar por tempo demais antes de voltar a atenção aos seus papéis.

— Diz aqui que você e uma mulher chamada Sybil Andalucia estavam correndo numa trilha que passava pela cena do crime. Uma colega parou e interrogou vocês.

Estou à mercê daquelas anotações; não tenho lembrança alguma desse incidente.

Dou de ombros.

— Eu e minha amiga às vezes saímos para correr de manhã. — Quando estamos nos sentindo empoderadas... ou masoquistas. — Mas não me lembro desse dia em específico.

— Hum — ele responde. — Parece que você estava no lugar errado, na hora errada em duas ocasiões diferentes.

Um sentimento nauseante faz meu estômago embrulhar com essa insinuação nas entrelinhas — de que talvez não seja coincidência coisa nenhuma.

É só o trabalho dos detetives, tento dizer a mim mesma. *Eles vão nas inconsistências, sabendo que só os suspeitos cedem.*

Só que a perda de memória faz de mim particularmente vulnerável, culpada ou não.

Por um breve momento, tento espiar nas lacunas de minha própria mente, questionando a mim mesma. Mas não dá para saber o que esqueci.

O policial Howahkan deve ter pressentindo a direção em que meus pensamentos estão indo, porque ele deixa a prancheta de lado e se inclina para frente, cruzando as mãos à frente.

— Senhorita Bowers, vou te fazer uma pergunta hipotética. Não é uma acusação, eu só estou curioso. Seria possível que você estivesse envolvida com essas mortes, mas simplesmente não se lembrasse?

Só de pensar nessa ideia já me faz perder o eixo. Me sinto zonza e enjoada com a inquietação. Balanço a cabeça, tentando engolir o pânico crescente.

— Eu não sou assim — digo, vacilante.

— Como é que você sabe, de verdade?

Como é que você sabe, de verdade?

Esfrego as mãos nos braços. As palavras me fazem sentir suja por dentro.

— Minha mente e minha consciência não são a mesma coisa. Eu posso me esquecer do que fiz sem me esquecer de quem eu sou.

É claro que eu não matei aquelas mulheres.

Mas pode ter matado outras ontem à noite, sussurra minha mente. *E Memnon pode estar terminando o serviço neste exato momento.*

— Estou sendo acusada de assassinato? — pergunto, baixinho, me revirando toda por dentro. — Porque, se estiver, vou precisar de um advogado.

O policial Howahkan balança a cabeça e se encosta de novo na cadeira.

— Não, senhorita Bowers, estávamos só levantando uma hipótese.

— Tá bom — digo, cautelosa.

— Bem, é só disso que precisamos por enquanto. Podemos ficar com esta sua agenda? — ele pergunta, tamborilando os dedos em cima do caderno.

Abro a boca para dizer que sim, mas então, hesito.

— Preciso dela para as aulas. — Para ser sincera, preciso dela para *tudo*. Minha vida inteira está ali dentro, e a julgar pela quantidade de memórias que perdi recentemente, vou ter que confiar nela mais do que nunca. — Posso ficar um pouco mais, se quiser fazer cópias ou tirar fotos das minhas anotações.

O policial Howahkan concorda.

— Faremos isso. Você disse que tem outros? — Faço que sim com a cabeça. — Estaria disposta a nos deixar vê-los, caso surja a necessidade?

Caso eu vire a suspeita principal, é o que ele quer dizer.

Mordo o lábio.

— Sim, tudo bem.

Compartilhar meus cadernos não é uma coisa fácil para mim. Pensar nos policiais folheando aquelas páginas, lendo minhas anotações e possivelmente as mantendo como provas faz minha ansiedade disparar. Mas também não quero parecer culpada.

Porque não sou. Eu saberia, se fosse.

Eu acho.

Capítulo 32

Estou sentada à minha mesa, já completamente esquecida dos dois parágrafos que consegui escrever até agora, sobre as diferentes propriedades mágicas entre a lavanda fresca e a seca. Estou encarando meu extrato bancário.

No vermelho.

Sinto as entranhas se revirarem com a visão dos detalhes da conta na tela.

Imperatriz...

Sinto Memnon um segundo depois. Não sei como, mas posso senti-lo subindo as escadas da residência como se estivesse em casa, e juro que as bruxas começam a fazer silêncio em sua presença. Em geral, convidados não podem ficar indo e vindo livremente na residência — mas Memnon é o tipo de cara que está pouco se fodendo para as regras.

Menos de um minuto depois, ele abre a porta e entra no quarto. Tento não notar o quanto ele fica terrivelmente gostoso mesmo só de calça jeans e camiseta. Mas naquele corpo enorme, com aquela pele acobreada e as tatuagens aparecendo, ele faz a roupa simples parecer sexy e estilosa.

— Bater antes de entrar seria legal — digo, dobrando as pernas em cima da cadeira.

Isto é, presumindo que ele saiba o que é bater à porta. Aposto que Memnon é mais velho que a invenção dos modos.

— Talvez fosse mesmo, se já não tivéssemos um vínculo — ele diz.

— É melhor do que bater.

— Não temos um vínculo — retruco.

Memnon dá um chute na porta para fechá-la com uma das botas.

— Estamos em negação de novo, pelo que vejo.

— Só é negação se for verdade — digo, esquadrinhando-o com o olhar. — O que não é. — Ele levanta uma das sobrancelhas e atravessa o cômodo. — Perseguição é crime, sabia?

— E você acha que isso iria me deter? Eu já te cacei antes — ele diz, e uma mecha de seus cabelos escuros cai sobre um dos olhos. Ele parece a própria definição de "vilão" em um dicionário.

Estremeço toda.

— O que aconteceu? — pergunto. — Quando você me caçou.

Memnon parece satisfeito por eu ter perguntado. Ele chega mais perto.

— Eu fiz de você minha noiva.

Ele passa o polegar pelo meu lábio inferior, do mesmo jeito que da última vez em que nos vimos. Ele me olha como se estivesse se lembrando de como se sentia ao me abraçar.

Quero dizer, ao abraçar Roxilana.

— Te transformei em minha rainha, te dei riquezas e um império sempre em expansão.

— Tá, tá, já falamos disso várias vezes — digo. — E mesmo assim, você espera que eu acredite que Roxilana fodeu a sua vida.

Tipo, se alguém se oferecesse para me bancar e fosse lindo assim, acho que não o enterraria vivo.

Mas se bem que Memnon é um cuzão.

Talvez eu enterrasse um cuzão.

Talvez essa tal de Roxilana soubesse das coisas.

Memnon franze a testa, perdendo o pouco que restava de seu bom humor.

— Você me prometeu respostas — ele diz, cruzando os braços. — Pode começar.

Respostas... levo um instante até me lembrar de que prometi mesmo, e mais um instante para me dar conta de que Memnon não sabe de detalhe algum sobre o que aconteceu na noite passada. Ele só me salvou e cuidou de mim.

Enquanto organizo os pensamentos, o feiticeiro espia a página aberta no meu computador, tendo uma bela visão do estado deplorável de minha conta bancária.

Estico o braço e fecho o computador.

— Problemas financeiros? — ele pergunta, com uma expressão indecifrável.

— Como é que você sabe o que é um site de banco? — pergunto, suspeita. — E dinheiro moderno, a propósito?

Desvio o olhar para a camiseta e a calça jeans que ele usa, e desço até os coturnos de couro. Agora eu *realmente* me pergunto como é que o feiticeiro está se virando.

— Você quer mesmo ter essa conversa agora, *est amage*? Acho que você não vai gostar das minhas respostas.

Eu o encaro com cautela. Já sei que ele consegue vasculhar a mente de uma pessoa — me lembro de ele fazendo isso comigo —, então sei que ele tem maneiras de ver o mundo moderno pelos olhos dos outros. Não sei por que isso me preocuparia...

Antes que possa evitar, esfrego o rosto com as mãos.

— Tá tudo bem. Vai ficar tudo bem. — É menos uma resposta, e mais uma manifestação positiva.

Memnon não diz mais nada em resposta, e de alguma forma o silêncio dele faz minha situação financeira parecer ainda mais desesperadora.

— As pessoas de ontem... elas iam me pagar — falo. Parece um bom jeito de começar a contar. — Topei fazer esse trampo mágico para ajudar a pagar a comida do Nero.

Memnon franze a testa, sua atenção recai sobre a minha pantera, que está esparramada em cima da cama.

— Alimentá-lo custa caro mesmo — concorda o feiticeiro, se aproximando da cama para fazer carinho no grande felino. — Eu lembro.

Nero dá uma cabeçada de leve na mão dele, tomando toda a atenção de Memnon.

— Tá tudo bem — repito, mas a minha voz falha.

Não está tudo bem, e estou tentando não pensar na possibilidade muito real de ser incapaz de alimentar Nero.

Memnon olha para mim, e ele tem um brilho no olhar, como se estivesse tramando alguma coisa. Ele se afasta de meu familiar.

— Me conte o resto de tudo o que aconteceu na noite passada — ele exige. — Não deixe nada de fora.

———

Não levo muito tempo para contar a história toda para Memnon. Ele está inclinado numa das paredes, de braços cruzados, ouvindo tudo com uma expressão ameaçadora.

— ...E foi aí que você me encontrou.

É bom poder compartilhar isso com ele. Não tive a chance de contar nada para Sybil, e nem ousei registrar o evento por escrito. Não com tantos detalhes incriminadores e com a Politia interessada nos meus cadernos.

Um músculo fica saltando no maxilar de Memnon.

— O círculo mágico — ele diz, por fim. — Aconteceu nesta casa?

Faço que sim com a cabeça. Só aquela simples menção já faz meu coração acelerar. Eu me lembro de novo que tem um túnel que dá direto para a nossa casa, e que aquelas bruxas mascaradas podem muito bem usar, mesmo agora.

Não vou nem cogitar que elas podem até mesmo ser irmãs de coven. O pensamento por si só já é bastante assustador. Já tenho que lidar com o fato de que Kasey era uma delas.

Kasey, de quem eu não ouvi falar desde ontem à noite.

— Me leve até o lugar em que o círculo mágico aconteceu — Memnon exige.

Eu deveria ficar indignada com essa ordem. Mas, em vez disso, tenho a sensação de que Memnon é um leme, me mantendo em curso.

Saio do quarto e guio Memnon pela casa. Várias bruxas nos veem passar, e uma por uma, elas fazem silêncio ao assimilar a visão do homem atrás de mim. Ele é enorme, e ferozmente lindo, e tenho certeza de que elas podem pressentir o perigo que emana dele.

Pego de relance as expressões delas, e embora algumas pareçam um pouco nervosas, também parecem... interessadas?

Já vou logo fechando a cara, e um pouquinho de magia escapole do meu corpo, espessando o ar.

Ô, droga, Selene. Você está ficando possessiva com seu perseguidor malvadão?

Um braço envolve meus ombros, e eu sou puxada para trás, contra Memnon. Um instante depois, ele aproxima a boca do meu ouvido.

— Você fica linda com ciúmes, parceira — ele sussurra antes de mordiscar minha orelha.

Faço cara feia para ele por cima do ombro, antes de tirar o braço de cima de mim.

— Eu não sou sua parceira — sussurro de volta. — E não morda a minha orelha.

Os olhos de Memnon brilham.

— Pelo menos você não está negando o ciúme — ele diz, curvando aqueles lábios sensuais em um sorrisinho insuportável. — Nisso, nós concordamos.

Estou prestes a rebater e discutir com ele ali mesmo, mas então passamos por outra bruxa que lança um olhar sonhador para Memnon, e eu viro minha cara feia para ela.

Às minhas costas, ouço uma risadinha orgulhosa.

— Cala a boca.

Pode ser que eu esteja meio enciumada.

Capítulo 33

Quando chegamos à Sala de Rituais, deixo Memnon entrar primeiro e seguro a porta aberta antes de segui-lo cômodo adentro.

Os coturnos dele fazem eco contra o piso enquanto ele espia ao redor, assimilando as paredes escuras e fileiras de cadeiras.

Sigo em direção aos fundos da sala, e sinto os pelos dos braços se arrepiarem quando os eventos da noite passada voltam à minha mente.

— A gente atravessou essa parede — digo e toco a superfície sólida que emana um brilho fraco, conforme os feitiços que a recobrem começam a refletir a luz. Por um instante, fico maravilhada pela magia poder fazer portas aparecerem e desaparecerem assim, sem mais nem menos.

Memnon se aproxima de mim, e para tão perto que o ombro dele encosta no meu.

Perco o fôlego de uma só vez e sinto um anseio quase febril de tocá-lo e sentir o gosto dele de novo. Eu só o beijei, é verdade, mas já sonhei com mais. Será que a realidade faria jus à minha imaginação?

Memnon me encara, levantando uma das sobrancelhas.

— Que foi? — pergunto, na defensiva.

Será que ele ouviu meus pensamentos?

Ele balança a cabeça e volta a fitar a parede. Ele passa a mão sobre ela, me dando a oportunidade de apreciar a aliança dourada que ele usa, e seus antebraços cheios de cicatrizes...

Para de se distrair com um rostinho bonito, Selene.

Baixando a mão, Memnon se vira, dando a impressão de que vai se afastar. De uma só vez, ele gira de volta e dá um soco na parede.

Sua magia de cor índigo explode com o impacto, e ouço um som parecido com o de uma bala dura sendo esmagada por uma bota.

Uma fração de segundo depois, me dou conta de que foi o som da sentinela estilhaçando. Assim que ela se vai, a parede desaparece, revelando a abertura uma vez mais.

Fico encarando, atônita, primeiro o portal e depois Memnon.

— Nunca vi ninguém usar os poderes desse jeito antes — digo.

O feiticeiro segura meu queixo e me dá um sorriso doce e brincalhão.

— Já viu sim, bruxinha. Muito tempo atrás.

Antes que eu possa discutir, Memnon baixa a mão e volta a atenção para o portal. Ele estala a língua.

— Alguém fez travessura, escondendo uma entrada secreta para a sua casa. — Apesar do tom leve de suas palavras, vejo sua expressão ficar mais séria e seus traços, mais duros.

Ele atravessa o portal e vai na direção da escadaria.

Fico titubeando, sentindo o gosto amargo do medo no fundo da garganta. Não quero voltar lá.

Sinto como se as bruxas ainda estivessem à espreita no fim da escada, esperando por outra oportunidade para me dar o bote.

Memnon, por outro lado, age como se não quisesse mais nada além de uma boa briga. Ele começa a descer, e nem se importa em me persuadir a segui-lo.

Sem pensar duas vezes, tento acessar a magia de Memnon, assim como o fiz na noite passada. Preciso da tranquilização que o poder dele me dá.

E lá está, tão infinito quanto ontem à noite. Não sei como um único corpo consegue comportar tanta magia, ou quanto de sua consciência ele ofereceu em troca disso tudo.

— Consigo me sentir dentro de você, minha alma gêmea — Memnon diz ao pé da escada, com um riso na voz. — Você pode me usar sempre que quiser.

Meu íntimo se contrai com a oferta, e meu rosto esquenta.

— Eu não sou... Não é por isso... — Respiro fundo, frustrada por ele ter me deixado tão atarantada. — Eu só estou nervosa de ter que voltar pra cá.

O som dos seus passos silencia.

— Venha cá, Selene — ele diz, gentil, com a voz suave e tentadora.

Apesar de suas ordens me irritarem, e apesar do meu medo, sigo na direção das escadas e as desço, e não paro até chegar a Memnon, parado ao lado da escadaria.

Ele coloca a mão no meu rosto.

— Eu te dou medo, bruxinha?
— Sim — respondo, sem nem hesitar.
— E quão amedrontadora uma pessoa teria que ser para ser igual a mim?
Balanço a cabeça, sem saber direito como responder.
— Ela teria que ser muito poderosa e aterrorizante para ser igual a você — digo, por fim.
Memnon acaricia minha pele com o polegar.
— Estou olhando direto para ela agora.
— Eu não sou...
— Você *é* — ele insiste. Abro a boca para protestar, mas ele me interrompe: — Sei que está com medo, mas você está subestimando sua própria força, *est amage*. Eu já vi essa força muitas vezes, e você mesma a viu ontem à noite, quando era apenas uma contra muitas. *Você é aterrorizante.* — Ele me puxa para mais perto. — Mas você sempre pode usar o meu poder, se isso te agrada. Como eu disse, gosto de estar dentro de você.
Essas palavras deveriam me deixar encabulada, mas seja lá o que está acontecendo entre nós, não deixa espaço para a vergonha.
Encaro os olhos castanhos e brilhantes de Memnon.
— Por que você está sendo tão legal comigo? — sussurro.
Sua expressão é comovente.
— Se existe uma resposta que deveria ser óbvia para você, é essa.
Olho de relance para a boca dele. Enquanto encaro, ela se abre num sorriso.
— Será que a minha rainha deseja me beijar?
— Talvez — respondo com sinceridade.
Memnon se inclina para mais perto, sua boca pertinho da minha.
— Já te falei o quanto eu amo o gosto da sua boca? — ele me provoca.
— Como vinho adoçado com mel. Me deixa com vontade de saborear outras partes suas. Aposto que são ainda mais doces...
Sinto o rosto esquentar.
— Puta merda, Memnon, você precisa parar... — Não chego a terminar a frase, porque ele me agarra pela cintura e me levanta em seus braços.
Solto um gritinho enquanto ele vai me carregando pelo cômodo até o corredor anexo.
— Pelos deuses, você fica tão linda assim, acanhada. Falar sacanagem te deixa com vergonha? — ele pergunta, me encarando.

Sim.

— Você ainda é um estranho para mim — respondo. As chamas das velas ao nosso redor irrompem em vida.

— Não sou, não — Memnon insiste, nos guiando pelo corredor. — Você sabe que não. Eu sou o seu parceiro, e esperei muito, muito tempo para me reunir com você.

Ele me abaixa só o bastante para trazer minha orelha para perto da boca dele.

— Estou doido para te provar de novo, imperatriz — ele confessa. — Quero saber se, mesmo depois de dois mil anos, você faz os mesmos sons quando goza na minha língua. Ou se ainda monta em cima de mim e rebola no meu pau do mesmo jeitinho.

Donzela, Mãe e Anciã.

— Eu *não vou* falar disso com você. — Eu me debato, tentando sair de seu abraço.

Com uma risada baixa e rouca, ele me põe no chão. Me afasto dele, sentindo todos os tipos de calor e incômodo. Mas seus olhos já desviaram de mim para o restante do cômodo.

E é só então que me dou conta de que estamos *onde tudo aconteceu*. Ele conseguiu me distrair pelo caminho inteiro até aqui, e não faço ideia se ele fez isso de propósito para aplacar o meu medo ou se ele só queria me provocar.

Agora, conforme observo Memnon, consigo ver seu bom humor se esvaindo e o rei cruel e implacável que ele já foi começa a tomar o seu lugar.

Ele anda pela câmara, estudando o espaço.

Eu mesma olho em volta, com o coração acelerando. A primeira coisa que noto é que os tênis que usei ontem sumiram. A princípio, fico irritada — só tenho alguns poucos pares de sapatos, e no momento estou sem grana para substituí-los —, mas então o pavor se instaura no meu estômago.

Bruxas podem usar os pertences de uma pessoa para todo tipo de coisa — entre elas, pragas e maldições.

— O que foi? — Memnon pergunta, se virando para mim. — Dá para sentir que você está nervosa.

Quero ficar indignada, mas em vez disso, a curiosidade leva a melhor.

— Como é que você sabe? — pergunto.

— Vínculos são de mão dupla, *est amage*. — Memnon me lança um olhar contestador, me desafiando a questionar suas palavras.

Estou cansada de discutir esse assunto com ele, então apenas falo:
— Eu deixei meus sapatos aqui ontem. Sumiram. É por isso que tô nervosa.

Ele assente com cautela, mesmo com a tensão se acumulando em seu corpo. Ele se vira de novo e continua a inspecionar o cômodo. Não tem mais nada aqui. A câmara está vazia, todos os itens que as bruxas trouxeram para cá foram levados de volta. Não ficou nenhuma mancha de sangue da sacerdotisa, nem detritos da explosão mágica que eu acionei.

— Limparam bem este lugar — Memnon diz, ecoando meus pensamentos.

Ele dá uma olhada em um dos corredores que saem do cômodo. Acho que ele pretende explorar mais, e não consigo evitar o pavor que sinto com a ideia de entrar por esses túneis de novo.

Em vez disso, o feiticeiro se vira e volta para mim.

— Já vi o bastante — ele diz, calmo. — Podemos voltar lá para cima, imperatriz.

Depois de soltar um suspiro aliviado, tento não voltar correndo para as escadas, embora não esteja enganando ninguém.

— Por que você quis descer aqui? — pergunto, conforme vou subindo a escadaria.

— Suas inimigas agora são minhas — Memnon responde. — Já dei conta de algumas — é aterrorizante ouvir isso —, mas outras não. E são *essas* que eu quero entender melhor.

Respiro fundo.

— Você fica falando que eu tenho inimigas, mas nunca fiz nada de errado em toda a minha vida. — *Além de acordar você...*

— Me diga, *est amage*, como você ficou sabendo desse círculo mágico? — ele pergunta às minhas costas.

Esse... esse é outro detalhe amedrontador em que eu não prestei muita atenção.

— Foi uma irmã de coven que me falou.

— E como foi que ela te falou?

Tento me concentrar nisso, e parece que a lembrança está logo ali ao alcance, mas então...

— Não lembro. Só sei que o nome dela é Kasey, e ela mora comigo.

— *Kasey*. — Ele testa o nome nos lábios. — Ela mora nesta casa?

Engulo em seco.

— Uhum.

Um longo silêncio se segue. Não sei se quero saber no que Memnon está pensando.

— Foi ela que te levou para o círculo? — ele pergunta quando subo o último degrau.

— Isso — respondo, voltando à Sala de Rituais. Ela parece especialmente escura deste ângulo.

— Ela levou mais alguém além de você? — Memnon pergunta às minhas costas.

Eu me viro para ele.

— Não.

— Então, você foi selecionada — ele conclui, com a expressão severa. — Alguém queria você, especificamente *você* naquele círculo, ontem à noite. Isso quer dizer que você tem inimigos, sim, Selene. Você só não sabe quem são... ainda. Mas é claro que eles estão de olho em você.

Arrepios irrompem ao longo da minha pele.

Memnon atravessa a Sala de Rituais e para ao meu lado.

— Você já se preocupou o bastante com isso por ora, bruxinha. Fique de olhos abertos, mas me deixe carregar esse fardo.

Isso soa... bem legal.

Olha aí aquela palavra de novo. *Legal*. Memnon não é *legal*. Não é da natureza dele. Ainda mais com relação a mim, pouco importam suas palavras bonitas sobre sermos parceiros.

— Vou encontrar quem pensou em te ferir — ele continua. — E farei com que *sofram* por isso.

— Por favor, não machuque ninguém — peço.

Ele me lança um olhar divertido.

— Todos esses anos te deixaram mansa, minha rainha?

— Eu não sou sua rainha — retruco.

Ele me dá outro olhar, como se eu fosse uma coisinha preciosa, e então volta a atenção para o portal.

— Alguém queria controlar quem pode entrar e sair da sua casa sem ser notado. Por que não viramos esse truque contra o seu criador? — Memnon sugere para mim, com um brilho calculado no olhar.

Ele estende a mão para mim, com a palma para cima. É um convite bem claro para lançar um feitiço com ele.

Eu já usei o seu poder e lutei contra ele também. Nunca o misturei com o meu de propósito. E descubro que, mais do que desejo segurança e vingança, estou ávida para sentir a magia de Memnon combinar com a minha.

Aceito a mão dele, me virando para a abertura mais uma vez. Abaixo da palma da minha mão, minha magia ganha vida. Ainda estou me recuperando da drenagem de poder da noite passada, mas com o pressionar da mão de Memnon na minha, ele desperta, se enroscando ao redor de seus dedos e pulso como a carícia de um amante.

O feiticeiro olha para nossas mãos juntas, com a expressão satisfeita. Seu olhar sobe e se prende ao meu, e por um momento, estou em outro lugar, algum lugar em que o céu azul infinito se encontra com campos de trigo a perder de vista. Memnon usa aquela mesma armadura de escamas, e seus cabelos esvoaçam com a brisa.

Tão rápido quanto aparece, a imagem se vai.

— *Est amage?* — Memnon chama. *Minha rainha.*

Sim. A rainha dele.

Peraí, *não*.

— Pronta? — ele pergunta, franzindo a testa.

Engulo em seco, e então faço que sim com a cabeça, de frente para o arco escondido.

Sinto o olhar de Memnon sobre mim por mais um momento, antes de ele também se virar para a abertura.

No segundo seguinte, sua magia desabrocha e ganha vida, a fumaça azul índigo emana do seu corpo.

— *Da semente do ar e do ventre da terra, eu invoco a criação. Fabrique uma parede que combine com aquelas ao redor* — Memnon diz, voltando à sua língua nativa.

Sinto nossa magia se misturando no ponto onde nossas mãos se tocam. Memnon a suga, pegando meu poder para si.

Ofego com a sensação. Assim como ele mencionou antes, consigo senti-lo *dentro* de mim, sua própria essência se agarra à minha, revolvendo minha magia em torno da dele. Fico sem fôlego.

Ele continua:

— *Crie uma ilusão tornada real para todos que a veem e todos que a tocam. Apenas nós, seus criadores, detemos o poder para derrubar tal ilusão. Ao nosso comando, com a palavra* revele, *deverá se dissipar.*

As cores da nossa magia se misturam, resultando em um roxo profundo que às vezes se vê ao fim do pôr do sol. Está se unindo bem à nossa frente, se encaixando na abertura do arco e então aplainando as emendas. A aparência esfumaçada do nosso poder em conjunto se solidifica, e sua cor fica mais escura.

— *E ao nosso comando, esconda, deverá retornar à sua falsa forma.*

Preciso escrever essas palavras — porra, preciso escrever toda esta *experiência* — antes que eu me esqueça.

— *Mascare todos os resquícios deste feitiço para que se camufle com aqueles ao nosso redor.*

As palavras que Memnon está usando são relativamente simples, mas a quantidade de poder e precisão mágica para de fato executar isso é astronômica.

Conforme mais e mais magia se esvai de mim e se junta à de Memnon, fico encarando, atônita. Ele é um mestre no que faz. Tão talentoso quanto meticuloso e dissimulado.

O resíduo brilhante deixado pelo feitiço tem o mesmo aspecto pálido e cintilante das outras sentinelas e encantamentos lançados neste cômodo. Se eu prestar muita, muita atenção, consigo ver que as bordas são tingidas de um tom roxo crepuscular — porque nem mesmo os melhores feitiços são capazes de negar sua verdade inata.

Mas este aqui chega bem perto.

Com as palavras finais de Memnon, os últimos sopros de magia deixam nossos corpos, e a parede se solidifica. Dou um passo para frente e corro a mão sobre ela. A sensação e a aparência... são exatamente como deveriam ser. Sólida. Mundana. Ininterrupta. É só uma superfície longa e contínua.

— *Revele* — digo, em sármata.

A parede desaparece, e minha mão escorrega através do ar. Posso ver a escada em espiral à nossa frente mais uma vez.

Dou um passo para trás.

— *Esconda.*

De uma só vez, a abertura se transforma em parede de novo.

Uma risadinha perplexa escapa dos meus lábios, porque eu ajudei a *fazer* isso.

Sinto o olhar de Memnon em meu rosto, e quando olho para ele, sua expressão é de desejo e saudade.

— Sua risada... — ele diz, com reverência. Então, sua expressão fica determinada.

Pigarreio, tentando quebrar o climão.

— O que a gente fez agora deve quebrar uma lei... ou três. — Quer dizer, eu não *sei* de verdade, mas isso parece ter sido travesso o bastante para ser criminoso.

— Você se esqueceu de como o poder funciona, bruxinha. É uma das poucas coisas que o tempo não mudou. — Memnon dá um sorrisinho para mim. A pouca luz do ambiente exagera sua cicatriz. — As pessoas modernas agem como se tivessem evoluído para algo... palatável. Elas fingem que não têm sede de sangue e destruição, e quase conseguem enganar a si mesmas. — As sombras do cômodo exageram as feições de Memnon, tornando-as sinistras. Ele continua: — Mas, *est amage*, só há uma única lei que os humanos *sempre* seguem: a lei do mais forte. Fomos fortes o bastante para tomar este portal, então agora ele é nosso.

— Não é assim que o mundo funciona — argumento.

Seus olhos castanhos brilham.

— Cuidado, Selene. Você está pensando como uma idealista. Homens ruins usam esse tipo de pensamento em benefício próprio.

Memnon fecha o espaço entre nós. Até o jeito como ele anda é confiante. E por que não seria? Ele é fisicamente poderoso, perversamente inteligente, e tem magia o suficiente para dizimar uma cidade. Acho que nunca conheci alguém que tivesse tanta força assim antes.

Ele perscruta meu rosto de novo e olha bem fundo nos meus olhos.

— Que estranho — ele murmura, curioso.

— O que é estranho? — pergunto, distraída com o quanto ele é atraente. Mesmo agora, começo a sentir calor.

— Tanto sua memória quanto meu legado se foram — ele pondera. — O meu foi apagado da história, mas ainda permanece na minha mente; enquanto a sua foi apagada da sua mente, mas permanece na história...

Franzo a testa. Os olhos dele ficam distantes.

— *Damnatio memoriae* — ele diz, esticando a mão e acariciando meu rosto com os nós dos dedos. — É a maldição que você teria usado...

Maldição?

— Eu nunca amaldiçoei uma pessoa em toda a minha vida — digo, indignada.

— Que você se lembre — ele acrescenta, seu toque ainda morno na minha pele.

Estreito os olhos para ele.

— Mas você *não* se lembra — ele diz de novo, com o olhar distante.

De uma só vez, seu olhar entra em foco quando ele se dá conta de algo. Ele baixa a mão do meu rosto.

— A Lei Tríplice — ele diz, como se fosse tudo tão óbvio. — A lei das bruxas.

É claro que sei do que ele está falando, toda bruxa sabe disso. A Lei Tríplice é o princípio que rege todo e qualquer feitiço. Ela instaura que toda a magia praticada — seja boa ou maligna — deve retornar em triplo a quem a conjurou.

O olhar de Memnon está intenso no meu.

— *Est amage*, você mesma se amaldiçoou.

Capítulo 34

Assim que voltamos para o meu quarto, pego uma caneta e o caderno.

Tem tanta coisa que preciso me lembrar. Me apresso para escrever todas elas, a começar pelas palavras de ordem em sármata que preciso invocar para abrir e fechar o portal, e terminando com *damnatio memoriae* e a Lei Tríplice.

Desde que Memnon enunciou esses dois últimos conceitos, ele tem ficado em um estado de humor meio carrancudo, meio contemplativo.

A ideia de que eu sou uma ex-amante fracassada que se deu a todo esse trabalho... é o tipo de história que se inventa para tentar fazer alguma visão de mundo ridícula fazer sentido.

Mas isso não significa que eu não deva dar uma pesquisada.

Largo a caneta e me viro para ele. Memnon se acomodou na poltrona ao lado da minha cama, e está analisando as dezenas de cadernos que enchem as prateleiras de minha estante.

Não sei por que ele ainda está aqui. Esperava que, a esta altura, já tivesse ido embora. O que eu não esperava era ter gostado da sua companhia. Ele é esquisito, e intenso, e só... tudo de uma vez, mas me dou conta de que não quero me despedir dele.

Ele desvia a atenção dos cadernos para as notas adesivas que salpicam os meus pertences — estão nas capas dos meus livros, tem uma no meu abajur, outra na escrivaninha, e ainda outra na parte de trás da porta. Sei que esta última é um lembrete para que eu verifique se peguei o caderno certo para o dia.

Memnon tamborila os dedos no braço da cadeira e balança a perna, impaciente.

— Para com isso — digo. Seu olhar recai sobre mim. Ele não diz nada, mas vejo uma pergunta em seus olhos. — Parece até que você está tentando decifrar alguma coisa. — Parece que ele está tentando *me* decifrar. Esfrego as mãos nos braços. — Está me deixando nervosa.

Seus dedos param de batucar; sua perna para de sacudir. Não que isso tenha ajudado de alguma forma. Memnon enjaulou a inquietação, mas ainda dá para vê-la espreitando em seu olhar.

Vou na direção da cama e me sento no colchão, tão perto de Memnon que meu joelho encosta no dele.

— Quem é você? — pergunto. — Além do "Memnon, o Amaldiçoado".

Com as minhas palavras, o feiticeiro parece ser arrancado de seus pensamentos.

— Eu nunca fui o "Memnon, o Amaldiçoado". Eu era o "Memnon, o Indomável". Presumo que você tenha me dado esse novo título quando me enterrou.

Mordo a língua para evitar discutir com ele sobre isso. Em vez disso, pergunto:

— Que mais?

Ele inclina a cabeça de leve, considerando aquele questionamento.

— O que você quer saber? — ele indaga.

— Sei lá. Qualquer coisa. *Tudo*.

Ele me encara por um longo tempo, e seus olhos enigmáticos parecem mergulhar bem fundo nos meus. Ele puxa o ar, e então começa:

— Eu nasci Uvagukis Memnon, filho de Uvagukis Tamara, rainha dos sármatas, e Ilyapa Khuno, rei feiticeiro dos mochicas.

— Eles governavam nações diferentes?

— *Est amage*, eles governavam *continentes* diferentes. Meu pai era da região que você conhece como Peru. Ele só conheceu minha mãe porque sabia manipular linhas de ley.

Linhas de ley são caminhos mágicos que se espalham como uma rede ao redor do mundo. São áreas onde o tempo e o espaço dobram. Se alguém souber navegar por elas direito, pode atravessar oceanos inteiros em minutos. Porra, pode até viajar para outros *planos* em minutos: Outro Mundo e o Submundo compartilham as mesmas linhas de ley com a Terra.

Mas isso é mais ou menos tudo o que sei a respeito.

— Você tá me dizendo que, dois mil anos atrás, o seu pai saiu da América do Sul pra visitar um continente do outro lado do mundo?

Porque isso iria subverter toda a história que os humanos não mágicos estabeleceram sobre quando o Ocidente encontrou o Oriente. No entanto, também explicaria por que eu descobri Memnon, um homem que vivia na Eurásia, adormecido numa tumba em algum lugar ao norte do Peru.

— Ele viajou bem mais do que isso — Memnon diz. — Mas sim.

Gostaria de me aprofundar nisso, mas a verdade é que não estou muito interessada no pai de Memnon. Estou mais interessada no próprio Memnon.

Perscruto seu olhar.

— Que mais?

Vincos se formam no cantinho de seus olhos, como se eu o estivesse divertindo — ou talvez ele só esteja satisfeito de ter capturado minha atenção.

— Aprendi a montar cavalos ao mesmo tempo em que aprendi a andar. Matei meu primeiro oponente aos treze anos — ele conta. — Mas talvez o mais importante, o meu poder despertou pela primeira vez quando você o convocou.

Em geral, nós, sobrenaturais, bebemos uma preparação chamada *agridoce* para Despertar nossos poderes. Mas ouvir que isso não aconteceu com Memnon, que em vez disso, uma pessoa — Roxilana, presumo — o despertou...

— *Como?*

Memnon me lança um olhar cheio de pesar.

— Trauma. Quando você era criança, uma legião romana atacou o seu vilarejo e matou toda a sua família. Em seu pavor, você chamou por mim através do nosso vínculo.

Mal consigo respirar. Nem me dou ao trabalho de corrigi-lo que, na verdade, ele não está falando de mim.

— Fiquei confuso durante muitas luas com a voz amedrontada na minha cabeça. Não sabia quem você era ou onde morava... nem mesmo que estava viva. Eu achava que você era um espírito, que falava um idioma que eu não conhecia, a princípio. E você não podia me ouvir, não por muito tempo. Mas, quando conseguiu... — Memnon sorri.

— As coisas ficaram muito divertidas. Conversávamos o tempo todo, às vezes mesmo quando não tínhamos a intenção. Lembro de estar no meio de uma batalha quando ouvi você xingar para si mesma porque quebrou um vaso.

Fico encarando Memnon, presa em cada palavra que ele diz.

— Comecei a procurar por você aos treze anos, mas foi apenas quando fui coroado rei que pude guiar a minha horda para o Oeste, para dentro do Império Romano, e encontrar você.

O feiticeiro fica em silêncio.

Uma dor se instaura em mim, uma dor muito real, com essa história. Não sei por quê. Talvez porque tudo isso soe romântico — reis, e hordas, e a busca por uma mulher à qual ele estava conectado mas não conseguia achar?

— Que mais? — pergunto.

Os olhos de Memnon continuam presos em mim. Por um momento, eles estão com uma expressão tão incrivelmente desolada. Então, ele curva os lábios num sorriso malicioso, e um brilho calculista volta ao seu olhar.

— Curiosa, imperatriz?

O meu próprio olhar recai sobre a boca dele.

— Por que você fica me chamando assim? "Imperatriz"?

Ele se esparrama na poltrona de novo, e agora seus lábios se curvam num sorrisinho pecaminoso.

— Porque os romanos te subjugaram, e eu gosto de prestar homenagem ao seu poder na língua deles. Me dá um prazer meio mesquinho. Você gostava ainda mais.

— Roxilana — sussurro. — Isso tudo foi com a Roxilana.

Os olhos de Memnon são como brasas; não consigo parar de olhar para ele. Percebo tantos sentimentos reprimidos por trás de sua expressão.

— Sim — ele concorda. — Foi tudo com a minha Roxilana.

A impressão que tenho é que, neste momento, estamos equilibrados em cima de uma corda bamba. A qualquer momento, um de nós dois pode cair.

— O que você quer? — pergunto, com a voz suave.

— Tudo — ele diz. — Meu império, meus tesouros, meu palácio, meus súditos fiéis. Mas acima de tudo... eu quero você.

Não sei quem se mexe primeiro, ele ou eu, só que ficamos juntos, e parece inescapável. Existe a minha mente racional e organizada, e então tem isto. Instinto.

A boca de Memnon encontra a minha, e ele a devasta, me beijando com toda a intensidade de se esperar de um rei-guerreiro. Eu ofego quando, de repente, sinto a língua dele explorando a minha.

Meu corpo todo desperta com o contato, ansiando por mais, o que quer que seja *isso*. Afundo os dedos em seus cabelos.

Memnon dá um grunhido junto à minha boca, e então me pega nos braços, enlaçando minhas pernas ao redor de sua cintura e agarrando minha bunda.

— Minha rainha, minha rainha — ele murmura. — Eu *preciso* que você se lembre.

— Larga esse assunto — murmuro de volta. As desilusões fofinhas de Memnon poderiam arruinar um amasso perfeito.

Se eu achei que o feiticeiro iria ficar ofendido com minha aspereza, achei errado. Ele sorri junto aos meus lábios, e então mordisca o inferior.

Solto um gemido.

— Isso não é jeito de falar com o seu soberano.

Pensando bem, eu super poderia entrar nessa brincadeira de interpretar um papel.

— Eu falo com você do jeito que eu quiser.

Com as minhas palavras, Memnon rosna e aperta a minha bunda, seu sorriso em brasa junto aos meus lábios. Ele nos leva para a cama, e meu corpo quica de leve ao cair sobre o colchão.

Corro os dedos sobre a sua cicatriz, e ele solta o ar de uma só vez.

Ele se afasta, com a respiração pesada.

— Hora de me falar para ir embora.

Ir embora? Mas parece que a gente só está começando.

— E se eu não disser?

— Aí eu descubro o quanto essa sua bocetinha é realmente doce, e eu não paro até sentir você gozar na minha língua.

Memnon já me provocou o bastante quanto à intimidade com ele, mas está oferecendo a coisa de verdade agora.

E me dou conta de que quero mais do que já quis qualquer outra coisa em muito tempo.

Eu o encaro por vários segundos, e então acaricio seu rosto de novo.

— *Fica*.

Ele contrai o maxilar sob o meu toque, e o calor em seus olhos cresce.

Ele se aproxima e me beija de novo, só que desta vez, o beijo é cheio de promessa carnal.

— Às suas ordens, *est amage* — ele sussurra.

Memnon roça os quadris contra os meus, e eu ofego em sua boca, o som arranca mais um sorriso dele.

Suas mãos exploram o meu corpo, acariciando minha cintura. Por fim, encontram a barra da minha camiseta. Ele dedilha o tecido, e o gesto me faz lembrar de quando nos vimos pela primeira vez em sua tumba. Ele também brincou com as minhas roupas naquela época. Só que não tivemos a chance de levar adiante.

Memnon puxa a minha camiseta para cima, me desnudando centímetro por centímetro.

— Tão linda — ele diz ao admirar minha pele exposta com o olhar abrasador. Ele viu meu corpo não faz nem 24 horas, mas a preocupação encobriu seu olhar na ocasião. Agora, ele não tem restrição alguma.

Ainda estou de sutiã, e seus dedos passam sobre uma das alças. Uma mecha de cabelos escuros cai sobre seu olho enquanto ele estuda a peça íntima, esfregando o polegar na renda. É quando percebo que talvez o feiticeiro nunca tenha *visto* um sutiã antes. Não sei que tipo de roupa se usava na época de Memnon, mas não devia ser isto.

Eu me sento, forçando-o a se ajoelhar. Então, pego sua mão.

— Ele abre nas costas. — Guio o braço dele até o fecho do sutiã.

Memnon observa meu rosto o tempo inteiro, mais fascinado com meus traços do que com o funcionamento de minha lingerie. Ainda assim, ele fecha a mão sobre o gancho.

— Eu *adoraria* quebrar uma coisa dessas, Selene — admite ele.

Apesar disso, sua outra mão logo acompanha a primeira, e depois de testar e explorar um pouco, ele abre o fecho do meu sutiã com destreza. Depois, tira a peça e a joga de lado.

— Seus seios... — Ele se inclina e leva um deles à boca.

Eu arquejo com o contato intenso e inesperado, meus dedos se enterram em seu cabelo. Memnon suga meu mamilo, e a sensação vai direto para o meu íntimo. Ofego de novo, agarrando-o mais forte pelos cabelos, enquanto o resto do meu corpo parece leve.

Memnon me ampara pelas costas, me segurando no lugar.

— Minha doce mulher. Você é tão melhor do que minha memória te faz jus.

Seus lábios se afastam do meu mamilo, trilhando beijos ao longo da minha pele até chegar ao outro seio, o qual ele também leva à boca.

— *Pela deusa* — ofego, segurando-o como se eu fosse cair se soltasse.

Ele rola o mamilo entre os dentes antes de soltá-lo.

— Não louve sua deusa. Louve a *mim*, seu soberano — ele diz, com o hálito quente junto à minha pele.

— Você quer que eu te chame de *meu soberano*? — Quer dizer, eu *super* posso entrar na brincadeira.

— Sim — ele ofega.

Com os dedos que entrelacei em seu cabelo, viro a cabeça dele e me inclino na direção da sua orelha.

— E você prefere que eu diga no meu idioma ou no seu, *est xsaya*?

— Meu soberano.

Ele estremece por inteiro. Então, balança a cabeça e me lança um olhar intenso.

— Você não faz ideia do que isso faz comigo, ouvir você dizer essas palavras na nossa língua — ele murmura, percorrendo meu corpo com os olhos.

Então, sua boca volta à minha pele, e ele vai beijando meu tronco, descendo e descendo...

Agarro a parte de trás da camiseta dele, puxando-a para cima. Afinal, Memnon não é o único que quer ver alguém sem roupa. O feiticeiro para.

— Minha rainha quer que eu tire a camisa? — ele pergunta, em sármata.

Antes mesmo que eu tenha a chance de responder, ele tira a peça de roupa e a joga de lado.

Sinto um prazerzinho idiota com a ideia de as roupas dele casualmente bagunçarem o meu quarto. Percebo que quero que elas decorem o meu espaço tanto quanto as minhas notas adesivas.

A visão da pele exposta dele me faz puxar o ar com força. Eu já sabia que o corpo dele era uma obra de arte, mas vê-lo assim de perto é toda uma experiência.

Estico as mãos e as corro sobre seus músculos bem definidos. Sob o meu toque, ele se arrepia. Posso sentir seus olhos castanhos enevoados me observando enquanto eu exploro seu corpo.

Várias linhas de cicatrizes estão espalhadas por toda a sua pele, mapeando a violência à qual este homem foi exposto. Minhas mãos param de vasculhar quando chegam em suas tatuagens.

— Você vai me contar o que elas significam um dia? — pergunto. Ele já me falou um pouquinho sobre elas, mas fico curiosa com o resto.

Memnon segura meu rosto com as mãos e me dá um olhar que faz com que eu me sinta amada. Gostei disso até demais para o meu próprio bem.

— Um dia, mas eu não vou precisar — ele diz, enigmático.

Ele me solta, mas para que suas mãos possam descer para o cós da minha calça. Com alguns movimentos precisos, ele abre o botão superior e o zíper.

— Deita, bruxinha — ele ordena.

Meu coração está acelerado, mas tem alguma coisa nesse feiticeiro que também faz com que eu me sinta tão... segura.

Talvez seja simplesmente porque ele de fato salvou a minha vida.

Eu me deito de novo na cama, enquanto Memnon engancha as mãos no cós da minha calça e roupa íntima. Ele as puxa para baixo, seus olhos fixos no meu corpo.

O feiticeiro tira minha roupa e então desliza a palma da mão sobre minha panturrilha, subindo até a coxa. Seu olhar vasculha o meu corpo, sorvendo cada detalhe, por tanto tempo que um pouquinho de magia me escapa pelas mãos de nervosismo.

Pouco a pouco, seu olhar sobe até encontrar o meu.

— Você me tem sob o seu domínio, bruxinha — ele diz, com a voz rouca. — Já faz muito tempo desde que eu te vi desse jeito.

Preliminares. Não passa de preliminares.

— Meu soberano gosta do que vê? — pergunto em sármata. A intenção é de ser só uma resposta leve e brincalhona. Mas só depois que ela sai da minha boca é que percebo que abri a possibilidade da rejeição.

Um sorriso agracia a boca dele em resposta às palavras de afeto.

— Cada pedacinho do seu corpo é a mais pura perfeição, minha rainha. Api criou a mulher mais impecável quando te desenhou.

Engulo em seco, sem saber como responder uma coisa *dessas*. Não é uma rejeição, mas parece igualmente difícil de aceitar, por algum motivo.

Memnon se abaixa entre minhas coxas.

— Agora, me deixa ver essa sua bocetinha linda, minha alma gêmea.

Alma gêmea?

Ah não, não, não.

Coloco o dedo sobre a boca de Memnon e balanço a cabeça.

— Você pode me chamar de sua rainha, e sua imperatriz, e sua bruxinha. Mas isso não.

Só estou disposta a encenar até certo ponto.

Memnon levanta uma das sobrancelhas. Gentilmente, pega a minha mão e dá um beijo na ponta de cada um dos dedos. É estranhamente... afetuoso.

— Está bem... Selene — ele concorda.

Então, ele volta a atenção para o meu íntimo. O jeito com que ele olha para mim me dá vontade de me remexer. Memnon coloca primeiro uma das minhas pernas, depois a outra, sobre seus ombros.

Então ele me abre mais e fica olhando para a minha vagina como se estivesse tentando adivinhar o futuro a partir dela.

— Como eu senti saudades disso...

Memnon se inclina e começa a salpicar beijos pelos meus grandes lábios. Seu toque é tão leve e reverente que dou um pulo quando a língua dele finalmente desliza pelo meu centro de prazer, o toque tão mais intenso do que veio antes. Ele solta um grunhido.

— Ah, o seu gosto, imperatriz! — Ele me aperta mais forte. — Nem toda a bebida do mundo é capaz de me intoxicar do jeito que você consegue.

Mexo o corpo abaixo dele, enterrando os calcanhares em suas costas à medida que meu nervosismo aumenta.

Ele massageia meus quadris de leve com os dedos.

— Posso sentir o quanto você está tensa — ele diz. — Relaxe. Eu vou cuidar de você.

Não tinha percebido o quanto havia ficado tensa, mas estou *mesmo* meio rígida. Tento forçar os músculos a se soltarem.

— Muito bem — ele me convence. — Minha linda imperatriz, você não precisa se preocupar com nada enquanto estiver em meus braços. Ansiei tanto para ter você bem aqui.

Ele começa a beijar minha boceta de novo, raspando os dentes nas dobras macias da minha pele. Ele chupa vários pedacinhos da minha carne, banhando-os com sua língua. Meus quadris se movem por vontade própria, encontrando um ritmo para as atenções de Memnon.

Assim que os lábios do feiticeiro encontram meu clitóris, eu exclamo:

— *Est xsaya!* — *Meu soberano!*

Eu... não tive a intenção de dizer isso.

Memnon fica imóvel, e é como se ele soubesse disso também.

Sinto o seu sorriso junto à minha carne, e suas mãos apertam meus quadris com mais firmeza.

Eu gosto do jeito que sua voz linda diz essas palavras. Memnon fala bem na minha mente. A carícia de sua boca se torna febril, exigente. Ele chupa meu clitóris, merecendo cada gemido que arranca de mim.

Essa sensação é anos-luz melhor do que qualquer outra coisa que veio antes de Memnon. É como comparar água ao vinho.

Afundo os calcanhares nas costas do feiticeiro de novo, e isso só parece incitá-lo ainda mais. Memnon se abaixa, na direção do meu íntimo. Quando ele chega lá, desliza a língua para dentro de mim, e eu exclamo mais uma vez, agarrando-o pelo cabelo com mais força enquanto me esfrego em seu rosto.

— Que delícia, Memnon — murmuro. — Que delícia...

Se esfregue em mim, est amage. Ele ainda está falando em minha mente. *Quero ficar com o rosto todo melado quando acabar com você.*

Já passei muito do ponto de me chocar com suas palavras.

Memnon desliza um dedo para dentro de mim, e eu ofego com a sensação.

— Me chame de seu soberano de novo — ele diz —, e eu coloco outro.

Fechando os olhos, balanço a cabeça e sorrio.

— *Est xsaya, uvut vakosgub sanpuvusavak pes I'navkap.*

Meu soberano, talvez eu morra se não fizer isso.

Ele ri de leve junto ao meu íntimo.

— É *você* quem vai acabar me matando.

Outro dedo se junta ao primeiro, me fazendo abrir ainda mais as pernas. Solto um rápido suspiro com a sensação. Posso ouvir o som molhado de seus dedos entrando e saindo de dentro de mim.

A boca de Memnon volta ao meu clitóris, e agora ele faz uma coisa com a língua, algo que faz meus quadris espasmarem e um grito escapar da minha garganta.

Solto o cabelo dele para que possa subir o tronco e encará-lo, com olhos arregalados.

— O que foi *isso*?

O feiticeiro pausa para subir o olhar até o meu.

— Não fique tão surpresa, *est amage* — ele diz, com o olhar percorrendo o meu corpo. — Passei anos memorizando o seu corpo. Sei muito bem do que você gosta.

Suas palavras fazem a minha pele arrepiar. Talvez pela primeira vez, eu fique realmente preocupada, porque gostei *muito* do que ele fez, muito embora eu não sabia que iria gostar. A verdade é que não conheço meu corpo o suficiente para saber dos truques que podem me levar ao orgasmo em pouco tempo. Mas Memnon parece conhecer, e isso é... alarmante.

— Agora, ponha as mãos no meu cabelo, imperatriz — ele ordena —, e esfregue essa bocetinha no meu rosto de novo. Gosto de sentir o que faço com você.

Sem me esperar obedecê-lo, ele volta a me chupar e me lamber. E eu volto a entrelaçar os dedos em suas mechas onduladas, e volto a me esfregar nele. Parece que não consigo impedir. Tudo o que ele faz está me destruindo pouco a pouco.

Enquanto me fode com os dedos, o feiticeiro faz aquilo com a língua de novo. Acho que está circulando meu clitóris. E, mais uma vez, meus quadris dão um salto, indo de encontro ao seu rosto.

— *Memnon* — Ofego.

Ele repete o movimento. E de novo. E de novo.

Estou me contorcendo abaixo dele, enquanto ele me toca como se eu fosse um instrumento, me levando cada vez mais para a beira do precipício.

Posso sentir você chegando lá, ele sussurra em minha mente, sem nunca parar o que está fazendo.

Não me dou ao trabalho de responder. Ele tem razão, afinal.

Diga que eu sou sua alma gêmea, ele continua, *e eu deixo você gozar.*

Peraí, como é que é?

Solto uma risada incrédula.

Achei que já tivéssemos falado sobre isso. Achei que ele tivesse concordado em deixar esse termo para lá.

E se eu não disser?, eu o desafio em silêncio.

Memnon para de me chupar, para de me tocar, e fica completamente imóvel.

— Aí eu não te dou o que você quer — ele diz, esquadrinhando meu corpo.

Sustento seu olhar.

— Seu filho da puta.

Ele começa a mexer os dedos de novo.

— Quase — ele diz. — Mas ainda assim, é o termo errado. Tente de novo, *alma gêmea*.

Faço careta ao ouvir o termo, mas então Memnon põe a boca de novo na minha boceta e faz aquela mesma coisa com a língua. Ele nem está sendo criativo a esta altura. Ele sabe que é o que funciona para mim. E, puta merda, é o suficiente para me fazer perder as estribeiras de novo.

— Que delícia, Memnon — admito. Estou sem fôlego, esfregando os quadris nele.

Ainda não é a palavra certa, bruxinha, ele repreende.

Solto um gemido em vez de responder, meu corpo inteiro se contrai na expectativa do...

O feiticeiro se afasta de meu clitóris, indo para uma parte bem menos estimulante próxima aos meus grandes lábios.

Exclamo de frustração.

Diga, ele ordena.

Eu não digo. Mas se achei que a minha resistência o faria parar de me chupar, achei errado. Não, Memnon parece mais do que feliz em continuar roçando os lábios, e dentes, e língua sobre outras partes sensíveis de minha boceta. Ele até volta ao meu clitóris, de vez em quando, só para me deixar louca mais uma vez.

Mas, mais uma vez, assim que estou prestes a cair do precipício, ele se afasta.

— Memnon — quase rosno o nome dele.

Posso fazer isso o dia todo, imperatriz, ele diz em minha mente.

Solto o ar, agitada. Estou sendo provocada até a beira do precipício por um desgraçado que sabe *exatamente* o que está fazendo com o meu corpo.

Diga. Agora é ele quem está implorando para mim.

Pelo visto, a promessa de um orgasmo me deixa fraquinha, porque eu respondo em silêncio:

Não vai significar nada.

Talvez não para você, ele rebate. Mas vai significar para ele.

Ele começa a me chupar de novo, e eu solto outro som irritado, porque é tão terrivelmente gostoso, mas sei que ele vai parar no momento em que eu chegar perto do clímax.

Eu poderia só dizer.

São só duas palavrinhas. Que mal faria mais um pouquinho de preliminares? Não vai significar nada mesmo.

Decisão tomada, respiro fundo para juntar forças.

— Me faz gozar... alma gêmea — digo.

Memnon sorri junto a mim.

E então, ele faz.

Ele chupa meu clitóris por meros segundos antes de a onda do meu orgasmo me atingir em cheio e varrer o meu corpo.

— Memnon! — grito, afundando os calcanhares nele conforme o prazer se prolonga sem fim. E Memnon ainda me provoca com seus dedos e seus lábios, só parando com o desvanecer dos vestígios de meu clímax.

Fico encarando o teto, sem fôlego. Memnon tira os dedos de dentro de mim e se levanta, se apoiando nos antebraços na frente da minha boceta. Ele lambe os dedos até ficarem limpos, soltando um som satisfeito.

— Senti saudades do seu gosto — ele admite. — Fantasiei com isso muitas, muitas vezes através dos séculos. Minha mente é poderosa, mas mesmo ela se esqueceu do quanto sua bocetinha realmente é doce.

— Memnon. — Levo a mão à têmpora. — Você não devia falar desse jeito.

Ele deposita um beijo na parte interior da minha coxa.

— Por que não? — pergunta, se virando para fazer o mesmo na outra coxa. — É a verdade, quer você acredite ou não.

Decido deixar essa coisa toda pra lá. Memnon me fez gozar tão gostoso, e eu quero que o resto deste dia com ele seja leve, divertido.

Estico as mãos em sua direção, e ele parece ávido para subir pelo meu corpo e entrar no meu abraço. Posso sentir seu pau duro pulsando dentro da calça, mas ele parece não ligar. Em vez disso, põe as mãos de cada lado do meu rosto.

— *Est amage* — ele murmura, fazendo carinho em meu rosto com o polegar. — *Est amage, est amage, est amage.* — *Minha rainha, minha rainha, minha rainha.* Seu olhar procura o meu, um sorriso satisfeito curva os cantos de seus lábios. — Você me deixa animado para o futuro.

— *Est xsaya* — digo, só para ver os olhos de Memnon brilharem com o termo. — Alguém já te disse que você é intenso pra cacete?

Ele ri, me olhando como se eu fosse a coisa mais adorável que ele já viu.

— Você já. Várias vezes.

Tá bom, eu meio que caí nessa.

Enrosco uma perna na dele e deslizo as mãos até o botão superior de sua calça. O feiticeiro ainda está de roupa, e isso é um problema, porque agora sou eu quem quero prová-lo.

Memnon fica tenso com o meu toque.

— Relaxa — provoco, usando suas próprias palavras contra ele enquanto abro o botão. — Eu vou cuidar de você.

Mas o feiticeiro cobre minhas mãos com a dele, interrompendo meus movimentos.

— Hoje não, bruxinha — ele diz.

Franzo a testa.

— Por que não?

— Temo que se eu deixar você colocar essa sua boca ou bocetinha linda no meu pau, será o fim para nós dois.

Lanço um olhar perplexo para ele, porque, sério, qual a necessidade de ser tão intenso quanto a isso?

Mas ele já está saindo de cima de mim.

— Tão linda, puta merda — ele diz quase que para si mesmo ao sair da cama, com os olhos ainda presos em mim. — Dois mil anos e eu ainda fico louco por você.

Parece que ele quer dizer mais alguma coisa, mas ele a refreia no último momento. Em vez disso, Memnon pega a camiseta que jogou longe, e eu com certeza *não* gosto disso.

— Você já vai? — pergunto, me sentando na cama. Não me dou ao trabalho de me cobrir; ele já viu tudo o que havia para ver.

Memnon deve ter ouvido a nota de rejeição em minha voz, porque diz:

— Não tenho a intenção de *ficar* longe. Mas, sim, preciso ir agora.

Faço careta, e o gesto o faz se aproximar novamente da cama. Ele me pega pelo queixo e me dá um beijo nos lábios.

— Eu *vou* te ver de novo em breve, bruxinha — ele promete, soltando o meu rosto e indo na direção da porta mais uma vez. — Até lá... bons sonhos.

— Bons sonhos?

Ele já não disse isso antes? Por que caralhos...?

Inspiro fundo.

— É *você* quem está me mandando aqueles sonhos?

Vou logo me arrependendo de perguntar, porque se Memnon não for o responsável, eu vou ter que mentir na cara dura que quis dizer algo inocente, e não, tipo, os encontros sexuais bem vívidos que venho tendo com este homem no sono.

Memnon me dá um sorriso malicioso.

— Gostou, *est amage*?

Então ele *é* o responsável pelos sonhos!

Estou tão chocada que mal tenho tempo de ficar irritada.

— Pare de mandar esses sonhos pra mim — exijo.

Sua expressão fica ainda mais calculista.

— Agora que sei o quanto eles te afetam? *Difícil.*

E, com essa, ele se vai.

Mais tarde, naquela noite, meu celular vibra. Quando o pego, vejo uma notificação do aplicativo do meu banco.

Você recebeu uma transferência.

Como é?

Clico na notificação e abro o aplicativo.

Coloco a mão sobre a boca quando vejo o meu extrato bancário: cinco mil dólares.

Abaixo da transação, há uma mensagem.

Para Nero e para você, alma gêmea.

—Memnon

Então, choro de verdade, as lágrimas quentes rolam pelo meu rosto e pingam nas minhas mãos. Não vou ficar endividada e nem precisar pegar mais nenhum trampo escuso para alimentar Nero este mês.

Encaro o montante de novo, e uma risadinha estrangulada escapa. A ideia de que esse cara da Antiguidade *tem* dinheiro, para começo de conversa, é absurda — ainda mais cinco mil dólares para jogar para mim.

Mas ele de fato jogou dinheiro para mim, tudo porque viu de relance a minha conta bancária e a minha preocupação. E eu não vou questionar os comos e porquês da situação financeira dele no momento.

Enxugo as lágrimas e respiro fundo. Mais uma vez, Memnon está sendo *legal* comigo. Isso além de ter me dado o melhor orgasmo... talvez da vida. Deixando de lado o sexo — que é ótimo —, sei bem que não devo acreditar que ele está sendo gentil só pela gentileza em si.

Isso tudo vai voltar para me assombrar, mais cedo ou mais tarde.

Mas quer saber?

Hoje, estou pouco me fodendo.

Hoje, estou só agradecida.

Capítulo 35

Não vejo Kasey há dias.

A princípio, é um alívio. Não a ver significa não ter que lidar com as consequências do círculo mágico. Mas, quanto mais tempo se passa em que não a vejo e nem tenho notícias dela, mais nervosa vou ficando.

Só na quinta-feira à tarde, em que estou sentada no pátio bebendo mojitos e pintando as unhas com Sybil, é que minha paz é estilhaçada.

— Evanora também não teve notícias da Kasey — uma irmã de coven ali perto diz para a amiga. — Desde sábado.

Dou uma olhada na mulher, assustada ao ouvir o nome de Kasey em sua boca. Ela está com seu familiar, uma cobra, enrolada no pescoço como um colar. A amiga usa um encantamento numa vassoura para fazê-la levitar. Então, pega a vassoura pelo cabo e sussurra uma encantação direto na madeira, que a faz voltar a descer lentamente até o chão.

A amiga se vira para a primeira bruxa.

— Você acha que...?

Acha que ela foi assassinada? Tenho certeza de que é o que ela quer perguntar.

Meu coração bate mais forte, tão alto que consigo ouvi-lo nos ouvidos.

Será que Kasey foi mortalmente ferida naquela noite? Ou que Memnon foi atrás dela? Eu mencionei que estava preocupada com ela...

— Sei lá — diz a bruxa com o familiar serpente. — Mas, tipo, é possível, né?

Sybil me cutuca com o ombro.

— Tá tudo bem, Selene? — ela pergunta, olhando para minha expressão, e então para as outras duas bruxas.

Faço que sim com a cabeça, mas depois faço que não. Nem sei o que estou sentindo. Não tive como processar nada do que aconteceu comigo durante o fim de semana, e nem ousei contar nada para minha amiga. Tenho carregado isso por toda parte, como um segredinho sujo, e vergonhosamente até torci para que a minha magia pudesse roubar as lembranças antes que eu tenha que lidar com elas.

De maneira abrupta, fico de pé, derrubando meu vidrinho de esmalte roxo e brilhante.

— Eu só... não tô me sentindo bem. — Não é uma mentira. — Acho... que vou me deitar um pouco.

Antes que minha amiga possa responder, fecho o vidro de esmalte, pego o mojito e entro correndo em casa.

Sybil chega a me chamar, mas finjo que não escuto.

Atravesso o salão de jantar, então o corredor, e subo as escadas. Já estou quase no quarto quando sinto a vibração do meu celular no bolso da calça.

Eu a ignoro, sabendo que deve ser uma mensagem preocupada de Sybil. Vou ficar bem, assim que tiver um tempinho só para mim.

Só preciso de um tempinho.

Nero está me esperando dentro do quarto, enrolado ao pé da cama feito um gatinho doméstico mutante.

Depois de deixar o esmalte e o mojito em cima da escrivaninha, eu me aproximo dele. Jogo os braços ao redor de seu pescoço e enterro o rosto em seu pelo macio.

Abaixo de mim, meu familiar emite um som chateado.

— Eu te amo, seu gatão rabugento. Nem ligo de você não ser grudinho e dengoso. Você é o melhor familiar que uma bruxa poderia querer.

Por um longo momento, meu familiar fica imóvel. No entanto, quando se mexe, é para me dar uma cabeçada de leve e esfregar o rosto no meu.

Nero me deixa abraçá-lo por mais vários minutos, até que nosso momento é interrompido por outra vibração do celular.

Dou um suspiro, soltando a pantera.

Puxo o celular do bolso e vejo várias notificações. Duas são mensagens de Sybil, perguntando o que está rolando e se eu estou bem mesmo. Tem outra mensagem da minha mãe, que mandou uma foto da viagem prolongada dela e de meu pai pela Europa. Na foto, os dois estão bebendo cerveja na Oktoberfest — fofos. A última notificação é de um e-mail da Academia Peel.

Eles me retornaram sobre os registros do meu Despertar.

Abro as mensagens e digito uma resposta rápida para Sybil, dizendo que estou bem, está tudo certo, não tem nada de errado (por que algo haveria de estar?) e que estou totalmente de boa na lagoa.

Mordo o lábio para refrear uma risada histérica.

Então, abro o e-mail.

Eles escreveram uma resposta para o meu pedido anterior, sobre o registro do meu Despertar, mas nem me dou ao trabalho de ler o corpo do e-mail quando vejo que eles incluíram um anexo, com o nome *Bowers_Selene_resultados*. Clico no arquivo PDF, e meus resultados oficiais do Despertar aparecem.

Rolo a tela, passando batido pelas informações no topo da página, que listam meu nome completo, data de nascimento e data de Despertar. Os resultados de verdade ficam no final da página.

As notas são breves.

> Categorias Sobrenaturais Despertadas:
> Bruxa
> Alma Gêmea

Capítulo 36

Três anos atrás, tomei um gole de *agridoce*, e meus poderes Despertaram. Eu só me lembro de um deles — de que sou bruxa.

Mas pelo visto, havia um secundário, que eu esqueci.

Que sou uma alma gêmea.

Está bem ali, digitado todo bonitinho no documento com o selo oficial da Academia Peel.

Alma gêmea.

Quase consigo ouvir a voz de Memnon em meu ouvido.

Parceira.

Porra, desgraça, caralho.

Levo a mão à testa e jogo o cabelo para trás.

Aquele monstro do pântano que eu revivi de um sono imortal estava certo esse tempo todo? Memnon é mesmo, real e oficialmente, minha alma gêmea? Tá, ele não é um monstro do pântano — ele é diabolicamente lindo, e acho que posso ter me apaixonado um pouquinho por ele depois de tê-lo convidado para a minha cama, mas ele também acredita que nós dois éramos amantes dois mil anos atrás.

E agora preciso considerar de verdade essa ideia.

Minha deusa, por que eu?

Solto um suspiro. *Vamos tentar um passo de cada vez, Selene.*

Vou até a minha estante e examino a seção de livros teóricos sobre magia, até encontrar aquele que fala dos tipos de sobrenaturais. Puxo da estante e me jogo na cama ao lado de Nero, folheando as páginas até chegar no glossário. Então, vou correndo o dedo por páginas e mais páginas de definições até achar aquela que estava procurando.

Alma gêmea
s.
   uma unidade de um par ou grupo de amantes sobrenaturais que estão vinculados através de uma conexão mágica inquebrável.

Faço careta com a palavra *amantes*, e então releio a última parte do verbete.
Uma conexão mágica inquebrável.
Não. Não, não, não.
Já vi que estamos em negação de novo. As palavras ditas anteriormente por Memnon flutuam na minha mente, como se estivessem zombando de mim.
Meu pânico é interrompido quando meu celular vibra... e continua vibrando.
Essa é a pior hora de todas para a minha amiga me ligar.
Atendo a ligação sem nem olhar para a tela.
— Sybil, juro, eu tô bem!
Não estou bem nada. Nem um pouquinho.
Uma voz áspera pigarreia do outro lado da linha. Ô, merda, não é Sybil.
— Senhorita Bowers? — diz a voz masculina, que eu reconheço vagamente.
— Hum... Sim, desculpa, pode falar — digo, tentando recuperar os pedacinhos de minha dignidade.
— Aqui é o Howahkan, da Politia. Nos falamos no começo da semana. A senhorita teria um minutinho?
Minha mente está gritando: *eu sou uma alma gêmea!*
Pigarreio.
— Sim, claro. — Soou totalmente normal e nada histérico, né?
— Estamos tentando estabelecer seu álibi — (*isso* sim me puxa para o presente) —, e gostaria de voltar àquela ideia de ficarmos com os seus cadernos para que possamos criar uma linha do tempo compreensiva para você.
Isso... soa bastante como se eu fosse suspeita.
E, ainda assim, sinto uma onda de alívio. Eles querem meus cadernos. Muito embora o policial Howahkan não tenha conseguido me liberar com base no que viu em minha agenda, isso não quer dizer

que alguma coisa nas minhas outras agendas não vai ajudar a me inocentar. Tenho outras duas que também estou usando no momento, e mais algumas outras podem ter alguma sobreposição de eventos.

Assim que a Politia der uma boa olhada em todas elas, vai ficar claro que eu tenho um álibi sólido e um histórico documentado. Esta é minha chance de sair da lista de suspeitos.

— É claro — digo, mordiscando uma unha pintada pela metade. — Podem olhar tudo o que quiserem. — Contanto que ajude a me inocentar, tudo bem por mim.

— Ótimo — o policial diz. — Você vai estar em casa amanhã à tarde?

— Eu tenho aula até às duas. Mas depois disso, estarei em casa pelo resto do dia.

— Tudo bem, então vou pedir para um dos meus colegas passar aí, entre as duas e as cinco da tarde, para pegar os cadernos.

Desligamos pouco depois disso, e eu largo o celular e esfrego os olhos com as mãos.

Por mais que eu queira me concentrar no que ser uma suspeita numa investigação de assassinato realmente quer dizer, minha mente fica voltando para aquele e-mail. Para o fato de que eu sou mesmo uma alma gêmea.

Vou ter que salvar uma cópia desses resultados e deixá-los por escrito em um bilhão de lugares diferentes, só para que eu não me esqueça de novo. Deveria fazer isso agora mesmo.

Em vez disso, rolo de costas, meu ombro esbarrando no corpo de Nero. Coloco uma mão sobre o coração e fecho os olhos.

A verdade que venho ignorando sempre esteve aqui esse tempo todo. Aquele rio mágico, do qual eu canalizei a magia de Memnon, ainda está aqui, esperando pacientemente para que eu o note. Já está na hora de parar de negar sua existência.

No momento em que me concentro, me concentro de verdade, posso sentir o poder do feiticeiro do outro lado, assim como um breve vislumbre do seu humor, que parece estar calmo, porém determinado.

Esse pequeno vislumbre faz a minha respiração se perder e um quentinho desabrochar lá no fundo da barriga. Estou literalmente conectada a outra pessoa. Posso *senti-lo*.

E, para o bem ou para o mal, ele pode mesmo ser a minha pessoa.

Respiro fundo, me lembrando do truque que ele me ensinou algum tempo atrás.

Memnon? Mando a palavra pela correnteza do rio mágico, enviando-a como uma mensagem numa garrafa.

Então, espero, ainda de olhos fechados.

Funcionou? Será que eu consegui...?

Est amage, você está usando nossa conexão...

Posso ouvir o prazer de Memnon em sua resposta. Consigo até mesmo sentir ternura em suas palavras. Essa ternura vai contra todo e qualquer outro aspecto dele, mas tem algo nela que me faz querê-lo de um jeito totalmente novo, que nada tem a ver com a atração sexual.

Solto o ar, tentando acalmar a tempestade turbulenta de minhas emoções. Me concentro no que quero dizer a ele e envio através de nosso... vínculo.

Não estou entendendo nada disso, mas acredito em você. Respiro fundo mais uma vez e concluo o pensamento. *Você é minha alma gêmea, e eu sou a sua.*

A resposta inicial de Memnon não é uma frase, e sim um sentimento: *esperança*. Há outras emoções misturadas — triunfo, e talvez um toque de arrependimento? Todas elas voam rápido demais para que eu consiga compreender, ainda mais com o meu próprio emaranhado de emoções.

Est amage, como eu ansiei por ouvir você dizer essas palavras. Estou a caminho...

Uma onda de pânico me inunda.

Peraí.

Ainda estou processando o fato de ser mesmo uma alma gêmea, para começo de conversa. Não estou exatamente pronta para encarar Memnon, ou lidar com a realidade do que de fato significa ser a parceira dele. Ainda mais considerando que, da última vez que nos vimos, ele tinha acabado de me chupar, e isso por si só já deixou minha mente e meu coração todo confusos.

Quero conversar, mas minha cabeça está uma bagunça, admito. *Pode ser amanhã?*

Talvez eu consiga ao menos organizar algumas coisas até lá.

Do lado de Memnon, sinto uma quantidade imensa de emoções sendo reprimidas.

Amanhã, então..., ele concorda. Depois de um momento, acrescenta: *Bons sonhos, bruxinha...*

Chega de sonhos eróticos!, respondo através do nosso vínculo.

Em resposta, ouço um eco da sua gargalhada, e o som faz um anseio tão grande se abrir em mim que fica até difícil de respirar.

A presença de Memnon se retrai do vínculo, e embora eu tenha certeza de que ainda consigo enviar mensagens para ele, é um sinal claro de que ele está me dando o espaço que eu pedi. Espaço que agora parece desoladamente solitário.

Esfrego a testa.

Memnon e eu somos mesmo almas gêmeas.

Puta merda.

―――

Na manhã seguinte, bem quando estou prestes a sair do quarto e descer para o café da manhã, piso num envelope que alguém deve ter escorregado por baixo da minha porta.

Eu me abaixo e o pego. Tem cheiro de alecrim e lavanda, e a caligrafia cheia de arabescos do meu nome está escrita com uma tinta iridescente.

Que lindo.

Abro o envelope e leio a breve mensagem que ele contém:

Você foi convocada para os aposentos particulares da alta sacerdotisa do Coven Meimendro. Por favor, abstenha-se de suas aulas e venha imediatamente.

Não pode ser... coisa boa.

Quando a bruxaria é guiada por um grupo, costuma haver uma sacerdotisa: uma bruxa que lidera os trabalhos. Covens também têm sua própria versão, e as bruxas que guiam esses coletivos regionais são conhecidas como altas sacerdotisas.

Eu nunca conheci a alta sacerdotisa do Meimendro antes, mas já vi a casa dela de relance várias vezes antes de ser aceita no coven. Parece um castelo na floresta, ao norte do campus. Rosas e glicínias trepadeiras cobrem as paredes pálidas de pedra. Pássaros e borboletas voam ao redor. É bem a definição de encantadora, embora tenha um quê de mistério lá, porque é encantadora demais, adorável demais. Maravilha o olhar enquanto inquieta o coração.

A magia tem esse efeito, não importa o quanto seja benevolente.

Eu me aproximo da grande porta de madeira, com Nero ao meu lado, e estico a mão para pegar numa aldrava entre os dentes afiados de alguma deusa primordial. Antes que eu possa tocá-la, a aldrava solta uma gargalhada.

— Não há necessidade disso, Selene Bowers. Estávamos esperando por você — ela diz ao redor do metal em sua boca.

Arrepios irrompem na minha pele com a pequena demonstração de magia. As dobradiças rangem, e então a porta se abre sozinha para o lado de dentro.

Não sei o que esperar ao adentrar a residência — para começo de conversa, nem sei por que estou aqui para —, mas fico surpresa ao ver as paredes de pedra nuas, assim como o piso liso. A única decoração é outra figura da deusa primitiva, com os braços acima da cabeça. A maioria das bruxas tende a ser maximalista, cobrindo as paredes e superfícies com todo tipo de cacareco imaginável. A ausência disso tudo é estranhamente inquietante.

Há passagens em arco e uma miríade de cômodos que saem do hall de entrada, mas é a escadaria bem à minha frente, entalhada como um corte no próprio chão do vestíbulo, que me chama a atenção.

— Aqui embaixo — uma mulher chama das profundezas.

A alta sacerdotisa.

Já sei que é ela sem nem precisar ver seu rosto ou saber seu nome. O poder está imbuído em suas palavras.

Desço as escadas, com Nero ao meu lado. Apesar da presença tranquilizadora de meu familiar, meus nervos estão à flor da pele. O pavor vem queimando meu estômago há bastante tempo. Só pode ser algum problema. Talvez sejam os assassinatos. Ou talvez isso seja sobre o confronto na Sempreviva. Ou Nero roubando caça do território licantropo.

Honestamente, a lista é grande.

Mas tento expulsar esses pensamentos preocupantes para longe daqui.

Chego ao final das escadas e entro num cômodo subterrâneo cujo chão e paredes são cobertos com a mesma pedra pálida do resto da casa.

Bem à minha frente, do outro lado do cômodo, está a alta sacerdotisa. Ela é uma anciã, com a pele enrugada e fina como papel. Seus olhos castanho-escuros brilham feito pedras preciosas, e tem alguma coisa tão bonita e forte nela — talvez seja o seu próprio poder —, que torna difícil desviar o olhar.

Magia ama o que é velho, mais do que tudo.

Ela usa vestes brancas, e prendedores de ouro seguram a peça em seus ombros. Seu cabelo, como lã antes de ser tecida, se esparrama pelos ombros e cai abaixo dos seios. Um corvo branco está empoleirado em seu ombro.

— Sente-se.

Não acho que a alta sacerdotisa tenha usado compulsão em mim, mas juro que atravesso o cômodo e me sento na cadeira diante dela antes mesmo do eco de sua voz ter dissipado.

Ela cruza as mãos sob o queixo, deixando de fora só os indicadores, que batem ponderadamente em sua boca.

— Você não me parece uma assassina — ela diz, pensativa. — Mas também, quem é culpado não costuma parecer mesmo.

Como é?

— Do que está falando?

Ela me lança um olhar astuto.

— Você não acha que sou tão tola assim, a ponto de não saber que a Politia suspeita de seu envolvimento nos assassinatos recentes.

O silêncio que segue essas palavras é pesadíssimo.

— Eu não matei aquelas mulheres — digo, baixinho.

Ela se inclina no assento, desviando o olhar para Nero, que está sentado ao meu lado.

— Faz muito tempo que eu encontrei conforto no subterrâneo — ela diz, mudando de assunto. — Minha própria magia é particularmente potente quando extraída das profundezas. Leito de rocha, em específico, é uma substância muito estável, muito poderosa de se trabalhar. Não concorda?

Ela prende os olhos escuros nos meus, e é como se pudesse me ver entrando nos cômodos subterrâneos abaixo da residência do coven para me juntar ao círculo mágico. Como se pudesse me ver até mesmo entrando na cripta proibida de Memnon.

Torço as mãos.

— Acho que não estou entendendo...

— Não seja evasiva comigo, Selene Bowers. Você perdeu a memória, não o juízo. As partes mais antigas, mais eternas do universo, chamam por você. Água, pedra... até mesmo a Lua.

Como é que ela sabe as minhas aptidões mágicas? Eu mesma só tenho uma vaga lembrança.

— Muitas pessoas consideram essas coisas frias e sem vida — a alta sacerdotisa continua. Ela se inclina para frente, como quem contasse um segredo. — Elas também chamam por mim.

Ela se reacomoda no assento. O seu corvo branco vira a cabeça e me inspeciona com um de seus olhos escuros.

— Os sobrenaturais, até mesmo outras bruxas, se preocupam com pessoas como nós, encantadas por tais coisas, porque... bem, somos mais propensas a encantamentos das trevas e magia perversa.

Ah. Então é por isso que estou aqui.

— Eu não matei aquelas mulheres — repito, com mais convicção desta vez. — Por favor, use um feitiço da verdade em mim, se é o que for necessário.

— Sua própria mente se esconde de você, Selene. Um feitiço como esse não é capaz de provar sua completa inocência. Você deve saber disso.

Não sei qual é o motivo da reunião, mas fica claro que pode ser que eu tenha que provar minha inocência para duas instituições: a Politia *e* o Coven Meimendro.

Respiro fundo.

— Eu passei mais de um ano tentando entrar neste coven. Estar aqui tem sido meu sonho desde que Despertei como bruxa. Mesmo que a senhora não consiga confiar em mim quando eu digo que considero toda vida sagrada, ao menos pode confiar que eu *jamais* iria querer arriscar o meu lugar aqui.

A alta sacerdotisa me escrutiniza, sem dúvida vendo coisas demais sobre mim com aqueles olhos hipnotizantes que ela tem.

— Sim — ela concorda. — Seu Despertar delineou profundamente os seus objetivos de vida, assim como o de todas nós que assumimos nossa verdadeira forma. Mas... — ela continua, mudando o tom de voz. — Você não é *apenas* uma bruxa.

Fico imóvel. Tão imóvel.

Ela sabe exatamente o que eu acabei de descobrir.

— Você é uma alma gêmea. — A alta sacerdotisa joga o conceito no ar, como se fosse algo quase mundano, e não a descoberta devastadora que eu considero ser. — Eu me pergunto como isso pode afetar os seus objetivos de vida, especialmente a depender de quem é o seu parceiro...

Aonde ela quer chegar com isso?

Será que ela sabe sobre Memnon?

Ela me encara por um longo minuto antes de voltar a atenção para alguns papéis espalhados na mesa à sua frente.

— Os funcionários da Politia não são os únicos interessados em você. Os licantropos têm me inquirido com pedidos para falar com você. Eles dizem que é urgente, mas não me falam do que se trata. — Ela me lança um olhar astuto. — Eles se esquecem de que as bruxas veem muitas coisas, e percebem ainda mais. Eles não consideram você uma assassina. Na verdade, parecem ter você na mais alta conta.

Por um momento, meu nervosismo e insegurança desaparecem, e minhas preocupações amenizam.

A alta sacerdotisa sustenta meu olhar.

— Você gostaria de falar com os lobos?

E eu tenho escolha?

— Sempre há escolha.

Ô, merda, essa bruaca lê mentes também?

Tento apagar o pensamento mal-educado, mas é tarde demais, claro. A alta sacerdotisa me encara, com o rosto inexpressivo.

— *Uhum.* — A palavra sai mais como um coaxar, então pigarreio e tento de novo. — Gostaria de falar com os lobos, sim.

— Muito bem. Vou repassar a informação a eles, e eles entrarão em contato. Você deve continuar comparecendo às aulas, como de costume. Você será observada. Espero que da próxima vez que nos encontrarmos, as circunstâncias sejam diferentes. Isso é tudo.

Capítulo 37

Quando entro no meu quarto, Memnon já está lá, esparramado na cadeira da escrivaninha, usando uma camiseta com o nome de uma marca de Bourbon e anéis demais para que eu consiga contar, tudo isso enquanto folheia um dos meus cadernos.

Eu congelo.

— O que você tá fazendo aqui? — indago, meio sem fôlego. Meu estômago dá uma voltinha feliz com a visão dele, e eu relembro o que nós dois fizemos neste quarto não faz nem uma semana.

O feiticeiro levanta o olhar do meu caderno, e seus lábios se curvam num sorriso astuto.

— Também estou feliz em te ver, *est amage*. Ou você prefere que eu te chame de *parceira*?

Solto um suspiro trêmulo. Ele claramente está feliz pra cacete que eu enfim tenha admitido. E me dou conta de que quero discutir com ele, mesmo já tendo concedido esse argumento.

Nero passa por mim para se esfregar na perna do feiticeiro. Memnon se abaixa e faz um carinho no meu familiar.

— Você pediu para falar comigo hoje — ele me lembra. — Então, aqui estou.

Ah. *Ah, é.*

Fecho a porta e me viro para encará-lo mais uma vez. Meu coração bate mais rápido conforme vou assimilando cada detalhe dele, do topo de seus cabelos ondulados à sola de seus coturnos pesados. Cada pedacinho dele é violento, e lindo, e intimidante, e autoritário.

Olha onde eu fui me vincular.

— Bruxinha — Memnon diz, com a voz suave, os olhos gentis. — Não precisa ficar com essa cara de assustada. — Solto o ar. Ele tem razão. *Vai dar tudo cer...* — Prometo que só vou morder quando você pedir.

Um sonzinho histérico escapa dos meus lábios, e eu dou um passo para trás.

Não estou pronta para essa conversa. Achei que estivesse, mas acho que preciso de mais tempo.

Memnon levanta uma das mãos.

— Espera, Selene. Pode brigar comigo, pode me amaldiçoar... bem, talvez amaldiçoar não... só, por favor, não fuja.

Hesito, pouco acostumada com esse lado de Memnon. Ele está sendo autêntico, se mostrando vulnerável para mim. Deixo cair a minha bolsa cheia de livros e esfrego o rosto com as mãos.

— Eu não sei como é que faz isso.

— Isso o quê, *amage*?

Deixo as mãos caírem e olho para ele.

— Ser uma alma gêmea. Aceitar o fato que você é a pessoa certa para mim.

Memnon deixa o meu caderno de lado.

— Você fala como se isso fosse um fardo. — Ele balança a cabeça e fica de pé, se aproximando de mim. — Esta é a razão pela qual homens matam e morrem. Algo que riqueza nenhuma pode comprar. Amor. Um amor capaz de incendiar nações inteiras. — Ele segura meu queixo e me dá um olhar que é mais próximo de adoração que se pode chegar. — Você não consegue conceber isso, bruxinha, apenas porque não consegue se lembrar de que já o teve um dia. Mas *eu* me lembro.

Assim, tão perto de mim, Memnon é hipnótico, sedutor.

— Mas não acabou bem para você — digo.

— Acabar... — ele pondera, esticando a palavra na boca. — Uma era acabou. *Nós*, não.

Ele olha para a minha boca agora, e um anseio começa a crescer em mim, um anseio que só ele pode aplacar.

— Você me ameaçou — digo. — E eu sei que ainda deve estar com raiva de mim.

— Ah, estou mesmo — ele concorda. — Mas também estou ansioso para que minha vingança seja saciada, e que essa era também acabe. Você e eu, imperatriz, somos eternos.

Minha magia emana de minha pele, assim como a dele. As duas se misturam e se enrolam ao nosso redor, as cores se mesclam até resultarem num roxo crepuscular.

Quero beijá-lo de novo — porra, eu *sempre* quero beijá-lo —, mas parece demais, como se eu estivesse me atirando de um penhasco. Não sei onde é que vou parar, ou mesmo se vou gostar disso.

Me afasto de Memnon, forçando a magia a retornar para o meu corpo.

O olhar de Memnon me percorre de cima a baixo, e ele parece um pouco triste, embora também haja bastante compreensão em seu olhar.

— Eu vivo me esquecendo de como você é inquieta no começo — ele murmura. Franzo a testa. — Quando te encontrei, em Roma — ele continua —, você também ficava nervosa com a minha presença. Mas isso mudou, e vai mudar de novo. Quando você se lembrar.

— Lembrar? — repito.

— Do nosso passado — ele diz, se afastando de mim.

Damos uma única migalha de esperança a um feiticeiro ancestral, e ele já vai pedindo pela porra do banquete inteiro.

— Isso é impossível — digo.

— Impossível? — ele repete, levantando as sobrancelhas. — Se fosse impossível, você não seria capaz de falar latim nem sármata. Você também não conseguiria ler grego, aramaico nem demótico.

Que porra é demótico?

Memnon pega o meu diário em cima da escrivaninha, e eu logo fico tensa. Minha mente e vida inteiras estão expostas nessas páginas.

Ele folheia até parar em uma página específica e vira o caderno para mim. Está cheia de anotações espremidas, escritas em várias cores, com algumas partes do texto destacadas, e outras riscadas.

Ele aponta para um desenho que eu rabisquei no canto.

— Está vendo aqui? — ele pergunta.

O que ele está se referindo não se parece com nada mais do que picos de uma onda, só que em cima de cada pico, tem uma flor de três pétalas. É um desenho estranho, na certa algo que rabisquei quando estava distraída.

Memnon levanta a manga da camiseta e aponta para uma de suas tatuagens.

— São os chifres de um saiga, aqui no meu braço.

Dou um passo para frente, por um momento fascinada. Meu desenho é *mesmo* estranhamente semelhante à arte no braço dele.

— Essa página é de três meses atrás — ele diz. — Você desenhou isso antes mesmo de me ver pela primeira vez.

Meu coração parece parar com essas palavras. Posso até negar os delírios de Memnon, mas não os meus próprios registros.

Será que eu poderia mesmo ser essa outra mulher?

Roxilana?

— Posso te mostrar mais exemplos de seus livros, se quiser mais provas — ele acrescenta.

Estreito o olhar para ele.

— *Quantos* diários meus você vasculhou?

Sabe, eles são particulares.

— Você está tentando mudar de assunto, *Roxi* — ele diz, fechando o caderno. — O que estou dizendo é que suas lembranças não foram destruídas. Elas ainda existem, só estão trancadas. Mas, se você tivesse a chave dessa fechadura, poderia recuperar *todas* elas.

Ouço meu coração batendo feito louco nos ouvidos.

Memnon olha para o diário que volta a segurar.

— Estes cadernos são tão meticulosos, tão completos. Devem ser mesmo muito importantes — ele diz, correndo o polegar sobre a capa azul-escura, onde escrevi de caneta dourada as datas em que usei o diário. Esse é de junho e julho deste ano.

Os olhos do feiticeiro recaem sobre a bolsa de livros aos meus pés, e o ar fica espesso com a sua magia. A aba da minha bolsa se abre sozinha, e dela desliza o meu caderno mais recente, levitando no ar.

— O que você tá fazendo? — Tento agarrá-lo, mas ele escorrega dos meus dedos feito manteiga.

Memnon o pega com a mão livre, e agora o pânico começa a crescer em mim.

— É sério, Memnon, me devolve isso. — A Politia virá hoje mais tarde olhar justo esses diários. Não quero ninguém colocando as patas neles nesse meio-tempo, ainda mais o Memnon.

Me ignorando, ele deposita o diário de verão na escrivaninha e abre o caderno mais recente, folheando as páginas.

— Olha só, vai ter um Baile de Samhain no fim da semana. — Ele lê o lembrete como se fosse uma entrada num diário. — Parece *divertido*.

Cruzo os braços e me forço a me acalmar.

— Já acabou? — Seja qual for a reação que ele está tentando arrancar de mim, não vou lhe dar esse gostinho.

— Eu posso te devolver suas lembranças — ele diz, sem tirar os olhos do caderno.

Fico sem fôlego com as palavras dele. Uma coisa é me dizer que minhas memórias perdidas ainda existem; outra muito diferente é dizer que eu posso recuperá-las.

— Ninguém pode me dar isso — digo, por fim. Nem me permito ponderar como seria a vida com minhas lembranças de volta.

Só agora Memnon levanta os olhos do caderno, seus olhos cor de âmbar cintilam.

— Minha rainha, *eu posso*.

— Eu não quero sua ajuda.

— Não quer mesmo? Não está cansada de não se lembrar? Como a sua vida seria mais fácil se você não se esquecesse sempre...

Ele é o diabinho na minha orelha, me oferecendo a única coisa que eu deveria querer. Aquilo que eu tinha, antes da minha magia Despertar.

Minha memória.

Balanço a cabeça.

— O que você está dizendo é impossível.

— Na verdade, é bem simples. Seu poder está bloqueado por uma maldição. Aquela que você rogou em nós dois, quando me trancou naquela tumba.

Faço careta para ele, e não gosto de para onde esta conversa está indo. Nero também não deve estar gostando, porque ele se esgueira até a janela e salta para a copa da árvore do lado de fora, desaparecendo de mansinho.

Memnon continua:

— Os romanos chamavam de *damnatio memoriae*: condenar pela memória. Lançar ao esquecimento. Era um dos piores destinos que se poderia infligir a uma pessoa de poder.

E é aqui que a verdadeira intenção de Memnon começa a entrar em foco.

— Se a maldição for quebrada, não é só a minha memória que retorna, é? Você também vai ser lembrado, não vai?

Seus olhos são como centelhas, com os primeiros movimentos reais de seus poderes.

— *Sim* — ele concorda. — Meu nome e meu reino voltarão à história. Eu quero que o mundo se lembre de mim. Mas... — Agora, ele troca para o sármata. — Minha rainha, até mesmo mais do que isso, eu quero que *você* se lembre de mim. Se lembre de nós, e de nossa vida. Eu não posso ser o único portador do nosso passado. Isso é... — Ele balança a cabeça devagar, com os olhos ardentes. — *Insuportável.*

Meu coração dói com o que ele está dizendo.

Presumindo que eu sou, por alguma magia estranha e reviravolta do destino, essa tal de Roxilana, então...

— Você já parou pra pensar que talvez seja melhor que eu não saiba do passado? — pergunto. — Talvez seja melhor deixar certas coisas enterradas.

Memnon sustenta meu olhar, o seu próprio ainda brilhando com o seu poder.

— Já disse, Selene. Seja lá o que fez você me amaldiçoar, podemos dar um jeito. *Vamos* dar um jeito.

Balanço a cabeça.

— Você fala como se eu tivesse concordado com alguma coisa.

— Você está sob uma maldição, parceira. Criada pelas suas próprias mãos. É claro que vamos quebrá-la, por mim *e* por você. E então, você terá suas lembranças de volta, e poderemos resolver o que quer que tenha ficado entre nós.

Sinto minha ira se revolver, e por algum motivo, lágrimas se acumulam nos meus olhos. Por que é que tudo sempre precisa voltar para a minha perda de memória? Por que os outros têm que achar que o que eu mais quero é consertar isso? Por que precisam me fazer sentir como se eu não fosse o suficiente do jeito que eu sou? Por que não podem ver que minha ambição, meu coração, a porra do meu otimismo... todas as melhores partes sobre mim... foram criadas e moldadas pela minha perda de memória?

E eu sei que Memnon não tem exatamente essa visão de mundo — ele deixou bem claro que só está interessado mesmo nas lembranças de nosso passado de outras vidas —, mas ainda assim, ele está disposto a arrancar essa parte de mim.

A verdade é que eu nunca fui mais poderosa do que sou agora. Eu sou mais gentil, esperta e autêntica *por causa* da minha perda de memória. Não apesar dela.

Encaro Memnon por um longo tempo.

— Não — digo, por fim.

Minha deusa, como foi bom fazer isso. Catártico, até.

Ele levanta uma das sobrancelhas, me observando cuidadosamente com aqueles olhos brilhantes.

Não dou o braço a torcer.

Eu sou uma bruxa, descendente de uma linhagem de bruxas que foram perseguidas por coisas que os outros não podiam compreender. Eu sou o legado delas, e *vou deixá-las orgulhosas*.

— Não — repito, mais alto desta vez. — Não quero minhas lembranças, não quero nada disso.

Memnon estreita os olhos.

— Você entendeu errado, *est amage*. Não estou aqui para barganhar com você. Não estou aqui nem mesmo para exigir algo de você. Ainda não.

Memnon coloca meu caderno em cima do outro que já estava na escrivaninha, e então, endireita a postura. Em sua altura total, ele se agiganta sobre mim e todo o resto do cômodo.

Ele se aproxima de mim e segura o meu queixo, levantando-o na direção dele. Seus olhos pararam de brilhar, mas nem por isso são menos intensos quando ele se inclina e me beija, o gesto inexprimivelmente gentil.

Quando ele se afasta, há algo como arrependimento em seu olhar.

— Como você é intrigante. *Existe* algo inesperado e mesmo atraente nesse seu lado. Mas você é uma pantera, assim como eu. Está na hora de se lembrar.

Meu próprio poder irrompe em vida com aquelas últimas palavras.

— Memnon — digo, em tom de aviso. — Não se torne meu inimigo de verdade.

— Ah, já é tarde para isso, bruxinha. Tarde demais. — Ele se inclina de novo e sussurra: — Eu ainda não tive a minha vingança. Não até *agora*.

Não sei do que ele está falando, ao menos não até os dois cadernos em cima da escrivaninha começarem a levitar pelo ar, com a magia azul índigo serpenteando em torno deles. É então que começo a ter uma noção.

— Acho que existe uma ironia poética em você se perder neste mundo — ele continua. — Assim como eu me perdi.

— *Memnon* — eu o advirto.

— Deuses, mas como eu sempre adorei quando você transforma meu nome numa ameaça — ele diz. — Mas eu não quero sua raiva agora, imperatriz. Quero seu pânico e seu desespero. Quero que você venha *rastejando* aos meus pés. Quero que você precise de mim, do jeito que eu sempre precisei de você. — Enquanto fala, ele vai se afastando.

— Memnon — digo mais uma vez —, me devolve meus cadernos.

Sinto a minha própria magia se agitando.

— Talvez, se você implorar direitinho por misericórdia — ele diz —, eu te poupe o pior da minha ira.

— Seu filho da puta.

— Isso não é implorar direitinho — ele diz, sorrindo, como se a coisa toda fosse divertida para ele. Caralho, deve ser mesmo. Memnon é parte violência e parte vingança. — Tente de novo.

— Memnon, juro pela deusa...

Meus dois cadernos irrompem em chamas. Bem no meio da minha frase, enquanto os olhos do feiticeiro se iluminam com um prazer diabólico, *meus cadernos irrompem em chamas*.

Puxo o ar com força.

Minhas lembranças.

Minha magia avança, serpenteando ao redor dos diários, desesperada para abafar o fogo. Dou um puxão com o meu poder, tentando levá-los ao chão, mas eles continuam levitando no ar e queimando.

— *Memnon!* — eu praticamente grito e choro ao mesmo tempo, me atrapalhando para subir em cima da escrivaninha para que possa tentar pegá-los eu mesma. — Eu dependo deles!

— É mesmo uma coisa terrível ver o trabalho de uma vida inteira ser consumido pelas chamas, não é? — Enquanto ele fala, as várias seções de cadernos que enchem minha estante começam a pegar fogo.

Solto um grito, o som se mistura com a gargalhada dele.

Anos de registros, literalmente se esvaindo em fumaça. Mas não são só as minhas lembranças que ele está queimando.

— Eu preciso desses cadernos, para a Politia — digo, tentando convencê-lo de outro jeito. — São o meu álibi. — E, portanto, minha chance de sair da lista de suspeitos em que me colocaram.

— Você não vai precisar deles quando tiver suas lembranças de volta.

Ignorando Memnon, levo a mão à cabeça enquanto vasculho minha mente em busca de um feitiço forte o suficiente para apagar essas chamas. Mas, no desespero, fica difícil pensar.

Fecho os olhos e deixo a mão cair. Não preciso da porra de feitiço nenhum, tenho todo o poder mais puro bem na ponta dos dedos.

Memnon envolve os braços ao meu redor numa espécie de simulacro doentio de um abraço, impedindo o meu feitiço. Não é amor, nem cuidado, nem tranquilização o que ele tem a oferecer.

Seus lábios roçam a minha orelha.

— Seus esforços são desperdiçados, imperatriz. Você já sentiu o meu poder. Sabe que não vai ser capaz de apagar o meu fogo. Hoje, não.

Abro os olhos e viro a cabeça para encará-lo, e uma lágrima escorre.

— Conserta isso. *Por favor*.

Ele quer que eu implore, não é? Estou dando exatamente o que ele quer. No momento, não dou a mínima.

Memnon sustenta meu olhar, seus olhos cor de âmbar assimilam a minha reação. Há um momento em que ele parece quase perplexo, como se não tivesse certeza do que está fazendo. As chamas ao nosso redor diminuem, e chego a pensar que ele vai, de fato, consertar. Mas então, seus traços ficam resolutos mais uma vez.

— Não.

Memnon me solta, desviando o olhar para a minha estante, onde minha vida inteira queima. Muitas das lembranças naqueles cadernos já foram consumidas pela minha magia. Aquelas anotações e desenhos eram tudo o que eu tinha.

Apesar das palavras dele, tento usar o meu poder para apagar o fogo. Assim como ele avisou, minha magia não serve para nada, além de fazer as chamas tremeluzirem por um instante.

O cheiro pungente da fumaça toma conta do ambiente, se misturando com os sopros da magia de Memnon. Apesar disso, o fogo não parece estar se espalhando. Meus livros de ficção e livros teóricos — porra, as próprias estantes — estão lá, intactos. Só os meus diários preciosos queimam.

Encaro os dois cadernos que ainda levitam, vendo página após página escurecer e carbonizar, lascas chamuscadas de papel descamando e esvoaçando até o chão.

Ao longe, ouço uma mulher dizendo:

— Tá sentindo esse cheiro?

A companheira dela responde:

— Deve ser a Juliette queimando outro feitiço.

Meu rosto está molhado. Nem percebi que estava chorando.

— Por que você está fazendo isso? — pergunto a Memnon. Minha vida já era um desastre completo antes de ele entrar nela.

— Nem mesmo minha rainha sai impune por arruinar a minha vida.

Posso sentir o corpo tremendo, embora quase todo o resto em mim esteja perturbadoramente calmo.

— Eu te odeio — sussurro. Odeio mesmo.

Um músculo em seu maxilar se contrai, mas seus olhos são confiantes, certeiros.

— Só porque você não se lembra que já me amou — ele diz.

Será que ele não vê? Ele está aqui, no meio do meu quarto, arruinando minha vida e partindo meu coração, e acha que eu me importo com uma vida milhares de anos atrás?

— Foda-se o passado e *foda-se você*. — Tem tantas outras coisas reprimidas em mim, tantas emoções, que não consigo nem colocar em palavras.

Memnon deve senti-las se agitando dentro de mim através de nosso vínculo, porque diz:

— Você acha que isso é o pior que eu posso fazer, bruxinha? — Seu olhar é afiado como uma adaga. — Eu reguei campos inteiros com o sangue dos homens que matei. Isso é o *mínimo* da minha vingança.

Ele desvia o olhar para o que restou de meus dois cadernos flutuando no ar.

— Vamos ver quão bem você se sai sem seus livros preciosos. Você tem até o Baile de Samhain.

Tenho até o Baile de Samhain para fazer o *quê*? Implorar mais? Rastejar aos pés dele? Seja lá o que for, ele só vai ter o que quer por cima do meu cadáver.

— Você errou feio ao bater de frente comigo. — As palavras vêm de algum lugar profundo dentro de mim, e meu poder sai em espirais conforme eu falo.

O olhar que Memnon me lança queima de satisfação.

— *Aí está* minha rainha.

Faço cara feia para ele.

— Eu prefiro passar mil vidas me esquecendo do passado a ter *uma* me lembrando de você. — Acho que posso ter imaginado, mas juro que o vejo vacilar. — Vai tomar no cu, Memnon.

Ele se aproxima de mim, com os olhos tempestuosos. Um músculo em seu rosto se contrai e relaxa.

— Duras palavras, bruxa. Vamos ver se você as sustenta. — Ele se aproxima da porta, enquanto meus cadernos continuam a queimar. — Vejo você no Baile de Samhain, imperatriz.

E então, ele se vai.

Capítulo 38

Leva apenas alguns minutos até o estalar do fogo cessar.

Fumaça escura emana dos cadernos, que agora são apenas restos carbonizados em minhas estantes.

Os diários que estavam levitando caem no chão, se desintegrando em cinzas assim que batem contra as tábuas do piso.

Solto um barulhinho com a visão. Ainda sinto o rosto molhado, mas estou determinada demais em ver o que restou dos diários para prestar atenção às minhas emoções.

Eu me aproximo dos cadernos, procurando pelos mais intactos. Ainda estão quentes ao toque, mas isso não me impede de examiná-los para ver o que sobrou.

As fotos derreteram, e o papel está chamuscado demais para compreender as anotações e desenhos que antes cobriam as páginas.

Engulo as emoções crescentes.

Os que melhor sobreviveram parecem ser os livros mais antigos, e, portanto, os menos relevantes para a minha vida. A única misericórdia que Memnon demonstrou foi não ter tocado nos meus álbuns de fotos.

Então, acho que é uma vitória.

Desabo na cama e apoio a cabeça nas mãos.

As folhas do carvalho do lado de fora se agitam. Então, Nero entra de novo no quarto com um salto, como se pudesse sentir minha tristeza.

Na verdade, agora que eu entendo como vínculos funcionam, ele deve sentir, sim.

Nero se aproxima de mim, me dando uma cabeçada de leve no ombro.

— Ah, é, valeu mesmo pela ajuda — acuso, enxugando os olhos.

Ele esfrega o resto do corpo em mim, sem vergonha nenhuma em ser um completo *traidor*.

Preciso anotar tudo o que puder lembrar.

Atravesso o cômodo e puxo uma das gavetas da escrivaninha. Lá dentro, tem uma pilha de cadernos em branco.

Apesar de todos os meus defeitos, eu *sou* organizada. E otimista, e gentil, e esperta.

Mas agora, também sou determinada.

Saco uma caneta e começo a escrever.

Primeiro, o meu nome, minha data de nascimento e os nomes dos meus pais. Telefones importantes, endereços e assim por diante. Tudo e qualquer coisa que eu de fato não posso deixar que a minha mente tome.

Então, escrevo um aviso:

Não confie no Memnon, o Amaldiçoado.

Você o despertou do sono eterno. Ele acredita que você é a esposa morta que o traiu. Ele quer se vingar.

Ele é sua alma gêmea, mas é um CUZÃO. Ele queimou todos os seus cadernos preciosos. Ele vai foder a sua vida de novo se tiver a chance.

Você o odeia com todas as forças de seu ser.

Uma lágrima cai na página. Depois outra e mais outra. Não consigo decidir se estou triste ou com raiva.

Não há o que fazer agora, a não ser seguir em frente e planejar minha própria vingança.

Escrevo os dias da semana na próxima página em branco do caderno, marcando o Baile de Samhain na data de sábado. Circulo o evento com caneta vermelha e coloco uma observação ao lado:

MEMNON QUER QUE VOCÊ VÁ

Ainda não tenho certeza se *vou* ou *não*. Odeio a ideia de concordar com as exigências dele, mas ele também despertou em mim uma sede de vingança que eu não fazia ideia que existia, até agora. Mas, a cada segundo que inspiro o cheiro de fumaça, vou ficando cada vez mais sanguinária e amarga.

Ele vai pagar por isso.

Essa promessa é a única coisa que aquece o meu coração frio e abatido.

Ainda estou escrevendo quando ouço uma batida à porta.

— Oi? — exclamo, fazendo careta quando ouço minha própria voz vacilar.

— Selene — uma bruxa do outro lado da porta diz —, tem um policial aqui na porta perguntando por você.

Respiro fundo, uma onda nauseante de pavor me embrulha o estômago.

Pela deusa. Hora de enfrentar as repercussões do que acabou de acontecer.

———

Estou de pé no quarto, Nero ao meu lado, enquanto o policial Howahkan e sua parceira, a policial Mwangi, assimilam a visão dos restos chamuscados de meus cadernos.

Howahkan é o primeiro a falar.

— Esses são seus...?

— *São* — digo, com a voz rouca.

Ficamos em silêncio por vários segundos. Então, ele solta um suspiro pesado.

— Você colocou fogo nos seus diários? — ele pergunta como se não estivesse muito surpreso, só decepcionado. — Você sabe a impressão que isso dá.

Sim, dá a impressão de que eu sou culpada, cacete.

— Não fui *eu* que botei fogo — retruco.

A expressão do policial permanece impassível.

— E quem foi?

— Memnon.

Vejo uma centelha de reconhecimento na policial Mwangi.

— Memnon. É o mesmo homem que invadiu este quarto algumas semanas atrás? — ela pergunta.

Concordo com a cabeça.

— E ele veio aqui de novo?

Concordo novamente.

— Como foi que ele entrou? — ela pergunta. Porque, de acordo com o registro oficial, da última vez que isso aconteceu, ele entrou pela janela.

— Sei lá. Com magia, imagino. Ele já estava no meu quarto quando eu cheguei.

— E foi ele quem queimou os seus cadernos? — a policial Mwangi pergunta.

— Foi — digo, baixinho.

— Por que ele faria isso?

Abraço o meu próprio corpo.
— Crueldade.
— E por que ele iria querer ser cruel? — ela pergunta. Não sei se ela está preocupada ou cética.
— Memnon tem a ilusão de que eu traí ele e quer vingança.
O outro policial, Howahkan, puxa um caderninho e caneta e começa a anotar alguma coisa.
— Você tem o telefone dele? Ou endereço? — ele pergunta, seus olhos escuros penetrantes. — Alguma forma de a gente entrar em contato com ele e verificar essa história?
Sinto o nó na garganta.
— Não.
O policial Howahkan espreme os lábios.
— Você sabe o sobrenome dele, ao menos?
— Não — digo, baixinho.
— Hum.
De repente, fico cansada. Tão cansada. Sei que a coisa está feia para o meu lado. Esfrego os olhos quando Nero apoia o corpo dele na minha perna.
— Tem algum jeito de consertar os meus cadernos? Algum feitiço que possa revertê-los ao jeito que eram antes? — indago.
No instante em que faço a pergunta, uma centelha de esperança nasce. Um feitiço, é claro.
O policial Howahkan me lança um olhar inescrutável.
— Talvez — ele diz, me observando com cuidado. — Magia é capaz de muitas coisas.
Solto um suspiro de alívio.
— Vocês podem olhar meu celular — digo, ansiosa para dar *alguma coisa* para eles. Pego o aparelho e faço menção de entregá-lo ao policial.
— Vivo usando para anotar coisas e marcar compromissos. Só não é minha ferramenta principal.
— *Já* verificamos seu celular — o policial Howahkan diz.
Ah.
Ele parece quase pedir desculpas ao acrescentar:
— Se tivéssemos encontrado alguma coisa nele que provasse sua inocência, não estaríamos aqui agora, tendo esta conversa.
— Vocês querem me prender? — pergunto, baixinho.
Os dois se entreolham.
— Não — ele diz, por fim. — Hoje não, Selene.

Capítulo 39

Não sou de me assustar fácil, mas quase me cago toda depois da visita dos policiais.

Na certa vai dar para provar que eu estava bem longe das cenas dos crimes quando eles foram cometidos, né? Quer dizer, eu moro numa casa com uma centena de mulheres. Alguém, em algum lugar, deve poder testemunhar por mim.

A policial Mwangi chama uma equipe para coletar o que puderem dos restos delicados dos meus cadernos, e quando essa equipe chega, saio do quarto para deixá-los à vontade.

Eu preciso acreditar que eles conseguirão reverter o dano causado por Memnon.

Desço as escadas até o quarto de Sybil, com Nero em meu encalço. Noto alguns olhares de esguelha de outras bruxas pelos corredores, e tenho a impressão de que a fofoca já se espalhou — que eu sou suspeita no caso dos assassinatos em série.

A ideia de minhas irmãs de coven se virarem contra mim é aterrorizante. Se existe qualquer grupo que se recusa a perseguir os outros, são as bruxas. Já fomos perseguidas o bastante. Mas mesmo as bruxas têm os seus limites. Eu me pergunto o quanto este coven está chegando perto do seu.

Também há a possibilidade angustiante de algumas das bruxas com quem eu divido a residência terem participado daquele círculo mágico. Outro pensamento assustador.

Quando chego à porta de Sybil, posso ouvi-la do outro lado, murmurando.

Bato à porta. Ela não responde, mas a abro e entro mesmo assim.

Quer dizer, tecnicamente, é falta de educação sair entrando assim no quarto de outra pessoa, mas tecnicamente também, Sybil vive fazendo isso comigo.

Além do mais, da última vez que nos vimos, eu estava fugindo dela com um mojito na mão, tentando guardar todos os meus segredos.

Não dá mais.

Quando entro no quarto, vejo Sybil sentada dentro de um círculo de giz que ela mesma desenhou. Os sopros suaves de sua magia lilás se enroscam em torno dela, enquanto ela faz uma encantação de um feitiço num tom de voz grave. Velas acesas estão aninhadas ao longo da borda do círculo, suas chamas bruxuleiam no compasso de sua voz.

A visão me faz relembrar os meus livros queimando, e a alegria de Memnon. Respiro fundo, tentando segurar a onda.

Do outro lado do cômodo, a coruja de Sybil, Merlin, está empoleirada no busto da donzela de véu, que já está quase todo tomado pelas trepadeiras que crescem desenfreadas no quarto de minha amiga.

Me sento na cama dela, e Nero fareja o ar na direção do familiar dela.

— Nem *pense* nisso — sussurro para ele. — Eu te transformo numa salamandra se você sequer lamber os beiços na cara do Merlin.

Nero me lança um olhar mal-humorado, mas se contenta e se larga no chão ao meu lado.

Nem mesmo esse diálogo alarmante faz minha amiga abrir os olhos. Ela continua lançando seu feitiço por vários minutos, enquanto eu, Nero e minha ansiedade ficamos ali de boa em seu quarto. Eu me aproximo da estante dela, ignorando uma planta carnívora que literalmente tenta morder meu dedo quando me estico para pegar um livro.

— Não seja malcriada — digo, cutucando a cabeça dela.

Pego um livro de herbalismo e começo a folheá-lo enquanto espero, embora não esteja prestando muita atenção no conteúdo.

É, desta vez você se lascou bonito, Selene.

Memnon queria que eu me desesperasse, e já estou sentindo os primeiros tentáculos desse desespero.

A magia de Sybil engrossa quando ela termina o feitiço, esvoaçando ao seu redor e quase a escondendo de vista. Sinto uma mudança na energia do quarto, e todas as velas se apagam de uma só vez.

Ouço minha amiga expirar fundo, e a fumaça lilás do seu poder começa a se dissipar.

— Puta merda, como eu amo magia — ela diz, abrindo os olhos.

Sybil apaga parte do círculo de giz e começa a recolher os itens que tinha espalhado. Fecho o livro de herbalismo.

— Para que era aquele feitiço?

— Torci o tornozelo hoje de manhã, na escada do Salão Morgana. Faço careta.

— Você teve que andar até aqui mancando?

— Na verdade, peguei uma vassoura emprestada e vim voando, e sério, Selene, a gente tem que fazer isso juntas... — Ela presta atenção na minha expressão. — O que foi?

— Tá tão na cara assim? — pergunto, tocando o meu rosto. Mas deve estar. Até eu mesma consigo ouvir as notas vacilantes na minha voz.

— O que rolou? — ela indaga, começando a soar preocupada. — Você está com cheiro de fumaça.

Abaixo a mão à procura de Nero, tentando me estabilizar com a presença dele.

— Tem um monte de coisa que eu não te contei — admito. Então, respiro fundo. — O que vou te falar agora não pode sair daqui.

Sybil franze a testa.

— Tá bom, agora eu tô preocupada real, Selene. O que foi que você não me contou?

Compartilho tudo com ela. Tudo, desde o círculo mágico que deu ruim até Memnon ter me salvado. Conto a parte em que ele me ajudou a isolar a entrada do túnel...

— Eu não sabia nem que *tinha* um túnel — ela interrompe.

— Eu te mostro, uma hora dessas — digo, antes de continuar.

Conto a ela como descobri que sou uma alma gêmea. Uma lágrima desce pelo meu rosto quando eu admito a quem estou vinculada pela eternidade.

— É o *quê*? — Merlin bate as asas com o escândalo de Sybil, e depois me lança um olhar raivoso de coruja, como se fosse culpa minha por ter chateado a bruxa dele.

Eu continuo e menciono como Memnon se voltou contra mim e queimou meus livros, e termino com a reunião com a sacerdotisa e a parte sobre estar na lista de suspeitos da Politia.

Quando termino a história, meu rosto está molhado de novo.

Sybil faz silêncio por um longo momento. Por fim, ela sussurra:

— Eu sinto muito mesmo, Selene.

É então que ela me puxa para um abraço, e eu apoio o corpo no dela, chorando em seu ombro enquanto ela faz carinho nas minhas costas.

— E pensar que eu estava tendo um dia bosta porque torci o tornozelo...

— Tenho certeza de que torcer o tornozelo foi bem bosta — digo, fungando um pouco.

Minha amiga ri.

— Doeu pra cacete, mesmo — ela diz, e continua o carinho. — Mas aí eu pude andar de vassoura. Até gargalhei, só pela zoeira.

Solto uma risadinha tristonha.

— Ah, mas você *tem* que gargalhar quando está andando de vassoura — digo, me afastando para enxugar as lágrimas. — É obrigatório.

Sybil sorri com a minha piada, mas o sorriso logo desaparece.

— Sério, Selene, não sei nem por onde começar com essa, só que, amiga, isso foi segredo pra caralho.

Dou outra risada, embora saiba que ela só está dizendo isso para amenizar o clima. Ela estica a mão e coloca uma mecha do meu cabelo atrás da orelha.

— Eu sei que você é inocente.

Lanço um olhar miserável para ela.

— Acho que não consigo provar isso — admito.

— Eu te ajudo — ela oferece. — Pergunto para as outras irmãs se elas te viram nos horários em questão. A gente faz um caderno novo pra você e cria uma linha do tempo, na certa vai limpar seu nome.

— Você faria isso? — Estou tão acostumada a me virar sozinha que me esqueço de que tenho pessoas na minha vida dispostas a me ajudar.

— Você é a minha melhor amiga, Selene. Claro que posso fazer isso. Agora... — ela diz, mudando de tom. — Esquece a Politia e esse caso por enquanto. Quero falar sobre o *Memnon*. — Ela diz o nome dele de forma ameaçadora.

— Aff. — Enterro a cabeça nas mãos.

O que dói mais é que, antes de ele ter queimado meus cadernos, eu comecei mesmo a ficar caidinha por ele. Tive vislumbres do que seria cuidar e ser cuidada por um homem como Memnon.

Você e eu, imperatriz, somos eternos.

Mas aí, ele queria que eu ficasse ferida que nem ele, que ficasse perdida e confusa neste mundo moderno, assim como ele. Sua vingança eclipsou quaisquer sentimentos que ele tem por mim.

Sybil faz carinho nas minhas costas.

— Então você tem um vínculo com um arrombado do caralho. Se ele quer ser seu inimigo, vamos fazer ele *pagar*.

Levanto a cabeça das mãos, com a magia crescendo.

Sim.

— Olha — ela diz, percebendo o meu interesse —, esse filho da puta é sua alma gêmea. Ele pode ser o pior escroto do planeta, mas ele está vinculado a você, ou seja, o cara basicamente fica de pau duro toda vez que te vê. Aí eu e você vamos achar uns *lookinhos* de matar, vamos pro baile, e você vai se divertir pra cacete na frente daquele cuzão. Pontos extras por paquerar e dançar com todo mago que estiver a fim. Ele vai ver o que está perdendo, e aí vai ser *ele* que vai rastejar aos *seus* pés.

Fico encarando a minha amiga.

E então, sorrio.

Capítulo 40

Vamos fazê-lo pagar.

A ideia fica grudada na minha mente feito chiclete durante todo o fim de semana e a semana seguinte.

Lá está ela quando esqueço que marquei um café com uma das bruxas da minha aula de sentinelas, e lá está quando perco o prazo de entrega de um trabalho de feitiços. Me agarro à promessa de vingança toda vez que vejo funcionários da Politia no campus, entrevistando bruxas ou examinando áreas isoladas da floresta. Eu me asseguro disso depois de todo olhar esquisito que uma irmã de coven lança na minha direção, e eu me deleito com ele quando vou com Sybil fazer compras em São Francisco.

O problema é que, quanto mais eu reflito sobre o plano de Sybil, mais me dou conta de que... não está apaziguando meus demônios internos.

Nem um pouco.

Penso em todos os cadernos incendiados — anos de vida e trabalho meticulosamente documentados — e em como o feiticeiro se regozijou ao destruí-los. Então, penso em como ele atacou Kane no meu quarto, e em como ele me ameaçou repetidas vezes.

Apesar do oral dele ter sido uma delícia, e daquele comecinho de alguma coisa que estava surgindo entre a gente, Memnon deixou claro desde o início que somos inimigos. E o que eu fiz para impedi-lo?

Nada.

E aí minha grande vingança vai ser usar um vestido sexy e dar trela para outros caras para deixar Memnon com ciúmes? É tão patético que chega a ser risível, e estou sedenta demais para me conformar com isso.

Preciso fazer esse homem pagar *de verdade*. Mas como?

No final da tarde de quarta-feira, estou na biblioteca da casa, esparramada em uma das poltronas, com Nero aos meus pés, passando o dedo no lábio inferior e refletindo sobre a situação.

Bem acima do meu coração, posso sentir o pulsar de vida do meu vínculo diabólico. Infelizmente, tenho percebido esse vínculo cada vez mais, desde que aceitei que sou a alma gêmea de Memnon. Só de prestar esse pouquinho de atenção a isso já é o suficiente para me fazer sentir o feiticeiro do outro lado.

Seja lá o que ele estiver fazendo, seu humor é um misto de satisfação e impaciência.

Babaca arrogante.

Bruxinha, está fuçando a minha mente? A voz de Memnon na minha cabeça é macia como veludo.

Ô, merda, esqueci que ele pode me sentir também.

Eu o ignoro, assim como a maneira que suas palavras parecem me acariciar de dentro para fora.

Dá para sentir o sabor da sua frustração, ele diz. *Já está desesperada?*

Vai se foder. Empurro as palavras rio abaixo.

Você vem junto? Porque se vier, vou ter que considerar a oferta.

Pela deusa, como eu o detesto.

Sinto sua diversão conforme sua presença se retira de nosso vínculo, e fico sozinha mais uma vez — ou quão sozinha dá para ficar, agora que estou conectada a outra pessoa.

É este o cerne da questão: estar vinculada a ele.

Vinculada...

Será que... dá para quebrar o vínculo de almas gêmeas?

A ideia faz minha respiração falhar.

Será que alguém já tentou?

Antes mesmo de formular outro pensamento, me levanto da poltrona, faço um carinho distraído em meu familiar e me afasto, indo em direção aos fundos da biblioteca.

Nero está de pé e em meus calcanhares, como se não tivesse cochilado apenas um momento atrás.

Nesse horário de comecinho de noite, a biblioteca está movimentada, com várias bruxas fazendo lições de casa ou estudando tomos variados. Algumas chegam a levantar o olhar para mim, inclusive uma que acho que é amiga de Kasey, cujo desaparecimento agora está sendo investigado pela Politia. A amiga de Kasey me lança um olhar feio, e então volta a ler o seu livro.

Uma cara feia não chega nem perto de ser o bastante para me distrair do propósito que me guia com determinação.

Não entrei de novo no salão dos grimórios desde a minha primeira noite, mas vou precisar deles agora para o que tenho em mente.

Passo pela lareira de pedra ornamentada e paro em frente à porta que dá acesso ao cômodo isolado. Quando a abro, me encolho em reação às magias conflitantes que tomam conta do ar, e Nero baixa as orelhas.

É só então que hesito.

O que é que estou fazendo?

A ideia que tomou conta de mim vai preenchendo todas as lacunas perigosas e vingativas da minha alma, mas será que é isso mesmo que eu quero? Todo material que eu li sobre almas gêmeas falam da natureza deliberada do vínculo. Elas são as metades perfeitas uma da outra.

Mas *não* parece que eu e Memnon somos perfeitos, e eu não sei o que isso quer dizer. A impressão que dá é que somos duas peças desalinhadas de um quebra-cabeça sendo forçadas a se encaixar.

Respiro fundo, desviando os olhos para a luminária que está lá me esperando.

Talvez os livros estejam errados. Ou talvez eu e Memnon sejamos perfeitamente terríveis por conta própria, e ainda piores juntos.

De qualquer forma, parece uma boa ideia acabar com isso agora — se eu puder.

Pego a luminária e passo a mão por cima dela, murmurando:

— *Com uma faísca da minha mão, acenda esta vela na escuridão.*

Uma chaminha ganha vida, e eu noto com alívio que, desta vez, ela não parece demoníaca.

Adentro o cômodo, com Nero seguindo logo atrás, e fecho a porta.

Minha cabeça já está latejando com toda essa magia em conflito no ar.

Pouso a luminária na mesa no meio do salão e fecho os olhos para me concentrar melhor nos outros sentidos.

Agora que não estou vendo com os olhos, juro que sinto a sensação de todos esses livros de feitiços, que chega a formigar. Magia é semissensciente; esses grimórios podem não ter pulmões, coração ou cérebro, mas de alguma maneira inata, estão vivos. E, no momento, estão me observando.

Ainda de olhos fechados, espalmo as mãos em cima da mesa.

— Eu gostaria de romper um vínculo de alma gêmea. — As palavras soam até proibidas. Tabu. — Se algum de vocês contiver tal feitiço, gostaria de pedir para vê-lo. Por favor.

Por vários segundos, não ouço nada.

Sinto o coração afundar, no entanto, um tiquinho de alívio percorre meu corpo. Já que é mesmo impossível, então isso me isenta de agir...

Ouço o raspar suave de um livro se mexendo.

Abro os olhos em tempo de ver um tomo fino de capa preta sair de uma das estantes altas, lá em cima. Ele flutua até a mesa como uma folha ao vento e pousa com delicadeza bem na minha frente.

Mal tenho tempo de olhar para a imagem estampada na capa antes de o livro se abrir sozinho. As páginas do grimório vão passando como se uma mão fantasma o estivesse folheando. Perto do fim do livro, enfim para em uma página. Ela contém um desenho de um coração de tinta e um feitiço escrito à caneta, em alemão.

Coloco a mão sobre o texto, tirando um momento para compor uma encantação.

— *Traduza este feitiço para que eu possa ver. Deixe seu significado claro ao ler.*

As letras tremem, e então se transformam. De repente, consigo ler tudo.

Um Feitiço para Romper Vínculos Amorosos.

Engulo em seco. Pode acabar sendo um erro.

O que pode acabar sendo um erro, imperatriz...? A voz de Memnon ecoa na minha cabeça.

Faço careta para a sensação tão íntima deste homem dentro de mim. *Por que você não vai cuidar da porra da sua vida?*, retruco.

Do outro lado do nosso vínculo, o feiticeiro parece quieto, pensativo. É melhor que a satisfação indiferente que senti dele mais cedo.

Há uma fagulha de alguma coisa no lado dele de nossa conexão, e então ele se retira por completo.

Solto o ar, e meus olhos recaem sobre a página à minha frente. O meu lado sanguinário e terrível se anima todo com a visão.

Bato com o dedo em cima do feitiço.

Vou fazer.

O vento uiva quando estou na cozinha de feitiços, tarde da noite, com o caldeirão borbulhando.

Levei horas para caçar os ingredientes para este feitiço, que incluem água do mar, rosas que desabrocharam sob a lua cheia, lágrimas de um coração partido (estou usando as minhas — tomara que sirvam) e então algumas ervas comuns. E, para ser sincera, não encontrei todos os ingredientes. Mas acho que ainda consigo dar um jeito.

Usando um pilão e almofariz, amasso as pétalas de rosa secas, e então as adiciono à mistura. A próxima parte vai dar um trabalhinho — a receita pede sonhos de um homem morto, mas não consegui achar nada do tipo, então fui até Olga e peguei com ela as últimas palavras de uma vida interrompida cedo demais.

Mordo o lábio ao encarar as palavras que copiei.

Parece ótimo. Te amo, nos vemos já já.

Tento não estremecer com o quanto essas últimas palavras são mundanas. Fazem a morte parecer muito mais grotesca ao roubar a vida de alguém bem no meio de um dia perfeitamente comum.

Em vez disso, me concentro no ingrediente em si — será que devo jogar o papel dentro do caldeirão ou sussurrar as palavras sobre ele?

Antes que eu possa decidir, a porta da frente explode, a madeira estilhaça ao ser arrancada das dobradiças. Espero ouvir um coro de gritos, mas a maioria — se não todas — das minhas irmãs já foram para a cama, exceto por um grupo que saiu faz uma hora para lançar feitiços ao ar livre.

Passos pesados e familiares marcham pelo vestíbulo, e o pavor inunda meu estômago.

Memnon bloqueia a entrada do cômodo, com olhos flamejantes. Eles passam do meu rosto para a colher de pau que tenho em mãos, e então para o caldeirão à minha frente.

Fico na frente do caldeirão, pronta para defender o meu feitiço.

— Você não pode simplesmente...

Solto um gritinho quando ele me levanta e me coloca sentada na bancada da ilha atrás de mim.

Ele levanta um dedo na frente do meu rosto.

— *Fique* — rosna, sua magia se avoluma ao meu redor.

— Não fale comigo como se eu fosse um cachorrinho — retruco de volta.

Tento pular da bancada, mas que ódio, ele me enfeitiçou aqui — literalmente. Não consigo me levantar.

Assisto, indefesa, ao Memnon se aproximar do caldeirão e pegá-lo com as próprias mãos.

— Memnon, não...

Antes mesmo que eu consiga terminar a minha súplica, ele vira o caldeirão e derrama o conteúdo no fogo abaixo, apagando a chama e arruinando minha preparação.

Solto um som horrorizado e encaro, perplexa, as ruínas do meu feitiço.

Memnon se volta para mim, com a respiração pesada e as mãos criando bolhas nos pontos que tocaram o caldeirão.

— Você estava tentando romper o nosso vínculo! — ele ruge.

No andar de cima, ouço alguém berrar:

— Cala a boca!

— Deusa do céu, fala baixo — sussurro. — Você vai acordar o coven inteiro. — E eu já estou por um fio com elas, no momento.

— Mesmo depois de suportar sua traição e sua renúncia, *est amage*, eu jamais *ousaria* quebrar o que é nosso, e somente nosso! — Sua voz aumenta até ele estar vociferando as palavras.

— Quem sabe se você tivesse passado as últimas semanas tentando ser meu amigo, em vez de arruinando minha vida, eu não estaria tentando romper o nosso vínculo.

Sua expressão vacila, como se ele sentisse arrependimento ou vergonha, mas ainda não terminei.

— Juro pela deusa — continuo. — Assim que você sumir da minha vista, vou começar o processo todo de novo.

Parece que Memnon fica mais alto, mais largo. Ele se aproxima e para entre as minhas pernas, com uma expressão ameaçadora, letal.

— Não — ele diz, a voz suave. — Não vai, não.

O feiticeiro coloca uma mão de cada lado da minha cabeça, com a expressão dura como pedra. Dou um solavanco contra o toque dele.

— Me solta.

— Sua mente não é a única que pode roubar lembranças — ele diz, com aqueles olhos enevoados e penetrantes.

Fico imóvel com essa insinuação.

— Você não faria isso — ofego.

Memnon sorri.

— É claro que faria. E *já fiz*.

— Você tomou minhas lembranças? — Minha voz é anormalmente calma quando falo. Uma fúria sombria e turbulenta cresce em minhas veias.

— Eu possuo muito mais do que seu coração. — É, ele praticamente confessou.

Nem chego a pensar: me lanço na direção dele. A magia de Memnon ainda prende minhas pernas à bancada, mas dou um jeito de arranhar seu rosto e arrancar aquele sorrisinho insuportável de satisfação de sua cara.

— Porra — ele xinga em sármata, cambaleando para fora do meu alcance. Então, começa a dar risada. Dar risada! — Ah, *est amage*, senti saudade de seu lado esquentadinho — ele diz, se aproximando de novo e agarrando um dos meus pulsos.

— Eu vou te estripar por ter roubado minhas lembranças, seu cuzão!

Ainda consigo fincar as unhas e esfolar o outro lado do rosto de Memnon antes de ele capturar o meu outro pulso. Então, ele dá um sorriso perverso.

— Achei que não se importasse em perdê-las. Você lutou para continuar amaldiçoada com tanta paixão na semana passada.

— Você *não* tinha esse direito — digo, com veemência.

Memnon ignora minhas palavras, seu olhar recai sobre o grimório aberto ao meu lado.

— Ah, é essa merda de feitiço aqui?

Ele segura meus pulsos com uma das mãos, enquanto espalma a outra sobre o livro.

Sob a sua mão, a página escurece, se enrolando em si mesma, e um sopro de fumaça sobe pelo ar.

Luto inutilmente para me soltar, meu humor vai piorando a cada segundo que se passa. Era para esse feitiço aplacar a minha fúria, não a inflamar. Mas é como se eu estivesse revivendo a queima dos livros no meu quarto.

— Acha que pode quebrar o nosso vínculo e me descartar, que nem você fez dois mil anos atrás?

Sinto sua própria raiva crescendo, e seus olhos se iluminam com seu poder. Sou lembrada, mais uma vez, que a magia de um feiticeiro se alimenta de sua consciência; conforme ele se fortalece, sua empatia se esvai. Estou sentindo que Memnon perdeu boa parte da dele lá atrás, na Antiguidade.

— Você nunca vai se livrar de mim, bruxinha. Nunca.

Encaro a magia faiscando em seu olhar. Estou começando a descobrir que não há nada tão perigoso quanto um feiticeiro injustiçado.

Memnon levanta a mão e a coloca em torno da minha garganta num toque leve como uma pluma. Mas com o feitiço que me deixa grudada à bancada, o corpo dele me prendendo, e agora sua mão no meu pescoço, estou toda imobilizada.

— Mas você tem razão, eu te dei mais infortúnio do que paixão. Talvez seja o momento de te lembrar como é estar comigo.

Ergo as sobrancelhas de vez. Peraí, *o quê?*

Antes mesmo que eu consiga pensar em qualquer coisa, Memnon me beija.

Capítulo 41

Que ódio, que ódio deste homem. Com essa sua boca perversa, e mente perversa, e intenções perversas.

Tem que ter mesmo muita *audácia* para ousar me beijar depois de colocar a minha vida de cabeça para baixo.

Então, mordo o lábio dele. *Com força*.

Memnon solta um grunhido quando o gosto metálico de sangue invade nossas línguas. O monstro sorri junto à minha boca e aprofunda o beijo, como se essa pequena violência o deixasse com tesão. Apesar da minha fúria ardente — e, ah, como arde —, correspondo ao beijo, sedenta por mais. Meus dedos deslizam por entre seu cabelo e eu o puxo com força o bastante para machucar.

Odeio ainda desejá-lo, quando tudo o que eu mais quero é odiá-lo.

Memnon flexiona os dedos bem de leve na minha garganta, me lembrando que estou imobilizada e vulnerável, embora não faça com que eu me *sinta* vulnerável. Sinto como se estivesse prestes a entrar em combustão. Já sei que se abrir os olhos, verei sopros da minha magia emanando do meu corpo.

— Minha imperatriz finalmente está mostrando sua verdadeira face — Memnon murmura junto aos meus lábios.

Isso não chega nem perto da verdade — esta é a minha pior face. Mas se meu parceiro quer se cortar com as partes mais afiadas da minha personalidade, *que assim seja*.

Quando a língua dele mergulha de novo na minha boca, eu a mordo. Memnon chia, mas me beija com ainda mais fervor. Fervor que eu retribuo.

Não consigo explicar. Não *tem* explicação. Eu o detesto. Adoraria dar um chute no saco dele. Mas também estou adorando beijá-lo com raiva. Tenho certeza de que acharia ótimo também pegar toda essa raiva e desejo e ir até o fim.

Acho que acabei de desbloquear um fetiche novo.

Memnon se afasta.

— Você irá me conhecer de todas as maneiras — ele promete.

A linha de raciocínio dele deve ser a mesma que a minha — isso, ou ele me ouviu através do nosso vínculo.

Embora eu não tenha o menor problema com minha fantasia de usar Memnon para satisfazer meus próprios desejos, nem a pau que eu vou deixá-lo fazer a mesma coisa.

Empurro o feiticeiro para longe, sua mão desliza de meu pescoço com facilidade.

Que se foda a fantasia de sexo selvagem...

— Se eu não puder romper o vínculo, vou só lançar um feitiço para fazer seu pau murchar — eu o ameaço.

Memnon sorri, uma gota de sangue se acumula no cantinho da boca.

— Que fofo você pensar que nunca tentou isso antes.

Isso faz meus olhos se arregalarem.

Ele limpa o sangue, me analisando.

— *Liberte* — ele diz, em sármata.

Imediatamente, sua magia se desprende do meu corpo, sem me ancorar mais à bancada.

Seu olhar se acomoda em mim.

— Eu te amo, bruxinha — ele diz, com um quê de tristeza em sua expressão. — Mais do que o mundo inteiro. Essa é a mais profunda verdade, e eu deveria ter repetido isso várias vezes, como fiz uma vez. E lamento que você tenha que carregar o fardo deste amor. — Sua expressão muda um pouco, agora mais determinada. — Mas você *vai* carregar.

Com isso, ele vai na direção da entrada.

— Três dias — ele diz por cima do ombro. — É só o que te resta, imperatriz.

E então, ele se vai.

———

Os três dias se passam num piscar de olhos.

Três dias para tentar entender minhas emoções bagunçadas. Três dias para focar em minha vingança. Três dias para imaginar o que Memnon pretende fazer na noite do baile.

Encaro o vestido esticado em cima da cama, de péssimo humor.

Não quero encarar Memnon de novo.

Talvez seja covardia. Ainda assim, é a verdade.

Ele é o meu pior pesadelo, mas também estou começando a descobrir que ele também é uma fraqueza enorme minha, porque ele me salvou e cuidou de mim, e uma parte minha — uma parte degenerada e teimosa — *gosta* dele. Desgraça, é mais que gostar. Estou caidinha por esse cara, e anseio pelo som de sua voz autoritária e pela sensação dos seus braços ao meu redor. Tudo o que ele tem que fazer é me beijar ou sussurrar algumas palavras bonitas no meu ouvido, e eu reconsidero todo e qualquer pensamento negativo que já tive dele.

Estou morrendo de medo de isso acontecer de novo hoje à noite, quando eu estiver executando minha vingança.

Ao longe, ouço alguém saltitando escada acima, seguido pelo ranger das tábuas do piso quando a pessoa atravessa o corredor.

Segundos depois, Sybil abre a porta.

— Oi, gata! — ela exclama ao entrar, agitada, com seu vestido e sapatos na mão, assim como uma bolsa gigantesca, cheia do que parece ser maquiagem e talvez produtos para cabelo. Ela joga tudo na cama.

— Puta merda, tô tão animada para o baile, e vo... — Sua voz morre na garganta assim que ela vê minha expressão. — Ah, não, não, Selene.

Levo as mãos ao rosto.

— Que foi?

— Eu não vou deixar você entrar em pânico por causa do baile. É a noite da sua vingança. Eu só quero ver sorrisos perversos e olhares malignos.

Enterro o rosto nas mãos e solto um grunhido.

— Eu tô nervosa — admito.

Sybil se aproxima de mim e coloca as mãos nos meus ombros.

— Sua alma gêmea acha que você é calculista e cruel. A Politia acha que você pode ser uma assassina. É óbvio que você não é nenhuma dessas coisas, mas foda-se. — Ela dá uma sacudida nos meus ombros. — Vamos abraçar o conceito por uma noite.

Ela me solta e vai na direção dos itens em cima da cama. De dentro da bolsa, ela puxa uma garrafa de vodca e duas latas de sidra espumante.

— A gente vai beber, a gente vai se maquiar e se divertir *pra cacete* sendo vilãs por uma noite. Que tal?

Respiro fundo.

— Serve uma dose pra mim.

Quando enfim pego o meu vestido, estou toda risinhos.

Talvez tenha bebido só um tiquinho além da conta.

Cabelos, maquiagem, tudo pronto. Só falta agora colocar o vestido. Vou até o meu, com as pernas um pouco trêmulas, enquanto Sybil pega o dela.

Meu vestido preto é longo até o chão, com uma pequena cauda e uma fenda que sobe, sobe, sobe até quase o topo da minha coxa. A parte de trás é ainda mais sexy, presa só por duas alças que se cruzam, o que deixa a pele das minhas costas à mostra.

O tecido tem um brilho que o faz parecer meio iridescente, e ele desliza pelo meu corpo como uma serpente. Agora que estou vestida, me sinto mesmo um pouco maligna.

— Sei que você tem um caso de amor com tênis de cano alto e coturnos. — Sybil se vira para mim, em seu vestido vermelho-rubi, as pedrarias brilham ao refletirem a luz. — Mas, pra hoje, vamos com algo mais chique — ela diz, se aproximando do meu guarda-roupa.

— Não tenho nada mais chique — digo. — Além do mais, como é que eu vou esmagar meus inimigos sob a sola da minha bota se eu não estiver usando bota?

— Você não vai esmagar ele sob a sola da sua bota — Sybil diz, com um revirar de olhos exagerado. — Óbvio que você vai empalar ele na agulha do seu salto. Peraí, dá só um segundo...

Ela dispara porta afora, já calçada com os próprios saltos de cor nude. A distância, ouço algo caindo pelas escadas, seguido por vários palavrões.

Ai, ai. É por isso que saltos não são boa ideia — ainda mais se tiver álcool envolvido.

Saio do quarto com pressa, passando por outras bruxas em diferentes estados de arrumação. Lá, caída no chão, com o vestido praticamente na cintura, está Sybil.

Outra bruxa já está com ela, pronta para ajudá-la, mas ela abana a mão em um gesto de "não precisa".

— Tô de boa, tô de boa.

Apesar de suas palavras, desço até ela e ajudo minha amiga a se levantar, enquanto ela ajeita o vestido.

— Esses sapatos não valem a pena — sussurro para ela.

— Eu não me estatelei toda à toa, Selene — ela retruca. Com essa, Sybil solta a minha mão e sai cambaleando até o próprio quarto.

Aproveito o momento para voltar ao meu próprio quarto e pegar o celular, que enfio no vestido. Nero ficou deitado na cama durante esse tempo todo, mas agora, como se soubesse que já estou de saída, ele se levanta e me segue.

Chegamos na frente do quarto de Sybil bem quando ela está fechando a porta ao sair, com sua coruja empoleirada em cima do ombro e um par de saltos altos na mão.

— Toma — ela diz quando me vê, e empurra os sapatos em minha direção.

Calço os saltos, então descemos com nossos familiares e saímos de casa junto de outro grupo de bruxas — duas das quais usando botas.

Enquanto isso, cá estou eu, com essas pernas de pau.

Peraí, esse pensamento soa familiar. Eu não tive uma conversa inteira igual a essa com Sybil em outra noite?

Aposto que tive.

Solto o ar. Acho bom eu estar dando uma de vilã gostosa, senão farei um motim.

Nosso grupo atravessa o campus, seguindo o fluxo de bruxas na direção do conservatório. Nero trota ao meu lado, como se fosse meu acompanhante.

No céu, a lua cheia brilha, iluminando e banhando os arredores com uma luz azulada e pálida. Respiro fundo com a visão, sentindo minha magia formigar, como se também sentisse o toque da luz. Luas cheias são de revelações e verdades que nem mesmo a escuridão pode esconder. E esta, a Lua do Caçador — a primeira lua cheia de outubro — é particularmente intensa.

É uma boa noite para me vingar e para forçar Memnon a enfrentar *meus* sentimentos verdadeiros por ele.

Bruxas em vassouras cortam o ar, rindo despreocupadas, suas saias e cabelos ao vento. Um velho sentimento de anseio toma conta de mim, e tenho que lembrar a mim mesma de que estou no coven agora e que vou aprender a andar de vassoura no futuro. É mais uma coisa que eu terei para conquistar durante meu tempo aqui. Só não chegou a hora ainda.

O conservatório brilha a distância. A luz de velas, vinda de centenas de lanternas flutuantes, ilumina a estrutura de vidro e cria um efeito lindo, quase gótico.

Eu nunca entrei na imensa estufa do coven, não até hoje. Conforme vou chegando mais perto, fica claro o quanto estou perdendo. Posso ver todo tipo de plantas selvagens crescendo lá dentro, e em homenagem ao Samhain, alguém cultivou abóboras do tamanho das cadeiras do lado de fora. Muitas ainda estão presas aos caules, e a própria planta se enrola ao redor da fruta gigante.

Subo os degraus de mármore que levam à entrada, com Nero ao meu lado. Olho de relance para o ombro de Sybil e noto que Merlin já saiu voando noite adentro. Então, paro para examinar os arredores, e o resto das bruxas continua a entrar na estufa. Não tem mais ninguém com seu familiar.

Mordo o canto da boca ao me virar para Nero.

— Acho que você não pode entrar — digo.

Minha pantera me encara por um longo tempo com seus olhos dourado-esverdeados, como se estivesse tentando se comunicar em silêncio. Espio sua mente por um momento e sinto que ele emana uma emoção que eu não estava esperando: afeto.

Voltando à minha própria consciência, eu me ajoelho para encostar a testa na dele.

— Eu também te amo — sussurro para ele. Me afasto e faço um carinho no rosto dele. — Se cuida nessa floresta, hein? — Com certeza, vai ter um monte de bruxas bêbadas e com tesão, tomando péssimas decisões por aí.

Nero me dá mais uma longa olhada, como se dissesse: *Se cuida você também*.

Ou talvez eu esteja antropomorfizando de novo meu familiar. Mesmo assim, assinto.

Com uma última olhadela, Nero se vira e se esgueira até a linha das árvores. Fico de pé, o observando ir embora.

Imperatriz...

Meu corpo inteiro tensiona com o chamado de Memnon. Me viro na direção do conservatório mais uma vez, e me surpreendo ao avistá-lo atrás das portas duplas.

Ele está de pé, com as mãos nos bolsos de seu terno, tão maior e mais largo que todos os outros ao seu redor.

Puxo o ar ao ver como ele continua gostoso, toda a sua selvageria contida pelo corte de seu paletó e calça social. Bem, *majoritariamente* contida — ele se livrou da gravata borboleta, a camisa está parcialmente desabotoada, e posso ver a tatuagem de pantera que ele tem espiando acima do colarinho. Ele parece ter passado os dedos no cabelo várias vezes.

Se eu pensei que uma roupa social faria Memnon parecer menos perigoso, estava muito errada.

Sinto um frio na barriga com a visão dele, e meu coração chega a errar as batidas.

Vingança, eu me lembro. A noite é de vingança.

Seus olhos enevoados brilham ao me ver, desde a ponta dos meus pés, subindo pela fenda do vestido até o busto, e então, enfim, ao meu rosto. Parece que alguém deu uma pancada na cabeça dele.

Eu o vejo engolir em seco, com os olhos ainda presos a mim, e puta merda, Memnon... ficou mesmo impactado com a minha roupa?

Acho que o vestido da vingança funcionou.

Respiro fundo e endireito a postura. Tá bom, vamos lá, eu dou conta. O frio na barriga já começa a se dissipar.

Subo o restante das escadas e entro no conservatório. Uma melodia encantadora (e levemente assombrosa) preenche o ambiente. À minha volta, bruxas e magos em trajes formais conversam, e riem, e bebem infusão de bruxa em taças coupé delicadas, como se fôssemos membros da alta sociedade, e não criaturas selvagens e mágicas.

Me viro na direção em que vi Memnon um momento atrás, mas ele não está mais lá. Infelizmente, em algum lugar no meio da multidão, o perdi de vista. Olho em volta.

— Selene!

Me viro na direção da voz e vejo Sybil se esgueirando pela multidão. Mais atrás, vejo de relance o grupo de bruxas com quem viemos.

— Arranjei uma mesa pra gente! — minha amiga diz, parando na minha frente. — Quer ir lá sentar, ou...?

— Ele tá aqui — eu a interrompo.

— Quê? Cadê? — Ela olha em volta.

— Não sei, perdi ele de vista. — Enquanto falo, percebo que minhas mãos estão tremendo. Mas não é de ansiedade, e sim da magia que quer sair.

Estou pronta para enfrentá-lo.
Sybil faz uma cara animada.
— Sabe o que isso quer dizer? — ela pergunta. — Hora da vingança.
Em vez de voltar à mesa, Sybil me guia para o outro lado, na direção de uma das alas do conservatório.
Por um instante, conforme vou absorvendo a visão de nossos arredores, me esqueço de Memnon e das tretas entre nós.
Não acredito que nunca visitei este lugar antes.
As plantas tomam conta de cada parte do conservatório; crescem de vasos enormes de terracota e até de canteiros do chão, onde partes do piso foram removidas. O único lugar que não está coberto pela folhagem é a pista de dança e as mesas que a cercam, embora mesmo elas estejam decoradas com plantinhas aqui e ali. E tudo isso é iluminado pelas lanternas flutuantes logo acima.
No final da ala, atrás dos vários grupos de pessoas conversando entre si, um caldeirão enorme borbulha. Ao lado, tem uma pirâmide de taças coupé, todas cheias de infusão.
Ah, sim, mais birita para eu me soltar e me divertir. Talvez até me faça esquecer que "me divertir" não ajuda nem um pouco a saciar minha sede de vingança.
Eu e Sybil ainda não chegamos ao caldeirão quando sinto o toque de uma magia familiar nas minhas costas nuas.
Imperatriz... temos contas a acertar...
Paro de andar, e Sybil olha para mim.
— Que foi? — pergunta ela.
— Memnon.
— Tá vendo ele? Cadê? — Ela começa a espiar ao redor, como se pudesse encontrá-lo.
Tenho uma vontade esquisitíssima de rir dela.
— Você nem sabe como é a cara dele.
— Não, mas todo cuzão é igual. Aposto que consigo achar ele nessa multidão.
Agora, rio de verdade.
— Só estou ouvindo ele — admito. Levo a mão à têmpora. — Bem aqui.
Minha amiga levanta as sobrancelhas.
— Ah. *Ah*. Verdade. Você tem poderes bizarros de alma gêmea.
Dou uma olhada discreta em volta, mas não vejo Memnon. É óbvio que ele está brincando comigo.

O pior é que está funcionando.

Diversão é a última coisa que se passa na minha mente no momento. Em vez disso, toda a minha raiva, e ressentimento, e vergonha, e preocupação — todas essas emoções ruins crescem dentro de mim, junto de algumas outras, como entusiasmo, esperança, e um sentimento volúvel, um sentimento estrangulado que eu me recuso a nomear.

Eu e Sybil chegamos até a pirâmide de bebidas e pegamos uma taça para cada. Mas quando olho para a infusão de bruxa em mãos, faço careta.

— Não dá — admito.

— Não dá o quê? — Sybil pergunta, tomando um gole de sua taça.

Não posso continuar bebendo, e rindo, e *fingindo*. Pela deusa, não quero mais fingir.

— Preciso achar o Memnon e me resolver com ele. — Quando digo essas palavras, sinto a verdade absoluta nelas. Entrego a taça para minha amiga. — Pode levar até a nossa mesa e guardar pra mim?

— Mas, Selene...

— Por favor, Sybil. — Lanço um olhar suplicante para ela. — Vai ser rapidinho. — Forço um sorriso. — E aí, a gente vai poder se divertir juntas. Pra valer.

Ela dá um muxoxo, mas depois assente.

— Ai, tá, tá bom. Vai se resolver com aquele babaca e depois me encontra. — Minha amiga me dá um olhar brincalhão. — Mas não demora muito, senão eu vou tomar o seu drinque.

Desta vez, dou um sorriso de verdade para ela.

— Combinado.

Quando Sybil sai de vista, eu espreito pelos corredores de plantas, desviando de casais aos sussurros, serpenteando através do conservatório, até chegar a um canto escondido que não tem ninguém.

Os únicos sinais de que está rolando uma festa no momento são as notas de alguma canção trágica que ecoa pelo ar e o murmúrio distante de vozes.

Cadê você?, chamo Memnon através de nosso vínculo.

Fecho as mãos em punhos. Minha sede de vingança já começa a tomar conta de mim. Consigo me imaginar vividamente descendo um soco na cara do feiticeiro, ou talvez dando uma joelhada em seu saco. Minha magia já começa a vazar das mãos.

À minha volta, o ar se agita, e então sinto um peito largo roçando nas minhas costas nuas.

— Bem aqui, bruxinha — ele sussurra em meu ouvido.

Meu coração dispara com o som da voz dele e com a proximidade, e eu me viro para encará-lo.

A hora é agora. Se eu quiser pegá-lo de surpresa, este seria o momento ideal.

Em vez disso, hesito. Minha vingança recua diante dessa empolgação sem fôlego que eu sinto ao vê-lo. É quando um pensamento sensato me vem à mente: não importa o quanto eu me enfureça com Memnon, ele sempre será o homem que meus olhos vão procurar numa multidão. É ele quem eu sempre vou desejar. A paixonite que eu tinha pelo Kane não era nada — absolutamente nada — comparada a isto.

O próprio Memnon parece me devorar com os olhos.

— Você nunca precisou de magia, *est amage* — ele murmura, com a voz rouca provocando arrepios na minha pele. — Você é toda encantadora mesmo sem ela.

Levanto o queixo.

— Estava achando que eu estaria toda acabada, depois que você queimou os meus cadernos? Que eu estaria *implorando* para você devolver minhas lembranças?

— Hum... — O barulho que ele faz soa mais como um rosnado do que qualquer outra coisa — Eu *gosto* da ideia de ver você implorar, *est amage*. Você sempre teve argumentos muito... *convincentes*.

Não sei se é uma lembrança ou minha imaginação, mas por uma fração de segundo, me vejo ajoelhada à frente de Memnon, com o pau dele na boca...

A imagem desaparece tão rápido quanto veio, mas me deixa sem fôlego e corada.

Memnon alisa o meu rosto vermelho.

— Bruxinha linda, inebriante — ele sussurra.

Ele se inclina, quase como se não pudesse evitar, aqueles lábios tentadores deslizam sobre minha pele, me desafiando a afastá-lo.

Não sei que feitiço ele está usando, mas neste exato momento, nossas rixas insuperáveis parecem se dissolver até não restar nada. Quando Memnon fica assim, tão perto de mim, tudo fica bem simples.

Ele é meu.

Seus lábios deslizam pelo meu maxilar.

— Uma coisa que descobri depois que te conheci pela primeira vez é que, se eu te beijar bem aqui... — Ele roça os lábios no meu pescoço, e eu estremeço toda. Ele sorri junto à minha garganta. — Você faz exatamente isso.

Inclino a cabeça para trás e aceito aquela carícia, uma das minhas mãos vai parar no cabelo dele. Entrelaço os dedos em suas mechas escuras para mantê-lo junto a mim. Desejo muito mais do que só a boca dele no meu pescoço e o corpo dele pressionado contra o meu desse jeito.

Quero jogá-lo no chão e rasgar a camisa dele. Quero ouvir os botões saltando. Quero a pele dele contra a minha.

Quero que ele me dê aquele sorriso maroto, enquanto faço o que bem entender com ele e coloco um fim neste incêndio que ele acendeu em mim.

Ele queimou seus cadernos — suas lembranças. Nada de sentar nele até parti-lo ao meio. Faça ele pagar.

Tomo um susto com esse pensamento sensato. Solto o cabelo de Memnon e fico dura em seus braços — quando foi que aqueles braços me envolveram desse jeito?

Desgraça. Isso é exatamente o que eu *não* deveria estar fazendo agora.

Preciso fazer um esforço ridículo de autocontrole, mas consigo levar minhas mãos até o peito dele — admirando por um momento os músculos durinhos que ele tem. Não parece bobo, que músculos fiquem duros...?

Que desgraça, foco, Selene.

Empurro Memnon para longe com rispidez, adicionando um pouco de magia ao gesto para fazer o corpo imenso dele se mexer.

O feiticeiro cambaleia para trás, com a expressão enebriada de desejo, seu olhar recai sobre meus lábios.

— Você destruiu meus diários e *anos* de minha memória — lembro a nós dois.

Parte da névoa se dissipa do rosto de Memnon.

— Essa é sua tentativa de me fazer sentir remorso? — ele pergunta, limpando o lábio com o polegar. — Culpa? Vergonha? — Ele deixa a mão cair, e sua expressão fica mais séria. — Porque, minha rainha, este é bem o gosto da vitória.

— Vitória? Sobre o quê? Nosso relacionamento disfuncional?

Memnon sorri para mim.

— Venho esperando este momento por um bom tempo.

Franzo a testa, com uma inquietação embrulhando meu estômago.

— Do que você tá falando?

— O que você acha que eu tenho feito no tempo em que não estamos juntos? — ele pergunta, inclinando a cabeça.

Eu nunca soube.

Ele balança a cabeça devagar.

— Tem tanta coisa que você não sabe sobre mim. — Memnon se aproxima de mim. — Assim como você, *est amage*, rastejar não é do meu feitio. Eu estou no ramo do *poder*. — Ele coloca um dedo embaixo do meu queixo e o inclina para cima. — E você, *meu amor*, está completamente despreparada para isso.

Perscruto seu olhar. É agora que devo me afastar. Ou atacar. Mas ele me hipnotiza, tanto com sua aparência quanto com seu toque.

— Mesmo quando era rei, eu entrava em batalha junto da minha horda. — A voz dele fica mais suave, íntima, e ele troca de idioma para o sármata. — Mas, às vezes, quando enfrentava um adversário particularmente obstinado, ou um que eu queria tornar um exemplo, deixava meus guerreiros a uma certa distância do campo de batalha, e ia sozinho. — Conforme ele fala, as luminárias logo acima vão ficando mais fracas, como se se encolhessem de qualquer que seja a história sombria que Memnon quer me contar. — Você sabe por que eu enfrentava meus piores oponentes sozinho?

— Tenho certeza de que você vai me contar — respondo, baixinho.

Ele dá uma sombra de sorriso, embora não carregue nenhum humor.

— Feiticeiros têm vasto poder, mas quando usado em tão larga magnitude, nossa magia pode se tornar um tanto... *feroz*.

Acho que ele está me contando a história de como perdeu sua consciência em nome do poder. Em vez disso, ele diz:

— Quanto mais forte for a magia que lançamos, menos somos capazes de controlar quem essa magia toca. Amigos e família ficam sempre em perigo quando decidimos libertá-la. — Ele faz uma pausa para que eu absorva aquilo. — Então, eu enfrentava meus inimigos sozinho, e os regentes obstinados e terríveis viam em primeira mão o tipo de destruição que eu era capaz de causar.

De repente, percebo que estou com frio, aterrorizada pelo que ele está insinuando.

— Exércitos inteiros se espalhavam, caídos pelos campos, e eu ficava no meio, na minha montaria, intocado.

Na minha imaginação, consigo ver campos de cadáveres e trigo manchado de sangue, e Memnon em sua armadura de escamas, montado no cavalo. Praticamente consigo sentir o gosto de sua magia ameaçadora e poderosa, espessa no ar.

— E às vezes — ele continua —, se eu estivesse com um controle do meu poder realmente bom naquele dia, deixava a morte do regente por último. Eu o deixava inspecionar as ruínas do exército dele. Deixava bem claro que ele deveria ter se rendido a mim quando teve a chance.

É óbvio que isso é um aviso, e que me deixa trêmula. Ao longe, dá para ouvir a música tocando e as pessoas rindo, e meu celular vibrando no decote, mas tudo isso parece estar a um mundo de distância.

Através do meu medo, entretanto, minha raiva cresce, assim como minha magia. Este é o meu momento — minha oportunidade para uma vingança de verdade.

Meu poder se acumula nas mãos.

O olhar de Memnon recai sobre elas.

— Você vai me acertar, bruxinha? — Ele soa entretido. — *Gostei* da ideia. Talvez até faça cócegas.

Minha magia inflama em resposta ao insulto, crescendo e crescendo. Posso sentir seus movimentos caóticos dentro de mim.

Ele acena com a cabeça na direção do meu peito.

— Seu celular está tocando. Imagino que seja urgente — ele diz, se afastando. — Por que não atende?

Baixo o olhar para meu decote só por um instante, mas quando levanto a cabeça de novo, não vejo mais Memnon.

Droga.

Saio marchando atrás dele, meu poder já se recolhendo de volta ao meu corpo agora que perdi o feiticeiro de vista. Meus saltos fazem barulho conforme percorro as alas, em busca de Memnon. Mas ele realmente desapareceu.

Eu paro, olhando em volta, para uma fileira de árvores e arbustos e outra onde tem um casal se agarrando contra o tronco de uma palmeira.

ZZZZZZZ – ZZZZZZZ...

Olho para o meu decote de novo. Solto o ar, frustrada, e então puxo o celular de lá.

Olho o identificador de chamadas só de relance, presumindo que é Sybil.

Não é.

Em vez disso, a tela diz: *Kane Halloway.*

Por que logo Kane está me ligando agora? Não soube mais dele desde aquela noite desastrosa. Para ser sincera, nem sabia que tinha o número dele.

De todo modo, atendo a chamada, levando o celular à orelha enquanto volto a andar por fileiras de plantas. Meus olhos avistam uma porta para um pátio dos fundos.

— Oi, Kane. Eu tô meio ocu...

— Olha, Selene, tenho um monte de coisa pra te falar, e pouquíssimo tempo. — O homem do outro lado da linha não parece nem um pouco com o licantropo de quem me lembro. A voz dele é grave e rouca demais. Aliás, ele mal parece humano.

Hesito.

— Kane? É você mesmo? — pergunto, baixinho.

— Lua cheia. Tô segurando uma transformação.

Fico boquiaberta. Para ser sincera, nem sabia que era possível licantropos adiarem uma transformação durante a lua cheia, por qualquer que seja o tempo.

Sigo na direção da porta. Quero um pouco de ar fresco e privacidade para lidar com esta ligação, seja lá o que for.

— Minha matilha sabe que foi você que salvou a Cara — ele diz às pressas. — Eu mesmo confirmei que era seu cheiro.

A garota metamorfa que eu salvei! É disso que ele está falando.

— Tá bom... — Não sei aonde ele quer chegar com isso.

Saio porta afora e dou num pátio enorme, cercado pelas paredes de vidro do conservatório pelos três lados. Há um pátio de pedra, mas que dá lugar a um jardim cheio de plantas. A folhagem tomou grande parte das estátuas de mármore e chafarizes espalhados pelo espaço, e praticamente engolfou os poucos postes de luz daqui.

— Não sei se você sabe muito sobre dinâmicas de alcateia, mas depois do que você fez, a gente te considera amiga da matilha. — O silêncio que segue essa admissão é pesado, como se o que ele está dizendo fosse muito importante. Ele acrescenta: — Ser amiga da matilha quer dizer que nós estendemos nossa proteção a você, enquanto tiver esse título.

Proteção. Ele está me oferecendo *proteção*. E não é pouca coisa, aliás, é a proteção de uma alcateia inteira. Perco o fôlego de uma só vez. É mesmo uma coisa muito importante — além de uma oferta formidável.

Dou uma olhada nos poucos outros convidados por aqui, tomando bebidas ou desaparecendo nas sombras da noite, enquanto absorvo as palavras de Kane.

— A gente pretendia marcar uma reunião formal e te dizer tudo isso em pessoa, mas acho que não vai dar mais tempo — ele diz, com a voz ainda animalesca.

Franzo a testa conforme assisto a algumas bruxas que chegavam em vassouras aterrissarem e começarem a caminhar na direção das portas de trás do conservatório.

— Como assim, "não vai dar mais tempo"? — pergunto, totalmente perdida.

Kane parece escolher as palavras com cuidado.

— Um dos membros da matilha trabalha com a Politia.

Assim que ouço *isso*, meu estômago dá um nó.

Kane também hesita, como se não quisesse continuar. Por fim, ele suspira, mas o som sai meio truncado, como se a garganta lupina dele não conseguisse reproduzir o som.

— A Politia tá indo te prender.

Capítulo 42

— Como é que é? — Quase derrubo o celular.

Do outro lado do pátio, alguns convidados olham na minha direção e voltam para dentro, claramente assustados com o meu escândalo.

Devo ter ouvido errado. Não é possível...

— Hoje — Kane acrescenta. — Eles têm um mandado de prisão. Pelo jeito, acharam um sapato seu que tinha sangue daquela última bruxa que sumiu.

— Kasey — sussurro.

Quanto aos meus sapatos, não *achei* mais o tênis que deixei para trás na noite do círculo mágico. Será que a Politia achou? Se sim, por que estariam na floresta, e por que caralhos teriam o sangue da Kasey? Eu estava descalça quando o confronto aconteceu.

Deve ter rolado algum engano.

Estou prestes a dizer isso quando Kane continua:

— A Politia acha que foi você que cometeu os assassinatos.

Não consigo respirar. Uma coisa é ser suspeita, outra é saber que eles pretendem *me prender? Hoje?*

— Minha deusa... — sussurro, me sentindo zonza. Mais convidados voltam para dentro do conservatório. — Eu sou inocente, Kane. — Preciso dizer isso, muito embora não me lembre de tudo.

— Se qualquer um de nós, metamorfos, achasse que você cometeu esses crimes — Kane diz —, a gente teria te entregado, amiga da matilha ou não.

Solto o ar, vacilante. Alcateias são conhecidas por serem leais, mas ainda mais por protegerem os inocentes — especialmente os seus.

— A gente acha que alguém está tentando te incriminar.

A sensação é de que alguém tivesse me dado um chute no estômago.

Incriminada. Estou sendo... incriminada.

Fiquei tão focada em provar minha inocência que nem parei para me perguntar por que meu nome volta e meia aparecia, para começo de conversa. Só presumi que era alguma combinação de estar no lugar errado, na hora errada, e não conseguir provar meu álibi.

Não considerei a possibilidade de alguém usar de propósito minha perda de memória contra mim.

Devia ter pensado nisso.

Levo a mão à testa.

— Merda.

Merda, merda, *merda*.

O tom de Kane fica mais urgente:

— Meu alfa pediu para eu te passar esta mensagem: colabore com as autoridades. Vamos mandar um de nossos advogados para ajudar a resolver tudo, assim que a Semana Sagrada passar. — Ou seja, assim que os licantropos puderem controlar as transformações novamente.

Ainda estou com a mão na cabeça. Minha mente está gritando, e parece que eu não consigo respirar.

— Kane — digo, baixinho. — Eu... *obrigada*. — O que ele disse talvez não evite minha prisão, mas saber que tenho o apoio de uma matilha inteira faz com que tudo isso pareça bem menos desesperador.

A voz do licantropo fica ainda mais grave.

— A Cara contou o que aconteceu, pelo menos o que ela conseguiu lembrar. Não é muita coisa, mas mesmo assim, é o bastante para a gente saber o quanto você se arriscou para salvá-la. Pelo visto, elas iam forçar a Cara... — As próximas palavras dele saem mutiladas. Kane para, pigarreia e continua. — Num enlaço, contra a vontade dela. — Mais vários segundos de silêncio se passam, e eu só consigo imaginar que ele está tentando atrasar a necessidade da transformação. — A gente gostaria de ouvir a história daquela noite nas suas palavras, quando resolvermos essa situação com a Politia.

— É claro, posso fazer isso — digo em voz baixa.

Ouvir Kane falar desse jeito — como o líder que ele deve estar prestes a se tornar — está me tirando do eixo. Tive uma paixonite por ele durante anos, mas nunca cheguei a conhecê-lo *de verdade*. E agora estou descobrindo que talvez ele não seja só um metamorfo gostoso; talvez ele tenha uma posição de comando, mesmo assim tão jovem.

Ele hesita, mas depois acrescenta:

— Aliás, Selene, não é oficial, mas *eu* gostaria de te ver de novo. — Sua voz fica rouca mais uma vez, quase a ponto de não ser mais inteligível. — Quero te ver desde que a gente se despediu naquela noite.

Eu e ele deixamos as coisas meio estranhas — em algum lugar entre uma paquera, uma paixonite e uma experiência de quase morte. Pelo menos, acho que foi onde deixamos as coisas.

— Eu...

Bruxinha, está pronta para brincar...?

Coloco a mão no coração com o som da voz de Memnon dentro de mim. Mal consigo me concentrar na minha sede de vingança, à luz do que acabei de descobrir.

— Só queria que você soubesse a minha opinião sobre isso — Kane diz, antes que eu consiga respondê-lo de forma decente. Ele pigarreia. — De qualquer forma, tente não responder a nenhuma pergunta até um de nossos advogados falar com você.

— Tá bom — respondo, com a voz meio distante.

Agora consigo imaginar vividamente os oficiais da Politia invadindo o conservatório e me algemando na frente de todas as minhas irmãs de coven.

Preciso sair daqui e voltar para o meu quarto. Se eu for acusada e presa hoje, não quero que seja diante de uma plateia. Ainda mais se ela for composta pelas minhas amigas e o resto da galera. Vai ser uma experiência ruim o bastante por si só.

— Você sabe quando vão chegar aqui? — Minha voz falha.

— Não sei — Kane admite, com remorso. Ao fundo da ligação, dá para ouvir o uivo de um lobo, seguido por mais vários outros. — Uma hora? Talvez antes, talvez depois. Não sei os detalhes.

Esfrego os olhos, sem saber se quero rir ou chorar. Toda esta situação é simplesmente maluca.

— Sinto muito, Selene — ele acrescenta, baixinho. — Eu...

Gritos ecoam de dentro do conservatório, e eu quase derrubo o celular. Xingo em voz baixa.

Memnon. Sei que isso tem dedo dele.

— Kane, tenho que desligar.

Antes que ele consiga responder, desligo, atravessando o pátio assustadoramente silencioso, a cauda do meu vestido vai farfalhando às minhas costas.

Sigo na direção das portas duplas que levam à área principal do conservatório. Mesmo daqui, consigo ver os convidados lá dentro, mas não ouço mais a música tocando. Agora que estou percebendo, as pessoas parecem estranhamente tensas.

— Selene! — Memnon vocifera, de algum lugar lá dentro.

Sinto os pelos da nuca arrepiarem.

Entro de novo na estufa gigantesca, desviando dos convidados. Eles estão de olhos arregalados, e uma grande quantidade de magia emana com nervosismo das bruxas e magos e flutua no ar.

— Selene! — ele chama novamente.

A multidão é tão grande que eu não consigo vê-lo. Não até desviar dos últimos convidados que ocupam a pista de dança.

De pé, no centro, está Memnon. E ele não está sozinho.

Em suas garras, está uma bruxa loira, tremendo dos pés à cabeça. Ele segura aquela adaga chique com o cabo dourado próxima à garganta dela de uma forma quase casual. Eu sei, lá no fundo, que é uma ameaça real. Ele cortaria a garganta daquela mulher num piscar de olhos, se tiver vontade. Ele pode fazer até pior.

— Selene! — Desta vez, não é Memnon que me chama.

Me viro na direção da voz de Sybil, procurando pela minha amiga no meio do povo. Avisto seu vestido vermelho de relance, e então, seus olhos cheios de pânico.

— Corre...

— Olha ela aí — Memnon diz, seus olhos perversos brilhando ao me avistar.

Todo mundo ao redor nos assiste, horrorizados, congelados no lugar.

Por um momento, também congelo como eles. Estava esperando que o feiticeiro fizesse alguma coisa horrível, mas não *isto*.

Finalmente, encontro a voz:

— *Solta ela.* — A ordem sai mais forte e mais calma do que eu imaginava.

Memnon desvia a atenção para a bruxa, e ele parece considerar minhas palavras. Abaixo da lâmina dele, uma fina linha de sangue se forma.

— Não — ele diz, por fim. — Acho que não.

Meu coração retumba nos ouvidos. Ao meu redor, os convidados ainda estão enraizados. É só agora que eu noto a magia de Memnon serpenteando entre eles, e me dou conta de que é isso que os impede de intervir ou fugir daqui.

Volto a atenção para o feiticeiro.

— Não sei o que você está fazendo, Memnon, mas não vai se safar disso — digo. — Não estamos mais na Antiguidade, e você não é mais rei. Temos centenas de testemunhas aqui. A Politia vai te pegar.

Ele começa a rir, e o gesto faz sua adaga se mexer e a bruxa em seus braços chorar de medo. Outra linha de sangue se forma abaixo da lâmina.

— A Politia? — Memnon pergunta. — Acho *extremamente* engraçado que você confie neles, dada a sua situação. — Ele inclina a cabeça. — Já se esqueceu da nossa conversa sobre poder? Aqueles que o detêm fazem as regras. E os que não, devem segui-las, inclusive a Politia.

Ao meu redor, ouço o murmúrio das pessoas e o choro sufocado de uma ou duas, mas de alguma maneira imperiosa, o lugar cai em um silêncio mortal.

— Estranho como os assassinatos sempre parecem envolver você — ele diz. — Quantas vezes você se perguntou se era culpada? A Politia com certeza parece pensar que foi você. Fico imaginando quem poderia ter direcionado o olhar deles para uma bruxa tão inocente e obediente?

A gente acha que alguém está tentando te incriminar.

Eu o encaro, cada vez mais horrorizada.

— Você — ofego. — Foi você que me incriminou. — Meu estômago embrulha, e por um instante, acho que vou passar mal. — Mas... — Franzo a testa. Eu o perguntei, de forma bem direta, se foi ele quem assassinou aquelas bruxas, enquanto ele estava sob efeito de um feitiço da verdade.

— Eu não matei aquelas bruxas — ele reconhece. — Foi outra pessoa. Mas eu *mudei* os corpos delas de lugar antes que fossem destruídos. Percebi que poderia expor as ações dos culpados e te implicar pelos crimes ao mesmo tempo.

Aí está, a confissão dele, admitida diante de um salão cheio de centenas de meus colegas. O fato de ele parecer não dar a mínima para isso me enche de terror — ainda mais porque estou vendo que a indiferença dele não vem da ignorância da modernidade. Acho que pode vir, de verdade, de ele ter poder o suficiente para fazer os problemas *desaparecerem*.

Não consigo respirar.

— O que foi que você fez? — sussurro.

— Tantas coisas que é impossível recontar tudo aqui. — Ele olha para a adaga. — Um senhor da guerra é muito mais que um guerreiro, *est amage*. Tem muita estratégia envolvida.

Minha magia cresce, pressionando contra o interior de minha pele.

— Não dá pra superar uma coisa dessas, sabia. — Mesmo ao dizer essas palavras, sinto dor. Dor por algo que poderia ter sido profundo e verdadeiro, mas que nunca vou alcançar.

Que tipo de monstro faz isso com aquela que diz amar?

Mas a resposta sempre esteve aqui, bem na minha frente.

A esposa de Memnon, Roxilana, se esforçou muito para esconder Memnon do mundo. Talvez ela tivesse visto esse lado dele antes mesmo de mim.

— Não dá para superar isso? — Seus olhos brilham com seu poder, e ele segura a mulher com mais força. — *Est amage*, eu não suportei milênios naquele sarcófago frio e desolador para te perder de novo.

A bruxa nos braços dele choraminga. Seu rosto está molhado de lágrimas, arruinando a maquiagem que ela deve ter feito toda animada. A noite deveria ser divertida, e não este pesadelo.

— Solte a moça, Memnon — repito. Minha magia continua a se acumular, se acomodando abaixo da minha pele e percorrendo minhas veias. — Isto é entre mim e você.

Memnon baixa o olhar para a bruxa. Mais sangue escorre do pescoço dela. Ela muda o peso de uma perna para outra, e eu vejo a magia dela se avolumando na palma das mãos, os sopros cor de esmeralda vão se dissolvendo a centímetros de distância. Não sei que tipo de encantamento ele lançou nela, mas está neutralizando seus poderes.

— Você quer tanto assim a liberdade dela? — ele pergunta. — O que estaria disposta a fazer para conseguir?

A pergunta me pega de surpresa. Sinto todos os olhos recaírem sobre mim. Essa barganha não vale só para a bruxa refém de Memnon. Vale para Sybil e todos os outros convidados aprisionados sobre a magia do feiticeiro.

— O que você quer? — pergunto, com o poder se revirando dentro de mim.

— Você sabe muito bem o que eu quero.

De repente, me lembro do que ele me disse na semana passada.

Você está sob uma maldição, parceira. Criada pelas suas próprias mãos. É claro que vamos quebrá-la.

Ele quer que eu me lembre de nosso passado. Qual seria o sentido dessa vingança, se eu não puder me lembrar do crime que fez por merecer?

Minha magia dispara em alerta, escapando pela palma das mãos.

Meu olhar vai dele para a bruxa. Sei que este é o momento de me render, mas *não* consigo. Não nesse quesito, e não para esse cuzão.

Então, escolho a violência.

— *Exploda* — sussurro.

Minha magia irrompe do meu corpo, e quando faz isso, sinto uma leve tontura, meu poder vai consumindo sabe-se lá quantas lembranças. É só no último minuto que eu penso em usá-lo como arma.

Ele acerta as canelas de Memnon, jogando-o para trás. A bruxa em seus braços grita quando a adaga fere sua pele, abrindo um corte em seu ombro. Mas é um corte raso e impreciso.

Assim que se livra de Memnon, a bruxa sai cambaleando para longe. Porém, só consegue percorrer alguns metros antes de ser pega pelo mesmo feitiço que paralisa o restante do lugar.

Ouço seu choro de frustração, e os convidados ao redor dela tentam alcançá-la, murmurando alguma coisa em sussurros cheios de terror.

Memnon recobra o equilíbrio, e então dá uma risadinha grave e sinistra.

— Sua danadi...

— *Exploda*. — Lanço outro feitiço nele.

Este o acerta bem no peito, derrubando-o de novo.

Acumulo ainda mais magia na palma da mão.

— *Exploda*. — Eu a liberto. — *Exploda. Exploda.* — Formo e lanço os feitiços o mais rápido que posso. Eles acertam o alvo numa rápida sucessão, detonando contra o corpo dele e fazendo-o recuar. Um deles erra, estilhaçando a janela atrás de Memnon. — *Corte.* — O feitiço faz um talho no terno chique e na pele dele, que começa a verter sangue.

Grossas plumas de cor índigo da magia de Memnon emanam dele antes de se acumularem ao redor do seu corpo esparramado e serpentearem pelo chão.

Mesmo com meus ataques e com os feitiços que ele já lançou no salão, o próprio poder dele parece estar crescendo.

Eu me aproximo dele, e cada ataque só aumenta minha raiva e determinação. Não sinto prazer ao machucá-lo. Queria sentir — puta merda, como eu queria —, mas não sinto, e isso parece inflamar a minha fúria.

Faço uma carranca para ele, olhando-o de cima.

O poderoso feiticeiro leva a mão ao peito, de onde seu sangue se derrama. Olha para o líquido vermelho na ponta dos dedos, e então para mim, com um brilho nos olhos.

— Eu já te falei, parceira, que batalhas sempre foram meu tipo preferido de preliminar?

A magia dele desce sobre mim de uma só vez, me jogando para trás. Caio no chão com força, e o ar sai de meus pulmões quando meu corpo desliza pela pista de dança.

À nossa volta, os outros convidados estão em pânico, seus gritos e choro tomam conta do ambiente, assim como a magia deles. O poder de Memnon envolve todo o prédio, prendendo todo mundo lá dentro.

Nem parei de escorregar quando minha própria magia o ataca novamente, o feitiço não verbal se projeta contra ele como um chicote.

Memnon solta um grunhido com o impacto, mas então o vejo se colocar de pé. Mais magia escapa pelos meus braços.

— *Exploda.* — Lanço o feitiço de onde estou deitada.

Desta vez, um tentáculo feito do poder de Memnon golpeia meu feitiço como se fosse um inseto, e ele explode contra um aglomerado de árvores e arbustos, arrebentando-os em pedaços e fazendo os convidados próximos gritarem.

Me forço a ficar de pé quando vejo que Memnon também se levantou. Ele passa as mãos pelo cabelo, ensanguentado e violento do jeito mais primitivo de todos.

Tento canalizar o poder dele através de nosso vínculo...

— Ah, ah, bruxinha. É uma ideia fofa, mas receio que não vou compartilhar meu poder com você agora.

Então, me armo da minha própria magia antes de lançá-la na direção do feiticeiro. O poder dele cresce para desafiar o meu, suas nuvens azul-escuras colidem contra as minhas cor de pêssego, impedindo-as de avançar.

— Minha rainha fantástica — ele diz, e seus olhos começam a exibir aquele brilho mágico. — Eu te enfrentaria a noite inteira só para admirar sua ferocidade. Espero que saiba que ver você se soltar dessa maneira me enche de orgulho. Infelizmente, ainda preciso da sua ajuda para quebrar nossa maldição.

Limpo o canto dos lábios, de onde um filete de sangue escorre devido a um corte na minha boca.

— Jamais vou concordar com isso.

— Ah, vai sim — ele insiste. — Veja, eu conheço sua índole, Selene, melhor que qualquer outro. Então, sei que embora *você* esteja disposta a me enfrentar sozinha, nunca colocaria os outros em risco.

Sinto um arrepio de medo verdadeiro descer pelas minhas costas.

— Vou ferir cada uma dessas pessoas aqui até você aceitar quebrar a maldição — ele promete.

Minha magia começa a vazar com o pânico.

— Memnon.

— Eu realmente amo quando você fala meu nome desse jeito — ele diz. — Diga que vai me ajudar a quebrar a maldição, parceira. Como você mesma disse, mais ninguém precisa se machucar. Isso é entre nós dois.

Eu o fuzilo com os olhos por ele usar minhas próprias palavras contra mim.

— Ou então, podemos fazer do jeito difícil.

Ele mal termina de falar quando ouço uma inspiração rápida e estrangulada.

À minha direita, uma bruxa de cabelos escuros e cacheados leva as mãos à garganta. Não parece haver nada de errado com ela, e ainda assim, ela balança o corpo, estica o braço e agarra o ombro de um estranho, enquanto tenta, sem sucesso, respirar.

Do outro lado da pista de dança, um mago também toca o pescoço, fazendo barulhos dolorosos de quem se engasga, enquanto sua magia amarelo-canário se agita inquieta ao redor dele.

Um por um, os convidados vão sendo estrangulados, o fôlego arrancado dos pulmões, até que o conservatório inteiro sufoca com nada mais que a magia de Memnon.

O salão inteiro é tomado pela magia, várias tonalidades em pânico vão se misturando e deixando o ar pesado e enevoado. Tudo isso, no entanto, logo é suplantado pelo azul-índigo de Memnon.

Desta vez, minha magia se solta antes mesmo que eu faça a escolha consciente de revidar. Minha fumaça laranja pálida toma conta do salão e se mistura com a de Memnon. Sinto a força que ela faz contra a dele, tentando arrancar a magia letal da garganta de todas aquelas pessoas.

Começo a ranger os dentes ao encontrar resistência.

— Diga que vai quebrar a maldição, parceira.

— *Não*. — Uma onda de poder irrompe de mim, derrubando Memnon por enquanto. Ouço dezenas de arquejos estrangulados quando os convidados, enfim, conseguem um respiro desesperado.

Minha cabeça está latejando, e minha visão está ficando borrada, enquanto as lembranças vão queimando uma atrás da outra. Não sei quais são, mas sinto o vazio da perda no peito.

Então, o poder do feiticeiro está de volta, sufocando as pessoas e se enrolando como uma corda ao redor de seus pescoços.

Solto uma exclamação frustrada e redobro meus esforços.

Extraio o poder da terra sob meus pés e da luz da Lua lá em cima, tentando canalizar o máximo de magia que consigo.

Modelo essa magia toscamente dentro de mim, e então a canalizo pelos braços até minhas mãos.

— *Anule a magia sufocante de Memnon* — entoo, e só percebo com atraso que falei em sármata.

A magia dispara, mais uma vez tentando arrancar a de Memnon.

Não dá. Não é o bastante.

Forço ainda mais, e mais, e mais. Minha mente parece em chamas, minha magia extenuada.

— Impressionante, minha rainha — Memnon diz à minha frente. Os olhos dele são como brasas, seu cabelo esvoaça com o poder que ele emana. — De verdade. Não esperava ter que apelar para a minha verdadeira natureza nesta batalha.

A magia dele faz força contra a minha, e toda a vantagem que eu pensei estar começando a ganhar é desfeita de uma vez só.

Solto um grito pelo esforço, quase caindo de joelhos. Usar tanta magia assim de vez começa a ser doloroso. Sinto como se estivesse arrancando meus próprios músculos dos ossos, como se a magia desfizesse o meu corpo, pedacinho por pedacinho.

O pior é que apesar de tudo isso, as pessoas ainda estão sufocando. Dá para ver seus olhos arregalados e seus rostos mudando de cor a cada segundo que ficam sem oxigênio.

Tento extrair ainda mais magia. O latejar na minha cabeça só aumentou, e o borrão na minha visão periférica se espalhou.

A primeira bruxa cai, e seu corpo atinge o chão com um baque surdo.

— Pare — imploro.

— Diga que sim, e eu paro.

Outro corpo cai. E então, vários.

Eu também caio de joelhos, com os músculos fracos e trêmulos. Mal consigo vê-lo através de minha visão turva.

— Por favor, Memnon, pare com isso.

— Eu vou parar, assim que você concordar com as minhas condições.

Queimando, está tudo queimando... minhas lembranças do ensino médio, e então da minha infância. Tenho certeza.

— E falando em condições... — ele continua, seus cabelos esvoaçam ao vento invisível de seu poder. Ele começa a vir na minha direção, a magia emanando dele a cada passo. — Tem mais uma exigência que me esqueci de mencionar. Preciso que diga "sim" para ela também.

Olho para cima, para encará-lo. Sua silhueta se agiganta sobre mim, ameaçadora.

— Casa comigo?

Capítulo 43

— O quê?

Tenho vontade de rir. Tenho vontade de gritar. Ainda tem gente caindo desacordada ao nosso redor, e eu é que estou de joelhos. Isso *não pode* ser um pedido de verdade.

Memnon segura o meu queixo.

— Casa comigo.

Não consigo vê-lo muito bem com a minha visão turva, mas o ouvi em alto e bom tom.

— Aceite remover a maldição e ser minha esposa, de todo o coração, e eu liberto essas pessoas.

— Você é doente — sussurro.

Ele me segura com mais firmeza.

— Seu tempo está acabando, bruxinha. É melhor decidir logo.

— Não — digo, sem fôlego. — Escolha outras condições.

Ele solta uma gargalhada, como se houvesse qualquer coisa sobre este momento que fosse divertida.

— Por que eu *faria* isso? — ele pergunta. Sua expressão fica séria, e seu olhar é escaldante. — Você está *bem onde eu quero*. Ainda estou *extremamente* magoado por ter sido trancafiado por milênios.

Eu o fuzilo com os olhos, e ele se ajoelha à minha frente.

— Mas eu te amo — ele continua, e todo o seu comportamento fica mais gentil. — Eu *sempre* te amei. Na noite em que te encontrei quase morta na floresta, tive que confrontar uma verdade que não fui capaz de enterrar. Não posso viver sem você. — Seu tom de voz fica mais determinado. — E *nem vou*.

Meu corpo estremece, e o latejar na minha cabeça só aumenta. Ele me deu um ultimato impossível, com o qual preciso concordar se quiser que essas pessoas ao meu redor sobrevivam a esta noite.

— Se você fizer isso — digo, baixinho —, *juro* que vou fazer da sua vida um verdadeiro inferno.

Um sorriso vai se espalhando pelo seu rosto.

— Mal posso esperar, *est amage*.

Mais magia emana do meu corpo, embora xoxa e capenga, batalhando inutilmente contra a do feiticeiro. Minha mente está começando a parecer vazia. Abusei do meu poder, e ainda tem gente caindo no chão.

Não há como escapar das exigências de Memnon. Não mesmo. Meu ódio e minha raiva quase me dominam por inteiro, mas o feiticeiro tem razão. Não quero que mais ninguém morra por minha causa.

Ao meu redor, o salão caiu em silêncio, exceto por alguns engasgos de pânico e aqueles baques perturbadores.

Meus ombros sobem e descem a cada sôfrega respiração. Eu fiz tudo o que podia. Só não foi o suficiente.

— *Tá bom.*

Com isso, despenco, caindo nos braços de Memnon, com a respiração pesada, a magia exaurida.

Capítulo 44

Me deito nos braços do inimigo.

Minha alma gêmea.

Meu futuro marido.

Eu o encaro, cansada, enquanto minha visão começa a clarear.

Memnon afasta meu cabelo do rosto, com um olhar suave. Acho que a vitória o deixou mais gentil.

À nossa volta, os convidados ofegam e lutam por ar. Sussurro:

— Estão todos...?

— Vivos? — Memnon termina a frase para mim.

Faço que sim com a cabeça.

— Sim. Estão todos sãos e salvos.

Relaxo um pouquinho. Ele cumpriu com o lado dele do acordo — libertou todas aquelas pessoas da morte certa.

O que quer dizer que agora eu preciso honrar a minha parte. Faço careta com o pensamento.

O feiticeiro passa as mãos por baixo do meu corpo e fica de pé, me levantando junto dele.

— Minha rainha feroz — ele murmura, me mantendo próxima a ele. Não tenho forças para lutar contra esse abraço. Meu corpo está trêmulo; minha mente, em frangalhos. — Você tem coração de guerreira. Tenho tanto orgulho de você. Posso ter te derrotado hoje, mas você honrou a si mesma e honrou a mim por ter lutado tão bravamente.

Eu vou me casar com este homem. O pensamento não para de ecoar na minha mente. Ele quase matou um salão cheio de gente, e de alguma forma, isso rendeu tudo o que ele mais queria.

— Selene! — A voz de Sybil, cheia de pânico, ecoa no meio da multidão.

— *Sybil!* — chamo de volta, minha voz fraca e inconsistente. Minha amiga soa meio abalada, mas bem.

Memnon olha para cima, com a expressão fria e séria mais uma vez, ao observar Sybil e o restante dos convidados. Os olhos deles estão cheios de medo, os corpos, encolhidos.

A magia do feiticeiro emana dele e varre o salão. Antes que eu possa perguntar que tipo de feitiço foi esse, vejo o vidro estilhaçado levitar do chão e se refazer nos painéis originais. Árvores e arbustos detonados agora se endireitam e fincam novas raízes, e o solo revirado volta a se assentar nos potes e canteiros. Taças coupé quebradas se consertam sozinhas, e o conteúdo derramado volta ao seu interior, antes das próprias taças retornarem às mãos de vários convidados.

O mais impressionante de tudo é o que acontece com os próprios convidados. Eles piscam e olham em volta, o medo vai dando lugar à confusão.

Ver Memnon usando toda essa magia depois de eu ter gastado até quase a última gota da minha faz minha náusea aumentar. Eu nunca iria vencer essa batalha.

— Selene! — Sybil chama de novo. Desta vez, no entanto, a voz dela soa gentil e preocupada.

Avisto a minha amiga, seus cabelos longos caem em cascatas pelos ombros. Ela se aproxima com pressa, observando Memnon com desconfiança, mas não com medo.

O que foi que ele fez com a mente dela? Com a de todo mundo aqui, aliás? Não tem ninguém gritando, e embora estejamos atraindo alguns olhares curiosos, parece ser porque eu e Memnon estamos um pouco desgrenhados, e ele está me carregando como se eu fosse um prêmio.

O que, infelizmente, eu meio que sou.

— Tá tudo bem com você? — Sybil pergunta, com o olhar percorrendo meu corpo à procura de qualquer arranhão ou machucado.

Não. Tenho vontade de chorar. Não tá nada bem.

— Tá... sim — me forço a dizer. — Eu só... torci o tornozelo. — Dou uma risada fraca, que envia uma pontada de dor para a minha cabeça. — É por isso que eu não uso salto.

Sybil franze a testa, analisando o meu rosto. Quando o olhar dela desvia para Memnon, avista bem aquele pedacinho ensanguentado da camisa dele, que meu corpo não esconde. A expressão dela se transforma no mais puro desprezo.

— Você é o Memnon, não é? — ela pergunta. — Eu sabia que ia te identificar no meio da multidão.

Ela disse alguma coisa sobre isso mais cedo, não foi? Algo que me fez rir, mas não consigo lembrar...

— *Volte para o baile.* — Memnon entremeia um empurrãozinho mágico junto às palavras, e Sybil recua.

— Se estiver tudo bem mesmo com você... — ela diz, ainda com a testa franzida. Ela está resistindo à magia de Memnon, e seu olhar permanece sobre mim.

— Tá sim — respondo com a voz rouca, o gosto da mentira amargo na boca.

Ela hesita por mais alguns segundos antes de enfim se virar e voltar para um grande grupo de bruxas, como se não houvesse nada errado.

Quase todos os outros parecem ter se reorientado.

— *Que porra tinha naquela infusão de bruxa?*

— *O que foi isso que acabou de acontecer?*

— *Eu perdi alguma coisa?*

— *Isso era pra ser parte da noite?*

Algumas risadas irrompem aqui e ali, embora eu note alguns poucos desconfiados — tipo, *somos* bruxas, né. Sabemos uma coisinha ou outra sobre interferência mágica. Mas, em geral, as pessoas parecem ávidas para voltarem à diversão.

— O que foi que você fez com todo mundo? — pergunto, encarando a multidão.

— Limpei os últimos dez minutos da memória deles.

Memnon me enfrentou, prendeu um salão inteiro de seres sobrenaturais, os sufocou, depois removeu parcialmente as lembranças deles, e *ainda assim* parece pronto para batalha.

A quantidade de poder que este homem tem à disposição é simplesmente assustadora.

— Você não pode ficar forçando os outros a fazerem o que você quer — digo, com a voz fraca pela fadiga.

— Você vive se esquecendo, *est amage*. Eu detenho o poder, o que quer dizer que posso fazer o que quiser — Memnon responde, me devorando com os olhos.

Sinto um frio na barriga com o olhar que ele me dá, e se eu tivesse mais energia, teria rosnado e ficado irada com essa minha reação a ele.

— Aonde estamos indo? — pergunto, enquanto o feiticeiro me carrega porta afora, e noite adentro.

— Vamos voltar para o seu quarto, onde eu e você vamos desfazer a maldição. Além do mais, temos que planejar um casamento.

Ai, que ódio deste filho da puta.

Estreito os olhos.

— A soberba não cai bem em você.

— Não foi isso que você me disse dois mil anos atrás. Mas, pensando bem, você não se lembraria disso, não é?

Que ódio, que ódio, que ódio.

Mas todo esse ódio não me impede de apoiar a cabeça pesada no peito dele, meu corpo exausto.

O feiticeiro me traz mais para perto, e não consigo decidir se o gesto me irrita — ele é o motivo da minha exaustão, afinal — ou se acalma meu coraçãozinho irado.

Meu olhar recai sobre a linha das árvores, e percebo Nero espreitando nas sombras.

— Ela está bem, Nero — Memnon diz. — Não precisa me cortar em pedaços. Não tenho interesse em machucá-la.

— Não agora — acrescento.

Ele dá uma olhada em mim.

— Não *mais* — corrige. — Chega de vingança, *est amage*. Eu preparei e acionei minha armadilha. Quando você honrar a sua parte do acordo, vou enterrar o passado e focar no futuro. Tenho que conquistar minha noiva, afinal. — Nesta última parte, a expressão dele muda, e assume um ar quase alegre.

Se eu tivesse alguma energia, avançaria nele e arrancaria a alegria dessa cara prepotente à unha. Enterrar o passado. Se ele tivesse qualquer interesse nisso, não estaria tentando ressuscitar lembranças há muito perdidas.

Meu familiar vem se esgueirando, tão furtivo e silencioso que mesmo sob a luz de uma lua cheia, é difícil vê-lo. Quando ele chega até nós, suas orelhas estão abaixadas e um rugido grave ressoa em seu peito. Ele chia para Memnon, mostrando as presas.

É o gatinho mais precioso do mundo. Retiro todo pensamento malcriado que já tive sobre Nero.

— Não vou colocar ela no chão, Nero, nem mesmo para...

Nero avança, mutilando Memnon com as garras.

Meu corpo abaixa um pouquinho quando o feiticeiro reage, sibilando de dor.

— *Caralho*, Nero. Sei que você a ama. Eu amo também. Ela está segura comigo.

Meu familiar ainda está rugindo em tom de advertência, claramente puto da vida. Só de ouvir a ameaça emanando de Nero, tenho certeza de que ele vai atacar Memnon de novo, só está esperando o momento certo.

— Tá tudo bem, Nero — digo com a voz suave, esticando a mão para baixo na direção dele.

O rugido do grande felino morre na garganta, e no instante seguinte, sinto Nero me dar uma cabeçada na mão. Faço um carinho nele com delicadeza.

— Você é o *melhor* familiar do mundo inteiro — falo com voz boba, embora tenha certeza de que Nero odeia quando faço isso. — E eu estou bem, prometo. Vamos planejar uma oportunidade melhor para atacar o Memnon, combinado? — Sinto que o feiticeiro me lança um olhar, mas não me dou ao trabalho de olhar para ele e ver qual é a expressão que ele faz. — Por enquanto, vamos deixar esse desgraçado em paz.

Muita gente já se machucou hoje.

— Que misericordioso de sua parte, imperatriz — Memnon diz, e posso ouvir a diversão em sua voz.

Ao som da voz do feiticeiro, Nero ruge mais uma vez, mas acaba se acalmando, e quando Memnon volta a andar, a pantera acompanha seus passos.

— Fique feliz que eu não pedi para ele te castrar. Acho que ele estava querendo muito isso.

— Selene, nós dois sabemos o quanto você quer ver meu pau para deixar que isso aconteça.

Eu o fuzilo com os olhos.

— Tenho certeza de que será uma decepção, assim como todo o resto.

Se eu esperava que Memnon se ofendesse com isso, pensei errado. O feiticeiro solta uma gargalhada, surpreso.

— Não tô achando graça nenhuma.

— Qual é, imperatriz, você é engraçada, mesmo quando está se divertindo às minhas custas. Aliás, obrigado por confirmar que você verá o meu pau em algum momento.

— Eu *não* confirmei...

Ô, merda, confirmei sim, não foi? Pareceu mesmo como se eu fosse vê-lo pelado no futuro.

Memnon está com o mesmo sorrisinho canalha.

— Te castrar não está fora de cogitação — insisto.

— Sentar em mim também não, pelo visto — ele responde, com os olhos refletindo um brilho de diversão.

Estreito os olhos para ele.

— Ou então, eu posso ficar por cima — ele acrescenta. — Sério, pode ser do jeito que mais te agradar, *est amage*. Eu vivo para te servir.

Meu rosto esquenta com as palavras dele. Também não ajuda o fato de Memnon estar me segurando tão perto dele, que posso sentir as batidas de seu coração no meu rosto.

Solto o ar, ainda sem ânimo para revidar. Minha cabeça ainda está latejando com o uso de tanta magia e perda de tantas lembranças. Me aninho ainda mais no peito de Memnon, sem me importar com o fato de ele estar considerando cada um desses gestos como mais uma vitória. Ele pode muito bem aproveitar, porque hoje, eu perdi mesmo.

Apenas agora estou começando a processar isso.

Memnon nos guia até a frente da residência, subindo pelo caminho que leva à porta da frente. Passamos pelas *lamassu* de pedra, e embora sejam guardiãs do portal, elas não tentam me defender contra Memnon.

À exceção de Nero, estou mesmo por conta própria.

Memnon se aproxima da porta da frente, e meu coração quase erra as batidas quando a aldrava da cabeça de Medusa se mexe, as cobras em seu cabelo se contorcem.

— Nós não permitimos a entrada de homens terríveis com intenções...

A magia azul de Memnon serpenteia da palma de sua mão e assopra na cara da Medusa de metal.

A aldrava tosse, fechando os olhos, e a porta se abre.

— Que falta de educação.

Os lábios de Memnon se curvam num sorrisinho.

— Me importo com a etiqueta tanto quanto me importo com a lei.

Ele atravessa o vestíbulo e vai direto para as escadas, com Nero em seu encalço. O lugar está silencioso como nunca. Se ainda tiver alguma bruxa em casa, está bem isolada.

As tábuas do piso rangem enquanto Memnon sobe as escadas e atravessa o corredor, e pode ser imaginação minha, mas juro que quase consigo sentir o gosto da animação do feiticeiro.

O pensamento faz meu coração disparar. Tenho lutado para não pensar no que vai acontecer quando chegarmos ao meu quarto, mas agora que já até posso vê-lo, não consigo reprimir a ansiedade.

Memnon para em frente à minha porta, e a abre com magia antes de me carregar para dentro. Depois que Nero também entra, ele chuta a porta para fechá-la.

Ele me acomoda na beirada da cama com uma gentileza que é surpreendente, e então pega a poltrona que fica ao lado da cama antes de arrastá-la na minha direção.

Estreito os olhos para ele, que se senta na poltrona, descansando os antebraços nas coxas, uma delas ensanguentada de quando Nero o atacou.

Falando nele, o meu gatão vem ficar ao meu lado, encostando o corpo na minha perna. Me estico para fazer carinho nele, e embora esteja fraca e exausta, e esteja sentada numa cama, e não em um trono, aqui, usando vestido de vingança, com minha pantera ao lado, me sinto uma rainha maligna. Me apego a essa imagem porque me dá forças, e eu preciso desesperadamente delas.

— Pronta para começar? — Memnon pergunta. Sua expressão é plácida, mas seus olhos emanam um brilho quase febril. Posso ver o desejo e a empolgação borbulhando abaixo da superfície.

Presumo que ele esteja falando de desfazer a maldição. E claro que não estou pronta, porra. Mas então, meus pensamentos retornam à outra coisa que ele estipulou.

Casa comigo.

Imagino este homem colado junto a mim, com a pele pressionando a minha, e o corpo pesando sobre o meu...

Meu coração dispara e minha boca fica seca.

É vívido demais.

Quanto mais me perco nessa imagem, mais o meu sangue esquenta.

Passo a língua nos lábios.

— Quando você quer se casar?

Não acredito que estou perguntando isso.

Memnon se inclina para frente e pega a minha mão, segurando-a entre as dele. Ele é terrivelmente lindo, e eu odeio o fato de notar isso, mesmo agora.

— Agora mesmo — ele diz.

Perco o fôlego de uma só vez.

— *Não.*

— *Sim* — ele insiste. — Já temos um vínculo. Sua magia reivindicou a minha no momento em que se manifestou em você, minha alma gêmea. E embora você não se lembre, já somos casados há muito, muito tempo.

Solto um suspiro trêmulo.

— Então por que se dar ao trabalho de casar comigo de novo? — pergunto, em uma última tentativa desesperada de afastá-lo dessa ideia terrível de nos vincularmos também na esfera legal.

Memnon levanta a mão e faz um carinho no meu rosto, o gesto é surpreendentemente doce.

— Quero o seu compromisso deliberado, Selene. Quero segurar suas mãos sob este céu, diante de nossos deuses antigos e dos seus novos, e quero que façamos nossos votos. E, mesmo que você não acredite em mim, quero que você acredite na sacralidade da nossa união. — Ele me analisa com aqueles olhos brilhantes. — E acho que você vai acreditar, sim.

Não sei o quanto ele sabe sobre mim — minhas lembranças em geral ficaram um pouco enevoadas depois de nossa batalha — mas sim, eu acredito na sacralidade do casamento.

E é por isso que eu sempre me mantive bem, bem longe.

Ouço o som fraco de sirenes a distância. A princípio, não presto muita atenção. Mas então, pelas lacunas doloridas de minha mente, me lembro de fragmentos de uma ligação que eu atendi mais cedo, ainda hoje. Me esforço para lembrar...

A Politia está indo te prender.

Puxo o ar com força quando a lembrança retorna.

Eles vão me prender. Hoje. Agora.

Desgraça.

Memnon deve ter ouvido as sirenes também, porque ergue as sobrancelhas, como se acabasse de se dar conta de algo.

— Ah, não. — Não há empatia alguma em sua voz. E por que haveria? Ele orquestrou toda esta sinuca. — É melhor desfazermos essa maldição antes de eles chegarem — ele continua. — Afinal, estamos quase sem tempo.

Estou fervendo de raiva, mas ainda há uma inconsistência me incomodando.

— Por que casar comigo, se eu vou apodrecer na cadeia? — Porque parece que é isso o que vai acontecer.

Memnon ainda está segurando minha mão e agora a aperta de leve.

— Não se preocupe com os motivos, *est amage*. Tudo o que você precisa fazer é cumprir a sua parte do acordo.

Faço careta para ele.

Ele tem mais coisas planejadas. Só pode ser. Caso contrário, esta situação não faria o menor sentido.

— Está pronta, *est amage*?

Minha deusa, me salve, vamos mesmo fazer isso. Acho que vou vomitar.

Me forço a assentir com a cabeça.

— Vamos acabar logo com isso.

Capítulo 45

Do lado de fora, as sirenes da Politia se aproximam.

— Primeiro — Memnon começa —, devemos fazer um juramento inquebrável.

Franzo a testa, enquanto ele procura por algo no bolso interno do paletó.

— Um juramento inquebrável? De *quê*?

Ele me lança um olhar.

— Do que você me prometeu mais cedo. Por mais que eu te adore, *est amage*, não confio na sua palavra.

Do bolso do paletó, Memnon puxa uma adaga com o cabo ornamentado. Fico tensa com a visão.

Antes que eu possa reagir, ele faz um corte na própria mão com a adaga, sem vacilar nem mesmo um pouquinho. Levo um tempo até lembrar que feitiços de enlaço exigem sangue.

E é isso que estamos fazendo agora. Transformando o acordo em um enlaço.

Ele limpa a lâmina na calça, e então me entrega a adaga, com o cabo virado para mim.

Após uma breve hesitação, eu a pego. É óbvio que o feiticeiro está determinado a me envolver em promessas, até que eu esteja enterrada nelas até o pescoço, tornando impossível escapar dele.

É o que vamos ver.

Esta é a *minha* promessa.

Passo a lâmina pela palma da mão, mordendo o lábio pela dor. Uma linha de sangue se forma, e por um instante, a única coisa que consigo fazer é encará-la.

Memnon pega a adaga da minha mão enquanto estou distraída, e então volta a limpar a lâmina antes de guardá-la. Com a sua mão ensanguentada, ele pega a minha, entrelaçando seus dedos mais longos e escuros entre os meus. O corte na palma de sua mão pressiona o meu, e nosso sangue se mistura.

A pouca magia que me resta desperta com o contato, pequenos tentáculos surgem através de meu sangue e para o de Memnon. A própria magia dele tenta alcançar a minha, se enrolando ao redor dela.

Do lado de fora, ouço carros frearem, e as sirenes silenciarem. Devo ter alguns minutos, se muito, antes de eles me pegarem.

Memnon aperta minha mão, me apressando em silêncio para começar.

Abro a boca e selo o meu destino.

— *Juro, diante dos meus deuses e dos seus, que esta noite irei desfazer a nossa maldição, e assim que as circunstâncias permitirem, irei me casar com você. Eu enlaço minha vida a estes votos.*

Minha magia ganha vida quando finalizo o juramento e ofego quando ela se mescla à de Memnon.

Subo o olhar até encontrar o do feiticeiro.

Ele já está olhando para mim com uma expressão suave... e ávida.

Meu coração dispara, e eu fico sem fôlego. Queria muito que fosse por causa do meu próprio horror, e não desta estranha curiosidade que implora para que eu toque o rosto dele e ceda completamente a este juramento que acabei de fazer.

— Agora, a sua memória — Memnon diz, com a voz rouca de emoção.

Do lado de fora, ouço portas de carro se abrindo e fechando.

Memnon solta minhas mãos e segura meu rosto.

— *Est amage*, sei que isso parece o fim, mas juro, é apenas o começo. Seja lá o que houve entre nós, vamos desfazer essa maldição e descobrir juntos. E *vamos* resolver. Eu ainda sou seu... para sempre.

Aperto o maxilar. Não há mais nada para resolver. Este vai ser um casamento só no nome e no enlaço.

Memnon deve ter visto ou sentido minhas intenções, porque a sua expressão fica mais sombria.

Ele pega minhas mãos nas dele, nossos cortes pressionam um contra o outro mais uma vez.

— Repita comigo. — Então, ele muda de idioma, sua voz vai ficando mais rouca e gutural — *A maldição que roguei, agora desfaço. Eu retiro minha intenção. Eu encerro meu feitiço. Trago de volta ao equilíbrio o que desalinhei.*

Repito as palavras dele, minha cabeça lateja cada vez mais forte a cada frase.

— *Revele as lembranças que esta maldição procurou esconder. Agora e para sempre.*

Respiro fundo para juntar forças, e então repito isso também. Minha magia se agita, inquieta sob a minha pele, e a pressão crescente me faz tremer.

Eu e Memnon repetimos as frases mais uma vez, juntos.

— *Agora e para sempre.*

Minha magia explode atrás de meus olhos, e depois...

É dado o início.

Capítulo 46

Começa com as minhas lembranças mais recentes, primeiro com esta noite, e então o resto do dia, com tantos detalhes que chego a perder o fôlego.

Está... está mesmo funcionando.

A semana passada retorna em toda a sua completude, e então a anterior... e a anterior. Cada vez mais rápido, as lembranças retornam, embora não haja tempo de examinar uma por uma.

Vejo o período de meu tempo aqui no Coven Meimendro, e depois vejo a minha vida antes de entrar.

Vejo a mim mesma abrindo a tumba de Memnon, e depois despertando o meu parceiro aprisionado. E, antes disso, encontrando Nero. E a queda do avião à qual sobrevivi.

Estou boquiaberta, e embora saiba que Memnon está me encarando aqui no presente, estou presa no passado, minhas lembranças desenterradas exigem quase toda a minha atenção.

O ano passado inteiro volta a mim, e minha respiração sai trêmula. Havia tanto anseio, e frustração, e insegurança conforme eu me esforçava para entrar no Coven Meimendro. Mas também havia tanta autodescoberta durante esse período. Consegui morar sozinha e me virar muito bem em São Francisco. Eu tinha meu próprio trabalho e pagava meu próprio aluguel.

Pedacinhos de conhecimento voltam também, coisas das quais eu nunca tive certeza antes — como o fato de que eu gosto de malhar, apesar de reclamar a cada segundo. E que sou mesmo uma cozinheira terrível — minha mente desenterrou tantas tentativas desastrosas. Já transei com quatro homens — incluindo Memnon — e fui a muito mais encontros do que imaginava. Reli meus livros favoritos dezenas de vezes, e cheguei mesmo a reviver a alegria de conhecer aquelas histórias de novo e de novo.

Meus anos na Academia Peel, o internato para sobrenaturais no qual estudei, também voltam. Até as lembranças que eu tinha da minha vida antes do meu poder Despertar. Nem essa parte da minha memória tinha ficado a salvo da devastação da minha magia.

Enquanto criança e adolescente, eu era feliz, caótica, selvagem. Brincava do lado de fora pela maior parte do dia, junto de meus pais poderosos, que — com uma pitada de magia — transformaram nosso quintal em uma maravilha selvagem. Quando não estava com as mãos e os pés enfiados na terra, estava pintando e desenhando. O mais chocante é que eu era bagunceira, *desorganizada*. Meu quarto era o caos absoluto, e minha mãe tinha que me fazer recitar um feitiço de limpeza com ela.

Eu me lembro da minha tia-avó Giselle, que tinha cheiro de talco de bebê e usava perfume demais, e tinha opinião sobre qualquer coisa. Ela faleceu de câncer. Meu pai chorou por semanas a fio, e eu cheguei a pensar que ele nunca mais iria voltar a sorrir, até que ele enfim sorriu de novo.

Minha mente vai cada vez mais longe.

Meu pai me ensinou a andar de bicicleta. A magia verde-floresta se acumulava ao redor dos pneus quando eu começava a perder o equilíbrio. Eu assava e comia biscoitos de gengibre com minha mãe, e a gente fazia caretas com o sabor forte e doce deles.

Jovem, eu era tão jovem. Minha mãe lia contos de fadas para mim, e eu ficava chateada. *Princesas não usam vestidos. Elas usam calças e disparam flechas montadas em cavalos. Eu sei disso, porque sou uma rainha. Mas cadê o meu rei? Ele deveria estar por aqui. Ele sempre está por aqui. Tem alguma coisa errada.*

Minhas lembranças ficam indistintas, distorcidas.

Vejo um balanço de pneu. Arbustos cheios de morangos, mas alguém disse para não comer. Pareciam tão deliciosos, eu queria tanto.

Eu misturava palavras antigas e novas. Era difícil. Meus pais não entendiam. Eu também não.

Longos corredores. Um livro velho e pesado, que fazia o ar ao redor brilhar. Um cobertor quadriculado, um gatinho fofinho.

Alguém me segurava no colo. Me ninava. Braços tão quentinhos...

As lembranças parecem chegar ao fim, e o rosto de Memnon entra em foco. Ele não está mais segurando minhas mãos; em vez disso, está segurando meu rosto. *Quando foi que isso aconteceu?* Sinto a pressão da magia dele e da minha.

O latejar na minha cabeça piorou bastante.

— Eu me lembro — sussurro.

Ele balança a cabeça.

— Não lembra, não — ele responde, também num sussurro. — Não de tudo. Não ainda.

A mão ensanguentada dele pressiona a minha bochecha. E, em algum lugar lá embaixo, a Politia esmurra a porta da frente.

— Se prepare, *est amage*. Está vindo.

— O que...? — Engasgo com as últimas palavras.

Minhas costas arqueiam, minha boca se abre e eu jogo a cabeça para trás, agarrando os pulsos de Memnon quando a minha mente parece rachar ao meio. Um feitiço lançado dois mil anos atrás se dissolve.

Em sua ausência, há um único instante de paz. Então, sou inundada por lembranças de outro tempo, outro lugar.

Começa com fogo, sangue e gritos. Essas lembranças podem ser mais antigas, mas são muito mais aterrorizantes do que qualquer outra coisa que eu já vivi.

Estou apertando os pulsos de Memnon, e sinto lágrimas correndo livres pelo meu rosto.

Ele tinha razão, esse tempo todo. Eu sou Roxilana. Ela sou eu.

E fica muito claro que, na minha mente, o único herói verdadeiro na minha primeira vida, a única pessoa que me amou, e lutou por mim, e me defendeu, e me adorou foi Memnon.

Memnon, o terrível e poderoso, que realmente aniquilou exércitos inteiros. Ele me amava mais do que a própria vida, e eu o amava com a mesma intensidade.

Aqui, no presente, ele acaricia o meu rosto com os polegares, e murmura para me tranquilizar:

— Está tudo bem, meu amor. Está tudo bem. Você está aqui comigo.

Mas, em algum ponto no meio do caminho, as coisas mudaram.

O rumo da minha vida se perdeu, e eu fiquei sem saída assim como fiquei agora, no presente.

E eu fiz o impensável.

Eu traí minha alma gêmea.

Estremeço com essa verdade. As lembranças se encerram de repente. Arquejo com a interrupção da magia.

Estou só vagamente ciente dos oficiais da Politia invadindo a casa, com passos pesados escada acima conforme se aproximam do meu quarto, mas não consigo dar a mínima.

Ainda sinto as lágrimas e o sangue de Memnon molhando o meu rosto. Os olhos dele estão gentis e vulneráveis ao encarar os meus.

— Roxi? — ele chama, baixinho.

O nome faz um soluço escapar da minha garganta. Me sinto velha e jovem ao mesmo tempo. Eu *renasci*.

— Você nunca deveria ter me devolvido estas lembranças — digo, com a voz nada mais que um sussurro. — Seria melhor para mim... e para você também.

A porta se abre com tudo, e os policiais invadem o quarto.

Nem Memnon nem eu prestamos muita atenção.

— *Est amage* — ele diz, com a expressão quase febril. — Vamos dar um jeito. *Juntos.* Juro que vou consertar todos os meus erros. Tudo o que quiser, você terá. Eu sou seu para sempre.

Ele tenta me puxar para si, mas sou arrancada dos braços dele.

Um policial me faz virar de costas e algema meus pulsos, mesmo quando Nero ruge para os invasores.

— Selene Bowers, você está presa... — Eles continuam falando, e Nero continua rugindo, mas não vejo nada além de Memnon.

Perscruto os olhos dele.

— O que foi que eu fiz? — sussurro.

Nunca deveria ter acordado Memnon de seu sono eterno.

Soltei um monstro no mundo.

Nota da Autora

Os sármatas foram um grupo real de nômades pastores que viveram na Estepe Pôntico uns dois mil anos atrás. Me apaixonei pela primeira vez por esses nômades há quinze anos, na faculdade, quando estudei os túmulos de dezenas de garotas e mulheres jovens que foram enterradas com equipamentos de guerreiras e cujos restos mortais mostravam sinais de violência. Acredita-se que essas mulheres foram a inspiração da vida real para a lenda das míticas amazonas, já que as mulheres citas[1] e sármatas também entravam em batalha.

Desde que descobri a existência dessas culturas, tentei pesquisar tudo o que pude sobre quem eles eram e como eram suas vidas. Infelizmente, os sármatas não deixaram registros por escrito, então o idioma que Memnon e Selene falam em *Encantada* é inventado — embora eu tenha tentado incorporar os sons linguísticos comuns que vi nas palavras que sobreviveram.

Como não consegui encontrar a palavra original em sármata para "rainha", usei "Amage", que foi o nome de uma rainha sármata de verdade. Da mesma forma, o nome "Roxilana" é baseado na palavra sármata "Roxolani", que quer dizer algo próximo de "povo abençoado".

Também deve ser notado que eu me inspirei em outros grupos nômades pastorais — em especial os citas — para preencher as lacunas da história arqueológica, já que os sármatas dividiam muitas práticas culturais e ideologias com outros povos que viveram adjacentes a eles no tempo e espaço. Um exemplo disso é "xsaya", que aparentemente é a palavra cita para "rei", de acordo com uma inscrição luvita.

---

[1] Os citas eram o povo que dominava a região conhecida como Cítia. (N. T.)

Outros detalhes adicionais que gostaria de mencionar: os homens sármatas se tatuavam; e as tatuagens de Memnon, em específico, são fortemente inspiradas nas tatuagens encontradas nos restos mortais de um chefe pazyryk. Da mesma forma, a cicatriz de Memnon é uma reprodução de uma cicatriz encontrada no corpo de um guerreiro cita. O cálice feito de crânio foi baseado em práticas verdadeiras — embora macabras.

Ainda que este livro seja uma obra de ficção, foi divertido trazer à vida fragmentos de uma cultura que me interessou por tanto tempo.

Agradecimentos

Encantada é a primeira vez em quatro anos que eu consigo compartilhar um novo mundo ficcional, e mal posso exprimir em palavras o quanto estou empolgada em apresentá-lo a vocês! Embora, para ser honesta, *Encantada* se passe no mesmo universo que as minhas séries *Bargainer* e *Unearthly*, então é mais como voltar a um lugar antigo e amado, e descobrir coisas novas sobre ele. Tenho trabalhado nesta série por anos, e tem sido uma enorme alegria escrever sobre a magia deste mundo e o otimismo e humor infalíveis de Selene.

Dito isso, foi tanto esforço para tirar esta história da minha cabeça e colocá-la nas suas mãos. Um muito, muito obrigada para duas mulheres em específico, que ajudaram muito a fazer isso acontecer. Minha agente, Kimberly Brower, e minha editora, Christa Désir, foram as primeiras a ler o meu manuscrito, e o apoio e a orientação delas fizeram com que esta experiência fosse incrível para mim. Tenho sido uma loba solitária no mundo da publicação por tanto tempo, e essas duas realmente me mostraram o que é não estar completamente sozinha. Muito obrigada, do fundo do meu coração, por tudo o que fizeram.

Também quero agradecer a Manu, que me ajudou a limpar e polir *Encantada*. Seu feedback me ajudou tanto, e eu vivi pelos detalhes que você salpicou pelo manuscrito.

A Pam, Katie, Madison e o resto do time Bloom, muito obrigada por todo o amor e entusiasmo que vocês colocaram neste livro. Honestamente, fico maravilhada por ter a oportunidade de trabalhar com tanta gente incrível.

K.D. Ritchie, obrigada pela capa lindíssima e todas as artes associadas que você fez para este livro! Ainda me lembro de ver esta capa, que tinha sido feita originalmente para uma das novelas das séries, e de bater o pé porque ela precisava ser a capa de *Encantada*. Ainda sou fascinada por ela.

Dan, obrigada por ser minha história de amor da vida real e ser a prova de que almas gêmeas existem de verdade. Você sabe como é, sem toda a angústia e o conflito dos casais da ficção que eu escrevo. Astrid e Jude, obrigada pelo amor e carinho, e por me lembrarem todos os dias de notar a magia que existe à nossa volta. Espero que vocês nunca percam sua perspectiva maravilhosa do mundo.

Aos meus leitores, obrigada por darem uma chance a *Encantada*. Sempre fico tão maravilhada com a explosão de amor e entusiasmo que vocês dão a todos os meus livros, e com este não é diferente. Obrigada por me permitirem compartilhar minhas palavras e mundos com vocês.

Leia também

Nesta eletrizante fantasia arturiana, Vera descobre ser a lendária Rainha Guinevere e se vê em um mundo de magia e perigo, precisando lutar para salvar Camelot e seu próprio destino.

Após a morte repentina do namorado, Vera se contentaria em levar uma vida discreta em Glastonbury, lavando lençóis e limpando banheiros. Porém, tudo se transforma quando um hóspede misterioso se revela como Merlin e a arrasta de volta para Camelot, no século VII — um lugar que ela conhece apenas por lendas. Agora, apenas Vera (ou Rainha Guinevere, como todos a chamam) pode salvar o reino de Arthur de um mago sedento por poder. O problema? Guinevere foi a única testemunha da maldição que drena a magia do reino, e Vera não se lembra de nada da sua vida como rainha.

Com o tempo se esgotando, Vera precisa trabalhar com Merlin para recuperar suas memórias e restaurar Camelot. Mas quanto mais ela avança, mais perguntas surgem: por que o Rei Arthur, que trata todos com tanta bondade, mal consegue olhar para ela? E o que está por trás da dor que sente em sua alma? O que roubou suas memórias e, mais importante, por quê?

À medida em que desvenda os mistérios, Vera logo descobre que os segredos de seu passado são apenas o princípio de algo muito maior. Em um mundo de lenda e poder, os segredos de suas memórias são apenas o começo.

Leia também

Onde existem deuses também existem monstros

Há muitos séculos, desesperada para salvar a sua irmã, Dianna fez um acordo com Kaden, um monstro muito pior do que qualquer pesadelo. Presa em servidão a ele, ela é forçada a caçar uma antiga relíquia mantida por seus inimigos mais perigosos: um exército liderado por Samkiel, o Destruidor de Mundos.

Após a Guerra dos Deuses, Samkiel se escondeu de tudo, negando a sua coroa e abandonando o seu povo. Agora, um ataque contra aqueles que ele ama o envia de volta ao reino para o qual ele nunca desejou retornar, e na mira de um inimigo que ele esperava esquecer.

Com todos os mundos em jogo, Dianna e Samkiel são forçados a deixar de lado a sua animosidade e a trabalhar juntos, antes que tudo esteja perdido.

Leia também

Da mesma autora da série *De Sangue e Cinzas*

Aos dezessete anos, Layla só quer ser uma garota normal, mesmo sabendo que tem um dom, que é cobiçado e ao mesmo tempo uma maldição para ela.

Tendo sido adotada e abrigada na casa dos Guardiões desde pequena, ela nutre uma paixão secreta por Zayne — um guardião que, para sua decepção, a trata como irmã.

Enquanto tenta se adaptar à vida na escola e aos dilemas de sua adolescência nada convencional, ela conhece Roth, um demônio que afirma conhecer seu dom e saber dos seus segredos. Em pouco tempo, ela se vê em meio a uma disputa entre guardiões e demônios que pode colocar em risco a existência da humanidade, e descobrirá que pode ser a causa desta batalha.

Em qual lado deverá confiar? Conseguirá Layla resistir aos encantos de Roth, lidar com seu passado e, ao mesmo tempo, lutar para sobreviver em meio à caçada realizada por seus inimigos?

Leia também

Conheça Trinity Marrow, uma garota com um segredo explosivo cujo esconderijo acaba de ser descoberto...

Trinity, de dezoito anos, pode estar ficando cega, mas consegue ver e se comunicar com fantasmas e espíritos.

Esse dom é a razão pela qual está escondida há anos em um complexo guardado pelos Guardiões, metamorfos que protegem a humanidade dos demônios, pois, se os demônios descobrirem a verdade sobre Trinity, ela corre o risco de ser devorada por eles para que aumentem seus poderes.

Quando Guardiões de outro clã chegam com relatos de que algo está matando Demônios e Guardiões, o mundo de Trinity implode, até porque um dos forasteiros é a pessoa mais irritante e fascinante que ela já conheceu...

Zayne tem seus próprios segredos, mas trabalhar junto com ele é a única opção quando os demônios invadem o complexo e o seu segredo vem à tona. E agora, para salvar sua família, e talvez o mundo, Trinity terá que confiar em Zayne, mas tudo pode acontecer quando uma guerra sobrenatural é desencadeada.

**Da mesma autora da série *De Sangue e Cinzas*
e do mesmo universo da série *Dark Elements***